JN206757

〈宮澤賢治〉という現象

戦時へ向かう一九三〇年代の文学運動

村山龍
Murayama Ryu

花鳥社

〈宮澤賢治〉という現象　戦時へ向かう一九三〇年代の文学運動　目次

第一部　〈世界全体〉再創造の時代——一九三〇年代の文学運動——

宮澤賢治一周年記念追悼会（カバー・本文 187 頁）の人物配置

【凡例】

一、本文中の宮澤賢治のテクストは、すべて『【新】校本宮澤賢治全集』（全一九冊、筑摩書房、一九九五〜二〇〇九）による。

一、テクストを引用するに際して圏点・ルビは省略し、仮名づかいは原文のままとして漢字は新字体に改めた。なお、引用文中の傍線・傍点は、断りなき場合、すべて引用者によるものであり、引用文を一部省略する場合は［…］を用いた。

一、表記にあたり、分析対象とした単行本・新聞・雑誌のタイトルは『　』、作品・論文・評論・記事のタイトルは「　」を用いた。また、論のなかで筆者が特別に強調したい語句には〈　〉を用いた。

一、年号はすべて西暦表記を用いた。ただし引用文中において元号が用いられている場合はそのままとした。

〈宮澤賢治〉という現象

戦時へ向かう一九三〇年代の文学運動

序論　読みのメカニズムはいかに駆動するか

——崩壊の危機のたびに再創造される〈宮澤賢治〉——

第一節　〈崩壊〉する日常と文学の言葉

日常は慣性を持ちながら、私たちの人生全体を包含し、前進させる動力となっている。そのような日常が、ある出来事によって一瞬のうちに掻き消えるとき、動力を失った私たちは立ち尽くすことしかできないだろう。かつての日常は〈崩壊〉し、新たな〈日常〉がそこに取って代わる。

新たな〈日常〉を前にしたとき、それに馴染もうとして私たちは徐々に変化していくが、変化するのは私たちの生活だけではない。それまでに用いてきた言葉もまた変化する。この言葉の変化は純粋に意味が変化したというよりも、むしろ言葉の意味の上書き——たとえば地震という言葉がもはや三・一一の震災抜きでは語り得ないように——と言ったほうが適当であろう。〈崩壊〉以後の〈日常〉の中で、私たちは次々と言葉を上書きしながら、生きている。

このような状況を前にしたとき、言葉ともっとも抜き差しならぬ関係を結んでいる文学は如何なる状況に置かれているだろうか。文学は言葉によって成り立つがゆえに、言葉の変化に多大な影響を受ける。当然、〈崩壊〉が起こらずとも言葉は緩やかに変化するものであるから、それに従い、ある文学テクストが全く異なる位相において語られるようになるということは自明の理である。しかし、〈崩壊〉による変化は明らかに、その速度が急である。中良子は、和合亮一が震災直後から紡いでいった詩群の中に東日本大震災と一切関わりのない、近代文学史上の詩人たちの言葉を次々と引用しながら、読解のコードを変化させていったことに着目した。そして和合が宮澤賢治や中原中也、草野心平、寺山修司といった人びとの言葉を用いたり連想したりしながらテクストを編んだことを次のように意味づける。「「以前」からすでに詠われていた「以後」の喪失の悲しみ。その言葉の記憶をたどり、現在の災害への喪の言葉を紡ぎ出し重ねてゆくこと。言葉をつないでゆく、文学の営みの中に希望は生まれる」、と。[1]

意味を上書きされ、変質した言葉は元のテクストの意味を引き摺りながら、新たなイマージュを私たちの中に浮上させていく。そしてその変化は、二〇一一年三月一一日という日付を境に起こり、それ以後の〈日常〉に生きる私たちにそれ以前の言葉で語ることを不可能とする。しかし、この僅か一日を通して起こる変化は一見断絶のようでありながら、「言葉をつないでゆく、文学の営み」であるのだ。だからこそ、〈崩壊〉と文学テクストとの関係を問う場合には、「何が」「どうして」変化したのかという二点に留意して考察されねばなるまい。

また、中は先述の論の中で東日本大震災に触れながら次のようにも指摘している。

失語症的な状況が強調されるほど、人々は言葉を求めていたのだろう。そのことは、絶望的な危機に瀕したとき、人が何よりも欲するものは、言葉なのだという真理を物語っている。言葉とは、理不尽な混乱を説明し納得させてくれるもの、悲しみを癒やしてくれるものであるからだ。ただしそれは、少なくとも、被害の状況を伝える数字や「ただちに健康への心配はありません」という冷たい情報の言葉ではない。心に響く、信じるに値する言葉である。そのような言葉を文学の言葉と呼んで良いだろう。

このとき、中が念頭に置いていたのは金子みすゞと宮澤賢治である。このふたりの言葉は震災直後から被災者・支援者の区別を問わず流通していった。「心に響く、信じるに値する言葉」をふたりの詩人の言葉に見いだしたというのだが、その「信ずるに値する」という評価はどこから生じるのだろうか。「冷たい情報の言葉」という対立語から反措定的に見いだすならば彼らの言葉は〈温かさ〉を持っていることになる。その〈温かさ〉の淵源を辿ると、後述するように、そこには彼らの人生や人間性といった情報が多分に読み込まれ、理解のコードとして機能している。とりわけ宮澤賢治の言葉は震災以前から充分に評価されてきた。没後すぐに受容が始まった賢治は、「再発見」されることになったみすゞとは異なり、現在に至るまで絶えず読み継がれてきたのだ。一九九六年には生誕百年を祝う言説があらゆるメディア上で沸き起こり、没後の評価全体という点に関していえば六〇余年の間に文庫版も含めれば九度も全集が編み直された作家は希有であろう。

このように読み継がれてきた宮澤賢治が、なぜいま震災を経てことさらに注目を集めることになったのか。賢治の言葉が人びとの間で特に注目されていったのはどのような理由からか。宮澤賢治の受容という大きな問題に取りかかるために、まずはこの疑問からはじめてみよう。

第二節　東日本大震災と〈宮澤賢治〉

このたたかいは、これまでの災害からだれが想像するよりも、ずっと長い時間がかかる。「無明」はまだ続く。いつまでも、苦難に我慢強く耐える「東北の思想」に甘えているわけにはいかないだろう。これまでのように、お上による「救済」を待つのではなく、民と民が互いを支えあう新たな仕組みを創出する以外に、将来の道は

雨ニモマケズ 響く

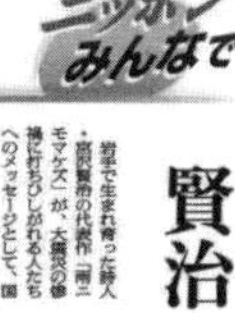

賢治の心 岩手から世界に

小学校校長 卒業 エールの朗読

渡辺謙さん 香川照之さん 竹中直人さん ネット動画「絆」訴え

ジャッキー・チェンさん アグネス・チャンさん… 香港で1万人合唱

津波「海岸は実に悲惨です」——昭和三陸地震、はがきに記す

雨ニモマケズ

雨ニモマケズ
風ニモマケズ
雪ニモ夏ノ暑サニモマケヌ
丈夫ナカラダヲモチ
慾ハナク
決シテ瞋ラズ
イツモシヅカニワラッテヰル
一日ニ玄米四合ト
味噌ト少シノ野菜ヲタベ
アラユルコトヲ
ジブンヲカンジョウニ入レズニ
ヨクミキキシワカリ
ソシテワスレズ
野原ノ松ノ林ノ蔭ノ
小サナ萱ブキノ小屋ニヰテ
東ニ病気ノコドモアレバ
行ッテ看病シテヤリ
西ニツカレタ母アレバ
行ッテソノ稲ノ束ヲ負ヒ
南ニ死ニサウナ人アレバ
行ッテコハガラナクテモイヽトイヒ
北ニケンクヮヤソショウガアレバ
ツマラナイカラヤメロトイヒ
ヒドリノトキハナミダヲナガシ
サムサノナツハオロオロアルキ
ミンナニデクノボートヨバレ
ホメラレモセズ
クニモサレズ
サウイフモノニ
ワタシハナリタイ

朝日新聞2011年4月5日付記事

ない、と思う。

その精神こそ、『雨ニモマケズ』が教えてくれる思想ではなかったろうか。

外岡秀俊は二〇一一年一二月半ばに東日本大震災後の岩手・宮城・福島の三県を訪ねた体験を綴った文章をこのような言葉で締めくくった。(2) 津波と原発によって甚大な被害を受けた東北の人びとの「我慢強さや、忍耐強いやさしさに打たれた」外岡は遅々として進まない震災復興へのもどかしさを「雨ニモマケズ」に託して語っている。

外岡の文章に限らず、震災以後、〈宮澤賢治〉(3) は数々の場で召喚された。書籍や雑誌といった活字メディアに限らず、テレビ番組、ウェブメディアなどを見渡せば、震災以後のさまざまな空間で〈宮澤賢治〉とその言葉を見つけることができる。そして、それは日本国内に留まらない。たとえば震災直後、アメリカのワシントン大聖堂で四月一一日に行われた「日本のための祈り」という式典や[4]、イギリス・ウェストミンスター寺院で同年六月五日に行われた犠牲者の追悼式で[5]「雨ニモマケズ」が朗読され、また二年後の一一月に岩手を訪問したアメリカ大使キャロライン・ケネディもまた「今回の東北訪問では被災者から力強さと勇気をもらった。一本松を見て、宮沢賢治の『雨ニモマケズ』の詩を思い浮かべた[6]」と述べた。このように震災以後の日本を表象する言葉として宮澤賢治の言葉、特に「雨ニモマケズ」が選ばれ、使用されている。このような賢治理解と受容について、ここでは検討していきたい。

震災以前と以後とでは〈宮澤賢治〉に大きな変化がひとつ起こっている。この変化は賢治を紹介する言葉に顕著である。震災以前と以後の、NHKの番組における〈宮澤賢治〉を紹介する言葉を確認しよう。まずは震災後のものである。

> 岩手県が生んだ詩人、宮沢賢治です。
> 宮沢賢治は、2万人以上が犠牲となった「明治三陸津波」が起きた年に生まれ、その37年後、3千人余りの死者・行方不明者がでた「昭和三陸津波」があった年に病気で亡くなりました。
> この間には、「関東大震災」もありました。
> 相次いで大きな災害に見舞われた時代を生きた宮沢賢治。[7]

次に一九九六年、賢治生誕百年の時期に放送されたドキュメンタリードラマの紹介文である。

宮沢賢治の人生は挫折と失敗の連続でした。自費出版の童話集「注文の多い料理店」は全く売れず、教師は4年で辞職し、農業集団の建設計画も頓挫します。最後にはセールスマンとなって売れない商品を抱えて歩き、病に倒れて37歳にして夭逝（ようせい）しました。周囲の無理解や批判にもめげず、理想を追い続けた賢治の生涯をドキュメンタリードラマでたどり、夢幻的な詩と童話の世界を描きます。[8]

両者を一読すると、震災後のものには賢治の人生に「災害」が大きく重ねられ、一九九六年のものには「挫折と失敗」と「理想」が読み取られていることがわかる。ここに〈宮澤賢治〉をめぐるコードの変化を認めることができよう。賢治の人生を考える際に、その生・没年、さらには青年期に大きな災害があったという見落としがたい特徴があったにもかかわらず、これまでの賢治受容の中では二つの災害にほとんど言及されることはなかった。それが東日本大震災を契機に大きく舵を切り、〈宮澤賢治〉にとって災害は切り離せないファクターとして機能するようになった。こうした傾向は文芸批評の場においても明らかである。池内紀は、賢治が数多くの童話と詩をその独特な言葉で語ることができたのは「生・没年を巨大な災禍にともなわれ、さらに一国の災異のおおかたを、その身にそっくり背負っていたからではなかろうか。」[9]と指摘している。災害は賢治の創作全般の母胎として認識されるに到ったのだ。池内以外にも天沢退二郎は、より具体的に「ペンネンネンネンネン・ネネムの伝記」から「グスコーブドリの伝記」への転換に関東大震災の影響を想見している。[10]賢治の創作と災害は接続され、その理解を展開していく上で不可欠なものとなった。そしてそのような〈宮澤賢治〉は一般性を勝ち得ている。右の震災後の番組でインタビューをされた二人の被災者は次のような発言をしている。

「一日に玄米四合と味噌と少しの野菜、これ避難所にいた頃もすっかりこれだったな。

わたしたち贅沢に慣れてしまっているんですね。

そうすると何十年か前に戻ればいいんだと思った時に気持がすとんとしたんだよね。

がんばれって一言も書いてないんだけど、負けるな負けるなって応援してくれているなって思って。」（磐井律子さん——引用者注）

「自分を犠牲にしてでも他の人のためにがんばるというふうな賢治の生きざま。そういうのを感じる。

私自身も腰を据えて治療にあたっていきたい、みなさんに寄り添っていきたいなと思ってます」（宮村通典さん——引用者注）

どちらの発言も賢治の残した言葉を自身への応援として認識し、自分の生活の傍らに寄り添うものとして認識していることがわかる。被災者が自らの言葉として〈宮澤賢治〉の言葉を内面化しているのである。こうした随伴者としての賢治イメージの制作をするのは被災者の言葉だけではない。長年、賢治の童話を漫画化してきたますむらひろしは「賢治には、沢山の人たちが嘆いているとき、そこに寄り添い一緒に泣いているようなイメージがある」とし、「岩手の土壌改良に心血をそそいだ賢治が、［…］放射能汚染された土壌を生き返らせるための戦いに奮闘する姿を想起してしまう。賢治が指し示した意識の電燈は、いつまでもチカチカ点滅しながら、「ミンナ、アキラメルナ」と通信してくるのだ。」と述べ、震災の中で賢治は被災者と共にあり続けようとするだろうと言及している。(11)こうした賢治の理解の背景には「デクノボー」として人びとの間を歩き回る「雨ニモマケズ」が強く影響しているだろうが、少なくとも、〈宮澤賢治〉は「心に響く、信じるに値する言葉」を持つものとして認識され、人びとを応援し、彼らとともにある存在だと解されているのだ。

このような〈宮澤賢治〉が求められた背景には三つの要素の重なりが見いだせる。まず第一に右にも述べたような賢治の人生が災害と密接な関係を持っていたという点である。同じように災害に遭った、もしくは災害を知っている人物の言葉として賢治の言葉は受け入れられている。そして、自然の猛威や自らの無力さを嘆き悲しみ、そしてどうにか折り合いをつけようとする人びとにとっての〈宮澤賢治〉は自分たちと同じ位相に置かれる。それゆえにリアリティのある「信じるに値する」ものと見なされるのだ。第二に、賢治もまた東北の出身であり、東北という郷土に深く根を下ろした詩人であったということである。東日本大震災における主な被災地はいうまでもなく東北であり、その空間に生きる人びとにとって、同じ場所に生き、さらに郷土の言葉を用いながら、郷土の風物を言葉に残した賢治はもっとも親しみやすい存在であろう。舞台演出家の栗山民也は賢治の朗読会を主催したことについて次のように述べる。

宮沢賢治のことばというのは東北という地の中から生まれた言葉であって、だからお客さんもその声を聞いて一緒になるんだろうな。
東北にあったかつての自然、一部は壊れてしまいましたけど、もう一度取り戻してほしいという願いが全般の作品のテーマになっていますのでそれを聞き届けてほしいなと思ってます。(12)

自然災害によって破壊された〈崩壊〉以前の東北の日常や風景を想起させ、懐旧の情をかき立てるとともに人びとの共同性を再度確認させ、復興に向けた団結を心象スケッチは呼び起こしている。
そして第三には、共感性（シンパシーとエンパシー）に関してである。共感という語は賢治を語る際に頻出するものだが、ここでは二つの感覚が機能していることに言及しておきたい。ひとつは対象となる存在の感情や思考に同調し、それを我がこととして理解するシンパシーの感覚である。もうひとつが対象となる存在の立場に立って考え、自分の考えに基づいて行動するエンパシーである。今回の震災という〈崩壊〉に向き合ったとき、困難に直面した人びとへの同情と悲しみを共有する言葉が飛び交った。瀬名秀明は、苅部直との対談の中で「今回、広範囲でシンパシーが表れました。多額の義援金が集まる一方、同情しすぎてストレスになったり、情報が錯綜する原発問題に過剰に不安になったり。」（「シリーズ対談　大震災のあとで」『毎日新聞』二〇一一・六・一・朝刊）と指摘しているが、まさにシンパシーが強く出過ぎた結果として、被災者の苦しみを共に苦しむようなストレスが日本中に蔓延したのであろう。また、和合亮一の詩の言葉にも着目したい。和合の詩の中には「あなたは私です。私はあなたです。[13]」という表現が散見されるが、この「私」と「あなた」を接続し、両者の境界線を溶融させる感覚こそがシンパシーである。和合の言葉はツイッターという擬似的な一対一の感覚を味わわせる〈窓口〉を使って、被災した人びと――和合自身もまた被災者ではあるが――への同調と寄り添いを行った[14]。そしてこの感覚は賢治の言葉にも見いだすことができる。随筆的な短篇「イギリス海岸」では、農場実習で近くまで来た生徒と共にイギリス海岸（花巻市を流れる北上川沿いの河岸）で遊んでいる際に、町の救助係がさりげなく自分たちを見守ってくれていたことを知った「私」（賢治）が次のようなことを考えている。

> 実は私はその日までもし溺れる生徒ができたら、こっちはとても助けることもできないし、たゞ飛び込んで行って一緒に溺れてやらう、死ぬことの向ふ側まで一諸について行ってやらうと思ってゐただけでした。全く私たちにはそのイギリス海岸の夏の一刻がそんなにまで楽しかったのです。そして私は、それが悪いことだとは決して思ひませんでした。

ここで「向ふ側まで一諸について行ってやらう」と考える「私」は「あなた」に対して究極のシンパシーを表わしているといってよい。この他にも「我々のまはりの生物はみな永い間の親子兄弟」(「ビヂテリアン大祭」)だという感覚や「風景やみんなといつしよに／せはしくせはしく明滅しながら／いかにもたしかにともりつづける／因果交流電燈の／ひとつの青い照明」(『春と修羅』「序」)だという存在の複数性への着目はすべて「私」と「あなた」の接続を果たそうとする言葉として見ることが可能である。こうした感覚を備えた賢治の言葉が人びとにとって〈わかってくれる〉言葉として信頼を勝ち得ていった。そして、人びとの心の中に入り込んだ賢治の言葉は宮澤賢治という人物の人となりを同時に呼び込み、かつて流通した「周囲の無理解や批判にもめげず、理想を追い続けた」姿が次なる段階へと進めていく。すなわち被災者の置かれた状況を理解し、それに対して自分がどう動くかというエンパシーの段階である。そこに到って「雨ニモマケズ」の「デクノボー」が機能しはじめる。理想のために、そして何より自らを犠牲にしながら人びとのために生きようとしたという〈宮澤賢治〉が前景化するのである。[15]

このような三つの要素を連関させつつ、宮澤賢治の文学テクストはその実生活と連動する形で震災後の人びとの中に紐帯と希望とを呼び起こし、そしてそれに向けた行動を求めていった。秋枝美保は震災後の「雨ニモマケズ」受容について、「賢治自身も、まさしく被災地の外に立って被災者への支援を続けるような生涯を歩んだといってよい」と述べ、「被災地の外では、何かをしたいという強い思いと、それが簡単にできないという無力感が拡がり、その両方を吐露した「雨ニモマケズ」に、被災地の外に立つ者の共感を呼ぶところがあったといってよいのではなかろうか」と指摘する。[16] 秋枝も指摘するように、賢治テクスト——主に「雨ニモマケズ」——は震災という尋常ならざる事件のなかにあって、人びとを連帯させるための接着剤の役割を果たしていったと考えられる。

ただし、こうした寄り添うもの、応援するものとしての〈宮澤賢治〉の姿は震災以後に新たに発見されたものではなかった。「農民芸術概論綱要」には「世界がぜんたい幸福にならないうちは個人の幸福はあり得ない」と述べられ、人びとの幸福と個人の幸福とを結びつける視点が示されていた。「幸福」をめぐる認識は、「銀河鉄道の夜」でジョバンニとカムパネルラが「ほんたうのさいはひ」を探す旅をするなど、賢治テクストの重要なテーマのひとつを構成していた。[17] 加えて個人と〈世界全体〉をつなぐ志向もまた、「幸福」が賢治テクストのテーマのひとつとされるように、賢治テクストの示すものとして大きな位置を占める要素だと考えられている。そうしたテーマを持つとされる〈宮澤賢治〉に関して、七〇年前の段階でよく似た言説空間がすでに構築されていた。日本の近代という歴史的時間の中でもっとも大きな〈崩壊〉の危機に直面した戦中から戦後にかけての時期にも、〈宮澤賢治〉は人びとを繋ぐものとして求められていたのだ。

第三節　太平洋戦争と敗戦

生前の宮澤賢治と交流を持ち、初期受容において〈地方〉の側から大きな役割を果たした森荘已池（もりそういち）は一九四三年に賢治に関する伝記を出版している。その中の言葉を見てみよう。

「つよく、ただしく生活せよ。苦難を避けず直進せよ。」

です。何百年としいたげられて来た、大東亜共栄圏の中の、よはい、たくさんの民族を、病気の子どもや、つかれた母と見ることは、少しもさしつかへないのであります。まことに、

「世界がぜんたい幸福にならないうちは個人の幸福はあり得ない。」

のであります。米英が、アジアから去らないうちは、アジアの幸福はあり得ないともいはれませう。これは、こじつけといふものではありません。えらい人のことばは、いろいろに考へ読むべきものであります。[18]

ここには戦時色が色濃く打ち出されているが、「米英」への反発をとりのぞいてみれば、「農民芸術概論綱要」に示された人びとの幸福を祈念する姿勢を高く評価する観点は現在と何等遜色がない。実際、この森の伝記は戦後、一九四六年に杜陵書院から再刊されるのだが、その際に右の箇所は「「つよく、ただしく生活せよ。苦難を避けず直進せよ。」／です。まことに、／「世界がぜんたい幸福にならないうちは個人の幸福はあり得ない。」／のであります。」と簡潔にまとめられるに留まり、主張の意図するところは変更されなかった。こうした〈宮澤賢治〉が森特有のものではないことを示す傍証として、斑目栄二によるもうひとつの伝記小説の一節を確認しておく。

> いま、世界を風靡してゐるユダヤ的な物質万能の金権主義、そして、人類を階級と云ふもので形づけて、その階級によつて、たがひにいがみあはせ、ますます人類を不幸におとしこんでゐるやうな、あたらしいと云はれてゐる思想はやがて亡び、そこにそれこそおほらかな、かみのこころによつて、本当の人類の幸福がもたらされてくるのだ。
>
> これからの日本、いや、世界は、きつと、さうなつていくよ………。
>
> この巨きな念願はまづ、神の国である日本から起らねばならぬはずだ。その日本のうちでも土をたがやすわれわれ百姓から、のろしとなつて燃えあがらねばだめだ。(19)

この言葉は羅須地人協会を賢治が設立する際に話した言葉（本当に話したかどうかはわからない）として語られるが、森のものと同じく「ユダヤ的な物質万能の金権主義」であるとか「神の国である日本」といった言葉をのぞけば、やはり「本当の人類の幸福」に向かっていこうと呼びかけるものになっている。このように、戦時下という、きわめて制限された言説空間の中であったことを考慮しても、こうした賢治に関する言葉は人びとの幸福のためにという修身的な内容で統御されていることがわかる。

このような戦時下の賢治受容が敗戦という〈崩壊〉を経てどうなったかを確認しよう。戦後の賢治受容の特徴的な変化として、「雨ニモマケズ」に偏重した評価軸への批判がある。花巻で生前の賢治と交流のあった関徳彌（せきとくや）[20]（登久也）は「世間では彼の「雨ニモマケズ」を何か後生を指導する修身書の如く考えている人もあるが、それは大きな過ちだ」として、賢治の作品を読むことを奨励する。戦時中、「雨ニモマケズ」は賢治のテクストのうちでもっとも人口に膾炙したものであった[21]。そして「修身書の如く」考える背景には「雨ニモマケズ」の「デクノボー」のような、人びと、ひいては国家や大東亜共栄圏といった共同体のために働くことを第一として求めたことがあった。こうした事実を踏まえれば、「雨ニモマケズ」を切り離すことは戦時色を切り離すことと同義として働いていたと考えられる。敗戦という〈崩壊〉後の受容の第一歩としてこうした主張が出てくることはきわめて象徴的なものであろう。さらに関はこの評論を書く前年まで、花巻で農民芸術社を主宰し、『農民芸術』（全八集、一九四六・五〜一九四九・七）という雑誌を刊行していた[22]。その中で、当時賢治の周囲にいた人びとからの聞き書きや関自身の賢治についての回想を、第五集まで連載している。これに代表されるように『農民芸術』に載った文章の大半は生前の賢治を知る人の回想であった。この点について最終号となった第八集（一九四九・七）の巻末記において次のような文章を載せている。

> 賢治逝いて十七年、随分方々で賢治が探求され、もうその材料も出尽したかと思えば、これは甚だその反対である。言い古された感はあるが、多面体の彼に就ては未知数の分野が未だに山ほど残されている。地質学者としての彼、宗教人としての彼、さらに彼のたった一篇の思想詩とも言うべき、農民芸術概論すら何人もいまだ

手をつけていない。宮澤ほどの多面体は、材料を十分揃えてから批判するのは当然だと思う。彼を批判する前に、まず私達は材料をここに呈出したい。本誌は賢治生前の彼の歴史を、彼の学問を、彼の生き方を如実に呈出したい。その仕事だけでも山ほどある。せっかちになって、あまり先きをいそがれるとまことに困るのである。

関のこの文章を読むと、戦時中の国策と合致した受容に関しては言及されず、これまで以上に賢治の研究を進めていかねばならないという意識だけが見て取れる。つまり関と『農民芸術』に集った賢治受容者たちにとって、戦時色と連動したことと「修身書の如く」読むこと、さらには「多面体」としての賢治を研究するべく「材料」を揃えていくことといった三つの事項はすでに切り離されていたのだ。[23]

では、実際に『農民芸術』に寄稿された文章を確認してみると、どうであろうか。そこには確かに、「雨ニモマケズ」的な精神性への同調より、社会を改良していくための手掛りとして農民の生活をいかにして改善すべきかという点に議論の焦点が当てられている。石塚友二は「真の文化といふものは、一本の稲の穂に出来るだけ多くの実を結ばせるべく、如何にすれば可能かといふことを考へることの中にある、そして、その考へを現実に試むことの中に真の文化運動といふものはあるのだ。[24]」といい、森荘已池は中国共産党統治下の農村の自然発生的な「自給圏」と政治的共同体の連動に「微かな希望[25]」を見いだした。これらの批評の言を見ていくと、この場において期待される〈宮澤賢治〉は人びとの傍らに寄り添う随伴者としてのものではなく、あくまで新たな時代の思想——特に戦時下の日本では語ることが許されなかった共産主義的思想——の表象として見いだされている。しかし、その一方で第二集に寄せられた儀府成一（ぎふせいいち）（母木光（ははきひかる））による「宮澤氏をむやみに偶像視し神格化するあまり、これを聖句とか護符とかいつた類のものにして天上に祀りあげたのでは、宮澤氏が生命がけで実践しやうとした第四次元の世界からも、またこの詩句のもつほんたうの精神からも、却っていたづらに遠のき、そむく結果になりやしないであらうか。[26]」という警告からは、まさにそうした賢治受容が一九四六年に到るまでの中で最もベーシックなものとして機能し、〈崩壊〉後もなお支配的な強度を持った言説として流通していたことがうかがわれる。

さて、それではそのような「雨ニモマケズ」に同調し、生き方や人格者として慕う形態の〈宮澤賢治〉がいかにして持続していたかを見ていこう。むしろ、こちらが戦後も中心的な〈宮澤賢治〉であったといってよい。一九四九年一〇月一日より十字屋書店によって刊行が開始された『四次元』[27]の創刊号に編集者である佐藤寛が編集後記のなかで以下のように述べている。

宮澤賢治の思想が全世界の道徳復興運動の精神につながるものである——と、いう提唱に多くの共鳴をえてこゝに〝宮澤賢治友の会〟は成立した。真の宮澤賢治研究はこれからだ！　宮澤賢治研究は新しい角度から——。かういふ声にこたへて誕生したのである。

宮澤賢治友の会は既に存在したこともある。また草野心平氏が主催して〝宮澤賢治研究〟を発行して六号までつゞけられた。それが今日の宮澤賢治研究に大きな示唆を与へて来たことは事実である。それからまた花巻の関登久也氏が主宰する農民芸術社からも〝宮澤賢治研究〟が発行され二号までつゞいたが、これは季刊農民芸術に併合することになつた。尤もこれはその方がかへつて意義あるのではないかと考へられる。創刊以来すでに第八輯まで発行してをり、宮澤賢治研究の一の権威ともなつてゐるので——。兎もあれ本誌は第三期〝宮澤賢治研究〟の性格をもつて登場したことになるのである。

ここで佐藤が言及している「道徳復興運動」とはアメリカのフランク・ブックマン牧師たちが中心となって提唱

したMoral Re-Armament（MRA）運動のことで、戦後は西側陣営の中で展開されたものである。日本では一般的には「道徳再武装」と訳され、主にアメリカとの「国際交流運動」という側面を持ち、「海外渡航手段の一つとして、すなわち「外国への窓」としての意義が高かったという[28]」。MRAのモットーは「たゞ『神の指導の下に』［…］国籍を問わず、人種を問わず、階級を問わず、主義を問わない」で「キリストの教訓を文字通り正直に行う[29]」ことであった。編集者である佐藤は、この「道徳復興運動」と接続させる形で『四次元』を、すなわち〈宮澤賢治〉を付置した。その結果、「今の混乱した日本に、賢治のような精神を持つた人が、最も大切だと思ふ[30]」という発言や、「彼の思想を、世界の平和と文化の建設に献身せんとする日本民族は、己が心宝として熟読玩味すべき」であり、「今日の日本人のみならず世界人にとって、切実な問題は、ヒューマニストとしてのあり方と幸福の課題にその根基がおかれている[31]」という発言を呼び込むことになった。そしてそれは『四次元』内部に留まらず、『国文学　解釈と鑑賞』一七号（至文堂、一九五二・九）には藤原定が「聖者というものはその人の肉体の残痕がすっかり地上から洗い流され、その伝説の中の体臭が洗い落とされ、純粋な神話的象徴になり切ったときに生れてくるものであろうと私は信じているが、宮澤賢治はそのような聖者になりつつあり、或いは一面もうそう成っている。」と述べ、「聖者」としての〈宮澤賢治〉を称揚するに到ったのだ[32]。

　このようにして、敗戦という価値観の〈崩壊〉を境に〈宮澤賢治〉は二つの存在に分割された。ひとつはテクストを重視し、生前の行動や思想はテクスト読解のための手段であると考える方向からの賢治受容であり、もうひとつはテクストが付随物で真に理解し親しむべきは宮澤賢治という個人そのものであるとする賢治受容である。両者は戦前の段階からすでに発生していたが、敗戦を契機として前者が後者の受容形態から自らを異化する形で声を上げるようになっていった。こうした方向性は現在もなお残されているといってよい。前者は文学研究の場において主に継承され、後者は社会一般における〈宮澤賢治〉理解として息づいている。そしてこの両者が継続して維持していた〈宮澤賢治〉が東日本大震災によって、ほぼ変わらない形式で再び注目を集めたのだ。

第四節　〈崩壊〉から浮かび上がる〈宮澤賢治〉のメカニズム

東日本大震災と敗戦という七〇年の隔たりをもった二つの〈崩壊〉の危機の中で〈宮澤賢治〉がどのような形態で受容されてきたかを論じてきたが、これによって見えてくるものがある。まず〈宮澤賢治〉を語ることによって人びとが〈崩壊〉に対応しようとしている点だ。急激なパラダイムの転換を伴う出来事を前にして人びとは〈宮澤賢治〉の言葉を求める。〈宮澤賢治〉は〈崩壊〉の危機を生き抜くための術として用いられ、実際に機能している。震災後の、寄り添うものとしての「雨ニモマケズ」や戦後の社会改良思想としての解釈などにそれは示されよう。

そして、こうした〈宮澤賢治〉の扱いに注目したとき、発見されるのは〈宮澤賢治〉の変わらなさである。東日本大震災と敗戦、どちらの時にも〈崩壊〉の前と後とで大きな隔たりを持ったようでいながら実際には〈宮澤賢治〉の核となる認識とそれを導き出すための方法はほとんど変わっていない。それぞれの時代性に適合した装いをまといながらも、テクスト単体で読まれることはなく、常に賢治の実生活などを踏まえた人物としての〈宮澤賢治〉を同時に読み込むことが求められている。

現在、もっとも読まれている賢治のテクストであろう「銀河鉄道の夜」を読むに際し、パルバースは「まず宮沢賢治の生い立ち」を語る。「なぜなら賢治作品のなかに込められた思想やメッセージには、彼の出自や育った環境が深く関係していると思われるから」だ。そして「彼のバックボーンを知ってから作品を読むのと、なんの知識もなく読むのとでは作品から受ける印象はかなり違ってくるはず」だという(33)。賢治作品の英訳を手がけ、賢治の紹介と入門書を手がけるパルバースによる読者への入り口はすでに賢治の実人生と共に読みなさいという限定がかけられている。そしてそうした考えは、七〇年前に関登久也が「多面体」としての賢治を読むための「材料」を求めたことから何も変わらないのである。

宮澤賢治のテクストを読むということは、テクストのみならず彼の読んだ先行する文献や行動、思想、人生といった〈宮澤賢治〉総体を捉えようとすることに他ならない。他の文学テクストがテクスト論によって作家と切り離されながら読まれようとした八〇年代においても賢治のテクストは作家と常にセットであり続けた。当然、それは賢治のテクストの多くが未定稿であったゆえに、断片的にしか語られない言葉をつなぎ合わせていかねばならない「文学の営み」の結果でもあった。

そうしたテクストクリティークの段階から、すでにわれわれが宮澤賢治のテクストを読むときには逃れることのできない、読みのメカニズム（機制）が駆動している。宮澤賢治のテクストには〈宮澤賢治〉がつきまとい、われわれの読みを農業指導・実践者として苦労した姿と、日本にとどまらず世界に通用する愛の理念――それは人間にとどまらず、全ての存在へと向けた普遍的な愛として――の提唱者としての姿へとおおまかに集約させていく。こうした読みの通路が存在することを自覚し、テクストを虚心坦懐に理解するためには、そうした〈宮澤賢治〉のメカニズムがすでに完成していた一九四五年以前、すなわち没した一九三三年から一九四五年までに〈宮澤賢治〉が成立した過程と背景を解きほぐさなければならない。一九三三年九月二一日に没してからわずか一二年の間に戦後七〇年、いや恐らくこれからも残り続ける〈宮澤賢治〉[34]は彫像された。米村みゆきは森荘已池や草野心平の働きかけに注目し、〈宮澤賢治〉が中央文壇の権威を背景に普及したと説明する。[35]しかし、そこには同時に、賢治の生前のことなどを報告するように中央文壇が呼びかけたのに対して答えた岩手の人びとの文学的欲望もあったはずである。さらには、そもそもなぜ〈宮澤賢治〉がそれほどまでに重要な存在として流通することができたのかという場の問題もある。賢治の初期受容が成された一九三〇年代の文学的空間の内実や、それを支えた社会的状況なども合わせて検討される必要がある。

第五節　本書の構成

以上をふまえ、本書では〈宮澤賢治〉が召喚されたトポスとしての文学が一九三〇年代にどのような状況であったかを第一部で考察する。具体的には、一九三〇年代に人びとが個人と〈世界全体〉をつなぐ意識を生じさせていたことを論証していく。賢治のテクストにも大きく関わることになるエスペラント、プロレタリア文学運動、モダニズム文学、〈日本的なもの〉といったものが文学の場において語られた意味をそれぞれ考える。エスペラントは言葉を奪われて文化的根源を失うことから人びとを守るためのものであり、プロレタリア文学運動は国際的分業化のなかで虐げられた労働者たちが自らの尊厳と自由を取り戻すためのものであった。またモダニズムは伝統と対峙しつつも利用することによって現状を革新する方法を求めた。つまり、彼らは文学を通して〈世界全体〉への認識を更新することを試みていたのだ。

第一章では一九三〇年代に噴出するさまざまな問題の起源としての二〇世紀初頭を主にエスペラントの誕生と受容を見ることによって考察する。その際に賢治と同様に東北出身で文学的には詩と童話、戯曲に身を捧げ、イデオロギー的には社会全体の改良を望んだ秋田雨雀(あきたうじゃく)の「緑の野」(『中央公論』、一九一五・七)に言及する。「緑の野」はエスペラントを用いた戯曲であり、テクストの内容と表記を通じて同時代的な問題に接続することが可能なものとして解釈できる。ここから一九三〇年代へと通ずる問題系を抽出していきたい。

第二章では、賢治の没した一九三三年前後に最大のピークを迎え、多喜二の虐殺や佐野学・鍋山貞親の転向声明(『改造』、一九三三・七)によって一気に退潮していったプロレタリア文学運動の理念と限界について考察する。その際に中心的に論じるのは前田河廣一郎「川」（『改造』一九三二・七）である。個人の尊厳と自由を回復するための手段であった〈運動〉が、個人の尊厳と自由を束縛し「機械」のパーツとして見なしていく様相をテクストから読み解いていくこととする。

　第三章では、プロレタリア文学と同時期に文学の場において対立軸としてあったモダニズムの進展を考察する。主知主義を主導した春山行夫は『詩と詩論』（全一四冊、厚生閣書店、一九二八・九〜一九三一・一二）と『新領土』（全四八冊、アオイ書房、一九三七・五〜一九四一・五）を中心に自らの「詩論」を展開し、そこで〈伝統〉を再解釈することによって文学の革新を求めた。また西田幾多郎は「私と汝」（『岩波講座哲学』第八巻、一九三八）や「伝統主義に就て」（『英文学研究』、一九三五・五）を中心に超越的な〈伝統〉を志向し、それを「超越的な」「catalyst」として「世界新秩序」を再構築することを目指した。春山や西田の〈伝統〉にT・S・エリオットの影響が見られることを媒介にして、モダニズムを経験した人びとが一九四〇年代の大東亜共栄圏という戦時体制下に糾合されていった理路を検討する。

　第四章では、戦時体制に糾合されることになる前夜、松本学に主宰された文藝懇話会という組織について検討する。その際に人首文庫所蔵「文藝懇話会参考資料」・「文藝懇話会記録」を用いて、統制の姿が〈禁止〉から〈改善〉を要求するものへと変化したことを明らかにする。文藝懇話会に集められた文学者たちの強固な反対と、それを内務省内部に浸透させた佐伯郁郎という検閲官であり詩人でもある人物が果たした役割を考察する。

　第五章では、〈宮澤賢治〉を成立させていくうえで大きな役割を担った岩手という〈地方〉における文人たちの文学的立場について考察する。〈宮澤賢治〉が〈中央〉と〈地方〉双方の思惑を取り込みながら、同時代的な文学現象として成立していったことに鑑みれば、第四章までに展開された〈中央〉の文学的事象を、もう一方の当事者である岩手の人びとがどのようにとらえていたのかを確認する必要があるだろう。彼らは〈地方〉的な存在としての立場を認識していたが、それは〈中央〉という参照項を用いて成型された認識であり、また同時代の文学的営為を捉えるための格好の「鏡」でもあった。彼らの議論を通じて、第二部第七章以降で触れることになる、賢治受容の要件としてのローカル性を広く受容した存在について考察しておきたい。

そして、第二部では、第一部で検討した文学というトポスに〈宮澤賢治〉がどのように現れ、機能したかを検討していく。宮澤賢治は「世界全体が幸福にならないうちは個人の幸福はあり得ない」と述べ、常に個人と世界との関係を考え続けた作家であった。彼の〈世界全体〉への志向が同時代の志向と連関しながら受容された姿を明らかにすることが目的となる。

第六章では、そのために必要な前提として賢治のテクストが没後にどのように発表されていったかを文学史的に概観する。ここでは文圃堂や十字屋書店から刊行された全集や松田甚次郎編『宮澤賢治名作選』の書誌的事項もあわせて確認する。

第七章では、全集刊行に大きな役割を果たした横光利一が初期受容に影響を与えたことを論証する。特に注目するのは文藝春秋講演会（於・盛岡公会堂、一九三四・九・二二）での講演内容である。「精神生活」を手にすれば〈地方〉的な存在から抜け出すことができると述べた横光の発言が、同時代の〈中央〉と〈地方〉において〈宮澤賢治〉を受容していくときの尺度のひとつとして強固に浸透していったと考えられる。

第八章では、初期受容における評価の変遷を辿る。『春と修羅』（関根書店、一九二四）の同時代評ではダダイズムやプリミティヴィズムとの関わりのなかで評価されていた〈宮澤賢治〉であったが、没後すぐの『宮澤賢治追悼』（次郎社、一九三四・一）などを概観することで、多種多様な〈宮澤賢治〉が生成されていたことを確認する。

第九章では、第七・八章で見てきたさまざまな〈宮澤賢治〉が〈日本的なもの〉と接続し、戦時体制下での受容形態へと変貌した理由を探る。一九三六年の欧州旅行以後の横光利一が古神道に傾倒していったことや、保田與重郎が日本浪曼派のイデオローグとして〈日本的なもの〉を「世界規模」に広めようと企図したこととあわせて、〈宮澤賢治〉が〈世界全体〉と〈日本的なもの〉とをつなぐ〈根〉として機能したことを検証する。そして賢治受容のひとつの達成であるコスモポリタンとしての姿と接続する認識が、一九三〇年代には〈日本的なもの〉というローカルなものと接続するかたちで登場していたことを明らかにする。

第一〇章では、賢治受容のもうひとつの達成である農民としての姿ができあがった背景に焦点を合わせる。花巻で農作業や肥料設計にいそしんだ賢治であったが、その賢治の認識の底にアナキズムへの共感があったことを媒介にして、昭和期農民文学運動との連続性を検討する。より良い〈世界全体〉として相対的ユートピアを目指したアナキズムと宮澤賢治がたどった道行きとそのアクチュアリティーについて検討する。

最後に、最終章では賢治テクストが目指した「第四次元の芸術」とはなんであったかを論じる。賢治は自らのテクストを「論料（データ）」と呼んでいた。「論料」が意味を持つためには、それをまとめ上げることの出来るある主体によって〈物語〉として紡がれなくてはならない。こうした観点から、一九三〇年代の文学の場に受容されながら、同時にそこから逸脱するテクスト群を生成していた賢治の姿を論じる。

これら第一部と第二部を通して、〈宮澤賢治〉という文学的現象と〈世界全体〉という認識の更新作業が連動していく様相を明らかにしたい。文学を研究することとは、部分と全体を往復しながら、そのなかにある要素の連関を一つずつ見つけ出し、定位していくことだ。〈宮澤賢治〉という部分と〈世界全体〉という全体、さらにそれをつなぐ要素としてのエスペラント、プロレタリア文学（社会主義運動）、モダニズム文学、統制などさまざまな観点をつなぎ合わせることで、現象としての文学を明らかにしていくことが本書の目的である。

以上、本書の目論見を概観した。一九三〇年代という時代状況は〈宮澤賢治〉をどのように発見し、そして以後の〈宮澤賢治〉へと引き継がれる読みのメカニズムを構築していったのか。〈今〉〈ここ〉における〈宮澤賢治〉を理解するためにも、まずは過去の人びとの文学的営為によって紡がれた〈宮澤賢治〉という解釈の成り立ちをひもといていかねばならない。

注

（1）中良子「災害と言葉／物語」（中良子編『災害の物語学』世界思想社、二〇一四）。
（2）外岡秀俊『震災と原発　国家の過ち　文学で読み解く「3・11」』（朝日新書、二〇一二）。
（3）人びとに受容された宮澤賢治像について言及する際、以後、〈宮澤賢治〉と記す。
（4）「〈世界から被災地へ　東日本大震災〉日本のための祈り　ワシントン大聖堂」（『朝日新聞』、二〇一一・四・一三・朝刊）。
（5）「ガンバレトウホク、2千人祈る　東日本大震災の追悼式　英ウェストミンスター寺院」（『朝日新聞』、二〇一一・六・六・夕刊）。
（6）「ケネディ大使「雨ニモマケズ」」（『読売新聞』、二〇一三・一一・二六・夕刊）。
（7）「被災地に響く宮沢賢治の言葉」（「NHKニュース　おはよう日本」二〇一二・五・八、http://www.nhk.or.jp/ohayou/ marugoto/2012/05/0508.html）。
（8）「宮沢賢治　銀河の旅びと」（NHK、一九九六、http://www.nhk-ondemand.jp/program/ P201100079900000/）
（9）池内紀「賢治災異志」（『ユリイカ』、青土社、二〇一一・七）。
（10）天沢退二郎「「大震災」と宮沢賢治　ネネムからブドリへ」（『ユリイカ』、青土社、二〇一一・七）。ただし天沢は「本稿はここで予定の枚数が尽きた。」として指摘するに留まり、具体的な論証は未だなされていない。
（11）ますむらひろし「ぐるぐる・チカチカ・ぱあっくり」（『ユリイカ』、青土社、二〇一一・七）。
（12）「被災地に響く宮沢賢治の言葉」、前掲。
（13）和合亮一『詩ノ黙礼』（新潮社、二〇一一）。
（14）こうした和合の言葉が拡散した要因として「あなた」という言葉の単複同形の語の持つ機能が考えられる。たった一人の人物への呼びかけであると同時に複数の人びとへの呼びかけでもある「あなた」という語が用いられたことによって、数多くの人びとの紐帯を可能としたのである。この点に関してはツイッターのリツイート機能による他人のつぶやきを自分のつぶやきの中に引用して拡げていくという感覚もまた関係があると思われる。

(15) 小森陽一は「グスコーブドリの伝記」を取りあげ、テクストの根源に「ブドリの最終決断をめぐる「科学」と「宗教」の間での対立」がある(『死者の声、聖者の言葉　文学で問う原発の日本』(新日本出版社、二〇一四))と述べる。小森の指摘は単純な自己犠牲を称揚する文脈では決してないが、「命をかけて」「命を大事にして」「共に生きる」ことを求める言説が「「3、11後」のために」(小森書・帯)書かれた書籍として震災関連言説の中に位置づけられるとき、そこには必然的に〈宮澤賢治〉との単純な接続が成されていくだろう。シンパシーからエンパシーへと到る賢治受容の正当性を示す一翼を担うことになるのである。

(16) 秋枝美保「東日本大震災後の「雨ニモマケズ」受容と宮沢賢治にとっての「雨ニモマケズ」」(『論攷宮澤賢治』、二〇一二・一)。

(17) たとえば、山根知子「宮沢賢治の幸福観―「ほんたう」に込められたもの」(『国文学　解釈と鑑賞』、二〇〇六・九)では賢治テクストのなかに見られる「幸福」、「しあはせ」、「幸」、「さいはひ」といった語の用例を通して、「賢治の幸福観の形成過程では、トシの死の衝撃から、トシの思いを追想するなかで、「ほんたう」の幸福への思いを深化させていることが確認できる」と論じ、初期から晩年に至るまで賢治の文学テクストに一貫したテーマとして「幸福」があったことを指摘している。

(18) 森荘已池『宮澤賢治』(小学館、一九四三)。

(19) 斑目栄二『伝記小説　雨ニモマケズ・宮沢賢治の生涯』(富文館、一九四三)。

(20) 関徳彌「宮澤賢治覚書(一)」(『真世界』、一九五〇・二)。

(21) 「雨ニモマケズ」の戦時下での利用については、構大樹「徴用された〈宮沢賢治〉総動員体制下の「雨ニモマケズ」と文学的価値の所在」(『日本近代文学』、二〇一五・五)などに詳しい。

(22) ただしどちらも発行人兼編集人として関の名前が記載されたことは一度もない。

(23) こうした観点で〈宮澤賢治〉を論じたのは関たちだけではない。詩人の中村稔は『詩学』(一九五一・一〇)に「宮澤賢治論」を掲載し、その中で「(「雨ニモマケズ」は——引用者注)「農民芸術概論」からの退却以外の何ものでもない。そこに一貫するものは、現実肯定の倫理であつて、農民を悲境から救おうとする烈々たる希望はない。」と述べ、谷川徹三の「この詩を私は、明治以後の日本人の作つた凡ゆる詩の中で最高の詩であると思つてゐます」(『宮澤賢治』要書房、一九五一)という言と対立している。谷川は戦前から賢治の受容に関わった人物であり、その谷川と戦後・第一世代の詩人として活躍をはじめた中村が対立したということはきわめて興味深い事実である。

(24) 石塚友二「農村の明り」(『農民芸術』、一九四六・一二)。

(25) 森荘已池「選民と賤民」(『農民芸術』、一九四六・五)。

(26) 儀府成一(母木光)「宮澤賢治の人間像」(『農民芸術』、一九四六・一二)。

(27) 『四次元』はこの後二〇二号(一九六八・一一)まで刊行され、小沢俊郎・土佐啓一が編集を引き継ぎ、『賢治研究』(宮澤賢治研究会機関誌)と誌名を改めて現在まで継続して発行されている。

(28) 葛西賢太「オックスフォードグループ運動における〈心なおし〉の実践とその意義」(『宗教研究』、二〇〇九・九)。

(29) 神代峻通「MRAに就て　道徳復興運動要録」(『密教文化』、一九五〇・一二)。

(30) 山田光義「友に「宮澤賢治」を勧める」(『四次元』、一九五三・四)。

(31) 伊東一夫「「修羅の渚」を読みて」(『四次元』、一九五〇・四)。

(32) ただし『四次元』に寄せられた論文の中には、小沢俊郎らと共に戦後の賢治研究を領導した恩田逸夫が「賢治文学の展開—人間の線に沿って—」(『四次元』、一九五〇・二)において「文人としての彼と共に人としての賢治により一層ひきつけられて」「中にはすつかり偶像視してしま」うことを問題とし、作品の「絶えざる鏤骨の跡」への研究を早くも呼びかけているような現在の賢治研究に繋がる場として機能していたことも併せて付言しておかねばならない。

(33) ロジャー・パルバース『100分de名著　宮沢賢治　銀河鉄道の夜　悲しみを乗り越えよ』(NHK出版、二〇一一)。パルバースのこの限定は研究者に向けての言葉ではなく、テレビの教育講座のなかで用いられた広く一般の読者に向けたものである点はもちろん注意しなければならない。しかし、賢治テクストの一般的な解釈は研究の言葉の積み重ねによってつくられたものであることは疑いようもない事実であるし、本論の考察対象がそうした賢治理解をつくりあげた宮澤賢治の初期受容に向かうものであるため、あえて言及するものとする。

(34) 賢治の弟・清六の孫である宮澤和樹は『宮澤賢治　魂の言葉』(ロングセラーズ、二〇一一)の中で自らの役割を「正しい宮澤賢治の姿」を伝えていくことだと述べている。そこで語られるのは「世界がぜんたい幸福にならないうちは個人の幸福はあり得ない」(「農民芸術概論綱要」)という賢治の言葉であり、それはまさに「修身書の如く」語られる。「正しい」ものを定義する強固なカノンが〈宮澤賢治〉においては生きているといえよう。

(35) 米村みゆき『宮沢賢治を創った男たち』(青弓社、二〇〇三)。

第一部

〈世界全体〉再創造の時代

――一九三〇年代の文学運動――

第一章　エスペラントは日本近代文学にどう受容されたか

――世界同時性の文学へ――

第一節　言語の中の人びと

「祖国とは母語である」という箴言[1]があるように、われわれにとって言語とは思考や行動など人間としてのほとんどの活動を支配するもっとも中心的な制度であるといってよいだろう。コミュニケーションのための記号体系としての言語認識を越えた、ある種、イデオロギーとしての言語認識は今日の社会言語学において重要な問題として横たわっている。フランスの言語学者ルイ＝ジャン・カルヴェは植民地を支配した〈帝国〉の言語が土着の言語を蹂躙していくさまを「ことば喰い（グロトファジー）」と呼び、一九世紀以降、特に二〇世紀に入ってからの支配的言語の精力的な拡大と少数言語の危機的状況を喝破した。[2]ある少数言語の話者たちが、その言語を捨てることを強制され、新しい全く別の言語を習得させられていき、ひとつの言語が消滅する。それは彼らの〈祖国〉が失われたことと同義となる。少数言語を用いた思考は完全に滅却され、その言語に基づいた文化は形骸化し、本質的な部分が失われてしまう。帝国主義による植民地の広がりは経済的な収奪のみならず、「ことば喰い」によるデラシネの発生をもたらしていったのだ。

話す言語が変わってしまえば、彼らの思考は新しい言語に依存することになる。言語は歴史を引きずるものであり、これまでの歴史のなかで使用されてきたことによる重みを持つ。そしてその重みは人びとの思考のフレームワークとして機能し、話者同士のコミュニケーションを手助けすると同時に制約を設けもする。言語が人びとの知的活動にとってきわめて重要な位置を占めるものであると考えたとき、「ことば喰い」は甚大な被害をもたらす災厄であると考えられる。

日本においても「ことば喰い」は起こっていた。森有礼が当時の国際状況を鑑みて英語を公用語として日本の言語にするべきだと言ったことは極端な例であるとしても、多くの日本人が英語やフランス語、ドイツ語などを習得して、それぞれの言語を用いて西洋列強の近代文明を学び獲得していった。それに付随して多くの外来語が漢語訳されたりカタカナ表記になったり、さまざまな形をとりながら日本語の中に入り込んできた。こうした事実から、近代日本における思考のフレームワークが従来の日本語のみで構築することはすでにできず、複数の言語が絡まりあった状態で形成されたということは明らかである。近代日本における標準語という存在はそのフレームワークを順次拡大し、引き継いでいくために整備されていった。ここにある種の「ことば喰い」が起こっていたといえよう。

しかし、日本語に対する西洋諸語の浸食ということのほかに、もう一つの「ことば喰い」が起こっていたことも忘れてはならない。方言の存在である。日本の各地域で話されていた言語は、方言として標準語のバリアントの一種に再配置されていった。その過程で、今日消滅危機に瀕する言語として考えられているアイヌ語や八重山語、与那国語なども含めたさまざまな地方の話者が自らの言語を標準語という〈帝国〉の言語に切り替えられていった。なによりも台湾や朝鮮半島において日本語教育がなされていったことは〈帝国〉の言語としての日本語を端的に示すものである。こうした事実は西洋列強の諸語に対して弱者であった日本語がその〈国内〉においてさらなる弱者を見つけて強者として振る舞った例として考えられる。

このような状況を前にしたとき、日本近代文学における言語使用の問題が立ちはだかってくる。文学は言語を用いた芸術であり、言語の特性をきわめて強く受けるものである。実際、日本近代文学の黎明期においては言文一致をめぐる運動が起こったように、どのような言語で書くかということは重要な問題であった。そして文語は放棄され、新しく口語とよく似た文体が文学の言語として選択されていった。ここで参考にされた口語は新しい日本の標準語を用いたものであった。つまり日本近代文学は「ことば喰い」がなされた後の言語を用いて書かれたのだ。とすると、近代的自我の発見や自然主義的な「私」の問い直しといった日本近代文学の中心的主題とされてきた文学観は当然現れるべくして現れたと考えられるのではないか。すでに述べたように「ことば喰い」は文化的デラシネを生み出すものであった。能動的にせよ受動的にせよ、人びとが自らの言語を変更・変質させることで文化的・精神的根幹は失われていった。そして、失われた文化的・精神的根幹は空白として、人びとに喪失感をもたらす。結果として、その空白を埋めることのできる（と信じている）何かを求めることになる。すなわち、個人の存在の意味を問い、社会の中の「私」という関係性を強く希求するということが日本近代文学の重要なファクターのひとつとなるのは近代日本の言語的成り立ちを考えれば必然であったといえよう。そして、そのような日本近代文学において地方出身者の喪失感はより深いものであっただろう。彼らは方言とされた自らの母語を自制し、標準語で書くといった制度に飲み込まれ、さらには現実問題として自らの故郷と物理的に遠く離れた東京でなくては実質的に作家として活動することが困難であった。彼らは精神的・物理的双方において故郷を喪失することでようやく作家としてのスタートラインに立てたのだ。

日本近代文学の始点に関わる右の問題を念頭に置いたとき、明治末期から大正期にかけてザメンホフによって考案されたエスペラントが日本に紹介され、それを用いた文学がつくられていったことはきわめて重要な事実として浮かびあがってくる。国際語としてさまざまな言語を媒介するためにつくられたエスペラントは人びとの母語を守

ザメンホフ

るための手段であった。本論では、このエスペラントが持ち得た意味をまず概観し、その上で大正期にエスペラントを用いた文学作品を残した秋田雨雀に言及していく。秋田雨雀は、青森県南津軽郡黒石町出身であり、後に社会主義思想に傾倒した作家である。東北という地方性を持っていた雨雀がエスペラントの国際性に親しみ、社会の在り方を問題視したということは、まさに如上の日本近代文学の好例として見ることができよう。ともに二〇世紀初頭からはじまるエスペラントの思想と雨雀のテクストとを連関させることによって、一九三〇年代の思想へと続く大きな流れのなかのひとつとして考察していきたい。

第二節　解体／統合する言語

「ことば喰い」の時代に抵抗するかのように、ひとつの言語が一九世紀末にルドヴィコ・ザメンホフによって考案された。エスペラントである。ザメンホフは、〈帝国〉の言語として世界中にまき散らされていた英語やフランス語など西洋諸語の文法的・発音的不完全さによる学習の困難を問題視し、新しく国際語の役割を果たす媒介言語としてエスペラントを提唱した。このエスペラントは人工言語として人びとに知られるようになり、徐々に利用者を増やしていくことになるのだが、エスペラントの最も重要な点は、国際語として人びとに話されるというコミュニケーションのための記号体系の役割にあるのではない。人びとの間に流通する言語が既存の諸語のどれかではなく、なぜ人工言語でなくてはならないのかという問題、すなわちイデオロギーとしての言語の問題と密接な関係を結んでいることにあるのだ。

ザメンホフがエスペラント文法書『第一書』(*Unua Libro*)を発表したのは一八八七年であった。しかし彼の国際語開発への意志は一八七八年の学生時代にまで遡ることができるという。ユダヤ系ポーランド人であったザメンホフは中学校の友人たちと新しい言語を創造することに夢中になっていた。そしてついにプラ・エスペラント(Lingwe Universala)を創り、エスペラントの基盤となる言語体系を成した。その当時、プラ・エスペラントで書いたという次のような詩が伝わっている。

Malamikete de las nacjes
Kadó, kadó, jam temp' está!
La tot' homoze in familje,
Konunigare so debá.
(民族のあいだのにくしみよ
たおれろ、たおれろ、もう時が来た!
人類全部はひとつの家族に
いっしょにならなければならぬ)(3)

この詩に書かれているように、ザメンホフの人工言語創造の理念は諸民族の間の融和であった。これはエスペラント完成後もザメンホフにとっての言語認識の中心的な理念として引き継がれていく。

諸民族を隔てる真の障壁、民族間憎悪の真の原因は、言語と宗教の違いにほかなりません。とりわけ言語は民族の区別に絶大な役割を果たしています。「言語」と「民族」とが同義語になっている言語もいくつかあるくらいです。[…]人類の不幸は、民族が存在するからではなく、各民族がこれまで余儀無く互いに干渉し合ってきたという事情によっています。他民族の人びとと関係を結ぼうと思えば、自分か相手のどちらかが自分の言語や宗教を押しつけることになります。こういう残念な押しつけ合いをしなくてもよくなれば、民族間の憎悪も消滅するのです。[4]

ザメンホフは自らの開発した人工言語がコミュニケーションツールとして適していることの意味、つまり使用言語によるイデオロギー性の衝突を回避するということをきわめて強く意識していたことがわかる。既存の言語を用いると、その言語をもともと利用していた人びととの間に明らかな不均衡が生じる。その不均衡が「民族間憎悪」を生むという状況を打破することこそがザメンホフのエスペラント開発の狙いであったのだ。

如上のように考案され、人びとに受け入れられることになったエスペラントであるが、臼井裕之はその社会的状況における意味、すなわちイデオロギーとしてのエスペラントについて次のようにまとめている。

共通の基盤に立って「他人の権利」を斟酌することを尊重するエスペラントの言語イデオロギーは、近代に支配的な言語イデオロギーとは対照的なものである。[…]マルク・フェテスが指摘するように、国民国家は「国民語の話者にはすべての権利を与え、その他の言語の話者には一切の権利を与えない」のであり、その意味では「近代の特徴の一つは言語差別」なのである。[5]

臼井がフェテスの議論[6]を引用しながら語るように、近代になって各国に〈国語〉という権力をもった言語が誕生した。安田敏朗は〈国語〉が「国民国家の時空間を保証する」ものであり、その内部でしか通用しない「限定性」を持ったものであると指摘している。[7]この「限定性」こそが国民国家統合のための基盤の一つとして機能していった。そして〈国語〉を押し広げていくことと国家を拡張することは同義となり、〈帝国〉は自らの〈国語〉を新しい〝国内〟に与えていった。これが植民地主義と言語の繋がりである。〈帝国〉が各々、新領土を求めて拡大していく時代にエスペラントはそれと対向するベクトルを示すことになった。国民国家が囲い込みによって自他の区別をしていく内向きのベクトルを持っていたのに対し、それを打ち破る、すなわち国民国家の外側に出ることを可能とする言語として現れたのだ。

国民国家が人びとに自分の居る場所を保証し、その構成員の一人であるという帰属の安心感を与えながら、領域を拡大していくとき、人びとは国民国家による厳しい囲い込みの息苦しさもまた感じることになった。大澤真幸はネーション（国民国家）への所属を決定する選択が「人が特定の誰彼になる前の選択」であり「選択として観念されてはいるのだが、生の経験的な時間幅の以前に既に完了してしまったもののごとく受け取られ」る「先験的選択」であることが閉塞状況を生み出しているとしている。[8]そして大澤はネーションの在り方を次のように定義する。

ネーションは、先験的選択を大規模にもたらした、最初の社会形態であった。それ以前は、集団への所属は、先験的非選択（生まれついての地縁的・血縁的共同体への所属等）か経験的選択（結社への参入等）かのいずれかに二分されてきた。だが、ネーションにあっては、両者を横断するようなやり方、先験的でありかつ、選択でもあるようなやり方によって、参加が可能になるのだ。

つまりゲマインシャフトからゲゼルシャフトへ[9]と社会形態が完全に切り替わるのではなく、両者が混淆した状態であることが問題となる。「それが閉塞なのは、原理的には可能なはずの選択が、実質的には不可能だからである。単純な与件に対して、われわれは、閉塞感を覚えたりしない。閉塞感が惹起されるのは、開かれうるものが、それでも開かれていないときである」。囲い込まれたことによる自己肯定の感覚は同時に、自分がこの場所以外にはいられないという強い自己否定の感覚もまた植え付けていった。そしてこの閉塞感を打破するものとして選び取られていったのが、その後のプロレタリア文学やモダニズムへと通じていくインターナショナリズムであった。ひとつの国民国家のなかに留まらない、複数の国家の〈あいだ〉を生きようとするこの思想は、囲い込みへの対抗策として登場したのだ。

インターナショナリズムの相対性による既存の国民国家の解体の感覚は、第一次世界大戦を契機にさらに強まっていったと考えられる。大戦によってヨーロッパの王制に寄りかかりながら成立していた初期の〈帝国〉による既存の秩序が維持できなくなっていった。そして〈帝国〉のもとで押さえつけられていた植民地に民族自決運動が広まり、初の国際社会による合同の意思確認機関である国際連盟の誕生など、人びとの間に〈世界全体〉の姿が徐々に現れはじめた。これによって基本的には一対一の二国関係で進めていた物ごとが一対多、多対多の関係によって進められることになった。そうした〈世界全体〉と各々の民族意識のさらなる高まりは国民国家の世界にある欲求を呼び込むことになった。それは一対多の〈一〉のさらなるミクロ化と〈多〉のさらなるマクロ化によってもたらされる。つまり、国民国家の一構成員でしかなかった「私」の存在と国民国家を越えた〈世界全体〉とを直結させる感覚である。一九一八〜一九二二年頃は科学界においてラザフォードやボーアによる原子・陽子などに関する発見が相次ぎ、ミクロの世界が大きく変貌を遂げている時期でもあった。もっとも小さい、不分割なものとして発見された原子のような存在が連結していくことによって我々のような大きな生き物を形作るという新しい学説は、同時期の人びとの社会科学的な認識にも大きな影響を及ぼしていた。田辺元は「世界像は主観を離れて静的に存立する客観としての世界形象を意味するのに対し、世界観は観る主観のはたらきを包含してそれを通して内から動的に世界が自己を開示する内容を意味する」とそれぞれ定義した上で、一九世紀以後の〈近代〉とは物理学的世界像を重視した時代であったとする。[10]それが量子力学の登場によって根底から揺らぐことになり、結果として「唯心論的世界観」へ変貌した、と早くも一九三七年に指摘している。〈近代〉の機械化文明がもたらしたこの発見と認識は人びとに新しい思考を与えた。私たち個人個人が〈世界全体〉と繋がれるというコスモポリタン的な思考である。

第一次世界大戦に到るまでの間に、〈世界全体〉は猛烈な速度で狭められていた。一九世紀中頃には大西洋横断電信ケーブルが敷設されたことによってアメリカから極東の日本に到るまで従来とは比べものにならない速さでの通信が可能となり、大量の情報が人びとの生活の上を行き交うようになった。そして情報のやりとりが簡便になったことで植民地を利用した国際分業の流れが進行し、海の向こうの生産物を人びとが当たり前に手にするようになった。それを可能とするための国際輸送網も整備が始まり、スエズ運河とパナマ運河の建設やシベリア鉄道の開通など移動にかかる時間と距離は大幅に節約された。そしてなによりも重要なのは世界地図に空白がなくなったのだ。アジア・アフリカの内奥への探検やオーストラリアの全体像の認識、一九一一年のアムンセンによる南極点到達を経て、人びとはこの地球上に余すところなく光をあて、空白はなくなった。世界地図の完成とそれによる地理学的発達は〈世界全体〉を人びとの手に取ることのできるものへと変化させたのだ。こうした世界認識が一九世紀末から二〇世紀初頭にかけて成立していき、その総決算として第一次世界大戦という大規模な国際戦争が発生した。そして第一次世界大戦は先述したように、かつてのヨーロッパの王制を中心とした国際秩序を破壊し、巨大な民衆が大きな力を持つ二大国・アメリカ合衆国とソビエト連邦を中心とした時代へと移行していった。アメリカは移民の国であり、ソビエトは労働者と農民の国である。両者の国民は、ひとつの国民国家の国民であるという自覚以前に自らが一人の個人として存在していることを前提としていた。そのような認識の民衆にとって国家は正しくゲゼルシャフトとして存在していた。[11] ゆえに民衆の時代は、国民国家を大前提としないコスモポリタン的なものとしてまず現れたのだ。

エスペラントはこのような時代の申し子であり、〈世界全体〉の動向と密接な関係を結んでいた。それは一九〇五年の第一回世界エスペラント大会において承認された「ブーローニュ宣言」の第一条に「エスペラント運動とは、中立的人間言語を全世界に普及させる運動であ」り「この言語は、諸民族の内的生活に干渉せず、現存の民族言語の排除を目的とすることも決してなく、民族を異にする人びとに相互理解を可能にし、さまざまの民族が言語をめぐって紛争が絶えない国ぐにで公共機関のための仲介言語となる」ことだけを目的とすると述べられている。[12] エスペラントの目的はすでに確認したザメンホフの認識とほぼ軌を一にしている。エスペラント運動の理念はザメンホフ一人のものではなく、エスペランティスト全体に共有されるものであった。つまり、エスペラントを用いることで〈世界全体〉を言語的なレベルにおいて小さくし、人びとの間に相互交通可能なネットワークを敷設しようとしたのだ。

当然、こうしたエスペラントの理念に対し、当時反発する声も上がったのであろう。ザメンホフによる次の文章に注目してみよう。

国際語への志向と民族的排外主義との関係は、民族的愛国心と自己の家庭への愛情との関係と同様だからだ。同じ国の人びとの間の相互交流や和合（愛国心の目的）が増大すると、家庭愛に脅威を及ぼすなどといえる人がいるだろうか。国際語そのものは、民族語の力を弱めないばかりか、その反対に民族語をますます強化し繁栄させることは確かだ。げんざい、いろいろな外国語を習得しなければならないので、母国語を完璧に使いこなす人にはめったに会えない。母国語そのものも、いろいろな言語が絶えずぶつかり合うので、ますます混乱を深め、形を損ない、本来の豊かさと魅力を失いつつある。しかし、めいめいがたった一つの外国語（しかもひじょうに容易な）をおぼえればすむ時代が来れば、自分の母国語を徹底的に学ぶことが可能となり、各言語は近隣民族の言語の圧力から解放されて、自己の民族のもつ力のすべてを充分に保存し、やがては力強くりっぱな言語に発展することだろう。(13)

ザメンホフがここで強調するのは、エスペラントがあくまで媒介言語として存在するのであり、既存の言語に置き換わることを目的としていないということである。これと右に引用したブーローニュ宣言第一条においても確認されている点を踏まえれば、エスペラントという人工言語への愛国的な、ないしは民族的な反発が強かったということが理解できよう。そうした事情を鑑みても、この主張の興味深い点は媒介言語を用いることで「母国語を徹底的に学ぶことが可能とな」るというところである。すでに論じてきたように、エスペラントは既存の国民国家に代表される秩序を解体し、新しい広がりを見せてくれるような言語であり、時代もそれを求めていた。しかし、その一方でエスペラントが同時に個別の言語を保証し、それをより強めていくという傾向も持っていた。それは民族自決の原則に基づいてそれぞれの母語を祖語として、いわば新たな〈祖国〉へと人びとを統合していく論理である。その〈祖国〉は母から教えられる言葉による集団、すなわちゲマインシャフトなのである。エスペラントという人工言語のイデオロギーが国民国家の解体と同時に再び血縁・地縁へと統合していく指向性を併存させていたということは、この後のエスペランティストたちの思想にも大きな影響を及ぼしていく。その日本における道程を次節で確認していきたい。

第三節　日本における言語と抑圧

さて、斯くの如く〈世界全体〉へと開かれる感覚を人びとが強めていった二〇世紀初頭、日本での言語をめぐる状況はどのようなものであったか。解放と統合の二つのベクトルをはらんだエスペラントが日本にもたらしたものを考えていこう。

まず、解放の論理について確認をする。先述した大澤の閉塞状況に関する考察は、石川啄木の「時代閉塞の現状」(一九一〇)から導き出されたものであった。啄木の閉塞感について、桑原武夫は「啄木の日記」(『啄木全集』別巻、岩波書店、一九五四)で啄木の「ローマ字日記」(一九〇九・四・七〜六・一)を取りあげ、「ローマ字という新しい表記法を取ることによって、彼の上にのしかかるいくつかの抑圧から逃れることができた」と論じた。桑原が見いだした「抑圧」とは「精神的」「倫理的抑圧」、「日本文学の伝統の抑圧」、「社会的抑圧」の三つであった。啄木はローマ字で書くことによって「むつかしい雅語や漢字の表現からの脱却が可能あるいは不可避となり、そこに自由な新しい日本語の表現法がえられ、」「一つの自由世界」を獲得したとする。つまり、桑原の解釈によれば、啄木を「抑圧」したものとは明らかに〈国語〉とその権力性によってもたらされた国民国家の重圧であった。そして、啄木はそこから逃れるために「ローマ字という新しい表記」を手にしたが、これはまさに言文一致の統一表記へと収斂されることを志向していた日本近代文学の時流に逆行する個人の抵抗であったといえるだろう。個人の内面を表現する自閉的な日記形式とそこに他者の理解を拒絶するローマ字表記を用いたことによって、啄木は内面の独立を固く守ろうとしていたと考えられる。〈国語〉とその表記を用いることによって規制されるといった事態からの逃走が、明治の教育を受けて〈国語〉を用いた作家という職業を志した啄木の晩年に企図されていたということは重要な事

2

す kho を以て塡したれども，實は獨語 tag（タック）のクの音なりと知るべし．Ii（イー）は聲を長くイーと引き Jj は短かくイと發音し，Uu 及 Ŭŭ も亦之に準ず．又 Ŭŭ は母音の後にのみ用ふ，例へば adiaŭ（左樣ナラ，讀方はアヂアウと讀む，總て世界語は綴りたる如く讀むこと．總則の 9 に示せる如し，以下之に準ず），almenaŭ（少くも）などの如し．

第二章

品詞

1. 世界語には不定冠詞なく，唯定冠詞 la あるのみ．之を冠する語の男女の性（gender）と，單複の數（number）と，ガノニヲの格（case）とに由りて變化することなし．

（注意）冠詞の用法は獨佛語等のと少しも異なる所なし．その用法を知らざる者は全く省きて用ひざるも可なり．

2. 名詞は常に o に終る．複數を造らんと欲せば，語尾に j 字を添へべし．格はガの

3

格（nominative case）とヲの格（accusative case）との二つあるのみ．ガ格は原語の儘にして語尾に變化なく，ヲ格はガ格の語尾に n 字をへて造る．その他の格は前置詞（preposition）を假りて用に充つ．即ちノの格には de (of) を用ひ，ニの格には al (to) を用ふるが如し．

（例，patr'o 父，父が，al patr'o 父に，patr'o'-n 父を，patr'o'j 父等，父等が．por patr'o'j 父等の爲めに，patr'o'j'n 父等を）．

3. 形容詞は常に a に終る．格と數とは名詞のに等し．比較級は pli（更に more），最勝級は plej（最も most）といふ語を添へて造る．ヨリ than は世界語にて ol といふ．

（例，pli blank'a ol neĝo 雪より更に白し．mi hav'as la plej bon'a'n patr'in'o'n 余は最も好き母を有す）．

4. 基數詞（cardinal number）は unu (1), du (2), tri (3), kvar (4), kvin (5), ses (6), sep (7), ok (8), naŭ (9), dek (10), cent (100), mil (1000) など，總て變化せず．何十何百と累なりても單に此等の基數を聚めて造る．順序を示す數詞（ordinal number）を造るには基數詞

二葉亭四迷『世界語』（国立国会図書館蔵）

実としてある。

如上の〈国語〉と深く関係を結び、一九世紀末から出発した日本近代文学がこうした言語から来る問題を認識するようになったのは一九一〇年前後、すなわち明治の終わりとともにであった。啄木の「ローマ字日記」に先立つこと三年、日本近代文学の始点とされる『浮雲』を執筆した二葉亭四迷は『世界語』（彩雲閣、一九〇六）を出版し、日本にはじめてエスペラントの本格的な教科書を持ち込んだ。この『世界語』は値段も安く「予想外の売れ行きを示した」[14]ようで、二葉亭はエスペラントの紹介者として「世界語エスペラントの研究法」（『成功』、一九〇六・九）、「エスペラント講義」（全三回、『学生タイムス』、一九〇六・九・一、九・一五、一〇・一）、「エスペラントの話」（『女学世界』、一九〇六・九）と立て続けにエスペラントの紹介記事を執筆している。内容はどれも

大筋で変わりないものである。これらの紹介記事にはエスペラントという言語の世界中での受容がなぜ広まっているのかを二葉亭がまとめているので、確認してみよう。

昔から世界通用語の必要は世界の人が皆感じてゐた、で、或は電信の符号のやうなものを作つて、○と見たら英人はサンと思へ、独逸人はゾンネと思へさ、ね、日本人なら太陽と読めと云つたやうな説もあつたが、そんな無理な事は到底行はれん。そこで、現在の各国に国語中一番弘く行はれてゐる英語とか仏語とかを採つて国際語にしたらといふ説も出たが、これも弊が多くて困る、成程英語が国際語になつたら英人には都合が好からうが夫では他の国民が迷惑する。仏語でも独逸語でも其通り、夫に各国人皆それ〴〵に自尊心といふものが有るから、余所の国の言葉が国際語になつては承知せん、何でも自分の国の言葉を採用しろと主張する、到底も相談の纏まる見込はない、(15)

ここに示されているように、二葉亭はエスペラントが拡大している背景に言語対立があることを理解している。すなわち、ザメンホフがエスペラントを開発した背景を二葉亭は認識していたといえる。この時期の二葉亭の創作と言語の問題について、鄭惠珍は『平凡』(『東京朝日新聞』、一九〇七・一〇・三〇～一二・三一)における「私」の「私は自然だ人生だと口には言つてゐたけれど、唯書物で其様な言葉を覚えたゞけで、意味が能く分つてゐるのではなかつた。意味も分らぬ言葉を弄んで、いや、言葉に弄ばれて、可惜浮世を夢にして渡つた。」という「「言葉」への批判」を「同時代の「言語」編成をめぐる動きのなかで問題化しなければならない当然の課題」(16)であったと指摘する。『世界語』を出版することによって「言語」の権力性に気付いたというこの指摘は首肯できるものだが、エスペラントのイデオロギーからすれば、それこそ当然の帰結といえよう。〈国語〉制定による「ことば喰い」は二葉亭という日本近代文学の始点を担った人物に対してもひとつの抑圧として機能していたと考えられる。

さて、もう一つの統合の論理はどのように働いたのであろうか。「母国語を徹底的に学ぶことが可能とな」ることで新たな〈祖国〉へと人びとを統合していく論理が生まれるというものである。この統合の論理が日本において花開いた例として、北一輝のエスペラント受容から展開される国家拡張の思想との関わりが挙げられる。北のエスペラント受容について『日本改造法案大綱』（改造社、一九二三）の言説の検討から精緻に読み解いた臼井裕之[17]によれば、北のエスペラント受容の論理は以下のようなものである。「日本が獲得する新しい大領土には」さまざまな言語使用者がいるはずだから「もし媒介言語がないまま大領土を得たら、それはすぐに崩壊してしまう」。日本語は西洋諸語と語順も違い、さらに漢字仮名交じりの複雑な文字体系もあるため、媒介言語として「劣悪」「不便」なものであるから合理的かつ簡便なエスペラントを「第二言語」として日本本土も含めた「大領土」に普及させる必要がある。これが北一輝がエスペラントを求めた論理であった。臼井は「日本が建設するはずの大帝国における媒介言語としては、もちろん英語やロシア語などのヨーロッパの言語を据えることは「ナショナリスト」としての誇りがこれを許さ」なかったという北の「二律背反」を提示するのだが、こうした北のエスペラント受容論はその後も形を変えて引き継がれていく。

その最たる例が満州との関わりである。満州国が建国されるに先だって、石原莞爾や大本の出口王仁三郎がエスペラントを満州国で広めようとしたと言われている[18]。五族協和・王道楽土を標語として用いた多民族国家の建国に際して、それぞれの民族の自主独立を認める上でもエスペラントの受容は求められるべくして求められたものであったと考えられる。結果としてこの目論見は上手くいかず、満州では日本語が〈帝国〉の言語として権力を振るっていくことになるのだが、石原に依頼された大本がそもそもエスペラント学習に乗り出していたきっかけのひとつは、北の『日本改造法案大綱』であった。こうした事態はまさにナショナリズムとインターナショナリズムがエスペラントを介して結びつく姿として見ることができよう。すなわち、エスペラントは日本においても解放と統合の二つの論理を武器にして人びとの間に浸透していったと考えられる。

このような日本におけるエスペラント受容を閲していったとき、エスペラント受容の初期から一貫してエスペランティストであった秋田雨雀が興味深い対象として浮かびあがってくる。雨雀にとってエスペラントは社会主義思想への窓口にもなった解放に向かうための重要なツールであった。その雨雀が活動の場を求めた日本近代文学の場は〈国語〉をヒエラルキーの頂点に置いた、確たる制度の成り立つ場であった。〈国語〉の時代にあって、エスペラントを志向し、それを文学に持ち込んだ雨雀の戦略とはどのようなものであったのか、次節以降確認していきたい。

第四節　「緑の野」の戦略・一 ――モデル問題からみるテーマ性――

秋田雨雀は日本における著名なエスペランティストの一人である。彼は一九一四年から一九二一年まで日本に滞在し活動していた盲目の詩人ワシリー・エロシェンコからエスペラントを習い、親しくしていた。さらに雨雀は一九二八年に佐々木孝丸、伊東三郎らとともに国際文化研究所(翌年、プロレタリア科学研究所と改称)を設立し、機関誌『プロレタリア科学』を毎月発行した。そして『若草』一九三一年四月号から一二月号まで(八月号除く)「エスペラント新講座」と題して連載をもち、プロレタリア・エスペラント運動の旗手として活躍したのであった。また、戦後には日本エスペラント協会の会長(一九四八年一〇月一八日付)にも就任したように、日本のエスペラント受容を語る上では欠かせない人物である。

この秋田雨雀がエスペラントを一部に用いた戯曲が「緑の野」(『中央公論』臨時増刊号、一九一五・七)[19]である。同時代評はわずかに石坂養平「「問題小説と問題劇」を読む（三）」（『時事新報』、一九一五・七・二四）のみで「可なり作者その人の思想生活の見えてゐる暗示に富んだ作品ではあるが、」「折角作者の提出した問題は抽象的に一般的に概念として理解され得るだけで、具体的な実際問題としては痛切に吾々の胸に響かないのである。」とその中途半端さを批判されている。先行研究も、管見の限り、テクストが再録された『日本プロレタリア文学集35 プロレタリア戯曲集（一）』（新日本出版社、一九八八）の菅井幸雄による「解説」のなかで触れられたのみである。その菅井の解説もあまり芳しい評価を与えていない。主人公の海野常吉が雨雀の友人・鳴海要吉をモデルにしたことに触れた上で、「ここには、社会主義者としてたたかう人間像は描かれていない。常吉は少くともヒューマニストであるにすぎない。このドラマを書いた時点での作者の思想の限界を反映したものといえるだろう。」と述べるにとどまる。プロレタリア・イデオロギーに基づいて社会主義運動を戦っていくことを称揚するプロレタリア文学の枠組みから再帰的に解釈すれば、常吉の行動はもの足りず平塚博士らの言動も決して自然生長の枠を出るものではなく目的意識に欠けているということだろう。しかしこの指摘はあくまでプロレタリア文学というコードのもとに成されたものであり、「緑の野」というテクストの一面しかとらえていない。プロレタリア・イデオロギーが「ヒューマニスト」としての考えよりも発展的で優れたものだとする単線的な認識はこのテクストの持つさまざまな問題をそぎ落とし一元化してしまう見方である。では、どのようなまなざしをテクストに向けていくか。

秋田雨雀（秋田雨雀・土方与志記念青年劇場提供）

まずは、鳴海要吉というモデルがいるのであれば、そのモデル問題を考えねばなるまい。青森県近代文学館が行った企画展「鳴海要吉没後五〇年」の「鳴海要吉の生涯[20]」を参考にしてみると、「緑の野」

のモデルになった鳴海の体験は次のものである。

明治四十三年春、要吉は苫前第四尋常小学校に訓導兼校長として赴任。新しい任地、苫前村大字力昼字古丹別は入植間もない開拓地だった。ここでも要吉はローマ字とエスペラントの普及に力を入れたが、この行動は大逆事件の影響で社会主義に対する警戒を強めていた官憲から注視される所となった。[…] この間(一九一一(明治四四)年八月頃のこと——引用者注)、古丹別の自宅には家宅捜索が入り、妻・喜佐は私服刑事の尋問に遭い、書棚からは図書数冊が押収されていた。

そして同年十二月、苫前第四尋常小学校に御真影の下賜があり、要吉は校長として奉戴の儀式に臨んだが、不敬な挙措があったと巡査から咎められ即日謹慎、その後休職を命じられるに至った。この一件は郡役所の学事主任ほか官憲によって仕組まれたものであり、復職を求める要吉の訴えは認められず、最終的に免職処分の憂き目を見る。区長・上牧久太郎ほか住民が好意で建ててくれた小屋に移り、一時、養鶏や薬の行商で糊口をしのいだ要吉であったが、大正二年、冬の訪れを前に上京を決意。喜佐と一歳五ヶ月になる長女・みどりを伴い、長男の遺骨を抱いて要吉が古丹別を後にしたのは十二月十日のことであった。

この記述をみればわかるように、教職を解かれて北海道から幼い子供を連れて上京するといった鳴海の経験の大枠が常吉のドラマに用いられている。しかし大きな問題は時期と事情の差異である。「緑の野」は舞台設定として日露戦争が取られており、時期は一九〇二年から一九〇三年とされている。だが鳴海の免職は一九一一年、上京は一九一三年であり、しかも教職を辞した事情も異なっている。鳴海は「不敬な挙措」が原因とされているが、常吉は「周囲の圧迫のために自ら職を退いた」とされている。さらに後述するエスペラント使用の問題にも関わる点であるが、日本におけるエスペラント受容の時期のずれもある。先述したようにエスペラントは二葉亭が書き上げた教科書『世界語』を出版したことではじめて体系的に日本に受容された。それは一九〇六年七月のことである。それ以前には一九〇二年に長崎の英字新聞『Nagasaki Press』にフランス人教師ミスレルが紹介記事（一九〇二・一一・二六）を書き、それを東京帝国大学講師であった黒板勝美が読み学んだことや、岡山の第六高等学校の英語教師ガントレットが一九〇三年の夏にエスペラントを知り、一九〇五年に夫人の恒子とその弟の山田耕筰に家庭内で講習会を始め、六高でも教授し英語による通信教育をしていたこと、さらには大杉栄が一九〇五年に堺利彦の書いた紹介記事[21]でエスペラントを知り、翌年には日本エスペラント協会主催のエスペラント語学校（三ヶ月間の講習会）で指導をつとめたことが伝わっている。[22]日本でエスペラントが浸透していくのは一九〇六年頃のことであり、鳴海がエスペラントを学び始めたのもやはり一九〇六年に入学した青森県師範学校第二種講習科のときであったことをふまえても、常吉の受容は日本の一般的なエスペラント受容よりかなり早い時期のものに設定されている。

こうしたモデルとなった人物・出来事との差異は、フィクションを作り出す際に書き手である雨雀が何を考えていたかを辿るための重要な糸口になる。すると、そこには常吉と平塚博士がこだわった「戦争」の問題が横たわっている。

テクストの冒頭、第一幕において子守のあさを雇うか否かを相談する常吉とひさ子が描かれるが、そこで常吉は父が出征し、伯父との関係が上手くいっていないあさのつらい境遇が戦争に由来するものであることを強く主張する。

僕から見れば、戦争をしている親父さんも、お母さんも、伯父さんも、この子供も大きな波の中にいる人間だ。何うして、その大きな波が起って来るか知らない。何処からその波が起って来るのか知らない。一寸見ると、伯父さんばかり悪い人であるように見えるかも知れないが、伯父さんだってその誘惑があればこそ、その誘惑に敗けたんじゃないか。この子の親父さんは戦争さえなければ去年の夏のように、この緑の野原で、可愛い妻さんや娘と一緒に麦を刈ったり、キャベツをつくったりして楽しく暮しているんだ。そうしていさえすればこの四人の人間は幸福に暮して行けた筈なんだ。ただ戦争という過った愛の変形が今の社会に残っているために人間は人間の不幸を二重にも三重にもしているんだ。

一人の人間の運命が大きな国家によって左右され、それによって悲しむべき人生を送らねばならなくなるという事態を常吉は問題化する。個人としての人間の生とそれを取り囲む国家の規制については、テクストの書かれた一九一五年に前後して前景化されていた問題である。よく知られているように、夏目漱石の「私の個人主義」（一九一四・一一・二五）[23]では個人主義という言葉が危険視される状況に対して「他の存在を尊敬すると同時に自分の存在を尊敬する」という個人主義を主張し、森鷗外は「青年」（『スバル』、一九一〇・三～一九一一・八）[24]において大村に「我といふ城廓を堅く守つて、一歩も仮借しないでゐて、人生のあらゆる事物を領略する」「利他的個人主義」を語らせている。こうした例をみれば、一九一〇年代において個人と国家の関係性をめぐる思索が強いアクチュアリティーを持っていたことがわかる。一九一五年の「緑の野」もその例に漏れないと考えるべきであろう。常吉は「僕等はこの世の中に生きている以上、自由に考え、自由に話し、自由に行っていける権利を持っているんだ」ともいっているが、これはまさに漱石の「僕は左を向く、君は右を向いても差支ない位の自由は、自分でも把持し、他人にも附与しなくてはなるまいかと考へられます」という発言と重なる。つまり、このテクストにおいて個人の自由と国家の規制がひとつのテーマとして取りあげられていると考えられる。

さらに国家が個人の自由をもっとも強く規制する問題として戦争がクローズアップされる。戦争は国民の人生および生命という個人にとってきわめて重要な財産を担保にして行われる博打である。この戦争に対して常吉と平塚博士は戦争が「愛」を擬装していることに着目する。常吉の戦争と「愛」の関わりへの言及は次のようなものである。

戦争だってやっぱり然うだ。だれもほんとうに戦争を好きでしている人間はない。過った時代に対する一つの義務として努めて働いているに過ぎないのだ。然し人間はただ義務ばかりで働くことの出来るものじゃないから無理にでもそこに愛のようなものを拵えて来なくちゃならない。敵愾心というものも過った意味の愛の変形だ。国民のため。国家のために。正義のために。君主のために。(無意識的に昂奮して、)然しその実は戦争位い国家のためにならないものはない。国民のためにならないものはない。正義のためにならないものはない。君主のためにならないものはない!

人間の行動原理に「愛」を据え、「愛」こそすべてであるとするこの常吉の認識は、アナキズムの原理と通底する。クロポトキンのアナキズム[25]は、個人の自由を尊重した完全自由社会において国際的分業の流れによって分断され押し歪められてきた労働者と農民が必要に応じて連合していくことを求める社会経済システムの構築の志向であった。そして新たな社会のもとでは人びとはそれぞれの仕事にやり甲斐を持ち、自発的に労働を進める。このやり甲斐もまた常吉のいう「愛」のひとつの形態であるのだ。個人の自由を求め、それを疎外するものの排除を願う常吉や平塚博士の姿には、日露戦争当時の非戦論者たちを想起させると同時に彼らのバックボーンとしてあった社会主義思想が通奏低音として組み込まれている。

さて、このように常吉と平塚博士の言説と「緑の野」のテーマ性について確認をしていくと、ほぼ同様の考えを持っている常吉と平塚博士がわずかにすれ違う瞬間があることの意味が重要になってくる。それは平塚博士が常吉を見送る言葉を話しているときの常吉の独り言である。

博士。さあ！　ここで常例によって私は極く簡単な御挨拶をしよう。私達の未来の国のために、私達の言葉のために！

（一同真面目に博士の方を見る。）

Karaj Gesinjoroj!

Mi permesas al mi paroli kelkajn vortojn. Ni samideanoj nun estas en la ĉambro de la malgranda stacidometo, kaj ni atendas la tempon kiu forportos la plej grandan samideanon, kiun ni iam havis. Ĉiuj miaj amikoj tre forte amas lin, kiel lia frato, kiel lia knabo, aŭ kiel lia amanto, sed nun bedaŭrinde, iu alia envenas inter ilin, kaj ili devas apartiĝi unu la alian nevolonte. Sed mi kredas, tiu ĉi afero des pli fortikigos iliajn amojn. Do kill estas la iu alia, kiu envenas inter ilin? Li estas nomata "Milito." Milito ĉiam havas multajn maskojn, per kiuj li trompas niultajn homojn. Sed jam li komencas perdi ĉiujn maskojn kaj pretigis morti nature.

「みなさん！

すこしお話しさせていただきます。わたしたち同志は今、小さな駅舎の一室で、かつてわたしたちが得たもっとも立派な同志の去りゆく時を待っております。わたしの友人はみな、彼の兄弟として、息子として、あるいはまた恋人として彼を敬愛しております。ところが残念なことに、彼らの間に今よそ者が割って入り、心ならず彼らは離れ離れにならねばならないのです。しかし、彼ら互いの愛情は、これによって一層強いものとなるであろうと信じます。彼らの間に割って入るよそ者とは、ではいったい何者なのか？　それは「戦争」と呼ばれています。戦争はいつも様々の仮面によって、多くの人々を欺くものです。しかし、それは今やすべての仮面を失いつつあり、寿命も尽きようとしています。」

常吉。（低い声で、）Kontraŭe, li havos novajn maskojn senĉese!〔いや、戦争は果て知らず新たな仮面を身につけることだろう。〕

ここで戦争の「寿命も尽きようとして」いると述べる平塚博士に対して、常吉は戦争がまた新たな「仮面」を手にすることを予見し、陰鬱なつぶやきを漏らしている。この平塚博士と常吉の考えの相違、いうなれば常吉の悲観的な認識は当然、雨雀がこのテクストを書いた当時の第一次世界大戦（欧州大戦）という盛大な戦争の発生が関係していると考えられる。日露戦争当時の非戦論の高まりは戦争全般の欺瞞を暴き、その遂行を否定するものであった。そうした非戦論が展開された後に、新たな戦争遂行のシステムが出来上がっていった。それが戦争報道員によるプロパガンダの強化である。「国民の戦争準備こそが平和を約束するという「武装平和」論が、「自存自衛」などと言い換えられながら新たな装いをもって現れてくる」[26]状況が登場し、戦争は新たに新聞・雑誌・ニュースフィルムなどのメディアミックスを通して人びとに格好の〈娯楽〉として享受されていった。その最大の成果が日本の参戦である。ピーター・B・ハーイは、日露戦争以後の「ドキュメンタリーな「ニュース」」映画が上映されるようになるとスクリーンに映し出される「外部世界との感情的な結びつき」が強まったと指摘し、「戦争をしたということが、国際的コミュニティーに加わったという意味を持ち、国を挙げての興奮でもあり、同時に成熟への試練でもあった」と述べている[27]。このハーイのいう「感情的な結びつき」を増大させたものとして、ヤン・シュミットは「中立国ベルギーへのドイツ軍の侵攻を連合国が「ベルギーの陵辱」と呼んでドイツを批判し」交戦国同士のみならず「盟友国、中立国、植民地に対するプロパガンダ戦」を展開したことを指摘している[28]。そしてプロパガンダ戦の果てに、イギリスは東アジアにおけるドイツの通商破壊工作を懸念し、日英同盟に基づいて日本の参戦を求め、日本もまた国民的同情の世論を背景にこれに応じた。こうして一九一四年八月二三日に日本は参戦したのだ。

日本において新しい戦争（第一次世界大戦）は「敵愾心」という仮面も捨ててはいないが、それ以上に「平和」という自らと矛盾する仮面を被って現れた。そして武力をもって非道な国を誅伐するという「平和」の仮面はそのまま第二次世界大戦時の大東亜共栄圏の眼目として引き継がれていった。この新たな仮面が出てきた現状に対する批判として、常吉の「戦争は果て知らず新たな仮面を身につける」という言葉は同時代にアクチュアリティーを持ちえたと考えられる。

「緑の野」のテーマは明らかに反戦（あるいは非戦）であり、それは日露戦争を舞台にしながらも執筆当時の一九一五年への射程を含んでいたものであるといえる。だが常吉たちを取り巻く環境は日露戦争でなくとも第一次世界大戦であっても大差はなかったはずだ。にもかかわらず日露戦争が選ばれた理由は、おそらく日本の直接的な戦闘が第一次世界大戦ではまだ起こっていなかったからであろう。日本が戦死者を出す戦闘を経験するのは一九一七年の海軍第二特務艦隊のヨーロッパ派遣とシベリア出兵まで待たねばならない。日本人が実際に死と向き合った、自分たちの生に直接影響のある戦争の実感をテクスト内に盛り込むには一九一五年の段階ではまだ日露戦争である必要があったのだ。それゆえに先述したような、モデルである鳴海要吉の体験との時期のずれやエスペラントの一般的な受容時期とのずれが生じたと考えられる。

第五節　「緑の野」の戦略・二——エスペラント利用の意味——

続いて、このテクストの最大の特徴であるエスペラント使用について考察を進めていこう。すでに述べてきたように、エスペラントの基本的な理念は人びとを〈帝国〉の言語による抑圧から解放するという点に置かれていた。

こうした特徴がテクストのなかでどのように描かれたのか。

まず、テクストにおいてエスペラントという言語は思想的側面との結びつきが強調されている。これは第二幕で広田警察署長が常吉を訪ねて来た会話から明らかとなる。常吉の出したエスペラントで書いたはがきの内容を読ませる場面がある。


広田。さあ、何らか大体でいいのですから、意味だけでいいのです。

常吉。（手紙を受取って、）これは戦争前に書いた手紙で、人間はなるだけ戦争を避けるようにしなければならないということを書いたものです。

広田。それだけですか？

常吉。それから、戦争に用いる何百分の一の金を各国が拠出して、理想的な万国国際会議を起したならば戦争を未然に防ぐことが出来るだろうということを書いたものです。

広田。（帳簿に記しながら、）なるほど、そしてあなたは今でも然ういう考えを持っておいでですか？

常吉。無論です。今日戦争を好んでしている国というものは、何処にもないと思います。

広田。それは無論然うでしょう。然しあなたは戦争は避け難いものだとは思いませんか？

常吉。避け悪いものだとは思いますが、全然避け難いものだとは思いません。

広田。それでは今、現在の戦争に対して何んな態度をとっておいでですか？

常吉。（苦笑して、）態度って、私には別にとるべき態度というようなものはありやしません。

ここには常吉が非戦的な内容の手紙をエスペラントで書いて友人に送ったことが確認されている。そして警察署長という国民国家の社会秩序を維持する職に就いている広田は、お国の方針である「現在の戦争」に逆らう常吉のはがきの内容を問題視するが、その内容がエスペラントによって書かれていたことは重視すべきであろう。この後に登場する平塚博士たち、常吉の思想的同志たちもまたエスペラント理解者であるからだ。つまり、エスペラントは「戦争」に抵抗する人びとの言葉として選び取られているのだ。平塚博士は常吉を送るエスペラントの演説の直前に「私達の未来の国のために、私達の言葉のために！」と一同に語りかける。そして語られる内容は前節で確認したように戦争の仮面を暴露するものであった。その内容はエスペラントという言葉によって語られるべきものとしてなされた。つまり「私達の言葉」によってのみ常吉や平塚博士たちは己の心の内を語りうることが可能となる。啄木がローマ字によってのみ自らの内面世界を語りえたのと同じように、日本語では話すことのできない抑圧されてしまう内容をエスペラントは可能とする。そうした解放の言語としての性質がここではクローズアップされている。

それゆえにエスペランティストであることは〈危険〉なことでもあった。右の引用の直前に常吉が広田とともにやってきた梁川に「梁川君もエスペランテストだから梁川君にでも読んでもらったらいいじゃありませんか？」というが、梁川は「いや、僕はちっとも読めない。あなたが読んだらいいでしょう。」と拒絶をする。この梁川という男は支庁吏員で、かつて常吉と「よく学校で議論をした」人物であるとされている。「梁川君もエスペランテスト」であるという常吉の言葉を信じれば、梁川はここで「ちっとも読めない」という嘘をついたことになる。その嘘が必要であった理由はやはりエスペラントが〈危険〉な言語であるからだと考えられる。すでに述べたように日本における最初期のエスペラント受容は大杉栄や堺利彦といった初期社会主義者たちであった。彼らはエスペラントを学ぶこととアナキズムにおけるインターナショナルな連合とを重ね合わせながら、〈世界全体〉を志向していた。

それゆえに幸徳秋水が検挙され、アナキズムおよび個人主義への批判が吹き荒れるなか、エスペラントもまた〈危険〉な言語として警戒されることになったのだ。[29]

如上のようにテクストからはエスペラントが〈危険〉な言語として警戒されていたことが明らかとなった。そしてそこには当然のようにエスペラントの解放の論理が機能していたためだといえよう。しかし、テクストにはそうしたエスペラントの解放の論理と全く反対のベクトルもまた内包されている。秘匿するための言語としての使用である。常吉は右でも確認した常吉のはがきは「戦争前」のものであったというが、そこに記される内容は広田のような一般人には読めないものであった。そして何よりもテクスト最後の平塚博士と常吉のそれぞれの演説もまたエスペラントによるものであり、そこで語られる内容は、駅のプラットホームで「「旅順が陥落したそうだ……」」「いやまだ陥落しない……」」「君はいつ出征するんだ?……」」「いやまだ判らない……」」こういう会話は何処からともなく聞えて来る。」といった状況では、明らかに大声で話すことのできないものであった。つまり彼らはエスペラントを用いることで自らの心の内を明らかにする解放を行うのだが、同時にそれはエスペラントを解さない周囲の人びとには決して分かることのない安全な、秘密の暗号でもあったのだ。[30] 彼らが暗号としてエスペラントを利用していたことは次の会話からも明らかである。

博士。家庭の状態がいいんですか?
常吉。(淋しい調子で、) Tre malbona! Tio estas granda taragedio!〔ひどい状態です! たいへんな悲劇ですよ!〕
博士。Ĉu ili ne amas ŝin〔家族はかわいがっていないのですか?〕
常吉。Kontraŭe, ili malamas kaj ofte tuementas ŝin〔とんでもない。憎まれて、いじめられることもしょっちゅうです。〕

常吉夫婦について行きたいというあさの生活の有り様を平塚博士が問うたとき、常吉の返答と平塚博士の質問はエスペラントで交わされている。これはもちろん、その場にいるあさへの気遣いとして読むことができるが、その気遣いはまさにあさがエスペラントを理解しないという前提に立って成される秘密の制作である。一九〇二年から一九〇三年当時、エスペラントがまだ入ってきたばかりの時代であったということも加味すれば、彼らのエスペラント利用は暗号としての利用でもあったと考えられる。

さて、テクスト内でのエスペラント利用が暗号でもあったとしたが、この機能はテクストの外、つまり当時の読者空間においても機能している。テクスト発表当時、一九一五年には一九〇二年に比べればエスペラントが広まっていたといえるが、それでもまだ一般読者にエスペラントはなじみの薄いものであった。『改造』が一九二二年八月に「エスペラント語研究」と題した特集を組み、フィンランド公使ラムステッドが東京で農村問題とエスペラントの講演を行ったのが一九二六年一二月一二日であったことを鑑みても、エスペラントが爆発的な注目を浴び始めるのは一九二〇年代に入るのを待たねばならない。[31] そのような状況下で雨雀はテクストのエスペラントに訳をつけず、そのまま掲載させた。理解できないエスペラントが使用されていたことが、このテクストの読解を著しく妨げたことは想像に難くない。現在に到るまで先行研究が殆ど存在しないのもこのためだと考えられる。すなわち、このテクストはエスペラントを用いることによって、戦争批判のなかでも特に同時代へのアクチュアリティーを持ち得る部分にモザイクがかけられ、読もうとする意志を持った人にしかテクスト内容を開陳しない。ゆえに自ら読者を大きくふるいにかけてしまっているのだ。

であればこそ、同時代評の「具体的な実際問題としては痛切に吾々の胸に響かない」という批判はこのテクストへのまなざしとしてずれてしまっていると考えられる。同時代の戦争への鋭い批判がこのテクストの中にはあり、その意味では社会問題を取り扱うテクストとして同時期のほかのテクストに劣るところのないものである。しかし、このテクストの瑕疵はエスペラントを秘密の言語として用いてしまったことにある。それは解放の論理を持つエスペラントの根幹にも関わる問題であり、テクストに解放と秘匿というねじれを呼び込むことになってしまった。ゆえに、テクストを多くの読者が読むことができないという言語芸術としては致命的な欠陥を持ち込んでしまった。また、エスペラントに訳文をつけ、読むことが可能になったときに「社会主義者としてたたかう人間像は描かれていない」という批判が出た点については先述のとおり、プロレタリア文学としての読みのコードに終始しているものでしかなく、テクストの批評たりえてはいないと考えられる。「緑の野」が問題にするのは戦争と言語という二つのテーマの絡み合いであり、それらが国家と個人という共通項を媒介して接合される、その総体をとらえる必要があるのだ。

第六節　デラシネの日本 - 近代 - 文学

最後に、如上のような戦略を持ったテクストが持ちえた意味とは何であったかを考えてみたい。そこでまずテクストで語られた東京をめぐる会話を少し長くなるが確認しよう。

博士。東京へ行くと、安心して暮せますよ。東京は広いからね！

（ひさ子は何もいわずに頭をさげる。外の紳士は博士の言葉を聞いて微笑する。）

常吉。然し私は東京は余り好きじゃありません。（一同腰かける。）——東京は正当の日本じゃないような気がするんです。

博士。（笑いながら、）何うして？

常吉。正当の日本ならば、別な発達をしている筈です。

博士。一体君の正当の日本というのは何ういう意味だね？

常吉。（真面目に、）やっぱり正当の日本です。もし新しい日本の首府が今の東京でなく大阪か神戸か名古屋か、でなければ横浜か函館か札幌にでもあったら今の東京よりは三層倍も立派な文明が出来ていたでしょう。

山崎。（静かに、）君のいわれるのは、保守的だという意味ですか。或はあんまり破壊されすぎているという意味ですか？

常吉。一層保守的なら保守的でいいのです。生中破壊されていて、その中に妙な保守的な空気が始終逆流して来るからいけないのです。今のままで進んだら東京からは永久に立派な哲学も生れなければ文学も生れなければ、政治も生れません！

博士。私も趣味としてはあまり東京を好かない。私は日清戦争前に大阪に五年ばかり住んでいたことがあるが、大阪にいる間はそんなにも思わなかったが、今になって考えて見ると、大阪の生活は一番愉快であった。なぜ愉快かといえば、新しい文明と旧い文明とがきちんと別れているからだ。だから生活していて趣味を強いられることがない。東京では然うはいかない、新しい方の仕事をしている人がいつでも旧い影法師を背負って歩いている。思い切って仕事をし得ない。建築でも商売でも随分思い切ったことをするのが大阪だ。東京は皆がいいいいという保証を与えなければなかなかやらない。然し私は海野君の説には全然賛成が出来ない。私は東京にも東京の持っている特色があると思う。これは東京の外に、世界の何処にもない特色だと思う。

常吉。それは monstro〔怪物〕としてでしょう？

博士。研究の temo〔テーマ〕として。

常吉。それじゃ、やはり一つの見世物としてでしょう。

山崎。私は海野君の、首府に就いての意見は面白い意見だと思うけれども、仮りに東京を大阪に代えて見ても、そう変った文明が出来でいるとは思わない。それは多少異ったものが出来るかも知れないけれども。

常吉。いえ、確かにもう少し思い切った文明が出来ていたでしょう。東京ではそういう機会を何返も持っていながらすぐ逆戻りしています。

博士。（笑いながら、）然しそれは単に東京の罪ばかりとはいえないさ……東京というものはまだ正確な意味の文明を作っていないんだから。東京の今日の文明というものはみんな田舎者の作った文明だもの。

常古。それは然うかも知れませんね。然し田舎者でも結構です。田舎者は田舎者で自分達の文明を作って行ったらよかったんです。


常吉、平塚博士、山崎教授の三人が描き出す東京とは、「正当の日本じゃないような気がする」こと、「生中破壊されていて」「新しい文明と旧い文明とがきちんと別れて」いないこと、「田舎者の作った文明」であることを特徴として抱えている。彼らの示すこれらの要点を踏まえれば、彼らの批判はすべて〈近代〉という時代のもたらしたものへの批判ということになる。〈近代〉は「旧い文明」を破壊し、その上に接ぎ木をするようにして「新しい文明」をもたらした。そしてそれは「正当」の発展を遂げて近代化したのではなく、やむにやまれぬ波に押しに押されて作り出された日本であった。漱石の言葉を借りれば「皮相上滑りの開化」である。西洋列強の〈近代〉を接ぎ木しなければ植民地化されてしまうという逼迫した事情もあってのことではあるが、しかし、この接ぎ木もまた征服のひとつの形態であるとはいえまいか。「ことば喰い」は人びとの言語を奪うことによって文化との断絶を生み出すものであった。〈近代〉の接ぎ木もまた「新しい文明と旧い文明」を綯い交ぜにすることによって、かつての文化の根幹を揺るがしていくものにほかならない。ゆえに現在の日本は「正当の日本じゃない」という評価が生まれる。すなわち、「正当の日本じゃない」今の日本とは、〈文化的な由来＝故郷としての歴史〉から断絶されたデラシネの空間として存立しているのだ。

このように考えたとき、デラシネの空間を「田舎者の作った文明」だという表現が非常に大きな意味を持つ。「田舎者」たちは自分の生まれ育った故郷から出て、東京という都市へと集まり、〈近代〉を尊びながら東京の文明を作っている。「田舎者」たちの新天地である東京は「皮相上滑り」の場でもある。そしてその「田舎者」たちは東京になんの縁も持たず、ただ近代都市の発展の必要に応じて集められた存在でしかない。彼らは土地との繋がりを失い、ただ浮遊する都市生活者として存在するのみである。さらにいえば、彼ら「田舎者」は自分たちの母語＝方言を失い、東京で標準語にすげ替えられているはずである。本論冒頭でも述べたとおり、方言を失うことは文化的な根幹を失うことである。すなわち、「田舎者」たちもまた故郷を持たないデラシネとして存在しているのだ。

であれば、「田舎者達の作った」「正当の日本じゃない」今の日本とはまさにデラシネが作ったデラシネの空間であり、大地から浮き上がったようなものとして考えられる。そしてそのような東京は「一つの見世物」であると常吉に言われる。つまり生活の実態のない、誰もが何かを演じているような、己が何ものであるかを自覚することのない人びとの群が集い、根無し草たちのショーが繰り広げられる場所として常吉に認知されている。それゆえに、常吉は東京に行くのを嫌がるのだと考えられる。常吉は第二幕の最後で広田と梁川が帰った後、「お前と坊やさえ丈夫でいて呉れさえすれば僕は安心して働ける。僕は今晩は非常に愉快だ！　僕は初めて地球に足を触れたような気がする！　僕等の行くところには何処にも世界があるんだ！」と興奮している。この「初めて地球に足を触れたような気がする」感覚こそが、教職を離れ養鶏と「畑を少しばかりやって」「自分達の食べるものを作」りながら家族で暮らすことに歓びを感じた常吉の生の実感にほかならない。常吉は生の実感を得ることの出来る「緑の野」

を離れ、デラシネの空間である東京に改めてデラシネとして赴かねばならない。それは常吉の厭う「正当の日本じゃない」東京に構成分子の一つとして組み込まれることを意味している。

ただし、ここで忘れてはならないのは常吉が生の実感を得た北海道は果たしてデラシネの空間ではないのか、ということである。当然のことだが、北海道は明治になってから開拓が始まり、日本各地から新天地を求めて開拓民としてやってきた人びとが住まう日本のフロンティアであった。そしてその北海道は雑多な言語を統一しなければならず、標準語が求められていた。小林多喜二の「転形期の人々」[32]に描かれる秋田―小樽―東京という三極の権力関係に着目した島村輝は「「故里」のことばを使うことが「飄逸な味い」になどといっておられぬのが、小樽という場所での言語使用の状況であった」として、「方言差別」と国語の強制による〈帝国〉の構造を指摘している。[33]つまり、北海道もまた東京の下位に置かれてはいるものの、無数の「田舎者」たちが創りあげたデラシネの空間としてあった。それゆえに、「緑の野」というテクストにおいて、デラシネの空間を否定する常吉は北海道にも留まることが許されないのだと解釈することができる。テクスト末尾の「Ĉu ni debas forlasi ĉi tiun verdan kampon?（この緑の野をすてて行くのか?）」という常吉の独白とそれに対する平塚博士の「Jes, por la estonta verda kampo!（然り、未来の緑の野のために!）」という言葉は、常吉の目の前に拡がる「緑の野」＝北海道もまた故郷たりえることはできず、彼の故郷は「未来の緑の野」に期待されるということとなる。常吉はいまだ到来せぬ未来へと帰らねばならない。そして未来への帰還という問いは、エスペラントの解放の論理によってテクストの内部へととどめおこうとする物語の力に抗し、テクスト外の空間へと投げかけられる問いとしてわれわれに提示されるものとなる。

　秋田雨雀の手になる「緑の野」は、さまざまなレベルでの国民国家と言語とわれわれ個人の間に生起する問題を抽出することのできる多義的なテクストとして解釈できた。このテクストの多義性を生み出す言語の問題は、雨雀が濃密な方言を持つ青森の出身であるということと不可分であろう。自らが東京に出ることによって言語を改めるという体験をしたことを通して、雨雀のなかに意識の上にか無意識下にかはわからないがデラシネの感覚が植え付けられたのだと考えられる。工藤正廣[34]は雨雀の詩人としての豊かさが「美事なばかりの民衆口語性の生きた言語に」由来するという。そして雨雀と鳴海要吉、啄木の三人に「不思議な共通性」として「一種の「東北論」」を見いだす。

何か東北の詩学の道行といったもの。詩の素朴さへの回帰、そして韻律の口語性。この韻律の口語性を発生させている詩人の母語。それが津軽方言であれ岩手方言であれ、とにかく民俗(ママ)言語の力と美しさ、その律、そのユニークな語法（視点）。

彼らは東北出身者として東京へ行き、文学を志した。その文学とは日本‐近代‐文学という〈帝国〉の抑圧下に置かれた言語芸術であった。彼らがその抑圧から抜け出すために「民俗言語」の持つ「民衆口語性」といったきわめてローカルな言語を利用し、それと同時にエスペラントやローマ字[35]といった国民国家の限定から抜け出すインターナショナルな言語（文字）を使用したという二重性は注目されねばならない。これまで言及してきたデラシネである自分や人びとを、抑圧の構造を体現したともいえる日本‐近代‐文学の内部から解放しようとする試みであるからだ。啄木は間もなく没してしまったが、雨雀と鳴海はその後も文学活動を続け、二人とも口語詩と童話の制作に力を入れることになる。特に雨雀は童話制作に関して次のような言葉を残している。

私は童話の読者の標準を年齢的に区別して考へる必要がないと思ふ。童話は形式としては、大人が児童に読ませるものであるが、もう一歩見方を拡げて考へると、大人が『大人自身の子供の性質』に読ませるもの、精しく言へば人類が人類自身の『永遠の子供』に読ませる為に書くものだともいへる。"eternal childhood"——

私達は実に永遠の子供なのである。この感情は十歳から十八歳位までゝ失はれる感情ではない。人間の一生は五十歳である、長命の人もよく八十歳を越すことは稀である。五十歳は、十歳の五倍であり、八十歳は十歳の八倍にすぎない。私は人間の生涯は、永遠の子供の短い苦悩の瞬間に過ぎないと思ふ。[36]

この雨雀の「永遠の子供」は『赤い鳥』を中心に生起した童心主義と併置されて語られることの多いものであるが、秋田雨雀という作家の言説空間に即して考えれば、これは子供の純粋性を讃えるただの童心礼賛の言ではない。雨雀が注目するのは大人の中に存在する「永遠の子供」、すなわち人びとの根底にある母語とともに育った〈近代〉の〈帝国〉に抑圧される以前の己の姿なのではなかろうか。

デラシネとして文学者の道にくりだした秋田雨雀の見つけ出したこの隘路は一九三〇年代のプロレタリア文学とモダニズム文学によるインターナショナリズム、すなわち世界同時性の文学へとつながっていく。なぜなら〈近代〉の対抗概念としてのプリミティヴィズムであったり、アヴァンギャルドであったり、マルクス主義やアナキズムといった社会主義思想であったりは、すべて〈帝国〉自体もしくは〈帝国〉下の個人の有り様を再創造するための脱創造行為だと考えられるからだ。そうした問いを「緑の野」は胚胎していた。三〇年代という時代が解放と統制の両義性を含み込んだ時代であることを考察するためにも、雨雀が一九一五年という第一次世界大戦が始まって一年経った時期に目指した「未来の緑の野」はその始点として意味づけることのできる問題系であったと指摘して、次章以降の一九三〇年代の文学の場に関する考察を進めていこう。

注

(1) シオラン『告白と呪詛』(出口裕弘訳、紀伊國屋書店、二〇〇〇)。*Aveux et anathèmes* 1987.

（2）ルイ＝ジャン・カルヴェ『言語学と植民地主義』（砂野幸稔訳、三元社、二〇〇六）。*Linguistique et colonialisme* 1998.
（3）小林司『ザメンホフ　世界共通語を創ったユダヤ人医師の物語』（原書房、二〇〇五）。
（4）ザメンホフ「民族と国際語（一九一一年）一九一一年七月二六―二九日、ロンドン開催の世界人種大会宛の覚書」（L・L・ザメンホフ著・述、水野義明編・訳『国際共通語の思想　エスペラントの創始者ザメンホフ論説集』（新泉社、一九九七）所収）。
（5）臼井裕之「「おまえはワニか」―krokodili にみるエスペラントの言語イデオロギー」（『現代思想』、一九九八・八）。
（6）Mark Fettes, Moderno kaj postmoderno en nia kulturo, *Esperanto* 1097(11), 1997.(http://donh.best.vwh.net/Esperanto/Kampanjo2000/nov1997.html、二〇一六年一月一五日閲覧。
（7）安田敏朗『「国語」の近代史　帝国日本と国語学者たち』（中公新書、二〇〇六）。
（8）大澤真幸「啄木を通した9・11以降―「時代閉塞」とは何か」（『国文学　解釈と教材の研究』、二〇〇四・一二）。
（9）テンニエスが社会科学の古典ともいうべき『ゲマインシャフトとゲゼルシャフト』（*Gemeinschaft und Gesellschaft* 1887）を刊行したのが一八八七年であった。奇しくもザメンホフがエスペラントを発表したのと時を同じくしている。同時代にあって彼らを取り巻く国民国家という制度は、社会科学的に考察されたり人工言語によって乗り越えられたりするべきものとして、人びとに問いかけられたのである。
（10）田辺元『哲学と科学との間』（岩波書店、一九三七）。
（11）第一次世界大戦後にアメリカとソビエトというゲゼルシャフトの象徴のような国家が世界を先導する国家として表舞台に現れたのちも、世界の状況は好転しなかった。一九二九年一〇月のブラックサーズデイに端を発した世界恐慌はアメリカに、五カ年計画の成功を喧伝するもその裏側で起こっていたウクライナ周辺での猛烈な飢饉はソビエトに、それぞれ深刻なダメージを与えていた。そうしたなかで、三木清は「近代的ゲゼルシャフトの行詰りに対して新しいゲマインシャフト的社会が形成されねばならぬ」（「哲学ノート」（『三木清全集』第一〇巻、岩波書店、一九六七））と述べ、「東亜協同体」が提唱していく。三木のこの主張については、第三章で詳述する。
（12）「エスペラント運動の本質に関する宣言（通称『ブーローニュ宣言』）」（L・L・ザメンホフ著・述、水野義明編・

訳『国際共通語の思想　エスペラントの創始者ザメンホフ論説集』（新泉社、一九九七）所収）。
(13) ザメンホフ「国際語思想の本質と将来（一九〇〇年）」（L・L・ザメンホフ著・述、水野義明編・訳『国際共通語の思想　エスペラントの創始者ザメンホフ論説集』（新泉社、一九九七）所収）。
(14) 初芝武美『日本エスペラント運動史』（日本エスペラント学会、一九九八）。
(15) 二葉亭四迷「エスペラントの話」（『女学世界』、一九〇六・九）。
(16) 鄭恵珍「エスペラントと「言語」認識―二葉亭四迷の『世界語』を通して―」（『大学院研究年報』、二〇一二・二）。
(17) 臼井裕之「ナショナリストが〈国際〉を求めるとき―北一輝によるエスペラント採用論の事例から―」（『社会言語学』、二〇〇七・一〇）。
(18) 大島義夫・宮本正男『反体制エスペラント運動史』（三省堂、一九七四）には宮本が一九六五年五月頃に大本の大国以都雄にインタビューした際に「そうですね。……満州国についての大本の役割は、そうです、石原莞爾がはっきり依頼したのですが、「満州がいよいよ独立する。そのときにはエスペラントを採用する。これを満人に教えるための教師団の編成を大本で引受けてもらいたい」というのがこの事件と大本とのすべてでした。」という大国の証言が記載されている。
(19) 以後、「緑の野」のテクストの引用は『日本プロレタリア文学集35　プロレタリア戯曲集（二）』（新日本出版社、一九八八）に収録されたものを使用する。ただし引用文中のエスペラントに付随した〔　〕で括られた部分は新日本出版社編集部によって付けられた訳文であり、初出では常吉と平塚博士の最後の会話の「常吉。（赤帽の運ぶ荷物を見ている内に次第に陰鬱になって来る。殆んど発作的に、）／Ĉu ni debas forlasi ĉi tiun verdan kampon?（この緑の野をすてて行くのか?）／博士。Jes, por la estonta verda kampo!（然り、未来の緑の野のために!）」における（　）部分が訳文として雨雀によって付されていた以外は、すべてエスペラントのみであった。
(20) 青森県近代文学館ホームページで企画展の内容が確認できる。展示期間は二〇〇九年一〇月一〇日から一一月二三日（http://www.plib.pref.aomori.lg.jp/top/museum/narumi50.html）。二〇一五年一二月一四日、閲覧。
(21) 枯川生記「エスペラント語の話」（『直言』、一九〇五・三）。
(22) 初芝武美『日本エスペラント運動史』、前掲。

(23) 引用は『漱石全集』第一六巻（岩波書店、一九九五）による。
(24) 引用は『鷗外全集』第六巻（岩波書店、一九七二）による。
(25) クロポトキンについては『麺麭の略取』（*La Conquête du Pain* 1892）を幸徳秋水が平民社で一九〇八年に訳出している。その後は大杉栄が一九一七年に春陽堂から『相互扶助論』（*Mutual Aid: A Factor of Evolution* 1902）を訳すなど、クロポトキンは日本のアナキズムに大きな影響を与えている。
(26) 山室信一「〈シリーズ総説〉世界戦争への道、そして「現代」の胎動」（山室信一・岡田暁生・小関隆・藤原辰史編『現代の起点　第一次世界大戦　第一巻　世界戦争』（岩波書店、二〇一四））。
(27) ピーター・B・ハーイ『帝国の銀幕──十五年戦争と日本映画』（名古屋大学出版会、一九九五）。
(28) ヤン・シュミット「戦争イメージの「世界同時性」」（山室信一・岡田暁生・小関隆・藤原辰史編『現代の起点　第一次世界大戦　第一巻　世界戦争』（岩波書店、二〇一四））。
(29) さらにエスペラントはこの後、雨雀がまさにそうであるようにプロレタリア・イデオロギーと結びつき、プロレタリア・エスペラント運動（プロ・エス運動）へと展開していく。こうした事態を警察も重く見ていたことが、内務省警保局編『エスペラント運動の概況（上・下）』（『外事警察資料』第一七・一八輯、一九三七）に残されている詳細なエスペラント団体の調査と報告によって裏付けられる。
(30) 〈世界全体〉を改造したいと考えた人びとは、既存の権力機構と対峙したため、秘密結社として連繫する必要があった。例えば戦前の日本共産党が非合法組織であったことが一例に挙げられる。秘密結社はその活動を当局に察知されてはならないために秘密の暗号を用いていた。秘密結社のそうした理念と活動の背反と同じことが、雨雀におけるエスペラントの理念と利用にも起こっているといえよう。
(31) 「雑誌記事索引集成データベース」（皓星社）によれば、一九二一年以前は「エスペラント」を題字に含む記事数が毎年一〇件以下（一九〇九年から一九一五年までは〇件）であったのに対し、一九二二年は四八件と激増している。翌年以降また落ち込むが、一九三〇年から一九三三年までもまた一九件、二二件、二七件、二九件と増えていく。三〇年代の増加はおそらくプロ・エス運動の結果と考えられ、左翼文芸が打撃を受けた一九三三年以後再び記事数は減少していく。（二〇一五年一二月一四日閲覧。）

（32）初出は『ナップ』（一九三一・一〇～一一）、『プロレタリア文学』（一九三二・四）。初版は多喜二没後の一九三三年五月に国際書院から刊行された。

（33）島村輝「多喜二の三極―秋田、小樽、東京、そして…」（『文学年報2　ポストコロニアルの地平』、二〇〇五・八）。

（34）工藤正廣「啄木ローマ字、雨雀エスペラントの交響―東北文学の精神から」（『国文学　解釈と教材の研究』、二〇〇四・一二）。

（35）啄木のローマ字使用は結局、書き言葉をローマ字化したために漢字のイメージからの脱却というレベルに留まっているとも考えられる。しかし、同じくローマ字を用いた宮澤賢治は「（Ora Orade Shitori egumo）」（「永訣の朝」）や「dah-dah-dah-dah-dah-sko-dah-dah」（「原体剣舞連」）といったように方言やかけ声といった、標準語のための表記法（漢字仮名交じり文）では表現しきれない部分に使用した。賢治のローマ字表記は明らかに制度からはみ出したものを拾い上げるための使用であり、エスペラントに興味を示した賢治の認識とも関わるものであろう。

（36）秋田雨雀「永遠の子供―童話の成因に就いて―」（『太陽と花園』、精華書院、一九二一）。

第二章 〈世界全体〉をつくり直そうとするプロレタリア文学運動

――その射程と限界――

第一節 プロレタリア文学と〈世界全体〉の関わり

人は他者との関わりの中で他者を鏡として利用し、そこから見える差異を基に自己を見いだしていく。たとえば、現状に対して不満を持たない人も、自分の持っていないものを持つ人を見ることで、持たない自分を意識し、それを獲得するために活動を開始する。さらにその欲望を果たそうと活動する人間を見て、自らも同じ欲望を抱くという場合も少なくない。ルネ・ジラールによって他者の欲望を欲望するという意識[1]が人の活動の根本にあると言われて久しい。

欲望がこのようにして人間を動かしていくことは、より良き自分という理想に向けて順次自己をアップデートしていこうとする人間の本性とつながるものであり、進化論的な認識の一部として我々の中に存在している。また一方で、それとは反対の認識のありようもある。自分よりも恵まれない状態にある他者を見ることで、今現在の自分の状態を知り、それを守ろうとする認識である。これは自己保存の法則に則った防衛意識の表れであり、前者とともに人間の本性の両輪を成すものである。人の欲望の根幹にはこの双方の認識があると考えられる。

考へてゐる――「生きた女」にあこがれてゐる。なぜってそれは別に彼に對して愛が眼覺めたわけではない、只去勢されたやうに衰弱しちまつただけの事だからだ。いやたとへ愛だとしたところがもう追つつかない。

變な話だが、この頃になつて彼は段々荒んできた。さうしてひよつとした摑みに細君を絞め殺しちまひはしないかといふ强迫觀念で疲れてゐる。――

ところでかうして結局何もかも失つちまつた運命にある一人の情けない男をつかまへて他人はかういふのだ。

君はひねくれてゐる。どうも陰慘で、深刻趣味だとネ。――

「ところで子供は――あつたといつたかね？」僕はかう訊いた。

「なに、子供？、はははは。子供なんかどつちだつていゝのさ何しろ君。そこは作りもんだからネ！」かう云つて響くやうに加津君が笑つた時、どこでおつぴしよつてきたのか、まだ半分綠がゝつた實のついた枝をふり上げながら、態々麻子ちやんと二人駈け戻つてきた行坊が叫んだ。

「パパ！枇杷！」

――昭和七、五、――

第六回　懸賞創作募集

『改造』昭和八年四月號、五月號に登載すべき創作を募集します。左記の規定御一讀の上奮つて應募せられたし。

一、創作は小說戯曲の二種とし一人一篇に限る。
一、原稿の枚數は四百字百枚內外。
一、〆切は昭和七年拾月三十一日。
一、賞金は壹等壹千五百圓（一人）、貳等七百五十圓（二人）。尙選外として三四篇採用することあるべし。
一、應募原稿は當落共に一切返還せず。
一、應募者は略歷一通を添付すること。
一、宛名は「改造編輯部」とし、封表には必ず「懸賞創作」と明記すること。
一、壹貳等の著作權は本社に歸するものとす。

川

前田河廣一郎

1

田無三五郎は、二本の手と、二本の足とを持つてゐた。からだのその他の部分は、ともかく、この四肢をつないで、有機的に動かして行くための補助機關としてしか、世の中からは認められなかつた。――つまり、さういふ必要のないところから、その補助機關の一つである頭腦のやうなものでも、反射作用はごく消極的で、手足の活動を、一時的になりと停止させるほど、頭腦だけの獨立した活動を營むなどといふ試しはないのである。

複雜な世の中では、田無三五郎のやうな人間を、一言で、勞働者と呼んでゐた。そして、さう呼ぶことによつて、皮肉にも、かういふ人間達の四肢以外の、頭腦をも含んだ、からだのほかの部分の活動は、まるで取扱はないといふ習慣になつてゐた。

當の田無三五郎は、ほとんど自分と同じやうな二本の手と二本の足だけの人

前田河廣一郎「川」（『改造』1932年7月）

本章は、この認識を踏まえつつ、一九二〇年代から三〇年代にかけて社会主義的イデオロギーによって〈世界全体〉を新たにつくり直そうとしたプロレタリア文学運動にまなざしを向ける。プロレタリア文学運動はいうまでもなくプロレタリア文学運動は史的唯物論に基づいて不均衡な世界の現状を是正しようとしたマルクス主義と深い関係を結んだ文学運動である。蔵原惟人が「プロレタリア・レアリズムへの道」（『戦旗』、一九二八・五）において「我々にとつて重要なのは、現実を我々の主観によつて、ゆがめたり粉飾したりすることではなくして、我々の主観――プロレタリアートの階級的主観――に相応するものを現実の中に発見することにあるのだ」と述べたように、その文学的主眼は「階級的主観」に基づく現実認識の転換にあっ

たといえる。

　このようなプロレタリア文学運動における〈世界全体〉をつくり直そうとする認識を検証するために、前田河廣一郎「川」（『改造』、一九三二・七）を分析対象として用いる。前田河は徳冨蘆花の弟子として登場し、一九〇七年から一九二〇年まで一三年間の渡米を経てプロレタリア文学運動の闘将として菊池寛らと舌戦を交わした作家である。前田河という作家がプロレタリア文学運動を代表する作家であるということに加えて、後述するように「川」は「プロレタリア小説らしい小説にするために、現実がこんなに歪められ」[2]たと言われるほどに「プロレタリア小説らしい小説」であった。そこで、このテクストをひとつの典型として見ることによって、同時代のプロレタリア文学運動の射程と限界を析出していきたい。

　プロレタリア文学運動の先に目指された社会改革運動、ひいては社会改革そのものへと至らんとする営為は、個人の欲望であったものが連鎖的に他者に共有されることで社会的欲望となって社会変革を求めることを意味する。この連鎖する欲望の経路は、テクストのなかで描かれるストライキへと至る道と同じものであり、磧という小さな場から〈世界全体〉の論理を書き換えようとする〈運動〉へとつながっていく。そうした新たな認識を抱くこと自体を可能とするには科学的思考が用いられる。自らの置かれた状況を理解してそこから不利益を被っている点を洗い出す分析能力と、状態を改善するための行為を選択していく合理的判断能力とが必要とされ、それらを社会的普遍性にまで高める思考が求められるからである。こうして獲得された〈世界全体〉を更新するための科学的認識とそれに基づく〈運動〉とが持ちえた意味の連関を検討していかねばならない。

第二節　プロレタリア文学としての「川」

まず「川」の梗概を記しておく。主人公の田無三五郎という砂利取りに従事する労働者が大怪我をして働けなくなったことが原因となって仲間の労働者たちに自分たちの待遇改善を要求する気運が高まり、そのままストライキに突入、最後にスト破りのためのスキャップ（代替要員雇い入れ）が行われるが、彼らに三五郎が何ごとか（これは作中で明かされない）を語りかけてスト破りは回避され、その後には三五郎の遺体と旗が残っていた、といったプロレタリア小説である。

「川」は前田河の作品の中で、評価の高いものではない。前田河の作品として名高いものは「三等船客」（『中外』、一九二一・八）や「セムガ」（『改造』、一九二九・一二）であり、「川」が注目されることはなかった。「川」に対する論究は同時代評として数えられる四本のみであり、しかもその中でも芳しい評価を得られていない。それらの具体的な批判の矛先は「川」の冒頭の表現に向かっている。「田無三五郎は、二本の手と、二本の足とを持つてゐた。」という一文に始まる主人公・田無三五郎の状態を表した表現について、松井雷多は「苦心」した表現であり、その表現自体が「滑稽」さを表しているとはいえ「正しき意識への目ざめ」が書かれないばかりに「変な言葉」でしかない[3]と言い、杉山平助は「これはウィットでも何でもな」くて、「単なる冗舌にすぎない」表現で「ムカ〳〵と吐気のやうなもの」を感じる[4]と酷評している。

彼らが酷評したこの表現は、松井の指摘する「機械化された人間が如何にして意識を持つたか」を表すという作品の目的を達成するために、「意識」を持つ前の田無三五郎が階級意識に無自覚で会社に命じられるままに働くだけの人間であることを示すものとして確かに読める。労働者の権利に対して何の問題意識も持たずにいる状態を、意志を持たない機械になぞらえて表現している。

ただ機械と連関させて語る表現は田無三五郎にだけ用いられたわけではない。三五郎らを監督する菱刈文吉についても次のように語られる。

監督の菱刈文吉、この男ほど――この機械（砂利採取船――引用者注）によく似た人間はあるまい。すること為すことのピンからキリまでが、恐ろしく疳高なのだ。赤錆がして口が大きく、やたらにバットの煙を吐いて、絶えず動き廻はつてゐるづんぐりした格好は、間違つて砂利採取船が人間になつたのではないかと思はれる。

菱刈は会社の意向に沿って監督をしているので労働者たちと敵対する者ではあるが、三五郎と同様にトロから放り出された甘利老人による次の発言は興味深い。

『あの時さ、菱刈めが時計を出しやがつて、七時までの貨車の積込みに間に合はねえと困るつて、あいつの歩合に関係するんでの、やけにトロを急がせやがつたのが悪りいんだよ。――おら、どうしても、三五郎どんがこんなことになつたなア、会社の手落だとか思へねえだよ。どうだか、皆の衆？――』

この発言から菱刈にも会社に課せられたノルマがあるとわかる。つまり、菱刈もまた労働者であるのだ。このことから労働者が他の労働者を圧迫している状況が提示され、その結果として貧困の押し付け合いが労働者の中だけで行われていることが指摘できる。「機械によく似た人間」である菱刈がやはり機械的な三五郎ら労働者とともに機能することによって、磧での砂利取りという大きな〈機械〉が動いているといえる。

このように機械らしさということが強調された人物たちが集まっているテクストの中で労働者たちが人間らしく生きることから疎外された状態を回復するために〈運動〉が組織されていくという構成を見る限り、資本主義経済による抑圧と対抗措置としての〈運動〉を描くプロレタリア文学としての枠組みの中にある小説であることは自明である。さらにその構造をつくり出すことになった、機械と人間を重ねていく前田河の表現意識は「滑稽」で「変な言葉」という印象をもたれる要因となったことから当時としては奇抜なものであったような印象を受けるが、実は機械と人間の問題は当時のプロレタリア文学作家の問題意識としてそう突拍子もないものではない。

評論「新芸術形式の探求へ――プロレタリア芸術当面の問題について――」(『改造』、一九二九・一二)[5]で蔵原惟人はプロレタリア芸術における機械の重要性を語っている。「高度に発達した近代資本主義社会が発見して、我々に残した美」として「大都会と機械の美」を指摘し、「久しい間機械は現実の「卑俗」と「粗暴」の権化であり、芸術は機械と正反対なものとして、この二つのものの結合は夢にも考えられなかった」という。しかしプロレタリア芸術にとって「機械は決して未来派のいうごとくそれ自身が目的ではなくて、何等か人間の目的に奉仕するものであり、したがってその運動も盲目的、猪突的なものでなくて、合目的的な、正確な、力学的なものとして現われ」、「ただこの社会の物質的方面における、最も新しい、最も重要な要素として」表現される、というものである。この蔵原の言は、同じく一九二九年に板垣鷹穂が『機械と芸術との交流』(岩波書店)を出版し、プロレタリア文学陣営からも新居格「機械と文学の関渉」[6]、石浜知行「機械と芸術」[7]などが立て続けに発表された時代において、工業化され機械が積極的に取り入れられた社会の中で、芸術がこの機械をどう取り扱うかという共通した問題意識のもとに発せられたものだった。

また世界的にはカレル・チャペックの戯曲『R.U.R』(一九二〇)が発表され、フリッツ・ラングの『メトロポリス』(ドイツ本国での公開は一九二七年一月一〇日、日本での公開は一九二九年四月三日)が上映されていた。特にチャペックの『R.U.R』は日本でも一九二三年に春秋社から『人造人間』と題された宇賀伊津緒訳、翌年金星堂から『ロボット』と題されて鈴木善太郎訳と短期間で二度に亘って刊行された。さらに宇賀訳を用いて築地小劇場で土方與志の演出によって第五回公演(一九二四年七月一二日から一六日)、第七回公演(一九二四年七月二六日から三〇日)、第九回昼公演（一九二六年六月五・六・一二・一三・一九・二〇・二六・二七日）で上演されるなど、機械と人間を接続する人造人間（機械化された人間）的な表象は、すでに一九三〇年前後の同時代の中で一般性を勝ち得ていたと考えられる。[8] その解釈のコードが機械の美をフェティッシュとして賛美するモダニズム的路線であったり、資本主義経済下の社会の縮図として批判的に見るプロレタリア文学的路線であった。

こうした状況の中で、前田河が機械について抱いていた考えを「十一月の断想」（『文芸戦線』、一九三〇・一一）[9] の中に見ることが出来る。ここで前田河は「この動力時代の現在、美的表現の対象となるべき客体にも異常な変化が起つてゐることを知らねばならない」と言い、機械の重要性へと論を進める。

> 一部のブルジョア作家の間では、すでに野心的に機械を取入れてゐる人があるやうにも見受けられるが、［…］端的にブルジョア生活の外飾としての道具立てとしてしか扱はれてゐないのである。［…］又、近頃急に世の中を新しく発見したやうに騒ぎまはつてゐる新興芸術といふブルジョア芸術の貰ひ子の取入れてゐる機械も、単なる模型的ホッチ・ポッチであつて、彼等の関心が生活と機械との有機的結びつきでないことは、そのどの作物を取つて来てもはつきり過ぎるほどはつきりしてゐる。

このような主張を通じて、板垣鷹穂ら非・プロレタリア文学勢による文学への機械の取り入れを批判した上で、プロレタリア文学は「『穀物の一ブッシエル毎に、石炭の一ハンドシツドウエイト（ママ）毎に、その他凡ゆる必需品が、生産者自身だけでなく、また其の近くの人達だけでなく、遠方の人までも』利益するための生産や交通運輸や諸建設のための機械」や「現在、プロレタリアの日常生活に入り組んでゐる機械力の生産品の密接な関係、労働者の従事する近代的諸産業に充満した機械の力の勢力」を描かなくてはならないと力強く語っている。

これら同時代の機械言説と前田河自身の機械観をふまえて、テクストを再度確認してみよう。三五郎の身体は「二本の手と、二本の足」とそれを「有機的に動かして行くための補助機関」の集合体だと言われているが、これは三五郎の身体を労働を軸にして再構築した認識である。この身体を持った三五郎の労働生活は以下のように叙述される。

これだけの、二本の手と、二本の足の操作を営むには、さほど複雑な、からだのほかの部分の補助的活動なんかの要らないことは、去脳動物についての実験心理学の例をひくまでもなく、誰にもわかりきつたことである。よし、それが、十年間つづいたとしても、それには惰性といはれる物理力もあつて、簡単なものを、より一層と簡単にするのでもある。

作業をするための手足にのみ重点が置かれ、その手足の持ち主であるはずの人間の理性（意志）について全く顧みられることのないこの人間観は「去脳動物」としての労働者を表している。このように人間を機能的に解釈する方法が求めるのは、個々の人間の具体性を捨象し、大きなマニュファクチュアの中で相互に交換可能な部品としての人間である。さらにこうした三五郎の「ごく単純な労働」は「川の中の機械船が吹き鳴らす汽笛」によって管理されている。このことが指し示すのは、三五郎ら労働者が「一定の時間を告知する時計といふ物品」を持たないために主体的な時間の運用が出来ず、自らの時間を会社の「汽笛」に任せるしかないために起こった被支配の体制である。

会社という大きな〈機械〉は資本主義経済という欲望を達成する手段として用いられる道具であり、人間はその会社に管理される道具の一部へと貶められる。この機械性の拡大は、すでに機械が人とその社会を取り込み、全体的な枠組みそのものとなっていることを示している。

以上のように、三五郎と労働現場の川という状況を描き出し、労働者をとりまく「機械の力の勢力」に言及している点で、「川」のプロレタリア文学としての構造は達成されているといえよう。またテクストのプロレタリア文学性は三五郎が旗とともに現われる最終場面からも読み取ることが出来る。この点についても詳述しておこう。

テクストにおいて描かれる〈運動〉について松井は「一つの自然発生的な争議といふやうなものを語られたに過ぎ」ず、「如何なる一般的情勢の下にこの争議が発生したのかさへはつきりしてゐない」と批判しているが、青野季吉の「自然生長と目的意識」(『文芸戦線』、一九二六・九)が提唱したプロレタリア文学運動の作品に持たせるべき「目的意識」がこの小説には欠けているというのが、松井の批判するポイントであろう。青野はプロレタリア階級が「自然に生長すると共に、表現欲も自然に生長」して出てくる「具体的の顕れの一つがプロレタリヤ文学」の作品であるという「自然生長」の姿を語り、それを〈運動〉として整備していくための「目的意識」の重要性を謳う。

プロレタリヤの生活を描き、プロレタリヤが表現を求めることは、それだけでは個人的な満足であつて、プロレタリヤ階級の闘争目的を自覚した、完全に階級的な行為ではない。プロレタリヤ階級の闘争目的を自覚して始めて、それは階級のための芸術となる。即ち階級的意識によつて導かれて始めて、それは階級のための芸術となるのである。そしてこゝに始めて、プロレタリヤ文学運動が起るのであり、起つたのである。

この解説は「階級のための芸術」を導かんとする意識である。青野の「自然生長」という観念に即して「川」を読んでみると、確かに小説の中に描かれる〈運動〉は田無三五郎の怪我という偶発的事故をきっかけにして起こったものであり、〈運動〉の当初から「階級的意識」を持って「闘争」に臨んでいたわけではない。このことは田無三五郎を見舞いに来た金と佐々木が「秋もうそ寒くなつ」た頃にようやくストライキという方法に訴えようと話がまとまったと三五郎に報告に来ることからも明らかである。最初は三五郎の「治療代」か「見舞金」を求めているだけの「談判」であったのが、「会社の人事係」河村と「談判」しているうちに、「日に十四時間もこき使は」れているにもかかわらず「日給一円」で仕事帰りに「トロ」にも載せてもらえないことへの怒り、すなわち労働とその対価の不均衡についての怒りへと昇華されていくのだが、ここで青野のいう「プロレタリヤ文学運動」の一翼を担う作品となるには「目的意識」が足りないということになってしまう。〈運動〉の主体となった田無三五郎の仕事仲間たちはあくまで自分たちの労働について保証を求めているだけであり、そこには「階級的意識」はなく、「個人的な満足」への追求しかないからだ。そうした意識のもとで彼らのストライキは決行されることになるのだが、そのような単純な意識で行われたものに成功の見込みは薄い。菱刈の「てめえら、一人残らず馘首だ！――この薄野呂ども、俺にてめえらの悪企みがわかつてゐねえと思つてやがるか！あれを見ろ――砂利採り人夫なんざあ、この砂利よりもふんだんにあるんだ！」という「磧一杯」の喚きを受けて登場する「町の方からぞろぞろと流れて来る、黒い人間の列」によって容易に打ち砕かれそうになるのだが、最終的にはその「黒い人間の列」とは「揉み合」いにもならず、ストライキの危機は回避される。田無三五郎によって「二尺五寸四方の赤旗」が振られたためである。

この「二尺五寸四方の赤旗」が象徴するものは当然社会主義運動そのものである。旗という象徴と社会主義運動の関わりを考える上で、一九二九年に書かれた徳永直『太陽のない街』の最終場面が思い起こされる。

――団旗は俺達のものだ！

青年達は、団旗に飛び掛かつた。休戦派の者達が怒つて奪ひ返そうとした。団旗は揉まれて、穂先の鞘が撥ちけ飛んだ。

――横団旗を奪へッ。

先刻の阿弥陀帽の青年が、壇上から旗を蒐けて飛び降りると、素早く相手を突き飛ばして、団旗を持つたまま、脱兎のやうに、場外に走り出した。

――退場しろ！

青年達につづいて、婦人達も場外へ出てしまつた。阿弥陀帽の青年は、団旗を両手に緊乎と抱きながら叫んだ。

――旗を護れ
――旗を！(10)

この場面はこれまで維持されてきた〈運動〉の象徴として旗が昇華されていく場面である。〈運動〉のすべてを団旗へと帰結させ、団旗という象徴を護ることが〈運動〉の護持に繋がるとしていくこの場面は、社会主義運動が労働者の権利を保障するという目的を達成するための手段として機能していたものから反転し、〈運動〉そのものを目的とする状況への転化を示している。当時の『太陽のない街』に限らず、旗に社会主義運動の象徴としての姿を透かし見る視線は当然の理解といえよう。この旗を振った後に田無三五郎は「死んでゐた」。つまり、社会主義運動を示す赤い旗と交換されるように、田無三五郎の命がこの場面で消費されているのだ。

〈運動〉がスキャップの登場によって行き詰まりを見せようとしたとき、田無三五郎が「二尺五寸四方の赤旗」を持ってくることによって、これを守った。これは彼の「治療代」に端を発した「自然生長」的運動が、社会主義運動という明らかに「階級的意識」と連関を持った「二尺五寸四方の赤旗」によって権威付けがなされたということになる。そして「町から来た連中」が「不思議にも」「ぞろぞろともと来た方へ引き返へした」のは、仲間同士の身内意識に基づいた「自然生長」的〈運動〉では破られたであろうストライキが彼等にも通用する普遍的な「階級的意識」に基づいたものに裏打ちされたから、と読むことが可能になる。ゆえにこの最後に田無三五郎がやってきて赤旗を振って死ぬという結末は、唐突の感もあり決して巧い結末と評価されなかったが、「目的意識」を意識して書かれたものであったと考えられる。

このように、〈運動〉と資本主義経済の対立や労働者を取り巻く状況の機械性、そしてテクスト外部で〈運動〉を称揚するための目的意識を十分に内包したテクストとして「川」は読むことができるのだ。

第三節　語り手の意識した「実験心理学」

テクストの中で語り手は、三五郎ら労働者たちの様々な活動をパースペクティブをとって見下ろしている。三五郎が労働者としての意識に目覚めないことを「奇妙なこと」と言い、息子の二六と三五郎がよく似ていることを「アミーバの分裂とさほどちがはない一個の人間の二分の一づつ」だというような語り手は、自らが三五郎らの労働を見て意味づけようとする存在であることを隠さない。そして冒頭の章を次のように締めくくる。

> かういふ田無三五郎が、ある日、偶然な機会からぜひとももものを考へなければ、二本の手と二本の足との補助的活動がうまく行かない場合にさしかかつたのである。それは、例へてみると、川の中の魚が、陸へ上がつて一躍して馬にならうとした絶大な努力を、労働者田無三五郎が、きわめて短時間のうちに行はねばならなかつたと同じことであつて、その経過には、かなり大きな物語がなければならぬ筈である。

ここで語り手は、三五郎が「ものを考へ」ざるをえなくなることで「かなり大きな物語」が展開される、というこのテクストの全体像を先んじて提示する。テクスト冒頭の一章分を割いて述べられるこの田無三五郎の現状と今後の展望ともいうべき語り手の意味づけは、一体何を示そうとしているのか。

やはりテクスト冒頭の章において、語り手は三五郎の頭脳が「数種の反射群をどう連合するかについて怠慢（ママ）」だと指摘したり、毎日同じ労働を繰り返すだけの「単純な行動の無数の反復が、労働者田無三五郎の、きわめて平穏無事な一生涯であ」ることから「去脳動物についての実験心理学」や「惰性といはれる物理力」に言及したりして田無三五郎を表象しようとしている。つまり、語り手は田無三五郎という存在を一つの現象として解析し読み解こうとしている。その際に語り手の注目は三五郎の脳と身体との接続の在り方に向いている。三五郎が「朝、川の中の機械船が吹き鳴らす汽笛によつて起き上が」り一日の「単純な行動」をするという一連の行動を脳と身体との接続という観点から捉え直せば、「機械船」の「汽笛」という外部からの刺激が三五郎の脳に作用して砂利取りの仕事という「単純な行動」が「反射」として身体を用いて行われるということだ。ここで語り手の言及する「実験心理学」が重要となる。「実験心理学」自体は一九世紀にヴントが発展させたものだが、アメリカで広く受容された心理学の形態でもある。その「実験心理学」の中でも、精神という不確かなものを観察する内観を廃して生理学に基づいた科学的な客観的実験を重視し、アメリカのJ・ワトソンが一九一二年に提唱した行動主義に着目したい。

ワトソンの考察[11]はソヴィエトのイヴァン・パブロフの心理学に影響を受けたものでS—R（Stimulus-Response）心理学とも呼ばれるが、動物の知的行動が学習によって成立しているとし、刺激と反応の関係を繰り返す中で人や動物の行動が形作られているというものである。さらに、いくつもの「反射弓」が長く複雑な中枢ニューロンを経て脳で「統合」されて「たくさんの部分が協同運動」する。この一連の活動こそが人間の複雑な行動の実態だとし、様々な刺激とそれを感受する受容器の組み合わせに対応して、様々な行動が生み出されるという、きわめて経験主義的で物質的かつ機械的な人間心理をワトソンは主張した。

こうしたワトソンの主張と「数種の反射群」を「連合する」べき脳という観点を重ね合わせたとき、そこには非常に重要な示唆が現われる。語り手にとって磧の労働という大きな刺激と、それによって引き起こされている労働に関する様々な問題という「数種の反射群」を「連合」させることができれば「第二の田無三五郎であるとか、十人目の田無三五郎であつた」と考えるようになる。すなわち労働の中から〈運動〉を呼び起こす定式を「実験心理学」的に導こうとしている。ゆえにこのテクストの語り手の認識は非常に科学的な分析力を用いたものであり、テクスト全体を田無三五郎という労働者に与えた刺激とその反応、それと田無三五郎の怪我という刺激と磧の労働者たちの示した反応という二つの科学実験として描き出そうとしているといえる。後者の実験に関しては〈運動〉の自然生長的発生という結果を導き出すため、前節で指摘したように、プロレタリア文学の枠組みの中でわかりやすく消費され検討がなされていた。しかし、本来このテクストの特異性となるべき前者の実験への検討は未だなされずにいる。この科学実験の様相を見ていくことで、これまでの枠組みとは異なる読みが可能となるのではなかろうか。続けて、彼への刺激と反応からテクストにどのようなものが表わされているのかを見ていきたい。

第四節　〈運動〉の起点にあった個別性

田無三五郎という存在に対して大きな影響力を持った刺激は「一合のトロ」で「仲間三人と十二銭」という賃金であった。その刺激に反応して磧での労働が繰り返されていたのだが、本節ではその三五郎の活動を見ていこう。すると、その際に田無三五郎の他者認識と語り手の求める他者認識との食い違いをめぐる問題が浮上してくる。

田無三五郎が労働者としての自己の現状をどのように捉えていたかをまずは確認しておく。田無三五郎は一日に一三時間半（「四時から、正午まで」と昼休みをはさんで「十二時半から午後六時まで」）川縁で砂利を集める仕事に従事している。そして、その忙しさから「四肢をつないで、有機的に動かして行くための」「補助機関の一つである頭脳」に「独立した活動を営む」ことを許されないでいるという。ここでいう「独立した活動」とは、「複雑な世の中」によって規定された「労働者」という人種（ここに田無三五郎も含まれる）の中に「第二の田無三五郎であるとか、十人目の田無三五郎であ」るとかを見いだし、彼らと連結していこうとする意識の流れのことを指しているのだが、田無三五郎はこうした頭脳の「独立した活動」に無頓着であったとされ、それは「彼れの頭脳」が「数種の反射群をどう聯合するかについて怠慢であつた証拠」として挙げられている。

この「怠慢」であった頃に、三五郎は「第二の田無三五郎や、十人目の自分を『二本杉の作』とか、『土手の甚太』などといふ名前で、はつきりと自己から区別しようと試みた」とされている。ここからは三五郎にとっての自己と他者が決して同一ではなく、独立した存在として認識されていたことがわかる。そして、こうした他者認識は、三五郎らに対して会社が求める労働者の理想像が右に示したような考えずにただ働く機械的人間という個別性のないものであることに対する一つの抵抗として読むことができる。労働者一人一人は決して第n番目の田無三五郎と呼称できる集団的な群体の一部ではなく、それぞれ特記されるべき特徴を備えた個人なのだ。田無三五郎の心配をして集まった六人の人物も、隣家の老人・甘利をはじめとして、「いつも割の悪りい方へ廻はされる朝鮮人の金」、「小魚さへもゐないのは、会社が川で砂利を取るからだと云」う二本杉の作兵衛、「一昨年の洪水で死んだ、手振ひで砂利を採取してゐた馬入りの吉のことを嘆」く土手の甚太郎、「砂利の相場と売捌き先のことを、見て来たやうに話し出」す「井戸をへだてたま向ひ」に住む佐々木、太田兵造県会議員の先代が土方で「わしらと一緒になつて、川の砂利を掬つちや売つ」ていたことを暴露する「川向ふの自作農であつた」老人・谷井熊次というように単なる労働者として十把一絡げにされるのではなく、一人一人に個性が付与されている。三五郎のために集まった人びとはこの段階で個別性を持ちえていたといえよう。会社の要求する労働が三五郎らを追い込むなか、そこから抜け出す手段としての個別性を三五郎は認識していた。

他方、人間性を回復するべき〈運動〉を生起させようとする語り手の求める他者認識はどのようなものであったか。〈運動〉が立ち上がる瞬間には「複数の反射群」が「連合」して発生する「めいめいの知識」が集約される必要があるように、個々の労働者の個別の知識とそれを「連合」しようとする主体的意志が求められる。しかしその〈運動〉が立ち上がり知識が共有され、一つの価値観にまとまってからは各々の個別的主体が生きることはない。彼らに求められるのは〈運動〉を構成する価値観のよき理解者であり、よき実践者であることだけであるのだ。そして同じ価値観を共有するもの同士で「仕事場や、めし屋や、往来のどこにも」いる「二本の手と二本の足だけの人間」を「第二の田無三五郎であるとか、十人目の田無三五郎であった」と認識し、彼らと連帯していくことによって〈運動〉は達成される。そのため、この連帯の中に三五郎が試みたような名付けによる画一的認識からの脱却という抵抗の形式は含まれない。〈運動〉のための認識に立ったとき『二本杉の作』や『土手の甚太』、そして田無三五郎といった個人の特性は何の意味も持たない。なぜならば、〈運動〉の紐帯となるのは資本家によって虐げられている「第二の田無三五郎であるとか、十人目の田無三五郎」であるように、個々人の具体性ではなく、労働者という階級性だけになってしまっているからである。ここに田無三五郎と語り手の相違がある。

前田河はE・T・ヒラー『ストライキ』(*The Strike* 1928)を翻訳しているが[12]、その中に次のような一節がある。

> ストライキの底を流れる動機も、大部分その集団性にある。この動機を仮に実用性と社会性との二つにわけて見やう。実用性の要求は、労働契約の条件の改善が目的である。ところが、その実用性がそれだけでぽつんとあるものではなくて、社会性によつて、置き替えられるときに、それは直ちに集団性を帯びる。社会性のお

もなるものは、己が階級に属する人達と共に、また、その為に行動し、集団的に激発された感情をドラマテックに表現しやうとする人間の本当の気持である。これを細くわけると（1）争議の団結によつておこつた同志愛、（2）集団といつしよに行動することによつて生ずる勇気、（3）勝つといふ気持から出る自負心の増加、などである。

ストライキの社会性を「己が階級に属する人達と共に、また、その為に行動」したときに生ずるものだとするのだが、注目すべきはストライキという行為によって生じる没個性化を図らずも表している点にある。ただ労働者が連帯して「労働契約の改善」を求めることを目的とするのではなく、仲間と共にあることそれ自体の喜びを「人間の本当の気持」として称揚しているのだ。やはりここでも〈運動〉における労働者が階級性だけで認識されているといえる。

追い詰められた労働者がそれぞれ主体化していくことによって〈運動〉を成立させるだけのバックボーンを構築できるのだが、そうして成り立った〈運動〉の担い手は〈われわれ〉という主体であった。小さな〈私〉の集合体としての大きな〈われわれ〉が動くことで成し遂げられる成果は確かに大きい。個人では対抗しきれない大きな組織に対抗するためには当然の戦略であり、ヒラーがストライキの「集団性」を重視していることからも明らかである。しかし「同志愛は、他人を自分と同じに愛し、互いに苦痛を忍び合ひ、集団的闘争の目的に向つて進み、その為に飽くまで忠実であるといふやうな、人間の最も美しい道徳性を知らず知らずの間に発達させ」たものとしてしまうように、集団であること自体が自己目的化されることは避けなくてはならない。集団（階級）への帰属意識が高まりすぎることは、結果として集団による個人性への抑圧を再び生み出すからである。テクスト中の三五郎を除く労働者たちの〈運動〉は、未だ〈運動〉としての端緒についたばかりであるが、最終的に「二尺五寸四方の赤旗」

という象徴へとテクストの結末を集約させた語り手の示唆する階級性への強い意識は個々人の主体の喪失を予感させてしまうものだろう。

このようにして三五郎の他者認識と語り手の示す労働者のあるべき他者認識を比較していくことによって、〈運動〉と資本主義経済が共に労働者の個別性よりも集団性に重きを置いているという特徴が顔をのぞかせる。さらにこの類似性は他の観点からも見つけることが出来る。それは〈運動〉と会社での労働、それぞれを動かす主体を比較することによって見えてくる。次いで〈運動〉という刺激が三五郎にもたらした反応を見て、その意味を問いたい。

第五節　誰のための〈運動〉か

自らの置かれた状況とそれと同様の状況に置かれている他者への関心のなさという「怠慢」は、田無三五郎自身が「トロから投り出され（ママ）」てあばら骨が一本折れるという切迫した状況になって初めて彼に自覚される。すなわち、働くことのできる体＝健全な身体が欠損したことによって、「第二の田無三五郎であるとか、十人目の田無三五郎であ」る労働者たちとの連結が起こってくる。これは田無三五郎以外の労働者たちにも同じくいえることで、田無三五郎が身体を欠損して働けなくなるという状況になって初めて彼らの「怠慢」は解消される。連結していく労働者たちの様子はテクスト中で二度にわたって叙述される。

①　めいめいのかういふ知識は、日頃は匿くされてゐて、てんでの頭脳の隅つこの方に、黴のやうにか細く生きてゐるのだが、ひとつづつ集まると、急に記憶でも、噂でもなくなつて、全く別な力になつてしまふのであ

つた。誰よりも、妙なこの場の興奮から、それを云ひ出した当人達が、見る見る自分達の話から、今まで考へたこともない砂利についての恐ろしい歴史が展開されたことに驚いてゐた。

② かういふことは、今までの磧では、誰も考へつくものではなかつた。三五郎が床についてから、みんなで一人づつの意見を出し合つて、はじめて、一人で考へてゐることが他人の考へと一緒になつて、やつとそこに何かの力が出るのだといふことを知つたのであつた。――ストライキ！

このようにして起こった各々の労働者が持つ知識の連結が「全く別な力」、すなわち未組織状態から脱却したプロレタリアの力（これがストライキの力）を呼び起こすという意味を示していることは明らかである。そして先述したように、この未組織状態からの脱却の呼びかけを作品の目的として読み解くと「川」という作品はプロレタリア文学の千篇一律性という陥穽におちいってしまう。それは、小林多喜二「一九二八年三月十五日」を取り上げて「身体を権力の装置によって直接侵される、それを描くことによって自由の侵害と抑圧を表現するというのは、何も多喜二に限ったことではなく、プロレタリア文学の表現の中にもしばしば見られる発想である[13]」と島村輝がいうように、田無三五郎の事故とそれに由来する〈運動〉の起こりというテクストの構造からも読み取れる千篇一律性であるのだ。

しかし「川」というテクストの特性はまことにプロレタリア文学的な構造を持ちながらも、その構造自体を批判する読みを可能とする点にある。このテクストは〈運動〉の起こりを見届けて終わるだけではない。そのきっかけとなった田無三五郎がこの〈運動〉にどのように関わったかを見ることによって、それは明らかになる。

田無三五郎の事故をきっかけとして労働者たちは会社と「談判」することになるのだが、注目すべきはこの「談判」に事故の当事者であるはずの田無三五郎自身が参加していないことである。もちろん田無三五郎がこの「談判」を知らなかった背景には、「みんな世帯持ちの人達だ」から「おめえさん達の気持は有難えが」「会社から何か云つて来るまで待つていただくとするわ」といい、何もしないでいてくれることを「当人の俺としての頼み」として仲間に頼んでいたということもあるし、「あんまり病人の枕元でさわぎ立てて、気を昂ぶらせても考へもんだ」と言った仲間たちの気遣いということもあるだろう。だが、それでも「談判」は行われていた。そしてそのことについて三五郎のもとには「談判」に参加していた息子の田無二六からも何の連絡もされない。これは金と佐々木が訪ねてきて、「みんなで申合はして黙つてゐたんだが」「あれからずつと会社と談判して」いて、そして「田無の父つあん、おめえに相談しねえでわりいが、実あ仕事場の連中ア、これから秋口の注文の多い時なんだから、思ひ切つてストライキをやらかさう」と考えているという〈運動〉の内容が田無三五郎にとって「全く彼の予期しなかつたこと」であったと示されていることからわかる。このように田無三五郎は自らがその起点となったにも関わらず、〈運動〉する労働者たちからも疎外されている状態なのである。これはストライキによって労働者の権利を求める〈運動〉の主体である組織が会社との「談判」をしていく上で結果的に会社と同様、健全な身体の保持者を求めているという残酷な事実の証左となっている。つまり、田無三五郎という人物が主人公に据えられたことによって、健全な身体を破砕されたものは〈運動〉の起点とはなり得ても、その担い手にはなれず疎外されるという問題が露呈させられている。

　作中人物の身体的毀損と〈運動〉の関わりという問題は、葉山嘉樹の『海に生くる人々』（改造社、一九二六）のボーイ長、「淫売婦」（『文芸戦線』、一九二五・一一）における女、小林多喜二「沼尻村」（『改造』、一九三二・四～五）の兼一郎の妹・ふみ、岩藤雪夫「紙幣乾燥室の女工」（『改造』、一九三二・五）の助川お道の父・助川治平など枚挙にいとまがない。彼らは自らの身体的毀損によって周囲の労働者たちに自らの置かれている状況を自覚させ労働運動が立ち上がっていく起点とはなり得るが、彼ら自身はその労働運動の主体たりえず、テクストの主筋からはじき出されていくことになる。すなわち、労働者の権利を獲得するための労働運動すら、資本家側が労働者に求めるのと同じように主体的に活動するための健康な身体が求められるという逆説的な事態がプロレタリア文学の多くに示されているのだ。

万一の時の保障を十全なものにするために実際に損害を受けた人間ではなく、これからその損害を受けるかもしれない人びとによって〈運動〉が展開されていることに問題点の根幹がある。ここにはすでに指摘した防衛意識からの欲望が発見でき、〈運動〉とは三五郎のようになりたくないという負の欲望を起点として整備された集団の欲望の発露であることがわかる。つまり〈運動〉の側から三五郎を意味づけようとしたとき、三五郎はあくまでその対象として存在するだけであるのだ。

第六節　環世界の中の個人

田無三五郎は、怪我による身体的問題が原因で〈運動〉の担い手にはなれなかった。しかし三五郎の存在はそうした問題の告発だけにとどまらない。語り手の求めた実験は田無三五郎に焦点を当てていたために、「去脳動物」から全く反対に「頭」だけになった三五郎の姿も照らし出している。テクストの四章で語られる「頭の中だけの旅行」をめぐる三五郎の考察は、これまで田無三五郎に労働をさせる刺激として機能していた「日に三回の汽笛」がもたらす新しい反応である。この「旅行」として表されている三五郎の考察は、やはり「実験心理学」的に新たな展開を要請するのだ。

三五郎は事故後「手足を動かすと、傷口へひどく痛みが伝はつ」てしまうために身動きが取れずにいるが、「寝てゐて、頭の中で」移動し「広い磧を見渡すぶんには、どこにも痛みといふものはひびかなかつた」ために「頭の中だけの旅行」を繰り返すようになる。そしてその「旅行」を通して「十何年来無意識に眺めてゐた一本々々の草も、向ふ岸の杉の木も、いつも本流に取残される青みどろの水溜りも、ぢかに足で歩いてみるよりもはつきりと目に見え」てくるようになったという。

この行為は三五郎のかつての労働空間であった川の光景を「頭の中」で再現しようとする行為であり、それは三五郎の主観に基づく空間の虚構化を意味する。先に引用した「十一月の断想」の中で前田河が「一つの工場を描写するには、自でその工場の設計から企業、作業、監督、労働の全範疇に亘つてやつて見る位の真剣な想像力の再燃が必要であるべきは当然であ」り「しちくどさがあり、執拗があつてこそ、始めてその作物の現実性が存立する」と主張しているが、動けない身体を抱えた三五郎が「手足の活動から解放された頭脳」をもってして川とそこにある仕事場を「手に取るやうに思ひ出」し「機械船を隈なく調べ廻はる」ことまでできてしまうのは、まさに前田河が求めた虚構の「作物の現実性」を三五郎が達成したためである。

また、主観に基づく虚構化が行われていることは、環世界という概念を導入することでより明白になる。環世界とはドイツの生物学者ヤコブ・フォン・ユクスキュルが一九三四年に提唱した概念だが、「主体が知覚するものはすべてその知覚世界（Merkwelt）になり、作用するものはすべてその作用世界（Wirkwelt）にな」り、「知覚世界と作用世界が連れ立って環世界（Umwelt）という一つの完結した全体を作り上げている」（傍点ママ）というものである。[14] この環世界における主体と客体の関係を示したものが機能環として次頁の図のようにまとめられる。

この図を一見すればわかるように、ユクスキュルの環世界は行動主義心理学の示したS―Rの関係と同様の構造を取りつつ、主体となるそれぞれの中に内的世界が構築され、それはその主体特有のものであるとする主観的な世界認識を認めたものである。このユクスキュルの環世界の概念を田無三五郎の認識に当てはめていくと、怪我をす

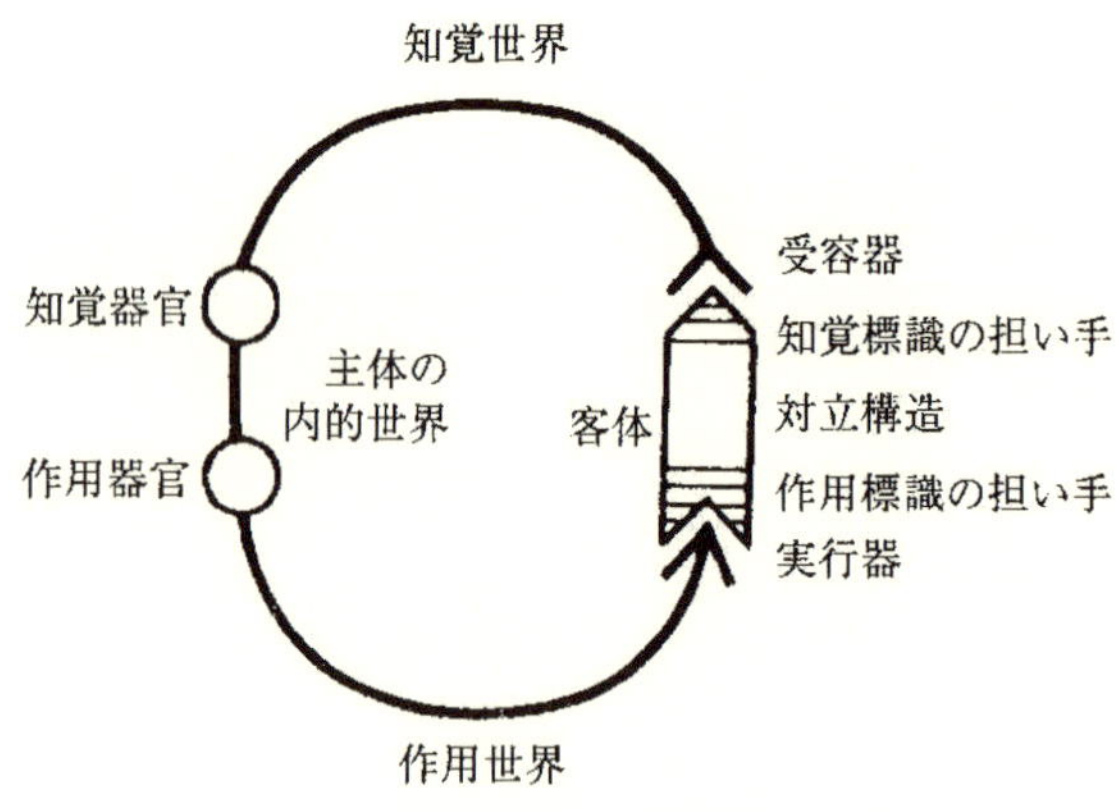

ユクスキュル・クリサート『生物から見た世界』
（日高敏隆・羽田節子訳、岩波書店、1995）

る以前は「日に三回の汽笛」が刺激として知覚器官（耳）に届くと「二本の手と、二本の足」を作用器官として用いた「ごく単純な労働」という作用を導き、磧での労働という客体が整備され、何の疑問も抱かずにただ働くだけの「去脳動物」としての三五郎の環世界が構築されていた。しかし怪我によって「二本の手と足」を作用器官として用いることが出来なくなったために、これまで成立していた三五郎の環世界は消失し、新たな環世界の創出を余儀なくされる。そして「日に三回の汽笛」という同じ刺激から「川の光景を手に取るやうに思ひ出」し「三五郎の手足の活動から解放された頭脳」が手足に代わる新たな作用器官として磧での労働を捉え直していく。その結果、成立した認識が川への怨嗟である。

考へ考へて来ると、田無三五郎にとつては、あの鋼鉄のやうに、夜も昼ものんのんと海へ流れ落ちる川が、この上もなく憎いものに思はれて来た。川があればこそ、太田兵造会社なんてものもあるのだ。菱刈文吉は、川から生れた赤鬼でなくなんだらう？砂利を、建物に、コンクリの柱に、鉄橋に、道路に使つたところが、それが田無三五郎と何の関係があるか？

労働の場である以上の意味づけを持たなかった川は全く異なる意味を持ったのだ。ここに示される川への憎しみは、川が在るという客観的事実を太田兵造会社によいように使われている田無三五郎個人の主観へと落とし込んだ結果の主観的な川認識だといえよう。そして川への怒りに満ちた三五郎の認識は、ついには次のような結論に達する。

> 彼は、まだ、県会議員の太田兵造といふ男に会つたことがないのである。
> ——そして空想で歩けば歩くほど、彼には、この地獄のやうな仕事場に、川といふものを悪る賢い儲けのためにしてゐるものが、たつた一人あつたことにいらいらしはじめた。

ここで三五郎が「空想で歩けば歩くほど」太田兵造に「いらいら」するという結論が導き出されているが、最終的に川は三五郎ら労働者を迫害する太田兵造会社の頂点・太田兵造県会議員にまでつながる新たな意味づけがなされている。

このように拡張された三五郎にとっての主観的現実は、磧という労働現場を飛び出して、さらに砂利を使って「悪る賢い儲け」をしている会社という〈機械〉の全貌を見る段階にまで認識のレベルが引き上げられた。つまり三五郎は小説テクスト内において、〈運動〉から疎外されたために自分たち労働者を磧の労働現場との二項関係だけでなく、労働者と労働現場の裏側にある会社まで視野を広げ、その労働環境すべてを総体として〈見る〉ことが可能となったと考えられる。この視点は〈運動〉の当事者になれなかった三五郎特有のものとなった。「個人的な満足」を満たす段階でしかなかった〈運動〉に実際に携わっていた他の誰にも出来なかったスキャップの説得を「はじめてものを考へることを知つた彼だけが知つたこと」として三五郎が行えたのは、このためである。

こうしたテクストの二重構造が明らかになったことによって、〈運動〉を展開した仲間たちが働けなくなった三五郎の姿から抱いた負の欲望をさらに三五郎自身がもう一度自らの欲望として引き受け直すという事態が起こっていることがわかる。それは他の誰とも共有されない欲望となり、かつて「アミーバの分裂」とまで言われた息子の二六にすら理解されることはない。しかしそれによって三五郎はただ〈運動〉に消費されるだけでなく、〈運動〉自体の問題を照射することにもなった。

第七節　プロレタリア文学運動の先にあるもの

「階級のための芸術」を求めるプロレタリア文学運動の枠組みのなかで評価する限り、この「川」は決して上手い作品とはいえない。だがその枠組みを超えて、三五郎と会社の関係から個別性の問題を、〈運動〉との関係から身体性の問題を、身体との関係から認識の相対性の問題を示すことになった、そして、これらを明らかにした科学的方法としての「実験心理学」的思考は、もはや前田河の意図とは関係なく、〈運動〉のなかのヒエラルキーを露わにしてしまった。そしてそれは、葉山嘉樹の「セメント樽の中の手紙」（『文芸戦線』、一九二六・一）などプロレタリア文学初期の作品からすでに身体の毀損とそれに基づく「階級的意識」という「正しき意識の目ばえ」という表現が求め続けられながらも、それ以上の議論がなされずにいたことと無関係ではない。毀損された身体の所持者とそこから発生する〈運動〉との諸関係について考察を進めたときに、社会的弱者となった労働者を救うべき〈運動〉の「正しき意識」はさらなる弱者を消費して成り立ってしまっていることによる自家撞着に陥らざるをえなくなるからだ。しかしプロレタリア文学の形式を用いて書かれた田無三五郎というキャラクターの役割が期せずして複層化したことで創出された問題は、そのようなプロレタリア文学を相対化する自己批判的な性格を持つものとなった。

近代という時代において尊ばれる個人の尊厳と自由を回復するための手段であった〈運動〉が他者との連帯に

よって成立している限り、その人間間での妥協や理念の共有が求められる。連帯は個人ではどうにもならないことを解決するための力にもなりうるが、しかし同時にそれは個人の尊重を求めながらも全体のために個人を制約するといった二律背反をかかえ込んでしまうことが不可避なアポリアとなる。このねじれが起きているにも関わらず、安易に旗を振って死ぬという結末に回収されたために「川」は結局枠組みに囚われてしまったのだが、以上のような認識にたったとき、このテクストは三五郎に焦点を合わせたことによってプロレタリア文学の枠組みの中にありながらも、従来のプロレタリア文学とは全く違う相貌を見せてくれる小説になるのだ。

結果としてプロレタリア文学はこの〈運動〉と個人の尊厳と自由の問題を解決する間もなく、一九三三年二月の小林多喜二虐殺に端を発して一気に退潮していくことになった。しかし彼らが現状をプロレタリア・イデオロギーによってより良き方向へと導こうとした意識は、問題を含むものではあったが、一九三〇年代の〈世界全体〉と個人の連絡という問題系とかみ合ったものであった。そしてその際に用いられた科学的思考によって〈世界全体〉を更新しようとする方法は、プロレタリア文学運動と同時期に興隆していたモダニズム文学においても用いられた思考法であった。次章ではこのモダニズム文学の〈世界全体〉への認識を検討していくこととする。

注

(1) ルネ・ジラール『欲望の現象学』新装版(古田幸男訳、法政大学出版局、二〇一〇・一一)。*Mensonge romantique et vérité romanesque* 1961.

(2) 阪本越郎「文芸時評」(『新文芸時代』、一九三四・八)。

(3) 松井雷多「善郎と廣一郎」(『中外商業新報』、一九三二・七・五)。

(4) 杉山平助「心にとまつた小説」(『時事新報』、一九三二・七・一)。

(5) 引用は『新日本プロレタリア文学評論集』四巻(新日本出版社、一九九〇・七)による。

（6）新居格「機械と文学の関渉」（『朝日新聞』、一九二九・五・一二〜一四）。

（7）石浜知行「機械と芸術」（『プロレタリア芸術教程』第三輯、一九三〇・四）。

（8）一九二八年に大礼記念京都博覧会において西村真琴が東洋初のロボットとして学天則を制作し発表している。また板垣鷹穂「「機械のリアリズム」への道」（東京朝日新聞、一九二九・九・一〇）が掲載された同じ紙面に丸善のオノト万年筆の広告があり、それには「**機械人（テレボックス）がオノトを使ふ**　時代が聴て来ます。機械人が電気工学の驚異であるやうにオノトも亦万年筆界の驚異！　共に微妙な生命があるやうに自由自在に活動します」と銘打たれ、「機械人」のイラスト（下図参照）が添えられている。

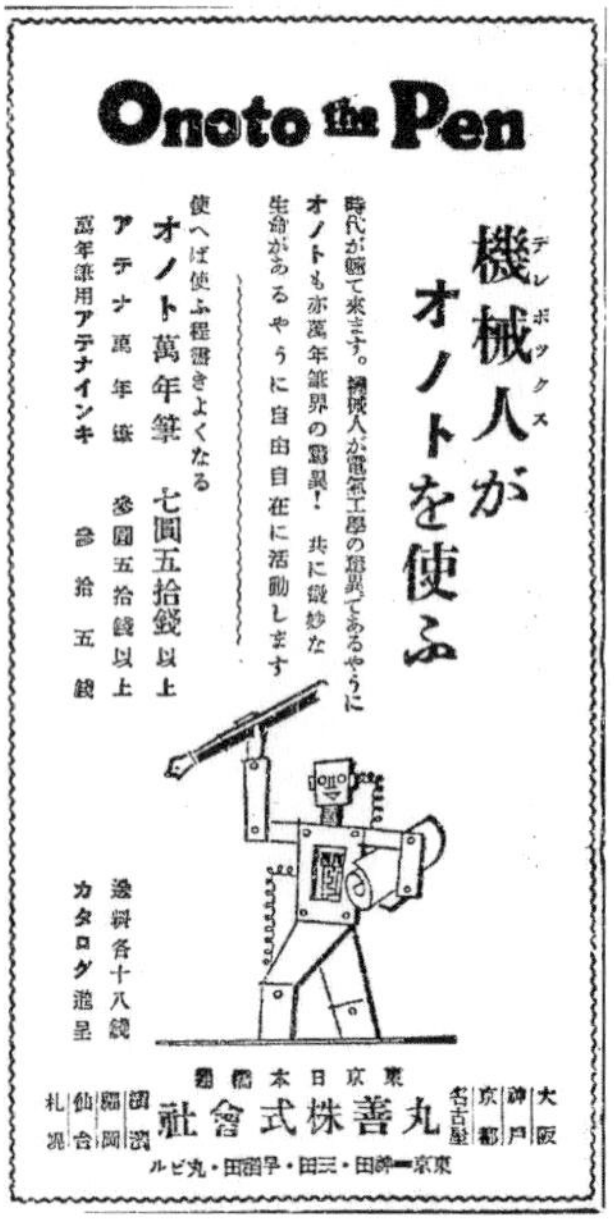

（9）この評論についての先行研究として、中田幸子『前田河廣一郎における「アメリカ」』（国書刊行会、二〇〇〇）が前田河のシンクレア受容の観点から取り上げている。シンクレアやジャック・ロンドンらに倣って「執拗があつてこそ、始めてその作物の現実性が存立する」と主張する前田河にとって当時のシンクレアが「思想、形式、内容などにおいて規範とするに足る作品の書き手であった」と中田は論じている。

（10）徳永直『太陽のない街』（「戦旗」、一九二九・六〜一一）に連載、単行本は戦旗社（一九二九・一二）、引用は『現代長編小説全集』（三笠書房、一九三七・一）による。

（11）ジョン・ワトソン『行動主義の心理学』（安田一郎訳、河出書房新社、一九八〇）。*Behaviorism* 1930.

（12）前田河廣一郎「ストライキの研究」（『文芸戦線』、一九三〇・二）であるが、これは前田河が「編訳」し「或る部分は全然組立を変へた」ものであると前書きに記している。

（13）島村輝『臨界の近代日本文学』（世織書房、一九九九）。

（14）　ユクスキュル・クリサート『生物から見た世界』（日高敏隆・羽田節子訳、岩波書店、一九九五）。*Streifzüge durch die Umwelten von Tieren und Menschen: Ein Bilderbuch unsichtbarer Welten* 1934.

第三章　モダニズム文学が開いた大東亜共栄圏への通路
――春山行夫－T・S・エリオット－西田幾多郎――

第一節　モダニズムの〈伝統〉回帰

日本におけるモダニズム文学とは「文学の理念や創作方法や文体の上で伝統の変革を促した」もの[1]と定義される。また「近代のなかで構築された価値規範への反逆であり、またその自明性のなかに沈潜した近代の思考そのものへの批判として出発した」[2]とも言われる。一九二〇年代から三〇年代にかけて展開されたこの文学運動が、文学史上、プロレタリア文学運動と勢力を二分するものであったことは言を俟たない。そして四〇年代に入る頃には翼賛体制に回収されていったとされている。この翼賛体制への移行について、多くの場合、時局の変化に従って漸減していったという結論でまとめられてしまう。しかし、本当にそうだろうか。基本理念が「伝統の変革」や「近代のなかで構築された価値規範への反逆」であったならば、〈日本的なもの〉という伝統的価値基準を重視し、明治以来の天皇を中心とした近代国家の枠組みに押さえ込まれることは決して受け入れられないものであったはずだ。三〇年代後半の日本の文学者たちによる〈日本的なもの〉への〈転向〉を先導したのは日本浪曼派であり、その中には萩原朔太郎や佐藤春夫といった、いわゆる「大正詩壇」の人物たちがいた。だが、それは単純なモダニズムへの反動ではない。三好達治や淀野隆三といった「大正詩壇」に抗するモダニズム系の詩人もそのなかにいたことは、その説明に矛盾を感じさせる。かつて反発した「旧詩壇」の人びとと、主知的抒情詩を志した三好が行動を共にすることが可能だったのはなぜか。プロレタリア詩にも興味を持ち、ヨーロッパの理論を紹介する評論家としても活動していた淀野はなぜ参加できたのか。さらにいえば、この後モダニズム的な潮流の中にいたと考えられる詩人たち――具体的には三〇年代後半の文芸復興と結びつき戦争と絡み合っていった日本的な叙情を指向していく詩誌『四季』を立ち上げた堀辰雄らのような人びと[3]――が、日本的な叙情という〈伝統〉へと回帰していったのはなぜか。彼らにとっての〈伝統〉とは一体何であるのか。

　彼らの多くは日本主義的な方向へ積極的に〈転向〉してしまったとも捉えられる。〈転向〉は彼らにとって当然のものだったのか、それとも大きな変節だったのか、という疑問に「時局」という一語で答えることはあまりに乱暴であろう。そこで本章で注目したいのはモダニズム文学における〈伝統〉の問題である。同時代の文学者の多くが〈日本的なもの〉への〈転向〉を果たした点に関して、「「日本的なるもの」への「帰還」を否定する三木的〈ヒューマニズム論〉の〈枠組〉だけを踏襲し、あくまでも「合理的」な形で「伝統」回帰」したのだと黒田俊太郎は指摘している[4]。黒田のいうように三木清の言説が同時代において強い影響を持ったであろうことは首肯できる。だが、三木の言説も含めた同時期の言説空間において牽引力を持ったのは、行動主義というヨーロッパ・モダニズムに拠る思想である。ラモン・フェルナンデスの「行動的ヒューマニズム」を輸入するところから始まったこの思想は、三〇年代の文壇において左右両翼の陣営から耳目を集めたものであった。この関係性を考慮すると〈日本的なもの〉を召喚した〈伝統〉回帰が、モダニズムというきわめて近代的な、換言すれば西洋的知性に基づいて達成されたというねじれが見えてくる。

　モダニストたちの元来の活動理念を考えればやはり〈伝統〉的な〈日本的なもの〉は排除されるべきものであった

はずだ。この矛盾を解決するには、これまで言及されてきたように日本のモダニズム文学は〈伝統〉から切り離されることで成立したものだったという始点に立ち返って考える必要がある。そのとき決して無視できない存在となるのが春山行夫（はるやまゆきお）である。春山は自ら編集者として主宰した『詩と詩論』（全一四冊、厚生閣書店、一九二八・九〜一九三一・一二）や『新領土』（全四八冊、アオイ書房、一九三七・五〜一九四一・五）を中心に、その詩論を展開し、三〇年代のモダニズムにおける中心的活動家であった。三〇年代を考究する上で彼がきわめて重要な存在であったことは、阿部知二と伊藤整の戦後の回想から読み取れる。[5] 阿部は「昭和初年の主知主義の消長について、詳しく語るべき適任者は、春山行夫氏あたりであり」、「そういう傾向が、漠然としてながら胚胎し成長したのは、彼が編集発刊した「詩と詩論」の空気の中に於てであつた」と述べ、「西脇順三郎その他の、知的な詩人や評論家が據つたのは「詩と詩論」だつたのですから、あのクォータリの文学史的意義は大きなもの」だったと振り返っているし、[6] また伊藤は「外国文学への関心と自己の創作とを同じ場所で考へることは、その頃の作家にない習慣で、それは明かに「詩と詩論」の作り出した文学者意識」であったと述べている。[7] これだけの評価がなされた詩誌であるにも関わらず、西脇順三郎や北川冬彦といった個々の詩人たちの詩論の研究は成されているのに比べて、彼らが集い作り上げた『詩と詩論』という詩誌が示したものとその場を主宰した春山行夫の詩論の連関への検討には未だ考究の余地がある。

結論を先んじていえば、春山の求めた〈詩的精神〉＝〈ポエジイ〉というものを規定していく上で、「大正詩壇」への反発と同時にT・S・エリオットの詩論を受容したことが大きな役割を果たしたと考えられる。[8] 同時代のモダニズムの進展と『詩と詩論』の春山・北川らの関係について論じたエリス俊子は、春山の詩論「日本近代象徴主義の終焉　萩原朔太郎・佐藤一英両氏の象徴主義詩を検討す」（『詩と詩論』第一冊、一九二八・九）に触れて、日本のモダニズムは「形式変革に重点が置かれて歴史を捨象する方向に向かったこと、そこで西洋の諸流派がそれぞれに抱えていた歴史との対決の問題が置き去りにされがちであった」と指摘する。[9] しかしエリオットが『詩と詩論』という場に盛んに持ち出されたことを踏まえれば、決して「歴史との対決の問題が置き去りにされがちであった」とはいえまい。なぜならばエリオットの詩論では〈伝統〉、「歴史的意識（ヒストリカルセンス）」といったものが重視されていたからである。こうしたエリオットの詩論を、詩を制作するための「詩学」を研究する場であった『詩と詩論』に掲載した編集者・春山行夫の意向は決して無視できるものではない。春山はエリオットを受容することによってモダニズムにおける〈伝統〉の問題を内面化していったと考えられる[10]。

本章では以上のような観点から、大岡信の言を借りれば「昭和詩のもろもろの水流を寄せ集め、交流させた」『詩と詩論』という場を作り出し、その中心的イデオローグであった春山の詩論が三〇年代においてどのように変化／展開したかをまず論じていく。そのうえでモダニズム詩人たちと日本主義的言説が接続することを可能とした論理を考察する。同時代の詩人たちへの強い影響力を持った春山行夫というサンプルを閲することを通して、近代的都市文化＝モダニズムに浸った文学者たちが戦中期の〈日本的なもの〉＝〈伝統〉への回帰を容易に受け入れることができたのはなぜかという疑問への解となりうる新しい側面を照らしだしていこう。

第二節　春山による戦闘的詩論——『詩と詩論』の時代——

詩人・春山行夫は名古屋で佐藤一英らと『青騎士』（一九二二・九〜一九二四・六）を立ち上げたところからその文学生活を始める。春山は当初、同時代の流行と同様に萩原朔太郎が切り拓いた象徴主義的な詩を書いていた。一九二四年に上京してからは百田宗治（ももたそうじ）の『椎の木』同人と交わり、後に春山自身が「大正詩壇」として批判することになる萩原朔太郎ら象徴詩から決別し、より自由な散文詩を目指すようになっていった。厚生閣書店に入社し『詩と詩論』を編集運営するのはまさに春山のこうした変化の時期にあたる。小島輝正がその著書において「同世代あるいは直後世代に及ぼした影響力の点では最も強力なイデオローグであった[11]」と述べているが、春山はこの時期、個々の作品を書く詩人としてだけではなく、詩という文学形式についての思索を提示する理論家として新しいスタートを切っていた。そしてその方法は、自らの観念を提示する以上に敵対する他者としての「大正詩壇」と如何なる点で自分たち新しい詩人たちが異なるかを論争によって示していくことを中心にした、きわめて戦闘的なものであった。『詩と詩論』第一冊（一九二八・九）の「後記」には次のような「刊行の主要な目的」を述べた宣言が記されている。

この冊子「詩と詩論」刊行の主要な目的は、われ〳〵が詩壇に対してかくあらねばならぬと信じるところの凡てのものを、実践するにある、のである。われ〳〵が、いまこゝに旧詩壇の無詩学的独裁を打破して、今日のポエジーを正当に示し得る機会を得たことは、何んといふ喜びであらう。

ここで示される春山の意識を読み解くと「旧詩壇」への批判の主なポイントは「詩学」を持っていないことにある。彼らが「詩学」を持たずに詩壇を「独裁」し「今日のポエジーを」示していないことに春山は不満を抱えている。そして春山が強固に主張したのは主観から客観へ、内容主義から様式主義へという変化であった。この流れは、それこそ萩原朔太郎らが進めていった大正期の日本近代詩の〈発展〉に逆行するかのような主張であるが、春山の意識するものはシュルレアリスムを始めとしたモダニズムの日本における展開であった。

このように既存詩壇への対決姿勢を鮮明に打ち出した春山が、彼らの問題の在処として摘出したのが詩は韻文の文芸であるとする固定観念であった。「ポエジィとは何であるか――高速度詩論　その一――」（『詩と詩論』第二冊、一九二八・一二）と題した論考で、その意識が披瀝されている。

そもそも今日の日本詩壇では、詩（poesie）[ママ]といふものの根本に対する解釈の不完全に原因があるのであつて、詩といへば、直ちに韻文（Vers）或は韻文の延長に結びつけ、従つてポエジイが表現をとるところのものを詩（poem）の概念を一歩も出ないところの、或は韻文の概念に於てのみ捉へて放さない点にある。

春山が問題視する散文詩と韻文の対立の根底には〈ポエジイ〉[12]を理解しない人びとによる「解釈の不完全」がある。ここで春山がいうジャンル編成の問題は、裏を返せば、〈ポエジイ〉というものを理解してさえいれば、詩はどのような形態をとっても詩であるということになる。すなわち彼のいう〈ポエジイ〉とは詩を詩として認めるための主要な要素だということになる。そして現在の自由詩は「ポエジイとしての批判を欠いたために」「創造的方面（Cubi傾向）に向ふことなく、反動、或は変態（Ego傾向）に向つたものである」ことを批判する。さらに春山は〈ポエジイ〉の有効範囲を詩のみならず散文も含めた文芸全体へと押し広げる。橋爪健「散文精神の一考察」（橋爪健編『陣痛期の文芸』文芸公論社、一九二七）の、かつて「散文精神が在来文芸の世界を支配してゐた詩を全く文芸の片隅に追ひやつた」「散文精神」もまた「爛熟し成型し降下し堕落した在来文芸精神に反逆する革命的精神、すなわち一種の詩的精神であつた」という主張に賛同し、そこから春山は「この詩的精神といふ意味をわたしはポエジイと呼ぶ」といい、さらに「ポエジイが詩人の所有物であるか、小説家の所有物であるか、少なくとも将来に於いては、私も詩とは違ふ意味で、「これからはもう詩とか小説とかいつてゐる時ではない」ことを認めたい」と春山はいう。ここから、春山の〈ポエジイ〉とは、文学の内部でのジャンル分けという博物学的な分類を拒否し、詩とも小説とも区別することのない、総体的な文章芸術を発生させる母胎であると理解できよう。

そのとき、詩は「文学を見る」ための作品ではなくなる。つまり既存の文学という大きなジャンルからも解放されることを春山は主張する。藤本寿彦は春山が「日本現代文学における小説と詩の序列関係を転倒させ」ることを狙っていた[13]というが、それだけではないだろう。確かに春山の問題意識は、昭和初期の日本文学における小説を上位にし、詩を下位に置くヒエラルキーに向かっていた。しかしそれは序列化という制度そのものを解体し無効化することに向かうものであり、新たな序列の制定を狙ったものではない。凡ての文学作品は〈ポエジイ〉のもとに制作され、それぞれが切磋琢磨していくべきものだとするのが春山の狙いである[14]。

以上のように、文章芸術全体に通底し、常に新たな表現を渇望する精神、すなわち〈ポエジイ〉が春山の詩論の根幹にあった。如何にしてこの〈ポエジイ〉を達成するかということが『詩と詩論』開始当初からの春山の中心的命題であり、詩／小説のジャンルを超えた文学全体の再編成は春山の一貫した関心であった。このような文学全体の有り様を問い返そうとする春山の意識は、一九三〇年以後の北川冬彦・神原泰（かんばらたい）との決別を通してさらに先鋭化していく。北川は一九三〇年六月から三一年六月まで武蔵野書院から『詩・現実』と題した詩誌を刊行し、『詩と詩論』とは袂を分かち、「現実逃避と遊離の文学否定、史的認識の重視、世界文学の一環としての日本文学を見ることを方針と[15]」していったと言われている。『詩・現実』が創刊号の巻頭に載せた論文であるピエエル・ナヴィル（北川冬彦・淀野隆三訳）「文学とインテリゲンチャ」には「超現実主義は、ことに精神と詩の領域に於いては、暗にブルジョア意識の破壊を目的とした、しかもそれに代へるに尚ほ一層自由な思考様式を以つてした明確な傾向との組合された一つの意志表示であ」り、「精神の一切の不合理な発展を敵対してゐるブルジョアジイに対立して、この運動は真の革命的圧力」になるという主張が展開されている。ここでモダニズムの先端的な運動と解される超現実主義と「革命」とが連動させて述べられている点は興味深い。要するに北川や神原は『詩と詩論』から離脱するに際し、モダニズム的な文学観を捨てたのではなく、そこに「現実」との連関を加えていった。この「現実」とは唯物史観に基づく階級闘争が必要とされるものであり、その問題点を見いだすことはまさに「革命」の歴史的意義を見いだすことに他ならなかったのだ。

こうした『詩・現実』の方針から逆算すると、彼らの分派を許した春山たち『詩と詩論』の側は「現実」とその歴史的認識を重視していないかのように見える。しかし、そうではない。春山は既述の通り、文学におけるジャンルの完全な再編を望んでいた。このジャンル意識の変革は歴史的な文学の形成と無関係ではいられない。そもそも春山の詩論の出発点は萩原朔太郎までも含めた大正期の象徴主義という他者を設定してその他者から如何に離れて新しい詩を創造するかということであった。このとき、「日本近代象徴主義の終焉」（前掲）の中でフランスの象徴主義の誕生から発展についてを詳述し、さらには日本の詩壇が一九二八年の段階でどのように分類できるかを表してみせた春山の詩の現状に対する理解は、現在の詩の置かれた状況と詩の表現技法に対する歴史的認識と捉えることが可能だろう。つまり春山は新しい詩論を定義していくにあたり、その当初からそれまでに構築されてきた文学的営為を把握し、それを解体して見せようとしていた。これ以後、春山のジャンル意識への言及は勢いを増していく。「詩に限らず、芸術はつねに個々の具体的なジャンルとその技術上の問題に触れて初めてレーゾン・デートルが生ずる（ママ）のであつて、態度はどうしても個々の芸術の具体的なジャンルと、その技術の領域に於ける方法論に進められねばならない[16]」という発言に続き、

文学に〈考へる〉といふ精神の活動がはじまった時、文学の自然発生性の全領域に分解がはじまる。その最も重要な革命は、第一に文学の目的によるジャンルの変革である。フロオベルの小説が、文学の思考として発明したものは、自然主義に於ける小説の目的の確立であり、それによつてレエゾンデエトルを与へられた小説のジャンルの確立であつた[17]。

という言説でも、これまでの文学ではジャンルが作品の存在意義を決定してきたという認識が繰り返される。ジャンルと作品の関係を「分解」し、その後の新しい文学の創造を志すということは、春山にとってきわめて歴史性を帯びた問題として意識されていた。それゆえ文学史上の「最も重要な革命」として自らの主張を位置づけるのであった。すなわち、春山にとっての文学における「〈考へる〉といふ精神の活動」とは、まさにこうしたジャンル編成と関わる文学的営為の積み重ねを知性によって精査し、検証することを指し示す。新しい詩は自らの歴史性を解体した後に組み替えられる言葉の芸術として成立することになる。

「ポエジイ運動」と自ら名付けた文学論は『詩と詩論』において頻頻と論じられてきた。そして一連の〈ポエジイ〉とジャンル再編に関する「詩的思考」は、春山の言葉のみで語られていたわけではない。『詩と詩論』の中で繰り返し取り上げられていたT・S・エリオットが主張する詩人の在り方とも深く関わる。『詩と詩論』に掲載された様々な論考、その中でも特に春山と海外の文学者の言葉が同時代の文学者にとって重要であったことはすでに指摘したとおりである。一九三〇年代の文学状況に大きな意味を持ったとされる『詩と詩論』が紹介した「西欧文学のスタイル」の中でも特に大きな意味を持ち得たであろうエリオットの受容について、次節では考察を進めていく。

第三節　T・S・エリオットへの注目――その〈伝統〉観を中心に――

『詩と詩論』においてT・S・エリオットは第二冊以降、継続的にその著作や研究が掲載されるなど強い関心を持たれる詩人であった。中井晨は『詩と詩論』が「西脇に稿をもとめ、また、エリオットを精力的に紹介しつつ、日本で最初の翻訳を掲載した」こと、そしてその紹介が「創作と批評、そのいずれもが知的な営みであると主張するエリオット」についてのものであり、「この姿勢は当時の文壇を席巻する「主知主義」に響きあうものでもあった」

ことを指摘する。[18] こうしたエリオットへの注目は、春山が後年回想しているように『詩と詩論』はその当初から「日本の詩壇とか文壇とかいった領域の局部的な現象ではなく、それはヨオロッパ並びにアメリカのモダーニズム文学の直接の影響[19]」を受けたものであったこととも不可分であろう。まず『詩と詩論』におけるエリオット関係文献を挙げる。

①エリオット（中村喜久夫訳）「完全なる批評家」（第二冊、一九二八・一二）。
②春山行夫「世界現代詩人レビュウ　T・S・エリオット」（第四冊、一九二九・六）。
③上田保「T・S・エリオットについて」（第六冊、一九二九・一二）。
④エリオット（北村常夫訳）「伝統と個人的才能」（第八冊、一九三〇・六）。
⑤エリオット（秦一郎訳）「ポオル・ヴァレリイの方法に関する短い紋説」（第九冊、一九三〇・九）。
⑥R・オルディングトン（亀山勝訳）「T・S・エリオットの詩」（第一二冊、一九三一・六）。
⑦原一郎「T・S・エリオット批判」（第一三冊、一九三一・九）。
⑧ラモン・フェルナンデス（太田咲太郎訳）「T・S・エリオットのクラシシスム」（第一三冊、一九三一・九）。
⑨荒川龍彦「T・S・エリオットの主知的批評論――その基準と意識への一瞥――」（第一四冊、一九三一・一二）。
⑩エリオット（北村常夫訳）「形而上学的詩人達」（第一四冊、一九三一・一二）。

以上の一〇件である。全一四冊の『詩と詩論』においてこれほどの回数にわたって掲載・紹介されたことから、エリオットへの注目の大きさを看取することができる。また春山の手による②では「最も重要視さるべき詩人」だと評価していることからも、一連の言及が編集責任者であった春山の意向を反映したものだと考えられる。

こうした認識のもとに紹介されたエリオットの詩論（①④⑤⑩）とその解説（②③⑥⑦⑧⑨）が『詩と詩論』読者にとって春山の〈ポエジイ〉と同様に新しい詩に重要な論点になったのは想像に難くない。実際、春山によるエリオットの解説（②）を参照すると、エリオットの詩が「モダニズムの詩の一つのタイプとなつた」と前置きしてその特徴を「言語と言語との間に起るインテレクトの舞踏」であるとしている。そして「《intellect が直ちに感覚の先端となつた》古い Wit の詩人達の影響を受けた。感情を使用しない。感情の統一を破つた。詩に於ける感情の非個人的なことを喜んだ」詩人としてその新しさを指摘している。こうした春山の解釈が同時代のエリオット理解においてどのような連関を持つのかを検証していく。

まず『詩と詩論』で展開されたエリオット像を確認しよう。『詩と詩論』において初めてエリオットの名前が出た①の「完全なる批評家」（*The Perfect Critic* 1920）は「近代の批評の堕落」を説く評論である。これは第六冊の「後記」で③に触れた春山によってエリオットの「代表的なエッセイ」として紹介もされている。この中で、真に批評家たりうる者は芸術的創造性をもつ者であり、芸術家とは個人的な感傷から脱して「幾多の経験から来る他の多くの暗示と融合して遂にもはや純然たる個人のものではない新しい事物を作り出すこと」ができる者のこととして説かれている。そしてそうではない批評家は批評のための批評をするだけの存在でしかなく、真に文学的な価値を持つ批評家とはいえないと批判する。「芸術業者に或る教訓を与へるためにものを書く」「純然たる専門の批評家」については西脇順三郎がその批評を「ゾレンの批評」と称して「作品を如何に作るべきか」を語ろうとする「倫理的モラルの批評[20]」だと指摘しているように、エリオットの批評の目的は新しい詩を作る方法を求めてのものであった。この傾向は春山にも共通するものであり、春山がそれを「代表的なエッセイ」と紹介したことも頷ける[21]。つまり『詩と詩論』における紹介の当初からエリオットは、雑誌の中心である春山と目的を同じくした詩論を提起する批評家としての姿にクローズアップされて語られていたことがわかる。

こうしたエリオットの「ゾレンの批評」のなかでも日本のモダニズム的文学運動に大きな影響を与えたと考えられるのが「伝統と個人の才能」(*Tradition and the Individual Talent* 1919)である。『詩と詩論』では④のように「伝統と個人的才能」と訳されたこの評論は一九一九年の秋と冬に雑誌『エゴイスト』に連載され、翌年には『聖なる森』(*The Sacred Woods* 1920)に収録されたものである。そして前期エリオットの詩論の最も中心的な命題が語られているのと現在も評価されているが、当時の日本のモダニズム詩人たちがエリオットの実作として通読した『荒地』(*The Waste Land* 1919)の直前に書かれた詩論であり、エリオットの詩に対する主要なエッセンスが語られたものだと当時から解されていた。(22)

エリオットによると、全ての根底には〈伝統〉(認識のベース)があり、この〈伝統〉を無視して詩の制作はできない。そして〈伝統〉への理解と認識は「歴史的意識(ヒストリカルセンス)」によって達成されるものである。なぜ詩人に「歴史的意識」が必要かというと、詩作には「過去の現存(プレゼンス)を知覚すること」が必要だからである。ここで、エリオットにとっての〈伝統〉が「過去の現存」の知覚を詩人の「歴史的意識」に基づいて上手く感得することによってはじめて獲得されるアポステリオリなものであり、アプリオリなものではないという点を押さえておかねばならない。この理解に立って以下の言及を見るとその批評の先進性が際立ってくる。

> 吾々はその詩人とその詩人の先進者、殊にすぐ前の先進者との相違を考へて満足する。[…]然るに吾々が偏見を持たない詩人に接するならば、その詩人の作品の最も勝れた部分のみならず、最も個性的な部分も、それは詩人達、その詩人の先祖達が彼等の不滅性(イムモタリティ)を最も頑強に主張するその部分であるかも知れないといふことを吾々は屡々見るであらう。(④)

ここに書かれているように、詩人の言葉の背後には「先祖達」がいる。エリオットが示す「先祖達」との関係は、通常「吾々」が行うような差異を求めて自らのオリジナリティを導きだし、満足するというものではない。言葉そのものがかつて「先祖達」によって用いられたものであり、その言葉を用いるということは必然的に言葉の使用履歴やニュアンス、イメージといったありとあらゆる歴史性を引きずることだと意識せねばならない重層的な関係である。まさに「引用のモザイク」[23]ともいうべき言葉への認識をエリオットは披瀝する。さらに付言すると、「批評の機能」（*The Function of Criticism* 1923、引用は『文芸批評論』（岩波書店、一九六二）による）において「私は文学つまり世界の文学とかヨーロッパの文学とかある一国の文学とかを一人一人が書いた作品の集まりと考えず、「有機的な全体」つまり一つ一つの文学作品や一人一人の芸術家の作品がそれと関連し、それと関連してはじめて意義を持つ体系だと考えていた」とも語っている。〈伝統〉や「歴史」といった語の持つ歴史性にそれこそ引きずられる形で古典主義とも言われたエリオットであったが、そのモダニズム的詩学は現今のポストモダン的文学論における間テクスト性とも連関を持ちうる理論であったといえる。

右の如き意識のもとで詩人の創作とはどのような形式をとるのか。彼の詩的創造性の理解の上では、詩人とは「媒介物」として自らの個人的な経験と〈伝統〉とを思いもよらぬ方法で結合させることのできる人物をいうのだ。そして詩の機能とは、それまでの歴史性のなかに新たな言葉の展開を付与していくことであった。これこそが『詩と詩論』誌上で紹介されたエリオットの詩学の主眼とするところである。

すでに確認したように春山のいう〈ポエジイ〉とは「在来文芸精神に反逆する革命的精神、すなわち一種の詩的精神」であり、新しい文学の核となるものであった。であるならば、エリオットが主張する「詩人の仕事」もまた春山の主張するものと共鳴する。彼らの詩学は、歴史性の積み重ねの結果として表れたものを異化する方法の樹立を目的としている。エリオットは次のようにいう。

詩人の仕事は新しい情緒を見出すことではなくして普通の情緒を使用することである。そしてその情緒を詩に作り上げる時に実際の情緒の中には全然ない所の感情を表現することである。かくして彼が経験しなかつた情緒は彼に親しい情緒と同じく彼の傾向に役立つであらう。（④）

そして実際には経験されなかったが詩に詠われた「新しい情緒」は「非常に多数の経験の集中（コンセントレエション）であり、そして又その集中から結果する新しい事柄」となり、「「沈静である」雰囲気（アトモスフィヤ）の中に結合」していく。「新しい情緒」を紡ぎ出す詩の言葉を結合していく「雰囲気」とは「特別なる媒介物」である詩人の修辞に関する感性のことである。詩人としての「特別なる媒介物」という個性を持つことによって詩は通常の意味の制約から解放され、新たな文学としての機能を始めるというフォルムを重視したモダニズム詩の理論なのだ。「すぐ前の先進者」と自らを切断することによって前衛であることを自認し、古いものから新しいものへと変化していこうとする特徴は、冒頭で確認したまさにモダニズム的なものであった。前衛であることこそが自らの価値であり、〈伝統〉は前衛の側から常に新たな役割が与えられなければ存立できないものへと変化していった。

以上のようなエリオットの詩論が『詩と詩論』という「プロレタリア詩壇以外の詩人は、大体参加したといつていい程」[24]の雑誌に掲載されていたことは大きな意味を持つ。伊藤整が「外国文学への関心と自己の創作とを同じ場所で考へる」習慣が『詩と詩論』によってできたといっているように、[25]エリオットへの関心が肯定的なものにせよ否定的なものにせよ、[26]欧米の第一線で活躍しているモダニズム詩人と同じような問題系に立って論を展開しようとしたことは『詩と詩論』を経験した同時代の詩人たちにとって何物にも代えがたい体験であったことは間違いない。そしてそれは編集者であり、理論的指導者である春山行夫にとってもまた大きい意味を持った。〈ポエジイ〉という詩的精神を文学の根底に置き、徹底した主知主義によって文学的幻想の現実的再構築を果たそうとした春山にとって、微視的に「普通の情緒」を解剖して「新しい情緒」へと紡ぎ直そうとするエリオットの詩論はまさに膝を打つものであったろう。春山はこの後、欧米の文芸思潮を徹底して同時代的に渉猟しながら、文学ジャンルの再編を目指す自らの詩論を構築していくことになる。そのときにエリオットの詩論との関係はさらに深まり、春山の詩論の中心的な位置に根をはっていくことになる。

第四節　エリオットとの融合——『新領土』の時代——

『詩と詩論』が『文学』と改題し休刊した後、春山の中心的な活動の場は『詩法』（全一三冊、紀伊國屋出版部、一九三四・一二～一九三五・九）を経て、『新領土』へと落ちついた。『新領土』は「毎月オーデンやスペンダー、ルイス、ブルトン、パウンド、エリオットらの詩と詩論を研究、紹介」し「徐々に右傾する時代に抗して［…］自己の内なる世界をまもる詩的実績を開示したが、やがて春山行夫らがファシズムの圧力に屈するかのような姿勢を見せ」たと評されている雑誌[27]である。春山たちがそうした「ファシズムの圧力に屈」したとする批判は当時の背景を考慮すれば、当然出てくる批判であろう。実際、モダニズム詩の最後の牙城であった『新領土』においても戦争詩に関わる言説は散見されるし、春山個人に関していえば一九三九年一〇月から一一月にかけて日満中央協会主催の日本雑誌記者団満州国調査隊の一員として北支旅行をして『満州風物誌』（生活社、一九四〇）を刊行している。このような動きを捉えて『新領土』と春山が「圧力に屈」したと考えることも出来ようが、それは事態の一面でしかない。小島輝正は、春山の『満州の文化』（大阪屋号書店、一九四三）の著者あとがきに記された「科学と芸術」との方法論的連関への言及に触れながら「「満州国」の政治的実験への期待も、自然誌・文化史などへの展望も、彼のなかで、自らが主張しつづけてきた主知的詩論となんら矛盾するものでなかった」と述べている。[28] 春山が「転向」したと批判されていることへの反駁として小島は論じたが、この主張は興味深い。春山が変節していないという小島の主張は、春山の足跡を辿る丹念な調査を裏付けとしていて首肯できる。そこで問題になるのが、日本主義に偏りだした戦時下の言説空間と主知的詩論を掲げた春山の認識が如何に矛盾しなかったかという点である。〈ポエジイ〉による文学の再構築を目論んでいた春山であるからこそ、〈日本的なもの〉を求める日本主義へと単線的に向かったとは考えられない。そこにあった理路を明らかにするために三〇年代後半の主戦場である『新領土』での言説を取りあげていこう。

『新領土』は『詩と詩論』(『文学』改題後も含む)の休刊から約四年後の雑誌であるが、すでに春山たちから一世代下った詩人たち、江間章子や大島博光、田村隆一、鮎川信夫らが活躍することになった。[29] 彼らとの間に世代の差があることは春山自身も承知するところであった。「二十歳に入つた詩人と、二十歳を終らうとしてゐる詩人と、われわれのやうに三十歳の半ばを超えた詩人とは、その年齢からいつても一様にはいへない」が、詩人として「シンセリテイを把握しているかどうかが肝要」だと春山は指摘し、「新しいジエネレエシヨンにはよろこんで手を伸べる」ための雑誌であると、刊行の意図を述べる。[30]「シンセリテイ」とは詩を書くことにどれだけ真摯に向き合うかということである。春山は自らの詩論を示すことで「新しいジエネレエシヨン」に「シンセリテイ」を示そうとする。そして第六号(一九三七・一〇)から第三八号(一九四〇・六)まで全二五回に亘って「詩論」と題した「ライフ・ワークにするつもり」[31]の連載を続けるのだ。この連載は、最後の四回分(三五号から三八号掲載分)を除いて一部改稿し、『新しき詩論』(第一書房、一九四〇)として刊行された。欧米のモダニズム詩人たちの詩論を紹介し、主知的思考による詩の錬成を『詩と詩論』の時代から深めるものであった。この時期の春山の心情を吐露したものとして、「後記」(『新領土』一二号、一九三八・四)を取りあげたい。

> 詩は文学運動の先駆などといふ言葉が、だんだん博物館向きになつた。文学といふ潮流に打ち上げられた漂流物として、実にあらゆるものがハキダメ的に残つてゐる。
>
> せめて自由詩といふ一九一〇年代のアメリカ製品だけでも何とか整理できないものかと思ふ。日本的なプロレタリア文学といふのがドイツと日本だけの特産物だつたが、こいつが現在は消えてなくなつたあと、これに似たものは、アメリカ製の自由詩といふやつだけになった。

「アメリカ製の自由詩」とは、もちろんパウンドやエリオットらイマジズムに端を発する詩人たちの詩である。プロレタリア文学が三〇年代に入って統制によってほぼ壊滅させられた後に、春山が自由詩の行く末にも意識を向けていたことがわかる。では、「ハキダメ的」になってしまった詩はどのようにすれば生き延びることができるか。この危機感が連載「詩論」を書かしめたのだろう。

ところで、「詩論」の連載に先立って『新領土』一号（一九三七・五）に載せられた「抒情詩の本質」という一文には、「昔はある気分さへできればすぐ詩になつた」が「今日の詩人は」自意識がすぐ働くために「気分といふものを合理的に分解してしまふ」とし、抒情詩が受け入れられなくなった時代において新たに時代との適応性を持つものであるモダニズムの詩が現れたのだと書かれている。「抒情詩を養育し、抒情詩人を自由に楽しましめた文明を我々が失つてゐる」状況において、もはや詩は「気分」を表わすものではなく、「テクニック」によって「個性化」されることでのみ意味を持ちうる。『詩と詩論』の頃から一貫した主知主義的認識に基づいたこの詩論は、実名を挙げはしないが、またも萩原朔太郎を仮想敵としている。『氷島』（第一書房、一九三四）で口語詩から文語詩へと「退却（レトリート）」[32]した朔太郎を「君は狂気を選んで後方に退却し、環境のみでなく、同時代の全てに反対する術だけを固執してゐる」と切って捨てる。春山にとって朔太郎という「旧時代」の詩人は彼の評論活動の当初から一貫して打ち倒すべき論敵であり、その言動には常に注意が払われていた。なればこそ、朔太郎がこの時期に「日本への回帰」を果たしたことが重要な問題であったことは想像に難くない。朔太郎の「日本への回帰」の論法はこうだ。「少し以前まで、西洋は僕等にとつての故郷であ」り「蜃気楼」であり「東洋の一孤島を守るために、止むなく自衛上から」学ぶべき対象であった。しかし、「西洋文明を自家に所得し、軍備や産業のすべてに亙つて、白人の諸強国と対抗し得るやうになつた」今、「西洋からの知性によつて、日本の失われた青春を回復し、古の大唐に代るべき、日本の世界的新文化を建設」すべきである。これによって「伝統の日本人」が自らの血の中に眠る「祖先二千余年の歴史」を回復する「日本への回帰」を果たさんとするというのだ。[33] この朔太郎の主張は「軍隊の凱歌」や「勇ましい進軍喇叭」とは軌を一にしないと宣言されたものだが、当時の行動主義的に〈日本的なもの〉を求めていく文壇の〈改善〉運動とも接続するものであった。[34] こうした〈伝統〉をめぐる文脈を踏まえて春山の「詩論」を確認しよう。

春山は「詩論」の前半部（第一回から第七回まで）[35]において毎回必ずエリオットに言及しながらモダニズムと伝統、文学の連関を論じている。その中でも特に第六回（『新領土』一二号、一九三八・四）で「モダニズム」とサブタイトルをつけられた節がある。

> 今日のモダニズムには、二つの流れがある。その一つは、昨日の芸術が発展して今日の芸術となつたといふ意味に於いてのそれであり、いま一つは、極端な芸術思想としての近代主義である。［…］「古きもの」と「新しきもの」との対立は、その題材、技術、精神のいづれにも見られるところであるが、しかも、それらを通じて、芸術の Orthodoxy（正統性）は変らない。モダニズムが変革するものは、「古い伝統」

であつて、芸術の正統性そのものではない。

「今日のモダニズム」が二系統あるという考えは、近年の研究状況においても「広義のモダニズム」と「狭義のモダニズム」として語られる、社会が漸次近代化していく姿に歓びのまなざしを向ける態度と近代化に対して懐疑のまなざしを向ける態度の二種類のモダニズムがあるという考えを先取りしたものになっている。[36]さらに注目すべきは後半部分である。モダニズムは「古い伝統」を変革するが、「芸術の正統性そのもの」は残す。これまでの春山の言説を鑑みるに「芸術の正統性」とは文学を文学たらしめる〈ポエジイ〉と換言することができるだろう。モダニズムの文学において、方法は変わったとしてもこれまでの文学の本質は変わらないという。この本質の具体的な内実について語られることはないが、続けて春山は「コクトオが《摩天楼の消滅と薔薇の再現とを発明》し、エリオットが《クラシズムとカソリシズムと王党》に復帰した如き」「伝統への復帰」へと議論を展開させる。エリオットが「伝統への復帰」をした背景には、神話的方法という古典的要素と近代的要素を合わせ鏡にすることで新しい価値を生み出そうとしたこととの連関が考えられるのだが、春山はこのエリオットの思想的動向を熟知している。

モダニスト詩人はその特殊化、専門化した詩の技術と同時に、歴史的な努力が必要であるといふ意味は、エリオットの歴史的意識といふ意味に同じく、詩の伝統といふこと、詩の芸術（the art of poetry）、即ち、詩の過去に於ける機能や効用について知り、その現在に於ける適応性や可能性を知らねばならぬといふ意味であり、詩の善し悪し、偽物と本物、一時的なものと永久的なものを測る詩の価値の知識を持たねばならぬといふ意味である。[37]

過去の文学を知ることは、現在の文学の「適応性や可能性」を探る上で切り離せない参照項として機能する。それは、詩人の「歴史的意識」によって新たに意味づけられた〈伝統〉が現代の「詩の価値」を鍛え上げるための知性となる、ということである。ここから見いだせるのはエリオット的方法を春山がモダニズムの方法として意識し、それを自らの「詩論」と重ねていく姿なのだ。「英米文壇の新思潮」（『新潮』、一九三六・一）においても「過去のあらゆる文化を一切見棄てて、ひたすら新しい文学をつくるといふことは一つの虚妄である。何故なら、いかなる文学も過去の伝統を無視することはできないからである」と論じていた春山はエリオットの詩論を経由することで、すでに確認した彼の求める〈ポエジイ〉に基づく新しい文学への再編を達成する「詩論」を手にしていた。ここで示される〈伝統〉はただ継承すればよいものではなく、新たな詩をつくるための主知を形成するディシプリンであり、彼の主知主義的詩論とも矛盾するものではない。つまり、春山はここに到って『詩と詩論』の初期詩論に示されたような「形式変革に重点が置かれて歴史を捨象する方向[38]」から脱却し、〈伝統〉という歴史に新たな役割を担わせる方法によって、モダニズムの内部に〈伝統〉を取り込んで見せたのだ。

春山の〈ポエジイ〉を伴う詩作のテーゼは最終的に「意味のない詩を書くことによつてポエジイの純粋は実験される。詩に意味を見ること、それは詩に文学を見ることにすぎない[39]」という言に集約される。春山の目的意識は言葉と言葉の連関によって紡がれる詩を意味の制約から解放し、新たな言葉の用法とイメージの転生を求めることに向かっていたと考えられる。〈ポエジイ〉とはそうした実験的方法を用いることによってその存立が許されるものだという。そして、ジャンルを編成する文学の言葉たちはこれまでの歴史の中で様々な意味を背負わされてきている。それゆえに詩や小説といったジャンルを編成することが可能となるのだが、だからこそ「意味のない詩を書くことによつてポエジイの純粋」を実験しようとする方法が春山にとって必然的であったのだ。歴史的に積層された意味から言葉を解放し、現実にはない新しい世界を方法論的に認識し、表現していくことが春山の詩的テーゼであったといえよう。しかもその詩的テーゼは『詩と詩論』で繰り返し紹介され、『新領土』誌上の「詩論」において絶えず参照されたT・S・エリオットの詩論と問題意識を共有するものであったのだ。

第五節　〈伝統〉と西田幾多郎

さて、ここまで検討してきたように、一九三〇年代の詩壇において注目を浴びていたエリオットという詩人がもう一つ重要な意味を持つのは、一九三四年から三五年に西田幾多郎がエリオットを参照しながら己の哲学を論じたことと関係する。西田がエリオットと自身の哲学とを結びつけて語ったことは日本のモダニズムの三〇年代における転回を見る上で極めて重要な事件である。なぜなら「近代の超克」を論じた京都学派の一派の師である西田がエリオットを語りながら示した〈伝統〉は西洋近代と反する日本の拠り所として用いられていったからである。西田によるエリオット評である「伝統主義に就て」（『英文学研究』、一九三五・五）[40]については中井晨によって詳細な検討が加えられているが[41]、『詩と詩論』で確認したエリオットの姿を念頭に置きつつ、西田の言をまずは追いかけてみよう。

西田は「伝統主義に就て」の冒頭で「この世界は時間空間の世界」だと言い、四次元的な世界認識を披露する。これを前提とした上で、空間的にも時間的にも非連続であるはずのいくつもの瞬間がどのように統合されているかを説く。時間は人間の「意識の野」において結合され、そこで構築された人格は「直線的であり時間的である」のだが、同時にその根底には統合の場としての「何か空間的なもの」、すなわち人間の身体を見いだす。ゆえに、人間の世界は本来「主観客観の統一」が図られるものでなくてはならなかったのだ。

この当時の西田の関心事のひとつに私と汝という二者関係による世界の再構築[42]がある。人間は近代になって我の参照項として、または対になるものとして自然を定位したが、それは誤りであって、我と真に対となるのは時間・空間的他者としての汝であり、主観と客観を統一した我たちの集団である。これが「伝統主義に就て」の中にも見られる西田の問題系である。〈私＝我〉に対峙するのは〈汝＝我たちの集団〉だとする論理は以下のような前提を必要とする。我の中には時間的な人格があり、それを連続したものだと定めようとする場としての身体（物質）がある。人格とは時間的な連続によって統一性を保証される我の中に存在する主観的な認識を所有する一つの〈世界〉であり、身体（物質）とは現実の世界に形をもって存在する確固たる事象である。この二つがなくては我は存在できない、つまり主観は客観によって成立し、客観もまた主観を切り離しては存在しえないということが西田の示すものであった。

「伝統主義に就て」を読み進めると、これらの独立した非連続な存在としての複数の我たちの〈世界〉を結びつけ、一つの歴史的同時性を持った時間空間的〈世界〉に導くのが「表現」であると西田は指摘している。「表現とは絶対に結びつかぬものの結合なのであり」「それは非連続の連続（continuity of discontinuity）と云ふ事」ができ、「表現とは絶対に結びつかぬ私と汝とを結合させるものであ」るのだ。そしてその「表現」を形作るものが〈伝統〉である。西田はエリオットの「伝統と個人の才能」からこの〈伝統〉という観念を移入する。すでに確認したようにエリオットの〈伝統〉とは詩人の「歴史的意識」によって造られた一つの認知の体系なのである。それを踏まえて西田はエリオットの〈伝統〉を自らの哲学に則して再定義する。「伝統とは決して普通に考へられてゐる様に、言ひ伝へと云ふ如きものではなく」、「歴史を可能にする物」である、と。そしてそれは、一つの社会や種族の時間的な積み重ねの結果に通用する個別具体的なものではなく、一つの時代において汎用的に通用する「超越的な伝統」と呼ばれるのだ。

この「超越的な伝統」という第三の項をエリオットから導き出した西田は、それをさらに次のように詳述する。

> 伝統と云ふものはどう考へたらよいか。世界はM1M2M3（「Mとは Medium 即ち媒介者」である――引用者注）と移るのであるが、それは互いに円環的に結び合つて現在の世界に対しては一つの汝として現はれる。世界の成立には統一が必要である。つまり何等かの perception が成立する処に世界が成立するのである。そしてそれを可能にするものが伝統なのであります。たとへば日本の世界は日本的に見、感じ、働く処に成立する。日本の社会の成立の根柢には伝統があると云へるのであります。かかる伝統は過去と未来を有している。それは直線的即円環的、円環的即直線的として世界を成立せしめるのである。[…]本来の伝統と云ふものは、歴史の根源をなすものなのであります。我々の歴史的生命の成立可能の根柢をなすものであります。それは我々に対して向ふに立つものであり、単なる自然ではなくして一つの汝である。我に対する命令者であり、表現的なるものである。真の perception は伝統を有するもののみが可能である。そしてその時すべてのものは historical thing となるのであります。

西田は近代世界の行き詰まりを私と汝という新しい二項対立へと導くことで解消しようとしていた。このとき、西田がエリオットを受容することで手に入れた新たな〈伝統〉は我の外部にある大きな汝を構成するものとして、世界に点在する私たちにとって「超越的な」「catalyst」（触媒）として紐帯をもたらし、一足飛びに私と〈世界〉の関係を更新していった。ただ過去のみに存在する固着した〈伝統〉ではなく、未来をも含めた可塑的な〈伝統〉という観念は、進歩的価値観に支配されて未来だけを重視する窮屈な近代を解放するための鍵概念となった。

こうした西田の〈伝統〉理解は日本主義的色彩を帯び、弟子の三木清ら昭和研究会による『新日本の思想原理』（生活社、一九四一）へと到った。「日本の世界は日本的に見、感じ、働く処に成立する。日本の社会の成立の根柢には伝統があると云へる」とした西田の第三の項としての「超越的な伝統」を見いだすことは、「ヨーロッパ主義」の立場を改め「東亜の統一は云ふまでもなく東亜に於ける文化の伝統を反省し、これにつながることによつて形成されねばならぬ」とした大東亜共栄圏へと繋がる発想と響きあう。西田の哲学が大東亜共栄圏を生み出す母胎となっていたことについて、森村修[43]はフッサールの現象学と西田の思想を比較検討することで詳細に論じている。森村はフッサールが第一次世界大戦後に起こった「ヨーロッパの没落」を前にしてヨーロッパの文化というシステムを延命させるために、「世界のヨーロッパ化」すなわち〈精神〉の移植を試みたという。そしてヨーロッパ化されつつあった日本においてヨーロッパ同様「没落」するのを防ぐために新たなシステムとして日本主義を導入しようとしたのが西田幾多郎だとする。「それぞれの地域伝統に従いながらも、自らの個別的な伝統や文化に「即しながら」、それを「越えて」、一つの「特殊的世界」を構成」することを目指した西田の「世界新秩序」が、フッサールの求めた「様々な国家がその差異を越えて、親縁性をもちつつ、内的に連関する〈精神の共同体としてのヨーロッパ〉」の同工異曲であった。森村によるこのきわめて重要な指摘は今、西田がエリオットの〈伝統〉観を受容したことを閲したわれわれにとって、ある一つの意味を持つこととなる。それは大東亜共栄圏の母胎となった思想にエリオットの〈伝統〉観が関与したということである。そしてこの〈伝統〉観は、西田の弟子であり「近代の超克」を主導した一人である鈴木成高が「現代は革新の時代であるけれども、その革新は深く伝統の観念と結びついてゐる」としながら「エリオットのいふごとく」「真の歴史意識は、単に過去の過ぎ去れることの意識だけでなく、過去の現在することの意識であり、同時に未来を決意することの意識である」[44]と述べ、等閑に付されてきた〈伝統〉に「革新」性というアクチュアリティを付与したように、引き継がれて戦中期の思想に大きな影響を与えた。「己れの装う仮面の「近代」を暴くような反語的な言語をもってせざるをえない」[45]ものとも言われる極めて近代的な認識の元に行われた「近代の超克」が、〈伝統〉という一見して古色蒼然とした言葉を導入した背景にはモダニズムの流れの中の確かな理路があった。

このようにして生み出された大東亜共栄圏に到る日本主義の思想は、同じくエリオットを受容しながら自分たちの理論武装を図っていたモダニズム詩人たち、とくに『詩と詩論』から『新領土』へと進んでいった詩人たちにとっては全く当然の理解であったことは想像に難くない。西田が手にした日本による西洋哲学の超克を補強する理論武装はモダニズムの詩人たちが文学的正統性を自認するために用いた理論武装と同じものであり、それによって導き出された、近代哲学と近代文学、それぞれの再編という発想もまた酷似したものであった。モダニズムの詩人たちが次々と〈日本的なもの〉を求めて〈転向〉することが可能だったのには、同じくエリオットの〈伝統〉観を下敷きにした思想的展開が日本主義の理解に機能したためだと考えられる。

第六節　モダニストたちの大東亜共栄圏

そもそもモダニズムとは西洋において前近代から同一線上にあって漸次発展してきた近代という隣接した最新の構造を解体しようとする、脱構築的芸術潮流であった。「近代化が西洋の歴史的発展の所産であり、西洋主導のもとで非西洋文化圏に広がったという歴史的経緯により、非西洋の国々はどんなに急速な近代化を遂げても、それが後発的であるという一点からは免れ得ないことになる。それは、出発における時間的な遅れを意味すると同時に、中心としての西洋と周辺としての非西洋という地理的隔たりをも含蓄するものであった」というエリス俊子の指摘[46]を合わせ見るとき、モダニズムは非西洋の文化が西洋を脱し、新たな段階へと進むこと、ひいてはそれによる西洋との同列化を保証する方法となりうるものである。「「中心」に位置する正統的な精神文化の流れを断ち切ろうという意図のもとに「周縁」から波状攻撃をかけ、解釈という迂回手段によってその本質にせまり自己の精神へと翻案〈übersetzen〉し、同化するという両義的な受容作用でも」あるという解釈学の精神[47]は、まさにモダニズムにおける西洋文化圏と対峙するための方法でもあった。

西田の哲学にせよ、春山たちの詩や詩論にせよ、どちらも西洋文化圏からもたらされた近代という中心の中でその文化に深く親しむと同時に、そこから抜け出したコスモポリタン的な立場から自らの現状をどう立て直していくかという問題意識を醸成していたといっていいだろう。〈ポエジイ〉による文学の再構築、もしくはローカリティーの追求によって見えてくる「超越的な伝統」による近代社会の再構築といった提唱はまさにその問題意識を表わしたものである。そのとき、彼らが方法として見いだしたのが、エリオットの〈伝統〉という認識であった。「日本」という西洋文化圏から見れば「地理的隔たり」によって「地方」として扱われていた地域の文学者／哲学者が自らの汎世界性を見いだすために、いや、むしろ西洋の近代を超克した新たな文学／哲学を建立するために西洋近代を脱構築しようとしたモダニズムの主張を用いようとした。そしてエリオットの示した〈伝統〉という語のなかにその問題を解決するため意味をそれぞれ付与していった。〈ポエジイ〉によって個人の感性と結ばれる〈伝統〉と、私という個人と汝という他者を包摂する〈伝統〉というようにその内実にわずかなずれを抱えながらも、両者は同じエリオットを「catalyst」として結びつけられていった。

春山行夫は『詩と詩論』『新領土』を中心に新しく詩をはじめようとする世代にとって多大な影響力を誇った詩人であった。春山自身の言[48]によれば『詩の研究』は一九三一年の初版から一九三九年の第三版までおよそ「六、七千部は売れてゐ」た。そしてそれは「現代詩の研究に関する」本では一、二を争う部数を誇るものであったようだ。詩壇における中心的イデオローグであった春山の影響力を測るエピソードであるが、その春山がモダニズム詩の内部に〈伝統〉を取り込んだことは同時代の詩人たちの行動を理解する上できわめて重要な意味があった。〈伝統〉を学ぶことで新しいものが見えてくる。

新しいものは古いものとの関係に於いてこれを観、古いものは単に過去のものとして知覚するのみでなく、過去が現在に存在してゐることを知覚する――伝統的な自覚の必要を暗示してゐる。[49]

春山はこの〈伝統〉への言及を〈日本的なもの〉へと回帰せよとの意味で論じたのでは決してない。しかし〈伝統〉と「芸術の正統性」を並列させて論じたとき、そこには一九四〇年代の大東亜共栄圏の思想が入り込んでくる隙間が開かれていた。

このようにモダニズムと〈伝統〉は連動したものであり、それゆえにモダニズム詩人たちにとって〈伝統〉と接続していくことは回帰ではなく発展していくために至極当然の発想であったと考えられる。それゆえに彼らの中心的イデオロギーの一翼を担ったエリオットの〈伝統〉という観念が、翼賛体制下での思想的中核となった「超越的な伝統」を彼らに自明のこととして受け入れることを可能にしたと考えられる。「超越的な伝統」がもたらしたものが、結果的に新たな「革新」的文学ではなく、〈伝統〉に則った「正統的な」文学であったことは次の春山に関する評価からも見て取ることが出来よう。

> 詩人から批評家へ、それからジャーナリストにまで展開した春山行夫の進出はまさに理の当然を行つたものであらう。が、嘗て詩を失くするといはれた春山の論理性は、今日では反対に、春山自身の言葉を藉れば、その「正統的な」詩の保守のために役立てられねばならぬやうな時勢に際会してゐるのではないかと思はれる。[50]

この「詩を失くする」はずであった春山の論理が「詩の保守」に向かう時代になったという百田宗治の指摘は早

くも一九三六年になされたものなのだ。

モダニズムの詩人たちが〈日本的なもの〉という〈伝統〉を詠った愛国詩へと〈転向〉していった理由を考えるとき、そこには時局への応答というただ一点だけではなく、モダニズム―春山行夫―T・S・エリオット―西田幾多郎という連絡通路がもう一つのラインとして見いだせる。この観点に立つとき、日本のモダニズムが時局によって圧殺されたという認識は無効化され、むしろモダニズムが大東亜共栄圏という非西洋的〈ユートピア〉へと到る通路を開いたとも考えられる。(51)

注

(1)「モダニズム文学」項目執筆者・佐々木基一(『日本近代文学大事典』講談社、一九七七)。

(2)中川成美『モダニティの想像力　文学と視覚性』(新曜社、二〇〇九)。

(3)詩誌『四季』は栗原敦の指摘によれば「文壇全体の文芸復興の気運を導いたのは『文学界』(昭和八年一〇月―一九年四月)だが、詩壇では昭和八年(一九三三)五月に創刊された『四季』が最も大きな役割を果たした」(栗原敦「詩の前衛と伝統」(『岩波講座　日本文学史』第一三巻、岩波書店、一九九六・六))という雑誌である。堀辰雄の他にも竹中郁、三好達治、丸山薫などが『詩と詩論』にも名前が散見される。

(4)黒田俊太郎「彷徨える〈青年〉的身体とロゴス―三木清〈ヒューマニズム論〉における伝統と近代―」(『三田國文』、二〇一〇・一二)。

(5)この他にも北川透「『詩と詩論』評価の争点」(『講座日本文学の争点(現代編)』明治書院、一九六九・五)では、『詩と詩論』という雑誌が「超現実主義」と連関を持った「運動体」であったことを指摘し、雑誌の中で展開された「珍奇な詩論とその実作」が「旧派打破」の目的があったこと、瀧口修造らの志向は「戦後詩への大きな導管となりえた」ことを評価している。

(6)阿部知二「「主知主義」時代のこと」(『近代文学』、一九五〇・八)。

（7）伊藤整「新興芸術派と新心理主義文学」（『近代文学』、一九五〇・八）。
（8）西脇に関してはエリオット受容は多く指摘されている。実際西脇自身、戦後ではあるが『荒地』（創元社、一九五二）や「四つの四重奏曲」（『世界詩人全集』一六巻、新潮社、一九六八）といったエリオットの詩を翻訳している。
（9）エリス俊子「日本モダニズムの再定義」（モダニズム研究会編『モダニズム研究』思潮社、一九九四）。
（10）大岡信「新文学の成立と展開」（村野四郎等編『講座・日本現代詩史』第三巻、右文書院、一九七三・一一）。
（11）小島輝正『春山行夫ノート』（蜘蛛出版社、一九八〇）。
（12）春山はその論の中で「ポエジイ」という表記だけでなく、「ポエジー」や「poesie」など様々な表記を用いるが、本書では〈ポエジイ〉に統一して論を進めることとする。
（13）藤本寿彦「新散文詩運動」（和田博文編『コレクション・都市モダニズム詩誌』第五巻、ゆまに書房、二〇一一・四）。
（14）この狙いを達成するための方法が主知である。春山は花を咲かせるためには、土に種を植えて水をやるという本能のまま自由に育てることでも充分美しい花は咲くが、より完成された美しい花を咲かせるためにはただ本能のままに育てるのではなく、花の生態や構造を熟知し理性的に育てることが肝要であるとしている。詩もこれと同じであり、ただ美しいものを本能のままに詠うのではなく、知識や経験、様々な実験に基づいた科学的かつ理性的な方法によって詠われねばならない。これこそが主知主義だとするのである。
（15）「詩・現実」項目執筆者・江頭彦造（『現代日本文学大事典　増補縮刷版』明治書院、一九六八）。
（16）春山行夫「新散文詩運動の精算　並に「新現実派の批判」「形式主義の決定」」（『詩と詩論』第一〇冊、一九三一・一）。
（17）春山行夫「感性論覚書」（『詩と詩論』第一二冊、一九三一・六）。
（18）中井晨「時代の眼差し」（高柳俊一・佐藤亨・野谷啓二・山口均編『モダンにしてアンチモダン　T・S・エリオットの肖像』、研究社、二〇一〇）。
（19）春山行夫「『詩と詩論』の仕事」（『日本現代詩大系』第一〇巻付属月報（第八号）、一九五一・九）。
（20）西脇順三郎「ティ・エス・エリオット」（『ヨーロッパ文学』、第一書房、一九三三）。
（21）春山は「印象批評の一典型―小林秀雄氏の《文芸評論》―」（『三田文学』、一九三一・一〇）において「今日の批評を原理的に分類してみると、／1 interpritation 解釈／2 experiment 実験／があり、この二つのものを内在的批評と呼ぶならば、それに対して外在的批評ともいふべき／3 explanation 説明／がある。」として、「文学の説明に終始する」外在的批評よりも「文学の創造といふことに目的」を置く内在的批評（「印象批評」と「創造批評」）を求めている。

(22) 阿部保「ティ・エス・エリオットと伝統の理念」（『美学』、一九五七・九）や和田旦「エリオットの《伝統論》を読む」（『学校法人佐藤栄学園埼玉短期大学研究紀要』、一九九七・三）による。

(23) ジュリア・クリステヴァ「言葉、対話、小説」（『セメイオチケ1』、原田邦夫訳、せりか書房、一九八三）。*Sémeiôtikè* 1969.

(24) 春山行夫「『詩と詩論』の仕事」、前掲。

(25) 伊藤整「新興芸術派と新心理主義文学」、前掲。

(26) 『詩と詩論』におけるエリオット受容はおおむね肯定的なものだが、批判的なものでは、⑦として挙げた原一郎「T・S・エリオット批判」がある。ただしこの「批判」についてはエリオットが「詩人は表現すべき「個性（パアソナリティ）」を持つてゐるのではなくして、特別なる媒介物（ミィディアム）を持つてゐる」と言ったことを取りあげて詩人の「没個性」を標榜しているとして論難したものである。しかし、エリオットは「詩は情緒の放縦なる転回ではなくして情緒からの逃避である。詩は個性（パアソナリティ）の表現ではなくして個性からの逃避である。然しこれらの個性と情緒から逃避しようと望むことが何を意味するかは無論個性と情緒を持つ人々のみが理解する所である。」とも述べており、決して個性を持たない人間を詩人として称揚しているわけではない。それゆえに根本的な批判にはなり得ていないと考える。

(27) 平林敏彦『戦中戦後詩的時代の証言　1935-1955』（思潮社、二〇〇九）。

(28) 小島輝正『春山行夫ノート』、前掲。

(29) 中井晨『荒野へ　鮎川信夫と『新領土』（I）』（春風社、二〇〇七）は鮎川信夫を視座にして『新領土』で活躍した若い詩人たちが戦後の詩壇へと続くモダニズムの命脈を担ったことを示したものであり、『新領土』を考察する上では重要な先行研究である。ただし本論は彼らの活躍する場の基礎を固めた春山に焦点化し、論ずるものであるため中井の論と立場を異にする。

(30) 春山行夫「後記」(『新領土』一号、一九三七・五)。

(31) 春山行夫「後記」(『新領土』八号、一九三七・一二)。

(32) 朔太郎は「「氷島」の詩語について」(『詩人の使命』(第一書房、一九三七)、初出は『四季』、一九三六・七(原題「氷島の詩語に就いて」))において自らその詩語の変化を「自辱的な「退却(レトリート)」」だと認めている。しかしそれは、「エゴの強い主観を内部に心境して居るもの」を詩想として表わすためには「日本語そのものに不便を感じて」「漢語で間に合はして置く外にない」からだとも述べている。

(33) 萩原朔太郎『日本への回帰』(白水社、一九三八)。引用は『萩原朔太郎全集』第一〇巻(筑摩書房、一九七五)による。

(34) この点については第四章で詳しく述べる。

(35) 後半部とする第八回(一四号)からサブタイトルを「純粋詩」として二一回(二八号)まで書き続けている。しかしこのパートは最終的に『新しき詩論』に収録される際にもまとめきることは出来ず、結論に到ることがない。内容はモダニズムの詩の源流としてマラルメらの足跡を辿るものであり、春山自身の当時の思想を追えるものではないため、本論では前半部のみに言及することとする。ただし後半部においてもエリオットへの言及は続いている。

(36) 濱田明は「序論」(『モダニズム研究』、思潮社、一九九四)において、「「モダン」あるいは社会の近代化を是認または賛美し、その近代化現象を積極的にとりいれようとする立場」と「近代化を懐疑の目で見る立場」がモダニズムという語のなかにあるとした。また田口律男「Ⅱ　モダニズム研究の領域—象徴主義からモダニズムへ—」(『横光利一研究』一〇号、二〇一二・三)は「広義のモダニズム」と「狭義のモダニズム」と名付け、前者は「より一般的に「近代」(モダニティ)特有の傾向性をさす」ものとし、後者は「二〇世紀初頭、とりわけ一九二〇年代に、世界の主要都市を席捲した前衛芸術(ここでは文芸)運動をさす」ものと定義している。

(37) 春山行夫「詩論(6)」(『新領土』一二号、一九三八・四)。

(38) エリス俊子「日本モダニズムの再定義」、前掲。

(39) 春山行夫「ポエジイ論」(『詩の研究』第三版、第一書房、一九三九)。この章は一九三九年に出た第三版で加えられた書き下ろし部分である。第一版(厚生閣書店)は一九三一年、第二版(第一書房)は一九三六年に出版されている。

(40) この論文のもとになった講演は「T・S・エリオットと伝統主義」と題して一九三四年一一月二五日に京大英文学会で行われたものである。この講演は大阪朝日新聞にて同年一二月四〜六日の三回に分けて筆記録も掲載された。

(41) 中井晨「西田幾多郎「伝統に就て」を読む―戦前のT・S・エリオット理解を背景として―」(『同志社大学英語英文学研究』、一九九七・三)、「西田幾多郎「伝統に就て」を読む―T・S・エリオットの歴史の感覚をめぐって―」(『同志社大学英語英文学研究』、一九九八・一)、「西田幾多郎「伝統に就て」を読む―同時代のT・S・エリオット理解に関連して―」(『同志社大学英語英文学研究』、一九九八・三)。

(42) 西田は一九三二年の「私と汝」(『岩波講座哲学』第八巻所収、引用は『西田幾多郎全集』第五巻(岩波書店、二〇〇二)による)という論文において、「個人は個人自身によつて生れるのではな」く「個人といふものが生れるには、個人が生れる地盤」「即ちその環境といふものがなければならない」と言い、「私と汝とは同じ環境から生れ、同じ一般者の外延として之に於てあるといふ意味を有つと云ふことができる」と述べている。

(43) 森村修「フッサールと西田幾多郎の「大正・昭和時代(一九一二〜一九四五)」―『改造』論文と『日本文化の問題』における「文化」の問題―」(法政大学教養部『紀要』、一九九八・二)。

(44) 鈴木成高『歴史的国家の理念』(弘文堂書房、一九四一)。

(45) 子安宣邦『「近代の超克」とは何か』(青土社、二〇〇八)。

(46) エリス俊子「日本モダニズムの再定義」、前掲。

(47) 三浦國泰「伝統の受容と文学的解釈学―脱構築作業を基軸として―」(『独語独文学科研究年報』、北海道大学文学部独語独文科、一九八八・一)。

(48) 春山行夫「後記」(『新領土』三五号、一九四〇・三)。

(49) 春山行夫「詩論(6)」、前掲。

(50) 百田宗治「詩壇の現状と新動向」(『新潮』、一九三六・五)。

(51) 〈日本的なもの〉と〈世界全体〉の関連については、第二部第九章で論じる。

第四章　統制と自由、二つの顔を持つ文藝懇話会

――〈禁止〉から〈改善〉への転換点として――

第一節　文藝懇話会の存在

一九三四年一月二九日から始まった文藝懇話会[1]という会合がある。高見順が「ファシズムの手が文学に伸ばされたもの[2]」だと断じ、近年の研究では海野福寿が「文化人動員方式に先鞭をつけ、文化・思想対策の流れに添った[3]」ものと意味づけたこの会合は、当時内務省警保局長だった松本学（まつもとがく）が発起人ということもあって日本文学報国会に繋がっていく文芸統制の口火を切ったものとして解されてきた。また高橋新太郎は海野の議論を引き継ぎつつ、「〈徐々のファッショ化、はげしい摩擦のない統制化によって、事態を運んでいくことを利益とする〉統制装置が狡知化し」「保護善導を謳う「懇話会」という名の馴化、統制装置は、松本の辞任後も後任の警保局長によって踏襲」されていったと文藝懇話会を松本の私的勉強会の枠を超えた統制の装置として評した[4]。

しかしその一方で興味深いのは榎本隆司が与えた評価[5]である。榎本は一九三六年一月から一九三七年六月まで一八号に亘って発刊された雑誌『文藝懇話会』[6]を分析し、「不安を孕んだ時代状況への、かなり自由な発言が保証されていた誌面」だったとそのリベラルさを評価している。実際、雑誌の寄稿者の中には青野季吉や徳永直のような

人物も見られ、新居格や青野は文芸が国家によって統制されることへの懸念から文芸院設立に反対だとまで述べている。[7] 文芸統制を企図したとされる組織の雑誌の中で文芸統制に反対する言説が登場するという矛盾は見落としがたい問題である。

本章ではこうした先学の到達を踏まえ、昭和初期という時代状況の中の文学を考える上で不可分な政治との関係における接合部であり、統制と自由という二つの顔を持った文藝懇話会の有り様を再検討する。

第二節　文芸院構想の発案と反応

さて、問題の文藝懇話会が人びとの知るところとなったのは一九三四年一月二五日に『東京朝日新聞』などで文芸院設立を企図した会合が開かれることが報じられたのを契機とする。「警保局の後押しで帝国文芸院の計画」と題した『東京朝日新聞』の内容を見ると、「「非常時」の声に押されて文芸家仲間と思想取締当局との間に「文筆報国」とでもいふべき一団が」「日本精神」を作品に反映させている直木三十五と警保局長の松本学を中心に集められたという。直木は「政府が思想善導だ、なんのかんのといつてみたところで、文学によつて広くインテリ層にまみえてゐる作家群を見のがしてゐてはまるで意味をなさない」と言い、松本は「皇道精神の発揚と日本文化の握(ママ)を目指すもので」「行く〳〵は『文芸院』といつたやうなものにまで育てたい希望」があると語っており、これらのコメントからは「非常時」とされる時局の中で文芸家を糾合していこうとする様が看取できる。このような事前報道がなされて注目を浴びた第一回の会合（一九三四年一月二九日）には文壇側から直木をはじめ、白井喬二、吉川英治、三上於菟吉、山本有三、菊池寛が出席した。その様子は、翌三〇日の『読売新聞』で「文学によつて日本精神を高揚すべくその主導者松本警保局長と文壇のお歴々との初懇談会」と題して「時流に乗つたものとはいへわが

三つの集ひ

「文藝院」問題
懇談の夕

★…日本主義の振興を指導精神とする「文藝院」の創立を目指して、二十九日夜日本橋偕楽園で内務省松本警保局長と文壇人の懇談會が開かれた

★…直木三十五、山本有三、菊池寛、三上於菟吉、白井喬二、吉川英治の諸氏の外に内務省からは中里圖書課長、生悦住事務官等も出席

★…文壇聯盟には集まつた作家連全部が大賛成で月に一回は必ず會合して將來帝國美術院に對抗する「文藝院」を創設すること、純藝術作品、日本精神の作興に貢獻する作品を半歳或は一年に各々一つ乃至二つを選んでこれに文藝賞を授與すること、などを決めて九時過ぎ散會した

★…「文藝院」が出來るまではクラブ式のものを設けて作品の選考等に當りメムバーも次第に擴大する方針だが、これには「左翼作家は絶對に參加させぬ」といふ申し合せも出來た、文藝賞の出所は未定だが内務省の方で成算があるらしく、松本警保局長がこれをあつさり引受けてしまつた

「文藝院」の集まり

『東京朝日新聞』1934年1月30日朝刊

文学界にエポック・メーキングをなすもの」と報じられた。会合では「現今最も喧しい検閲問題」と「文学奨励問題」が議論されたとあるが、この記事と先に引用した松本の呼びかけを合わせてみると、当初の目的が「日本文化のは握」と検閲問題を通じた「思想善導」であったとわかる。

さらに会合と前後して掲載された新聞記事[8]の中で、直木は運動の要点を「文学者に対する国家からの表彰機関又は、文学的仕事をするがための文芸院の設立とか、検閲制度に対する改革案とか、社会教育に対する文芸家の発言とか、文部省的道徳に対する文学的道徳の闘争とか――今の政府および官吏に対して、多少ちがつた意見を持つてゐる事が、この倶楽部によつて、融和的になりうる」ことや「政府のかういふ事に対する遣り方に不満をもつてゐるから、それらを矯正するくらいに――政府の手先でなく、政府を鞭撻」していくことだと述べている。つまり直木は文芸家と当局がお互いに連絡を取り合う場、松本の言葉を借りれば『文芸院』を設けることをこの会合の先に見いだそうとしていた。

こうした直木と松本の呼びかけへの文壇の反応として『文藝』三月号に掲載されたアンケート[9]の結果を取り上げて「回答者十五名中、はっきり反対意見を表明したのは青野季吉ただ一人で、これに、旅行中で詳細は分らないのでという藤森成吉を加えても反対は二名」で、「考えてみたこともない」という林芙美子を除く一二名が文芸院に「ニュアンスの違い」はあれど賛成したことを提示し、その一方で与謝野晶子、正宗白鳥、徳田秋声らの文芸院への批判[10]を「明治以来、わが国の文学が、国家から何らの保護も受けずに発達してきたという自負」によるものだとして和田利夫は高く評価した。[11]ただし、この他にも大宅壮一が「支配階級が、「作家の社会的地位向上」の好餌をもつて」「今また「文藝」を統制しようとしてゐる」[12]と述べ、中山義秀が貧しい文芸家たちが文芸院の設立で少しは生活が出来るようになればよいとしながらも「文藝は良くなるどころか却つて官僚的支配をうけて堕落するであらうといふ観方もなりたつ」[13]との警戒を忘れなかったように、批判は繰り返された。

直木と松本の発言やそれを報じたメディアの論調を見ていくと会の発足に向けた動機には文芸統制の意図が多分に含まれ、反発も根強かった。そして松本に対する不信感から、関わった文芸家が松本に取り込まれたと論難する同時代言説[14]もあった。高橋論はこうした同時代言説を取りあげ、文藝懇話会―松本―統制といったラインを結んでいった。確かに松本の以後の行動などを踏まえた歴史の流れからすれば、文芸家と直接関わりを持った最初の団体であるからそれを統制の〈起源〉として見いだすことは可能かもしれない。しかし、文藝懇話会は統制の〈起源〉として機能し得ていただろうか。むしろ「文芸統制の具[15]」として呼び起こされたはずの文芸院構想が立ちゆかず、文藝懇話会は直接的に統制に関わることなく解散したのではないだろうか。本章ではこうした観点から、それを指し示す資料である「文藝懇話会参考資料」を検討していく。

第三節　「文藝懇話会参考資料」の存在

当時内務省で作成された「文藝懇話会参考資料」は一九三四年四月二〇日の例会[16]から参加した内務省警保局図書課の属官であり詩人でもあった佐伯郁郎（さえきいくろう）（本名・慎一）が所持していたもので、現在は佐伯研二氏が人首文庫（ひとかべ）で保管されている。資料の形態は謄写版で刷ったと思われる本文を厚紙の表紙でひも綴じしたものであり、表紙には「文藝懇話会参考資料」と筆で書かれ、表紙左下には「佐伯」という赤丸印が押されている。資料の存在については佐伯研二氏が『佐伯郁郎資料展　第二回――交流作家の手紙を中心として――』（江刺市立図書館、一九九八・二）の中で触れられていたが、これまで資料の内容に関して詳細な検討は加えられてこなかった。ここに含まれる資料の一覧は左記の通りである。なおそれぞれの論題に便宜的にAからGの番号をつけて区別する。

A、研究題目
B、文芸院設置ニ対スル要望（要約）
C、文芸院問題ニ対スル世評（要約）
D、仏蘭西翰林院（L'Académie Française）
E、財団法人国際文化振興会事業綱要
F、一、沿革概要（抄）
二、現行関係法規
（一）帝国美術院規定
（二）帝国美術院受賞規則
（三）帝国美術院常議員会規則
G、物故文藝家遺品展覧会準備委員会協議事項

これらのうち資料EとGを除いた五つは国立国会図書館所蔵「松本学関係文書」にも同様のものが収蔵されている[17]が、これについても海野論が注の中で存在に触れたのみで、内容を取りあげて詳細に分析した研究は管見の限り見当たらない。これらの資料は内務省が文藝懇話会を企画するにあたって内部資料として作成し、会に関わった職員が保有していたものと考えられる。それゆえ文藝懇話会と昭和文学における統制の問題を考えるならば、これらを分析することで文芸院構想に対する内務省の態度を明らかにする必要がある。

まず資料の成立時期は次のように考えられる。資料Aは表題に一九三四年三月二九日の会合で決定された「文藝懇話会」という名称の記載があるので、それ以降の作成と考えられる。また資料B・Cは後述する資料の内容から

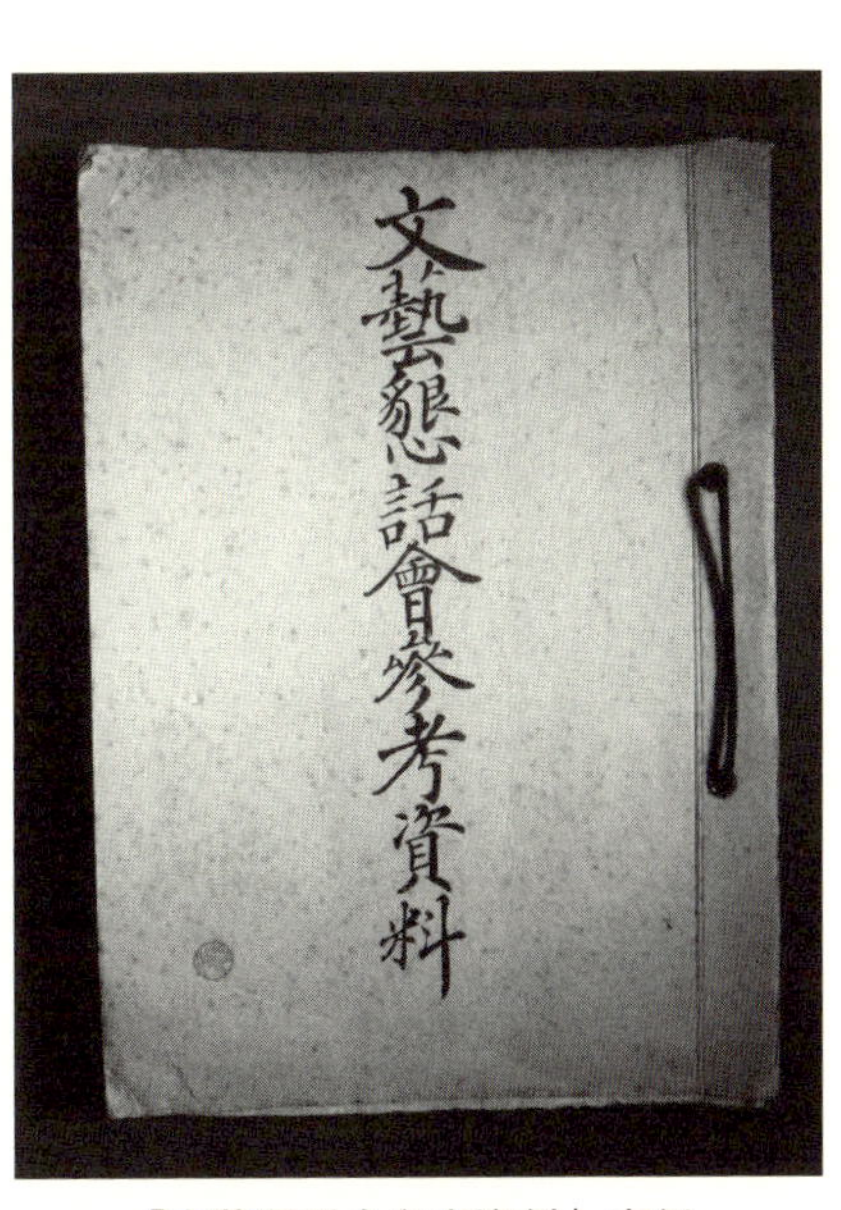

「文藝懇話会参考資料」表紙
（人首文庫蔵）

鑑みるに一九三四年四月頃までの作成、資料Eは国際文化振興会が一九三四年四月一一日に発足した団体であるからそれ以降の作成、資料Gは物故文藝家慰霊祭（一九三四年九月一九日、日比谷公会堂にて執り行われた）[18]の企画成立が一九三四年六月二〇日の例会であるからそれ以降の作成と考えられる。また資料DとFに関しては内容から制作時期を推察することは残念ながらできない。

内容に関しては、資料D・E・Fは文芸院を設立する場合に参考となる団体の体制や関連法規を挙げていて、これらは文芸家との会合に臨むための参考資料というよりは、まさに官僚的な認識のもと集められた、今後の法整備のための資料であろう。また資料Gについては会合が進み、物故文藝家慰霊祭が決定してからのものであり、文芸院設立を巡る文藝懇話会の内容の本筋とは若干異なる資料である。その一方で資料A・B・Cは内容を見ると文芸家との交渉のために準備された資料だと考えられる。文藝懇話会という団体が高橋論のいうように「思想善導」を求める「統制装置」として整備されようとしたのならば、資料A・B・Cを検討する意味は大きい。

さて、このような資料を残した佐伯郁郎についても触れておきたい。なぜならば佐伯が少なくとも資料B・Cの作成者だと考えられるからだ。しかも彼はただの検閲官ではなく、詩人という側面も持つ文芸家の一人でもあった。こうした人物が文藝懇話会において内務省側の実務を担った人物として参加していたことは注目に値しよう。

佐伯郁郎が早稲田大学文学部仏文科で吉江喬松（よしえたかまつ）や西條八十（さいじょうやそ）の教えを受けた後、内務省警保局図書課の属官となったのは一九二六年一二月からであった。その後、一九二八年八月に検閲係から調査係に異動している。この当時のことを佐伯自身が滑川道夫、冨田博之との対談の中で回想しているので引用する。

佐伯　検閲課（ママ）には、文科を出たのが二人いたんです。私の前に東大の英文科を出たの（内山鐵之吉（いのきち）という検閲官――引用者注）がいて、続いて私が入ったんですね。その前は、警察学校の優秀な連中が来て検閲をやっていたんですが、当時、菊地寛（ママ）、久米正雄、山本有三というような人たちが威勢のいい時代で、内務省の検閲はけしからん、どんなやつが検閲しているんだと、図書課長がネジ込まれたんですね。

冨田　それは、内務省警保局の図書課ですか。

佐伯　そう。

冨田　図書課のなかに検閲係というのがあったんですか。検閲課ですか。

佐伯　いや、戦時中に検閲課となったので、その前は図書課だったんです。そこで警察学校の優秀な連中が検閲にあたっていたのが、けしからんじゃないかとネジ込まれて、文科を出たのを二人採用して、私が「現代」の担当、東大を出たのが「クラシック」ということで文学の方を担当させたんですね。

　ところが二年ぐらいしたら、われわれは二人とも検閲係から調査係へ回されたんです。文科を出たやつを採ってはみたけど、ここは何も文学を鑑賞したり理解したりするところじゃない、というんだ（笑い）。[19]

佐伯郁郎（1941年頃か・人首文庫蔵）

佐伯が異動させられた調査係とは、一九三三年五月一五日付で作成された勅令一〇二号「内務省官制中ヲ改正ス」を参照すると、「内国出版物ノ傾向調査」、「輸入出版物ノ傾向調査」、「輸入出版物ニ関スル統計」、「調査報告ノ作製」、「出版警察報ノ編纂」を目的としており、そこで佐伯は「内国出版物（左翼文藝誌）ノ傾向調査、出版警察報の編輯、外国図書ニ関スル資料ノ蒐集整理並ニ調査係ノ庶務」（一九三三年一月末日時）を行っていたとされている。[20] 彼の調査係での事績として最も有名なものは一九三八年から児童読物改善問題に着手して戦時下の少国民文化の形成に大きく関わった点であろう。また、右の引用で「文学を鑑賞したり理解したり」していたという佐伯自身は内務省に勤務する傍ら詩人としての活動もこなしていた。一九二四年頃から参加していた農民文藝会が発刊した雑誌『農民』（第一次（一九二七・九～一九二八・六）と第二次（一九二八・八～九）に関わった。特に第二次は編集部の中に佐伯の名がある）には詩や評論を寄稿していた。さらに自らの詩を発表するだけではなく、同郷の宮澤賢治の作品を広めるべく一九三四年からは草野心平らとともに東京宮澤賢治の会でも活動していた。

以上のような経歴を持つ佐伯郁郎が文藝懇話会に参加したのは、先述の通り一九三四年四月二〇日の例会からである。それまで会に参加していた内務省側の人物は警保局長の松本の他に図書課からは課長の中里喜一、事務官の小林尋次（ひろじ）、生悦住求馬（いけずみもとめ）、菅（かん）太郎がいた。彼らはみな高等文官試験を突破したエリートとして出版行政に精通していたが、すでに会合の下働きを担当するような職階ではない[21]。三月に会の呼称と「各出席者より話題を持寄ること」[22]が決められ、具体的な議論がされることになった例会から属官である佐伯が参加をするようになったのも、湧出する文芸家の要望を汲みながら、内務省と文芸家の間を橋渡しする実務をこなすことのできる人材が求められたためだと考えられる。実際、佐伯研二氏による佐伯郁郎の回顧談を参照すると、佐伯は次のようなことを語っていたそうである。

> 図書課と言えども、本当に文学を理解できる人間は限られた一部で、ほとんどその素養がなく官僚的・役人的な発想の者ばかりだった。そういう者が、検閲を担当することから、よけいに作家側から不平不満が起きたのだろう。そんな中で、下手なりにも詩や文章を書いたりしていたのは自分だけだったように思う。
>
> 当局側にも、『文藝懇話会』の仕事の性質上、より良く円滑に進め運営していくためには、文学に多少でも通じる人間が必要となり、自分が起用されたのだと思う。そして、事務的部分や、連絡の役目を任されたのだっ

たが、おそらくそれは、松本学の判断であったように思う。機会あるごとに松本学に、それぞれの作家の特徴や作風などを尋ねられ、時には記述して提出したことを覚えている。[23]

松本によって「文学に多少でも通じる人間」として起用されたのだとすれば、少なくとも「文藝懇話会参考資料」に残された資料B・Cについて、佐伯はただの所有者ではなく、「事務的部分」を担った人物として作成に関わったと考えられる。この点に関して謄写版による資料の文字は佐伯の手によるものとの証言もある。[24]これらを勘案すれば、資料作成者としての佐伯の姿が浮かび上がるのは自然なことであろう。

このようにして作成された資料の内容は、当初の「思想善導」という言葉が持っていた禁止的措置を講ずる統制的観点を文藝懇話会の議論の俎上に載せることとの困難を改めて松本らに認識させるものであった。そしてそれは、皮肉にも会合を円滑に進めるために内務省が「文学に多少でも通じる人間」として呼び込んだ人物によってもたらされた。こうした文芸統制のための文芸院構想に関する資料である資料A・B・Cを次節では具体的に閲する。特にこれまで精察されることのなかった資料B・Cを通して見る文藝懇話会への反応と資料Aにおける方針転換の様相が接続することが生み出すものについて検討していきたい。

第四節　内務省内部への批判の浸透

繰り返しになるが、直木と松本が文芸院設立を呼びかけた当初「思想善導」と検閲問題が共に語られたことから、文芸家は統制への危機感を募らせていた。その中でも文壇の長老格となっていた徳田秋声の警戒[25]は当時の社会においても、また先行研究においても評価が高い。秋声の「若しも文芸院が、時の政治的影響を受けて、本来の自由性を失ひ、或時は右傾し、或時は左傾したりして、芸術の評価が、その時々の政治の方針によつて定められるやうなことがあつたら、それこそ芸術の本質を毒するものであらう」という批判は、政治的文脈の中から立ち上がった文芸院設立問題の本質を突いた慧眼だといえる。この指摘に賛同する声はすぐに上がった。一九三四年三月二日の『読売新聞』「壁評論　老作家に恥ぢよ」（金剛登）では「ナチユラリズムの波をくぐつて来た」秋声の「激語」を称賛している。さらに文学は「官吏の音頭などで踊つていい性質のものではない」と続けられており、直木・松本の行動への不信感の根深さを物語ってもいる。

こうした批判を内務省も無視できなかった。彼らは内部資料である資料B・Cで秋声のものを始めとした数々の手厳しい批判を引用し、関係者の間でその内容を共有していった。そこで資料B・Cが会に与えた影響を検討するために、その内容についてまずは考察を進める。

資料Bは次のようなものである。なお二重取消線が引かれた箇所はそれぞれ本文内で施された訂正である。

一、

一体日本トイフ国ハ何事ニモ民衆ノ意思ヲ尊重スルヤウニ出来テヰル国柄デアル。ソレヲ而モソノ民衆トイフノハ常ニ中庸道ヲ心得テヰル自覚セル民衆デアル。

文芸院ノ設立モ第一ニ此ノ国柄　国民性ノ自覚ノ上ニタタネバナラナイ。

第二ニ文芸院デアル以上大学ヤ学士院ト同ジク時ノ政治カラ離レテ文藝ノ自由性ヲ失ツテハナラナイ。

第三ニハ文学者ノミデナク更ニ思想家評論家モ会員ニ加フベキデアル。

二、

第四ニハ大衆文藝ヘノ偏倚性カラ離レテ広ク文藝的タラシメベ（ママ）キデアル。

㈠帝国文芸院ノ会長ハ次官級以上タルコト。
㈡最初ノ会員
島崎藤村、菊池寛、正宗白鳥、坪内逍遙、山本有三、志賀直哉、徳田秋声、谷崎潤一郎、幸田露伴、永井荷風、千葉亀雄、長谷川如是閑、泉鏡花
以上ノ他ニ各大学ノ文科々長ノ中実力アル人及ビ大衆文学ノ畑カラ二、三人ヲ加ヘルコト。
更ニ之等会員ノ下ニ現役ノ審査員ヲ加ヘ作品ノ審査ニアタラシメルコト。ソノ人選ハ以上ノ列記シタ会員ノ選挙ニマツコト。

三、
明治ノ末期ニ文部省ニ設置サレタ文藝委員会デ為サレタ業績ノ継承ノコト。

四、
㈠文藝科学ヲ組織立テル材料ヲ得ル便宜ヲ与フル方法ヲ講ズルコト。
㈡現代文藝ノ創作活動ヲ豊カナラシムル方法ヲ講ズルコト。
㈢国内的ノミナラズ国際的ニ現代文藝ノ総量及頂上ヲ知ラシムル方法ヲ講ズルコト。

五、㈣文学ニ功労アル文学者ノ老後ノ生活ニ或ル程度ノ安定ヲ与ヘル方法ヲ講ズルコト。

六、㈤事業トシテハ文藝及文学者ノ保護、生育ト待遇ニ力ヲソ、ギ文芸院ノ文学ニ対スル態度ト批判精神ハ何物ニモ隷属セズ独立シ、イヤシクモ文芸院ガ官立大学制度ト同一様ニナル勿レ。

世間での要望の要点を摘記した形を取っているが、右の六項目の要約を作成するにあたって参照したと思われる文献は左の六点と考えられる。

一、徳田秋声「如何なる文芸院ぞ」(『改造』一六巻四号、一九三四・三)より。
二、杉山平助「文芸院の創立意義なしとせず」(『新潮』三一巻三号、一九三四・三)より。
三、「「帝国文芸院」の問題」(『文藝』二巻三号、一九三四・三)の佐佐木信綱の回答より。
四、同右の吉江喬松の回答より。
五、同右の中村武羅夫の回答より。
六、同右の千葉亀雄の回答より。

まず一について、すでに取り上げた秋声の論が内務省側にも共有されていたことは興味深いが、秋声の批判のポイントが政治と文学が安易に結びつくことへの警戒であったのに対し、設置要望の一つとして取り上げられたこともあって批判の要点には触れられず、文芸院を設置する場合にどうすべきかという肯定的な側面に注目してまとめられている。ただしその中でも「大衆文藝ヘノ偏倚性カラ離レテ広ク文藝的タラシ」むこととした点は、出発が直木ら大衆作家中心だったのに対して徐々に純文学作家が増え、雑誌刊行時には純文学作家の方が多くなった[26]ことの一つの要因となり得たと考えられる。
二、三、四、五は文芸院を設立する場合の細則ともいうべきものである。五の中村武羅夫の「文学ニ功労アル文学者ノ老後ノ生活ニ或ル程度ノ安定ヲ与ヘ」てほしいという要望は、その後の一九三四年四月二〇日の例会でも「文芸家側ヨリノ提案」の一つとして挙げられており、当時の文学者の作家活動と生活を考える点でも切実な問題として受けとめることができる。また六の千葉亀雄の「文芸院ノ文学ニ対スル態度ト批判精神ハ何物ニモ隷属セズ独立」すべきとする発言も共有されていたことは後述する資料Aの取り消し線及び×印のつけられた項目とも連関するものである。

次に資料Cであるが、これは分量が多いため全文引用は避ける。内容は資料Bとは異なり、文章に変更は殆ど加えられず引用文を集めて編まれたものになっている。その引用元文献八編の内六編は左のように同定し得る。

一、未詳。
二、新居格「帝国文芸院の問題」(『都新聞』、一九三四・一・二九)より。
三、三木清「帝国文芸院の計画批判」(『読売新聞』、一九三四・一・二七)より。
四、「国立文芸院の成立問題」(『読売新聞』、一九三四・一・三一)より。
五、未詳。
六、正宗白鳥「文芸院について(下)」(『東京朝日新聞』、一九三四・二・三)より。
七、「論壇　文芸院は駄目」(『日本』、一九三四・四・六)より。
八、永田廣志「文芸院と文芸家」(『文化集団』、一九三四・三)より。

これらは「文芸院問題ニ対スル世評(要約)」として集められたもので、いずれも文芸院を設立しても当局に利用されるのではないか、または利用されてはならないという論調で書かれたものが集められている。二では新居格が「国家的制度ハムシロ文学者ガ本然ニモツベキ高邁性ヲ毒スル」として注意を促し、三では三木清が「御用文学ノ保護奨励」に終わってしまうことを懸念し、四もまた「御用文学」の誕生を忌避する内容になっている。同様に七では「所謂文芸院ノ補充ハ、恐ラクハ形式的ニ流レルデアラウ。同時ニ必ズヤ党派的ニ傾クデアラウ」とし、結果的に「ソノ本来ノ開創根本趣意ハ、当然ニ没却サレルニ決ツテキル」と悲観的に文芸院問題を捉えている。

その中でも六と八の批判に特に注目したい。六は正宗白鳥によるもので、これもまた秋声の言と同様、先行研究にも多く引用される文芸院設立への反論である。白鳥は「純真ナル文藝奨励ナラィ、ガ官憲ノ意志ニヨツテ何等カノ拘束ヲ加ヘタガツタタメノ思ヒ付キナラ、文学者ニト取ツテハ有難迷惑デアル」といって、統制を目指す指針をもった直木・松本の発案を切り捨てる。さらに

世ニ絶対ノ自由ハナイ。国家取締ノ任ニ当ツテキル者ガ、自分ノ見解ニ基ヅイテ、西鶴ヲ禁止シタリ「源氏」ノ上演ヲ禁止シタリスルノハヤムヲ得ナイカモ知レナイ。シカシ、禁止サレテモ傑作ハ傑作デアル。全体、官憲ノ好ミニ投ジタ文学デ、文学トシテ傑出シタモノガアツタデアラウカ。「思想善導」ニ利用サレル程度ノ文学ニ、文学者ガ甘ンジルヤウダツタラ、明治以来ノ文壇ノ先輩ガ貧窮ノ間ニ努力シテ築キ上ゲタモノモ、退却スルコトニナル訳ダ。

と続け、「思想善導」を前面に打ち出した当初の会の有り様を文学の「退却」として抗論する。この白鳥の批判は文壇の良心として読まれてきたが、これを内務省の側も「参考資料」の一つとして考慮していたことから、より価値ある文章となるだろう。

また、八の永田廣志による批判も看過できない。伏せ字が多く用いられた論であり、文藝懇話会の立ち上げに対して非常に懐疑的な論調で書かれている。文芸院設立が「文芸家ノ今後ノ寄与ニ対スル引出物ニスギナイ」。「当局ハ、今後ノ奉仕ニ対シテ代価ヲ支払ハラウトシテキルノダ」と舌鋒鋭く批判する。また検閲の意見交換に関しても、文学者たちの書きたいことを「理解」してもらえるだけではなく「当局ノ側カライヘバ、文芸家ニ当局ノ意ノアル所ヲ汲ンデモラヒタイニチガヒナイ」とその裏面に注意を喚起する。この結果、検閲を受けないように自己検閲が

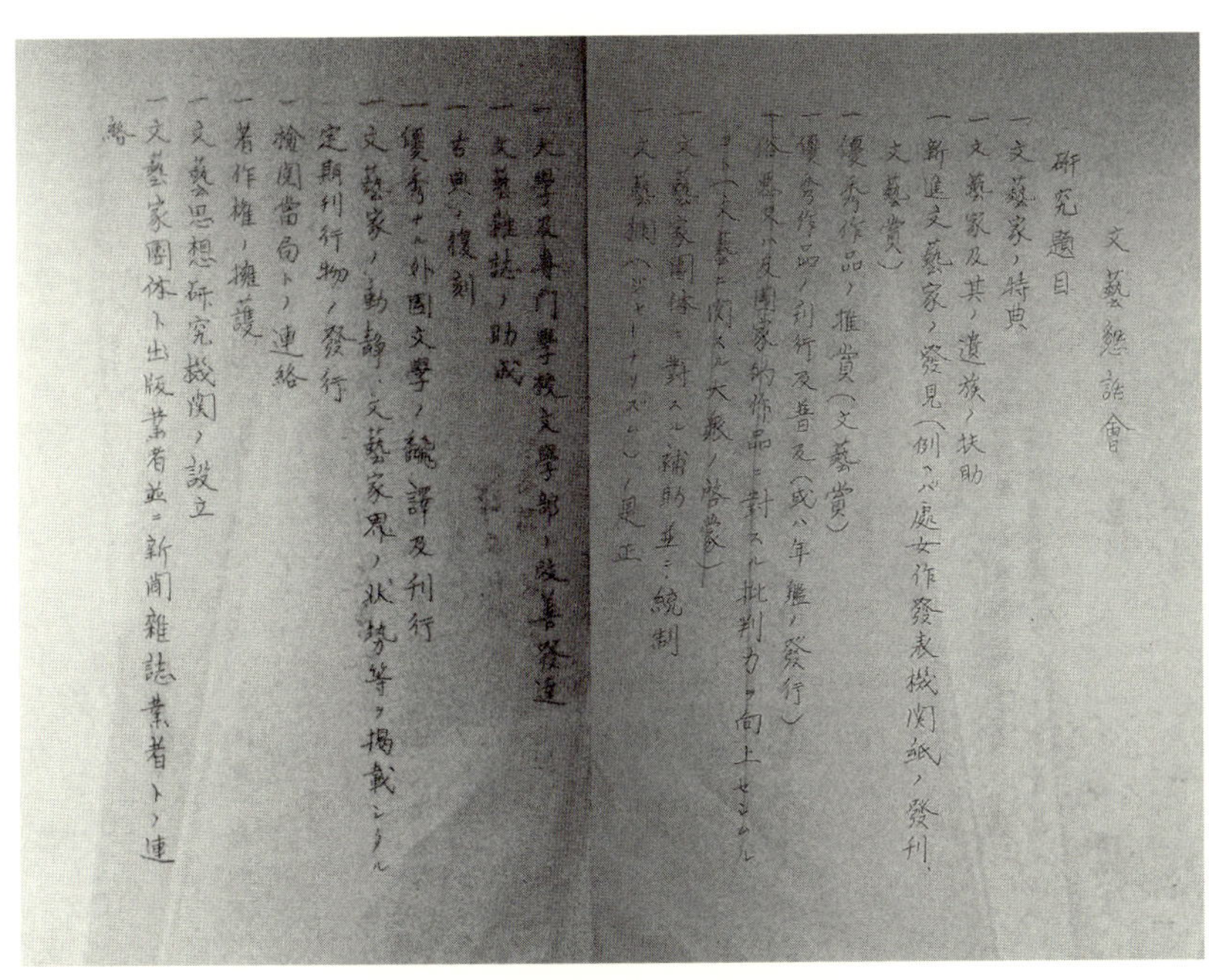
文藝懇話會
研究題目
一文藝家ノ特典
一文藝家及其ノ遺族ノ扶助
一新進文藝家ノ發見（例ヘバ處女作發表機関紙ノ發刊、文藝賞）
一優秀作品ノ推賞（文藝賞）
一優秀作品ノ刊行及普及（或ハ年鑑ノ發行）
一國民ノ及國家的作品ニ對スル批判力ヲ向上セシムルコト（文藝ニ關スル大衆ノ啓蒙）
一文藝家團体ニ對スル補助並ニ統制
一文藝欄（ジャーナリズム）ノ是正
一大學及專門學校文學部ノ改善發達
一文藝雜誌ノ助成
一古典ノ複刻
一優秀ナル外國文學ノ飜譯及刊行
一文藝家ノ動靜、文藝家界ノ状勢等ヲ掲載シタル定期刊行物ノ發行
一檢閲當局トノ連絡
一著作権ノ擁護
一文藝思想研究機関ノ設立
一文藝家團体ト出版業者並ニ新聞雜誌業者トノ連絡

資料Ａ「研究題目」（人首文庫蔵）

果たされ、「作家ハ自己ノ作品ヲ完成サセヨウトシテ、実ハソレヲ知ラズ〳〵ニ御用文学ニ堕落サセル」と指摘している。

　こうした同時代の文芸家による「要望」と「世評」を受けることになった文芸院構想が文藝懇話会の名を冠されるときに大きな変更を余儀なくされた痕跡をより明確な形で見ることが出来るのが資料Ａ「研究題目」である。この資料は「研究題目」と書かれているとおり、会の方針を挙げたものだと思われる。原本の削除・追記を含めてその全文を左に掲げる。

文藝懇話会
研究題目
一文芸家ノ特典
一文芸家及其ノ遺族ノ扶助
一新進文芸家ノ発見（例ヘバ処女作発表機関誌ノ発刊、文藝賞）
一優秀作品ノ推奨（文藝賞）

一優秀作品ノ刊行及普及（或ハ年鑑ノ発行）
~~一俗悪又ハ反国家的作品ニ対スル批判力ヲ向上セシムルコト（文藝ニ関スル大衆ノ啓蒙）~~
一文芸家団体ニ対スル補助並ニ統制
一文藝欄（ジャーナリズム）ノ是正
一大学及専門学校文学部ノ改善発達
一文藝雑誌ノ助成
一古典ノ復刻
一優秀ナル外国文学ノ翻訳及刊行
一文芸家ノ動静、文芸家界ノ情勢等ヲ掲載シタル定期刊行物ノ発行
一検閲当局トノ連絡
一著作権ノ擁護
一文藝思想研究機関ノ設立
一文芸家団体ト出版業者並ニ新聞雑誌業者トノ連絡

取り消し線を引かれている部分は打ち出された「思想善導」の方向性が「研究題目」の中から撤回されたことを示している。つまり内務省の側の示した「思想善導」の中身とは「俗悪又ハ反国家的作品」を如何にして排斥するかという点にあった。この資料Aに関しては「松本学関係文書」No.三二二との異同を比較したい。

まだ懇話会が始められて間もない頃、今は警視庁に転じたその頃の図書課長であった中里氏が配つた謄写版

の覚え書風のものの中には、確に『文藝団体、思想団体統制』といふ一項目があつた。僕が『こんな事は成立ちますまい』とそこを指さして見せると『さうです、こんな事は成立ちません』と松本氏は撤回するやうな口吻でいつた。[27]

右の広津の回想にある「中里氏が配つた謄写版の覚え書風のもの」こそが№三二二「研究題目」ではないかと海野は推測するが、これは恐らく正しいだろう。さらに佐伯郁郎の所持していた資料Aには取り消し線以外の書き込みはないのだが、№三二二には松本のものと思われる書き込みが残っている。[28]具体的には左のような書き込み（太字ゴシック部分）がなされていた。異同のない部分は省略する。

文藝懇話会
研究題目
レ一文芸家ノ特典　**正倉院拝観**
レ一文芸家及其ノ遺族ノ扶助　**著作権協議後ノ基金按分**
×一新進文芸家ノ発見（例ヘバ処女作発表機関誌ノ発刊、文藝賞）
レ一優秀作品ノ推奨（文藝賞）
×一優秀作品ノ刊行及普及（或ハ年鑑ノ発行）
~~一俗悪又ハ反国家的作品ニ対スル批判力ヲ向上セシムルコト（文藝ニ関スル大衆ノ啓蒙）~~
×一文芸家団体ニ対スル補助並ニ統制
×一文藝欄（ジャーナリズム）ノ是正

〔…〕
レ一検閲当局トノ連絡
レ一著作権ノ擁護
〔…〕

この書き込みの内容と「文藝懇話会記録」の一九三四年四月二〇日の例会の記録とを照合すると、レ点でチェックされた箇所を協議していたことが確認出来る。この例会では「文芸家側ヨリノ提案」として「一、正倉院、新宿御苑ノ拝観ニ就キ考慮サレタシ／二、著作権喪失後ノ著作物出版ニ対シ出版業者ヨリ或程度ノ税金（印税ニ代ルベキモノ）ヲ徴集スル制度ヲ設ケ、遺族ノ保護資金等ニ充テラレタシ／三、戦時ニ於ケル文芸家ノ援助（便利ヲ与ヘル方法）ヲ講ジラレタシ（島崎藤村提案）／四、著名文芸家ノ遺品保存ヲ目的トセル文藝記念館ヲ設立サレタシ（島崎藤村提案）」という四つの議題が議論されたことが記録されている。これは先述した作成時期とも問題なく合致し、この例会に広津も出席していたので間違いないと考えられる。とすると、ここで興味深いのは×印が付されているものである。「新進文芸家ノ発見（例ヘバ処女作発表機関誌ノ発刊、文藝賞）」と「優秀作品ノ刊行及普及（或ハ年鑑ノ発行）」は「優秀作品ノ推奨（文藝賞）」と類似しているために統合されたと考えられるが、残りの二点「文芸家団体ニ対スル補助並ニ統制」と「文藝欄（ジャーナリズム）ノ是正」に×が付されているのは明らかに内務省側の求めた「思想善導」からすれば退却である。先の広津の回想での統制は認められないという主張に対し「さうです」と即座に撤回してみせたやりとりも考慮すれば、文芸家の主張に内務省が注意を払っていたことがわかる。すなわち「俗悪又ハ反国家的作品ニ対スル批判力」への取り消し線と「文芸家団体ニ対スル補助並ニ統制」への×印は、内務省の統制の意図が文芸家によって拒絶され、会の「研究題目」から除外されたことを示している。そして即座に撤回した背景には、内務省の内部で文芸家の批判が共有されていたことも一因として関係していると考えられよう。

第五節　「統制」の指し示す意味

以上、「文藝懇話会参考資料」の資料A・B・Cから見える会発足時における変化について考察を加えてきた。この文藝懇話会の解散を前にして、松本は一九三七年六月一四日の日記の中で次のように記している。

佐藤春夫君と中河与一君来て、学者、文学者、文芸家、詩歌人、評論家を交へて「日本的なもの」と云ふ気運をジャーナリズムの一時の流行に止めしめないで永続させるグループを作らうと相談した。之こそ自分が文芸懇話会を作った終局の目的である。文芸懇話会がこゝまで来ることは百年河清を待つに類するものであるから、別働隊を作って新日本文芸の運動を起さんとす。十数名を選定して、二十八日に最初の会をしやうときめた。(29)

「文芸懇話会を作った終局の目的」といっていることを取りあげて、海野論はその後の文芸統制を担う中心的団体になった新日本文化の会を「マンネリ化した文芸懇話会の、松本による強化再編にほかなならな」い(30)として文藝懇話会自体をその先鞭として位置づけた。だが、文藝懇話会は新日本文化の会に発展・吸収されたわけではない。新日本文化の会に直接参加した文藝懇話会の会員は岸田国士と佐藤春夫の二人に過ぎず、そのような新日本文化の会から文藝懇話会を逆算的に意味づける方法には疑問が残る。会員となった二二名の内二〇名の文芸家が雑誌の刊行終了を以て松本の求めた「終局の目的」から一度身を引いたのだ。また、松本自身もその「終局の目的」を文藝懇話会に任せては「百年河清を待つに類する」といっているように、文藝懇話会では松本の目的が達成出来ないと判断している。この点を見逃してはならない。

さらに新日本文化の会を松本と共に立ち上げた佐藤春夫と文藝懇話会の関係が決して円満なものではなかったことも付言しておく。佐藤は一九三五年九月五日から八日にかけて『東京日日新聞』に「文藝懇話会に就て＝広津和郎君に寄す＝」を掲載し、一度脱会している。この中で佐藤は松本の「文芸統制などは大キラヒ」という発言に「甚だ同感し」て参加したが、結局は島木健作の受賞問題で「受賞の方針を右翼的な立場に採」ったことに抗議し、徳田秋声、中村武羅夫、豊島与志雄の「忠実な会員振」を批判して脱会を宣言した。しかし佐藤はこの後再び会に参加したのみならず、批判した秋声らを出し抜き、反発していたはずの松本が求めた「終局の目的」に積極的に寄り添っていく。佐藤一人の行動から帰納的に断ずるには注意を要するが、文藝懇話会と新日本文化の会が直線的に繋がっていないことはこうした人間関係からも明らかである。

文芸院構想から端を発した文藝懇話会は、文芸家の抵抗を一部認めざるを得ない状況に陥ったことで、松本のいう「終局の目的」は遂に果たされることなく解散に至った。その際に、内務省の中で事務を担当した人物である佐伯郁郎がその抵抗を捨象することなく受け入れて内部資料を作成したことは極めて重要な事実であろう。佐伯は「晩秋随想（一）」（『帝都日日新聞』一九三五・一一・一三）の中で「今日、詩を除外して文藝がありやうがない」のだから文藝懇話会に「是非とも詩人を参加させるべきだと進言してゐる」と述べている。この発言からも、佐伯が内務省から来た只の記録係としてではなく、ある意味では文芸家の立場として会に参加していたといえる。つまり内務省の意向とは異なる認識で佐伯が動いていたこともまた松本にとっての誤算の一つであったろう。

こうした事態は松本に統制の方向性を大きく変更させたと考えられる。それまで内務省が行ってきた統制の最たるものは検閲であった。それは、曖昧な検閲基準で具体的なボーダーラインを明らかにしないことによって自発的に自己検閲を働かせるといったものであり、如何に書かせないか、すなわち〈禁止〉を重視するものであった[31]。その傾向は文藝懇話会が始まった一九三四年に至っても変わっていない。それゆえに、先述のように会合で文芸家側は「現今最も喧しい検閲問題」を議論し、「改革案」を提出し、何が書けないのかを知るために「検閲当局ト ノ連絡」を望んだ。これらは当局が〈禁止〉することへの反抗であり、文芸院ができることでさらに書けなくなるのではないかという危機感によるものであった。結果として文芸家の抵抗は一定の功を奏し、島木問題を除いて文藝懇話会は基本的に統制（検閲）とは関わりのない物故文藝家慰霊祭や文芸賞の設立、雑誌の制作を行うだけの文芸研究団体として緩やかに活動を続けるのみとなった。そうした文藝懇話会の有り様を批判して佐藤春夫は「この短い寿命は会の無性格に原因してゐたのではあるまいか。会にはつきりしたイデオロギーがなかつた。そのために活気にとぼしい。性格を付与しなければならな」かったと言った。[32] ここで佐藤が望む「イデオロギー」とは、新日本文化の会を共に立ち上げる同志・中河與一（なかがわよいち）が会の発足に際して設けられた赤坂での会合（一九三七・七・一七）で武者小路実篤の発言を引きながら主張したものによく示されている。

赤坂の会の時、武者小路実篤氏は「日本をよくしようといふ気持ちでは、自分は人後に落ちない」といはれた。

この会のイデオロギーは何であるかと、よく質問せらるが、これが一等ハッキリしたイデオロギーであると思ふ。われ／＼は誰も誰も、日本をよくしようとする決意に燃えてゐる。［…］

今日の時代は「日本的」といふ新らしい題目をうやむやに押し流さうとしてゐる時代である。実に怪しからぬと思ってゐる。われ／＼はかういふ不可解な時代に対してはハッキリとわれ／＼の日本を樹立しなければならぬ。むしろ今こそ日本文化といふものを世界に向つて顕彰し、理解せしめなければならないのである。[33]

ここに示されているのは、〈日本的なもの〉への強い希求である。佐藤・中河が主張する〈日本的なもの〉は「日本精神」を求めた松本もまた望むものであった。そしてそれは文藝懇話会では達成し得なかった統制を今度は書かせたいこと、すなわち〈日本的なもの〉へと〈改善〉するという新たな形式で達成させていく。ここに至って、統制の性質は〈禁止〉措置を講じるものから〈改善〉要求を提言するものへと変化したのだ。それゆえに新日本文化の会に関わる松本や林房雄、佐藤春夫、中河與一らの中心的メンバーの言説を閲しても、文藝懇話会の時とは異なり従来の〈禁止〉的方法としての「検閲」や「統制」といった言葉は会の方針と関わらないものとして切り離され、文学者として書くべきことを書こうというポジティブな言葉が用いられている。

この〈禁止〉から〈改善〉への切り替わりが上手くいったことは新日本文化の会の会員拡大の早さとその広がり方を見れば明らかである。一九三七年一月の段階では二三人だった会員が翌年二月には四三人（「会員一覧」、『新日本』、一九三八・二）、一九三九年八月には八六人（「会員一覧」、『新日本』、一九三九・八）と一年ごとに倍増し、会員も文芸家に限らず川端龍子や山田耕筰、梅原龍三郎のように様々な分野から参加者がいた。しかもこの〈改善〉による統制が内務省による当局主導で行われたものでなかったことも見逃せない。一九三八年七月に作成された内務省警保局企画係による内部資料「現代文学の基礎常識」には「新日本派」という項目が立てられ、次のような解説が加えられている。[34]

日本の文化伝統の優秀性を信じ、民族と伝統を重んじ、新日本主義文化の樹立を期する流派である。この派の結成は日なほ浅く、雑誌「新日本」を発刊する以外に自覚した活動はしてゐないが、意図が純真である限り、最も未来性に富んでゐるといふことができる。

現在会員は約七十名で、学者、思想家、芸術家の一流人物を集めてゐる。

警保局内部の人間たちが「自らの鑑賞眼を高める」上での副読本として作成されたこの資料において、会の中心的メンバーである松本学の名や当局との関わりが一切記載されていない。もちろん、このことを当局の側の巧妙な擬装と見ることも出来るが、指摘したいのは現今の文化問題を日本主義によって〈改善〉していくべきだとする提言があくまで文芸家の側からなされたとしている点である。金子龍司がほぼ同時期のレコード検閲に関する論考[35]の中で「検閲という行為が国家の論理のみによっては語り得ない複雑な事象」であることを踏まえて「「民意」による検閲」があったことを指摘しているが、その中で「「民意」による流行歌の統制の強化は［…］既存の流行歌とは別の選択肢に聴取者の目を向けさせること」と「誰もが反論しにくい議論」である子供への教育上の影響と日本精神を問題視することによって可能となったという。この金子による音楽統制への読みは、文芸の場においてもまさに日本主義という「誰もが反論しにくい議論」を文芸家の側から提唱するという形で成立している点で符合すると考えられる。「誰もが反論しにくい議論」によって、当局の側からの反論すら押さえ込み、行き詰まった文化的状況を打開したいという欲求は同時代の文化的な課題であったのだ。

日本主義の登場を前にして、文藝懇話会の解散が近づく一九三七年一月七日の『読売新聞』に掲載された座談会「時代と文芸思想の行くべき道」[36]で統制を前にした文芸家たちが行っている議論は注目に値する。その議論の中で青野季吉が繰り返し今の日本にある「非常に対立する問題があつても皆忘れて、好い加減にあつちの角を矯め、こつちの角を切つて、さうして一種の自発的の云はゞ屈従の調子を持つて行くといふ事実」を危険視するのに対して、林房雄や武田麟太郎、広津和郎はそれを考えすぎだと一蹴する。そして勝本清一郎が「現実的、建設的な気持ち」で「その物ごとの何かよい方面を掴みそれを兎も角何かよい方向へ役立てよう」としているのが「最近の文壇の特徴」だと締めくくる。こうした「何かよい方面」を求める傾向は、直前の一九三五年前後に行動主義文学が論壇の耳目を集めたこととも無関係ではあるまい。舟橋聖一による次の発言をみよう。

芸術派はその従来の使命であった「抵抗」としての芸術性から、一歩を踏み出し、動き出さなければいけない。文学そのものの立場に戻らなければいけない。プロレタリア文学に対するアンチテーゼの立場でなしに、ジンテーゼの立場に立たなければいけない。[37]

舟橋が文芸復興の時代を形成する純文学の再起動に関わったように、当時の喫緊の課題として時代に呼応する文学をいかにして作り出すかという問題があった。この問題への解として不安の文学に対抗する手段として行動主義文学が提唱された。[38]右の座談会で林房雄が提言した「直言主義」及び勝本のいう「何か良い方面」を求める「最近の文壇の特徴」はこの連続性の中にあるといってよい。林はこの「直言主義」を取った結果として、人びとの批判の少ない、誰もが表立って批判することの難しい〈日本的なもの〉を主張していく。〈日本的なもの〉は、その後「近代の超克」へと繋がっていくように、[39]西洋文化と日本文化の関係を再創造しようとする点において西洋中心主義からの開放を唱える学術的議論につながる比較的安全な問題として文芸家の前に現れた。当然、その内実が多くの欺瞞をはらんだものであったことは歴史の証明するところであるが、少なくとも提唱された初期は「何か良い方面」に進んでいくための「建設的な気持ち」という善意から出てきたものであったのだ。文芸家の書きたいという欲求が、こうした〈日本的なもの〉を媒介にして、新日本文化の会での〈改善〉という新たな統制の方向付けと容易に接続していったと考えられる。

如上のように、新日本文化の会は文藝懇話会とは異なり、新たな芸術運動として機能し、彼らに書かせたいことを提示した。それは文藝懇話会で統制を「俗悪又ハ反国家的作品」への文芸家たちによる自主的な「批判」を求めると言った〈禁止〉的方向で推進しようとして失敗した経験によるものであろう。〈禁止〉というこれまでの検閲による統制とは装いを異にしたため、文芸家たちもまた新日本文化の会に合流することへの危機感は働きにくかったのではないだろうか。事実、会の成立に際しても文藝懇話会が成立したときに巻き起こったような反抗は起こらなかった。新日本文化の会を「体当たり組」[40]だと評した小林秀雄は次のように会の活動を是認する。

> 「新日本文化の会」から「新日本」といふ雑誌が創刊された。これはよい事である。日本主義がいいの悪いのといくら論戦したつて仕方がない。文壇上の論戦が、大概の場合あだ花で終つて了ふのは論戦には文学者にとつて致命的な宣伝といふものゝ性格が絡まるからだ。論戦をしてゐる時、人は何にも創り出しはしないし、ほんたうに物を考へもしない。考へ方を考へてゐるだけだ。あゝいふ集まりを文化的事大主義者の集まり等と評する人もあるが、要するにさういふ評は気が利いて間が抜けてゐる類で、今に見てゐるがよい。[41]

ここにも、とにかく行動することを求める行動主義や「直言主義」の延長線上に新日本文化の会が存立していたことが示されている。加えて中河與一の文章に名前の出た武者小路実篤をはじめ、倉田百三や小泉信三といった人びとが会の機関誌である『新日本』創刊号（一九三八・一）に寄稿し、この運動に理解を示していった。

かくしてその後の日本文学報国会に代表される戦時下の統制は、文学をして国に報いることのみを書かせたいという〈改善〉の方針を取り続けた。そして多くの文芸家たちもまた書けることを求めて、積極的にせよ消極的にせよ、糾合されていったのだ。[42]

こうした文芸統制の〈禁止〉から〈改善〉への変化を如実に示す一例として、一九三八年三月から内務省警保局図書課によって企画された「児童読物改善問題」が挙げられる。小川未明や波多野完治、山本有三らを巻き込んだこの企画は内務省による通達「児童読物改善ニ関スル指示要綱」(一九三八・一〇・二五、以下「指示要綱」と記す)に結実し、戦時下の少国民文化を形成していくこととなる。その中で排撃されるのは「俗悪」で児童の教育上よろしくないとされる読物や漫画であり、児童文化はまさに〈改善〉されていく。当時の図書課長・大島弘夫の命を受けてこの問題を担当したのが、文藝懇話会にも関わった佐伯郁郎であったことはきわめて重要な事実であろう。(43)

佐伯のもとに残された山本有三・小川未明・百田宗治・城戸幡太郎・波多野完治・西原慶一・霜田静志からの書簡の内容は「幼少年少女雑誌改善に関する答申案」(『出版警察資料』第三二号、一九三八・七)と合致する。この「幼少年少女雑誌改善に関する答申案」の内容が「指示要綱」に反映されていることはすでに浅岡靖央によって丹念な調査がなされているが、(44)ここには児童文学者たちの〈改善〉要求と内務省の統制が合致していったことが示されている。すなわち、児童文学者と内務省の担当者の両者が互いに連関するかたちで〈改善〉のための統制案=「指示要綱」を練り上げていった。(45)児童文学者や佐伯たちは、俗悪なものを〈改善〉することによって児童文化の健全化を目指したのであろうが、それが結果として統制となった。これこそが人びとの善意が導いた「「民意」による検閲」の姿であったのだ。

文藝懇話会がその後の文芸統制の「先鞭をつけた」とするならば、それは「文化人動員方式」や「統制装置」としてといった表面的なものではない。会の内側に反検閲・反統制といったリベラルな批判を抱え込んだことで、〈禁止〉することへの反発の強さを悟らせたことにある。書かせたいもの、すなわち〈日本的なもの〉の〈改善〉へと方針を切り替えることで言論の場を包摂・管理していくことの有効性を当局に自覚させたという内面的な点にある。つまり、文藝懇話会問題に対するリベラルな文芸家の発言は、〈敵〉の研究として松本や内務省の中で活かされ、その後の強固な文芸統制の呼び水となってしまったという、逆説的な問題を孕んでいたといえる。

内務省は文藝懇話会という失敗すらも経験に変え、新たな方策で文化人全体を統制していった。結果として、文芸家たちはそれぞれが〈日本的なもの〉や健全なものへと〈改善〉していくことで新たな統制に組み込まれていった。モダニズムやプロレタリア文学運動といった一九三〇年代に最大限の輝きを放った文学運動は〈世界全体〉の再創造という目的はそのままに、しかし方法を国家的かつ国民的要請の枠組みのなかへと〈改善〉されていったと考えられるのだ。

注

(1) 文藝懇話会という名称は一九三四年三月二九日の第三回会合の席上において使用することが決定された。
(2) 高見順『昭和文学盛衰史』(文藝春秋社、一九五八)。
(3) 海野福寿「一九三〇年代の文芸統制」(『駿台史学』、一九八一・三)。
(4) 高橋新太郎「馴化と統制—装置としての「文藝懇話会」」(『文藝懇話会』〔復刻版〕、不二出版、一九九七・六)。
(5) 榎本隆司「文藝懇話会Ⅲ」(『早稲田大学教育学部 学術研究(国語・国文学編)』、一九九三・二)。
(6) 文藝懇話会によって発行された雑誌である。各号の編集者は創刊号から順に以下の通り。上司小剣、岸田国士、三上於菟吉、近松秋江、川端康成、菊池寛、中村武羅夫、白井喬二、室生犀星、吉川英治、加藤武雄、横光利一、徳田秋声、広津和郎、宇野浩二、島崎藤村、佐藤春夫(一七号と一八号)
(7) 新居格「日本文芸院論」、青野季吉「日本文芸院の問題」(共に『文藝懇話会』一巻七号、一九三六・七)。
(8) 直木三十五「文学と政治との接触 松本警保局長との会見【一】」(『読売新聞』、一九三四・一・二七)。
(9) 「「帝国文芸院」の問題」(『文藝』、一九三四・三)。アンケートへの回答者は以下の一五名。佐佐木信綱、辰野隆、門外野人、川端康成、吉江喬松、杉山平助、林芙美子、岡本綺堂、中村武羅夫、長谷川伸、千葉亀雄、藤森成吉、近松秋江、青野季吉、矢田挿雲。
(10) 与謝野晶子「文士は勲章を好むか」(『東京朝日新聞』、一九三四・一・二九)、正宗白鳥「文芸院について」(『東京朝日新聞』、一九三四・二・二一〜二三)、徳田秋声「如何なる文芸院ぞ」(『改造』一六巻四号、一九三四・三)のこと。白鳥と秋声の批判は本章でも後に言及する。

(11) 和田利夫『昭和文芸院瑣末記』(筑摩書房、一九九四)。
(12) 大宅壮一「ヂャーナリズムのファッショ的統制」(『週刊時局新聞』、一九三四・二・一)。
(13) 中山義秀「文士の死と文芸院【下】」(『時事新報』、一九三四・三・一二)。
(14) 田中惣五郎「右翼文化団体に踊る人々」(『中央公論』、一九三六・一二)や世田三郎「松本学」(『日本学芸新聞』、一九三六・三・五)などがある。
(15) 和田利夫『昭和文芸院瑣末記』、前掲。
(16) 文藝懇話会に関する資料として佐伯郁郎が所持していたものに「文藝懇話会記録」(内務省内部資料)があるが、ここには第一回会合(一九三四年一月二九日)から第二四回例会(一九三七年二月二四日)までの記録(一九三四年四月二〇日の会から「例会」に切り替わる)が残されている。
(17) 資料Aと資料BはNo.三二二、資料CはNo.三二一、資料DはNo.三二四、資料FはNo.三二三に該当する。また「文藝懇話会参考資料」には残されていないが、「文芸院設立に関する批判論文集」と題されたものがNo.三二〇にある。
(18) 物故文藝家慰霊祭については大木志門が「十五年戦争下の〈文学館運動〉」「文芸懇話会」と「遊就館」、そして島崎藤村」(『日本近代文学』、二〇一五・五)の中で言及している。
(19) 滑川道夫・冨田博之「滑川道夫の語る〈体験的児童文化史〉第七回　戦時下の児童文化II　佐伯郁郎氏を訪ねて」(『教育』、国土社、一九八九・一二。後、滑川道夫『体験的児童文化史』(国土社、一九九三・八)に収録。)。
(20) 「内務省官制中ヲ改正ス」(国立公文書館蔵、本館-2A-012-00・類01803100)による。しかし郁郎は一九二八年八月一八日付けで調査係に転出したにも関わらず検閲係の仕事も手伝っていた。このことは国会図書館蔵特500・187『プロレタリア映画のために』(京都共生閣、一九三一・一二・七)や千代田図書館蔵「内務省委託本」に残された「佐伯」という印からわかる。
(21) 当時の図書課では、係官(属官)が検閲実務を行い、問題がある箇所に赤鉛筆で線を引き、表紙見返しにコメントを付け、それを見た事務官が基本的には処置を決定するという流れで業務に当たっていた。
(22) 「文藝懇話会記録」第三回会合(一九三四年三月二九日)の記録より。
(23) 佐伯研二編『佐伯郁郎資料展　第二回―交流作家を中心として―』、前掲。

(24) 資料に残された謄写版の文字について、これは郁郎の字だというご親族による証言をいただいた。

(25) 徳田秋声「如何なる文芸院ぞ」、前掲。

(26) 一九三六年の時点での会員（雑誌第一号で「編集同人」として公表されたが、第四号から「会員」という扱いになった）として名前が挙がったのは以下の二二名である。上司小剣、岸田国士、豊島与志雄、三上於菟吉、近松秋江、佐藤春夫（第二号から）、里見弴（第一号のみ）、正宗白鳥、川端康成、菊池寛、中村武羅夫、白井喬二、室生犀星、長谷川伸、吉川英治、島崎藤村、加藤武雄、横光利一、徳田秋声、広津和郎、宇野浩二、山本有三。また菊池寛は「あまりに、公正を期して、純文学者を会員に入れすぎた」（「話の屑籠」『文藝春秋』、一九三五・一〇）という発言を残している。

(27) 広津和郎「佐藤君に答ふ（下）＝文藝懇話会について＝」（『東京日日新聞』、一九三五・九・一二）。

(28) この取消線自体が佐伯郁郎のものと松本のものとで異なっている。つまり配付された資料に佐伯・松本のそれぞれが会合中に書き込んでいったのだと考えられる。

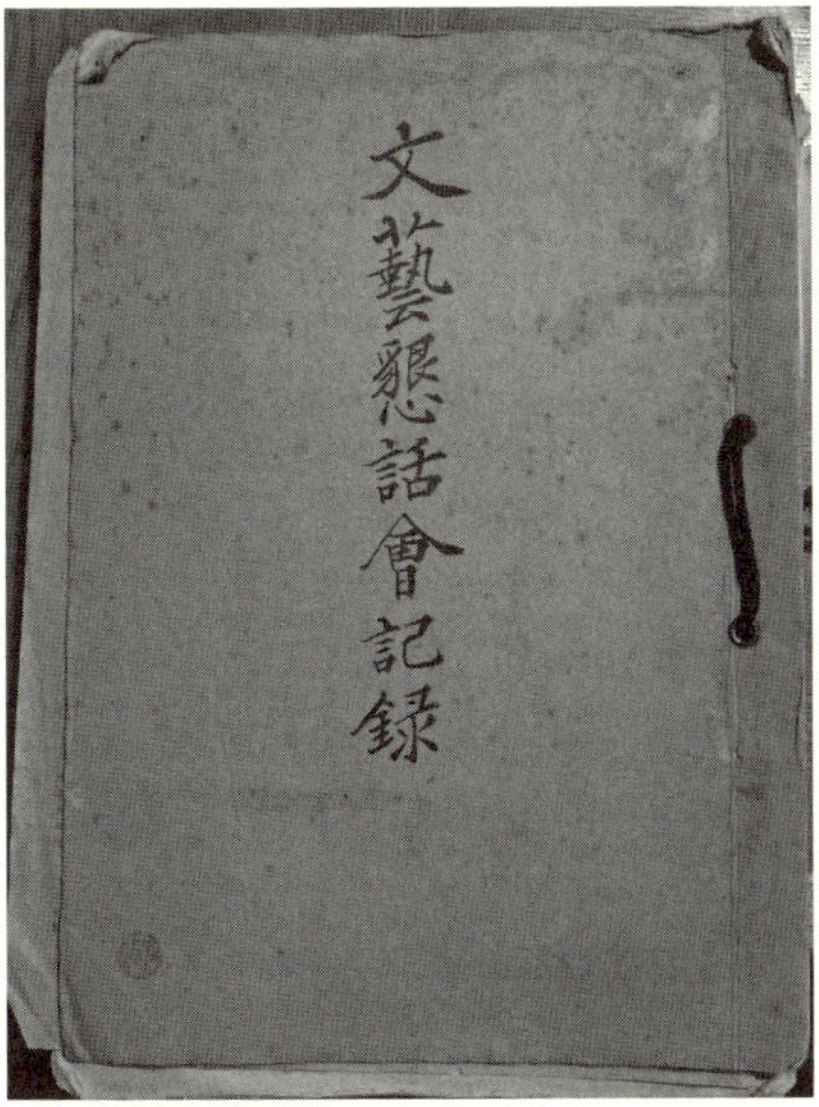

(29) 『近代日本資料選書11　松本学日記』（山川出版社、一九九五）。

(30) 海野福寿「一九三〇年代の文芸統制」、前掲。

(31) 検閲基準の曖昧さに関する問題を巡っては『新潮』一九二六年八月号の「新潮合評会」の中で「発売禁示（ママ）問題に就いて」という見出しをつけて山本有三らによって議論されるなど、文藝家協会を中心とした検閲への抵抗が起こっていた。「文学に多少でも通じる」佐伯が内務省に入ることになったのはこの時期の抵抗の結果である。

(32) 佐藤春夫「近事夕語」（初出は『報知新聞』、一九三七・八・三〜六）。引用は『定本佐藤春夫全集』二一巻（臨川書店、一九九九）による。

「文藝懇話会記録」表紙（人首文庫蔵）

(33) 中河與一「『新日本文化の会』の仕事」(『ホームライフ』、一九三七・九)。

(34) 中河與一「『新日本文化の会』の仕事」、前掲。会員として挙げられているのは以下の通り。阿部次郎、佐佐木信綱、和辻哲郎、柳田國男、折口信夫、久松潜一、岡崎義恵、島津久基、小宮豊隆、松本学、佐藤春夫、武者小路実篤、斎藤茂吉、窪田空穂、北原白秋、萩原朔太郎、倉田百三、林房雄、三好達治、保田與重郎、芳賀檀、浅野晃、中河與一。

(35) 金子龍司「「民意」による検閲―『あゝそれなのに』から見る流行歌統制の実態―」(『日本歴史』、吉川弘文館、二〇一四・七)。

(36) 「座談会⑤時代と文芸思想の行くべき道/直言主義で行け/単純でない現状」(『読売新聞』、一九三七・一・七)。座談会出席者は以下の通り。石浜知行、長谷川如是閑、林房雄、尾崎士郎、勝本清一郎、片岡鉄兵、武田麟太郎、中河與一、青野季吉、北昤吉、三木清、広津和郎、芹沢光治良、(以下読売新聞社員)清水弥太郎、平林襄二、河邊確治、三宅正太郎、梶原景浩。

(37) 舟橋聖一「芸術派の能動」(『行動』、一九三五・一)。引用は平野謙・小田切秀雄・山本健吉編『現代日本文学論争史』中巻(未来社、新版、二〇〇六)による。

(38) 行動主義文学はフランスの行動的ヒューマニズムを日本に援用したものだが、マルクス主義への姿勢に関して大森義太郎が異議(「いはゆる行動主義の迷妄」(『文藝』、一九三五・二))を唱え、論争を巻き起こした。

(39) 河田和子『戦時下の文学と〈日本的なもの〉』(花書院、二〇〇九)は〈日本的なもの〉の問題機制が「西洋由来の文化を日本化することで新たに〈日本的なもの〉を創出しようとした三木や横光の志向」と「純化された形の〈原日本的なもの〉=原理的なものを求めた」保田與重郎の志向とが混ざり合いながら〈文芸復興〉や〈近代の超克〉論議に繋がっていったことを指摘している。

(40) 小林秀雄「不安定な文壇人の知識　方法論偏重の破れ」(『読売新聞』、一九三七・一二・三一)。

(41) 小林秀雄「作家の正直さ/『新日本文化の会』に寄す」(『朝日新聞』、一九三八・一・九)。

(42) 黒田俊太郎『〈作家〉という近代―北村透谷・浪漫主義』(博士学位論文、慶應義塾大学(文学)、平成二三年度甲第三五七九号、二〇一二・一二・一四)は文藝懇話会から新日本文化の会への切り替わりを「〈作家〉の自発的服従」と評している。

（43）「指示要綱」の目的は、「赤い鳥」のめざした自由主義的児童教育という目的を排除し、その方法論をもちいて新たに国家主義的な「少国民」錬成を目指したものであったと考えられる。この点に関しては、「「児童読物改善ニ関スル指示要綱」の改稿過程を探る」（国際検閲ワークショップ、於・早稲田大学、二〇一八・一・二六）において報告した。

（44）浅岡靖央「〈児童読物改善ニ関スル内務省指示要綱〉の成立」（『児童文学研究』、一九九四・一一）、『児童文化とは何であったか』（つなん出版、二〇〇四）。

（45）彼らの行動の目的が〈改善〉を求める善意的なものであったことは先行研究でも理解を示す見解がある。たとえば、菅忠道『日本の児童文学』（大月書店、一九六六）が「この措置によって、俗悪児童文化読物の横行はおさえられ、良心的な文化性の高いものに進出の道が与えられた」と述べて一定の評価を与えたり、滑川道夫『日本児童文学の軌跡』（理論社、一九八八）が「自由主義文化人を統制する陣営に引き込むためにした当局の狡猾さ」を示すものではなく「事実は詩人でもある佐伯」が「同じ詩人仲間の「百田さんに教へてもらったり、他へ手を廻して調べたりして」選考しただけのことだろう」と述べたりしている。

付記　内務省内部資料「文藝懇話会記録」、「文藝懇話会参考資料」、「現代文学の基礎常識」、「児童読物改善ニ関スル指示要綱」及びその関連資料については佐伯研二氏所蔵（人首文庫）のものを参照した。貴重な資料を閲覧させて下さった佐伯氏の御厚情に深謝いたします。

第五章　〈地方〉的であることの相克

――一九三〇年代の『岩手日報』学芸欄を読む――

第一節　〈地方〉という視角

明治以降、日本近代文学において〈地方〉は「〈中央〉からまなざしを受けるもの」として受動的に規定されてきた。宮崎湖処子『帰省』（民友社、一八九〇）を取りあげて、「都会否定は、「都人」としてのアイデンティティを逆説的に保証しつつ、他方で故郷をユートピア化するための両面鏡として機能していた」とし、「ユートピアとしての〈故郷〉像や〈農夫〉像が、聖化という名の差異化によって、「都人」としての「我」の自己定位に寄与すべき場として創出され、それが現実の故郷とそこに生きる人々に無媒介的に投影されたという点」を松村友視が指摘するように、〈地方〉は〈中央〉とネガ・ポジの関係を引き受けるように要請されるものとして成立していった。[1]そして〈中央〉／〈地方〉という分節は大正・昭和の時期において、さらに問題として深まっていった。近代化（機械化）の波によって、情報の伝達が急速度に広がったとき、周縁に置かれ、まなざしを受ける対象であった〈地方〉が反対に〈中央〉に対するまなざしを向けるようになった。

こうした同時代の〈中央〉／〈地方〉の問題を踏まえて、本章で確認したいのは〈宮澤賢治〉の受容母体となった岩手の文人[2]たちの認識である。彼らは次章で述べるように、横光利一の〈宮澤賢治〉理解を媒介として〈中央〉への同化の動きを果たしていくことになるのだが、その前になぜ彼らが〈宮澤賢治〉を必要としたのかをおさえる必要がある。その調査の場として用いるのが『岩手日報』（一九三八年一月一日から『新岩手日報』）学芸欄である。一九三八年の岩手県詩壇をふりかえって「新岩手日報の学芸欄は岩手の文壇の消長を語るよきバロメーターでありその歴史的役割と県人の唯一の発表機関としての存在価値とを、十全に発揮し得た[3]」と述べられているように、『岩手日報』学芸欄は岩手県で活動する文人たちの拠り所であった。〈中央〉と〈地方〉の関係が捉えかえされようとしていた一九三〇年代において、岩手の文人たちは何を考え、論じ合っていたのかを確認していきたい。

第二節　『岩手日報』学芸欄という場

『岩手日報』学芸欄を概観するために、まず見ておかねばならないのは、一九三九年まで『岩手日報』学芸欄の主筆であった森荘已池[4]である。宮澤賢治とも交流を持ち、詩誌『銅鑼』や『学校』などにも参加していた森は〈中央〉文壇へとまなざしを向けていた人物であった。そして、主筆として編集した『岩手日報』学芸欄のなかにおいて〈中央〉との連携を模索していたと考えられる。

> 然し吾々は恥を知らなければならない。（岩手県の文化は廿年遅れてゐるといふ定説の中へ短歌も入つていいのか）どこへでも出せる歌人が、関徳彌ただ一人だつたとしたら、吾々自身の恥でなくてなんであらう。更生「みちのく」が岩手県を代表する歌誌として、権威を示すためには、ぎしぎしと、勉強する必要がある。刻苦する必要がある。更に痛烈な批評の言葉を聞く必要がある。徒らに『中央歌壇』をけなすことをせず、歌壇の進歩を

注視する必要がある。(5)

右の批評は岩手で刊行されていた同人歌誌「みちのく」(詳細は未詳)へのものだが、ここからも〈中央〉に対する並々ならぬ関心が読める。「けなすこと」では「岩手県の文化」を押し上げることはできない、現今の「歌壇の進歩」を学ぶべきだという森の認識は、いたずらに〈地方〉の側から反〈中央〉というゝ感情的な反発をするのではなく、現実的に〈中央〉と〈地方〉との差異を認め、「ぎしぎしと、勉強する」ことによってその差異を埋めていこうとする姿勢である。そして自分たち、岩手文人の姿があまりに〈地方〉的であることへの危機感を募らせる。

徳永直氏渡辺順三氏らの歓迎座談会に出て一番先に感じたことは、第一級的な人間からは同じ感銘を受けるといふ事です。一つの呈出された問題に対して深いだけではない、広い回答、田舎にいる吾々は文学的にも思想的にも片輪である事を感ずる。殆んど別な層に属してい乍ら横光氏などゝ作家的態度に相似的なものがあります。徳永氏が二月もゐて、こつちの田舎を見てくれたら、確かに良い作品が生れるでせう。地方に取材する作品に一番困難な方言の問題であり、方言に隠されてゐる農民感情やその言葉の発生に因つて来る社会生活なのですから、通り一ぺんでは駄目なわけです。(6)

森たちのような「田舎にいる吾々」は「第一級的な人間」として東京からやってきた徳永直らの「深」さと「広」さに憧れるだけでなく、そこに追いつこうとしなければならないという焦りが看取できる。だがその一方で、徳永たちのような「第一級的な人間」たちが新たに〈地方〉性を獲得すれば「良い作品」が生まれるであろうことを確信しつつも、言葉とそこに付随する「農民感情」や「社会生活」がある限り、「通り一ぺんでは駄目」だと〈地方〉

性を確保することの難しさを考えている様子もわかる。森は先述のように草野心平らの『銅鑼』などに参加し、〈中央〉詩壇の動向に目を配っていた。であればこそ、第一部第三章で確認したような春山行夫らによる言語使用時の「歴史的意識（ヒストリカルセンス）」への着目にも当然目を向けていたであろう。言語には歴史性がつきまとい、その歴史性を無視して最もセンシティブな言語使用である詩を紡ぐことはできない。すなわち、この歴史性を理解せずに安易に方言を利用すれば、それは表面的な新奇性を求めたものにしかならず、言語使用者の内奥に迫る本質的な問題を描くことはできない。そしてこうした方言使用への認識は裏を返せば、「田舎にいる吾々」はすでに〈地方〉性を得ているのだから、「文学的にも思想的にも片輪である」状態から抜け出しさえすれば「良い作品」をつくることができるという保証にもなる。田舎という〈地方〉に生きるという如何ともしがたい現状を肯定しつつ、それを利用することによって〈中央〉でも通用する「第一級的な人間」へと至れるのではないかと考える森の姿をここに看取することができる。

また森と同様に晩年の賢治と交流もあり、儀府成一の筆名で芥川賞候補にも二度なった岩手出身の作家・母木光は自らの「故郷」に関する観念を、次のようにまとめる。

> 故郷はにがい園でありながらも、泣くところであり睡るところであり、そして死ぬべきところのやうに思ひます。私など洋服を着てネクタイなどと云ふお飾りまでつけて、東京の人そつくりにやつて居りますけれども、シヤツをめくつたりズボンを引つぺがして一寸のぞいた丈けで、そこにも此処にも陸中国岩手県岩手郡御所村南畑のデロ（泥）が、ぬーッたりと付いてゐる始末です。面白いでせう。(7)

母木の認識では「故郷」は「にが」さを感じるところでもありながら最終的には安息の地として捉えられている。

そして東京に出て如何に「東京の人そつくり」に振る舞っても岩手の「デロ」――どろではなく、方言に基づく「デロ」であるところが重要であろう――が付いていることからは逃れられないことを「面白い」と感じている。この感覚には、自らの中の〈地方〉性を隠して〈中央〉の内に入りたいという願望とその〈地方〉性をそのまま認めようとする意識という二つの相反する〈地方〉観が個人の内側に存していることが示されている。

このような森や母木のほかにも学芸欄では岩手という〈地方〉にいることに価値を見いだそうとする発言を見ることができる。岩手出身の作家・八並誠一は「東北的な底力ある文学」と〈中央〉文壇の流行である「文芸復興」とを連関させて考えている。[8]

希望は在郷の新人にかけて文芸復興の声高い中に旗は既に挙げられた。『文学界』『翰林』その他関西系の文壇に対抗して東北的な底力ある文学の樹立に向つて私たちは果敢に進軍するのであらう。[9]

この八並の考えは彼ひとりに留まらない。右の引用と同じ記事によると、八並は「昭和になって最初出の盛中組」であり、「大正最後の盛中出」である栗木幸次郎と八日会という文芸サークルを作っていたとある。この栗木と同期の古澤元という人物がいる。彼もまた『岩手日報』において「文芸復興」を語っている。

最近頓に喧しかつた（文芸復興）の声と東北地方での作家の台頭に結びつけてのことだ。が、よしあしは別として異彩あり郷土色豊かな地に成育した作家は、今丁度幸された時期を迎えてゐる。考えるまでもなく、他国では三百年近くもかかつた社会的発展（封建国家より帝国主義的資本主義国家へ）を、日本は僅八十年足らずの短時日でなしとげ、その余り急速な発展のために郷土色彩などを静かに保存しておく余裕も考慮もなかつた。

［…］それを関連し、去年の秋あたりから輩出した新進作家の中でもつとも嘱目される卓れた作家の中に東北地方出の者が相当数を占めてゐる事実などの、その理由の一は一面からした不幸な東北地方の特色の中に、一面はまた特色ある東北人なればこそ頭角を現わし得るといふことにあると思ふ。[10]

古澤は「東北」であることの優位性として、都会では「急速な発展」のために破壊された「郷土色彩」が「静かに保存」されていることを挙げる。すなわち、彼らにとっての「文芸復興」とは「郷土色彩」を生かして「東北的な底力ある文学の樹立」を目指したものであったと考えられる。これはまさに〈地方〉の持ちうる特性によって自らの文学性を高めていこうとする考え方である。小田丁太郎という人物もまた当時の文学賞の受賞作[11]に植民地文学が多いことを鑑みて〈中央〉文壇が「異国情緒」を求めているのは自明だと言い、「同じ意味に於て地方文学をも求めて居る」とする。そしてその原因は「文学の貧困を救うための、野生の輸血」の必要性が第一であろうとしつつも、「根本的な問題は、植民地文化と地方文化の再認識の一つの現れ」だという。[12] ここでわかるのは小田が当時の〈中央〉文壇が認めたことを表すバロメーターとしての文学賞に着目し、その上で貧窮した〈中央〉文壇には「植民地文化と地方文化」とが「野生」という「同じ意味」で必要なものだと「再認識」されていると小田が理解しているということである。つまり小田の認識している〈地方〉とは〈中央〉からは失われた「野生」の文化であるのだ。

では、「野生」とはどのようなものを意味するのか。文脈に即して考えれば、ここでは文明との対義語であり、文明とは明治以後日本が摂取してきた近代西洋文明である。これに対置するものとして想定される「野生」とは明治以前、すなわち古澤のいう「急速な発展」から取り残されたために保存された「郷土的色彩」と同義であると考えられる。つまり、古澤や小田は〈地方〉における前近代的特性は近代文学が「貧困」した状況において新たな転回をもたらすものとして肯定的に考えていたといえる。モダニズム文学がその帰結として「伝統」への回帰に至った経路を第一部第三章で考察したが、まさにそれと同様の郷土性＝「伝統」による近代の超克がここで論じられている。当然、この議論の背景として彼らが〈中央〉文壇の議論を参考にしたことも想像できよう。しかし重要なポイントは、実際に岩手という〈地方〉に属する文人たちが自分たちにとっての発展的な道筋として、こうした議論を展開していた点にある。文芸復興という〈中央〉文壇の思潮と連動しながら、〈中央〉的であることへのアンチテーゼとしての〈地方〉という視点を、〈中央〉の示唆する方向と同一軸上に見いだしていくという〈地方〉の学びの姿をここでは指摘しておく必要があるのだ。

第三節　紛糾する〈地方〉性

近代に対置される価値観として認識・提出されている〈地方〉であるが、それを肯定的に評価する一方で古澤はその特性に甘えることを戒めてもいる。

秀麗たかき岩手山、清流ながき北上やと、土井晩翠作詞の校歌（旧制盛岡中学――引用者注）を唄つたものだ。が、私は郷土を離れてゐる今日では、郷土の匂ひは校歌に織りこまれてあるやうな山河の映像からは嗅ぎだされては来ないやうな気がしてゐる。［…］心の中に蔵されてゐる『郷土』といふものは、万古普遍と謂はれ来つた山河で表象されるものではなくて時と共に生滅する人及人との交りの中にあるやうに思ふ。郷土人従つてその生活、思想、感情、情緒そして言葉といつたものが、郷土の匂ひや味の本質であるやうな気がする。[13]

「山河の映像」ではなく、「郷土人従つてその生活、思想、感情、情緒そして言葉といつたものが、郷土の匂ひや味の本質である」と自らの郷土愛を捉えたこの批評は直後に、まさにその郷土性を批判の俎上に挙げる。〈地方〉的であることを免罪符にして、〈中央〉の新しい問題に取り組もうとしない姿勢を糾弾する。「郷土人」的な思考に対して「社会的尺度を兎角忘れ勝ちな義理固さとか俗に言ふ世渡り下手な気風に泥んでゐる人々の思想や感情は、明らかに時代の動きからは一世紀くらいはおくれてゐる」という批判は、自分たちの置かれた状況を相対的に捉えたものだといえよう。そして、この「一世紀くらいはおくれてゐる」〈地方〉という認識は古澤に限らず、学芸欄において繰り返し登場し、岩手文人たちを戒めている。前節で引用した森荘已池の記事でも「岩手県の文化は廿年遅れてゐるという定説」があるといっているし、このほかにも菊本雅弘という人物が学芸欄への希望として書いた投稿記事の中から次のような認識が確認できる。

> 日報学芸欄を見て物足りぬのは、どうも中央文壇とかけ離れてゐるといふ事だ。勿論僕は流行を追へといふのではない、がそれにしても行動主義文学が現れたり、社会主義的リアリズムが再燃したり、必然と偶然が論争されたり、長編小説云々が問題になつたり、文芸統制案の問題が叫喚されたりする常世、日報学芸欄上にそれらを批判する人がいないとは淋しい。横光の純粋小説が問題になつたとき森惣一氏がちょっぴりふれたに過ぎぬ。(14)

ここで指摘される「中央文壇とかけ離れてゐる」という菊本の批判は、森が〈中央〉への「注視」を呼びかけた問題意識とまさに同じものである。この記事が『岩手日報』に載ったのは森の提言から約二年を経ているが、菊本の認識では、この間そうした努力がまったく成されていないということになる。こうした〈地方〉であることへの批判は岩手出身者によるばかりではなく、都会から移り住んできたという伊藤博という人物によってもなされる。

（いくら「岩手県民を読者とすることを目的としてゐる」とはいえ、『岩手日報』紙上の「文芸において何かあまりに地方的な所がありはしないか」と指摘した上で――引用者注）都会ばかりの文学が偉大なのではない。田舎の農村の文学も亦偉大でありうる。文学の偉大さは都会田舎を越えたところにある。現代の青年達が田舎を捨てるのも或は故なきではないかもしれない。物質の貧困以上にそこには精神の貧困があるのだ。田舎の文学を偉大に打ち立ててゆくことは、即ち田舎を偉大にしてゆくことである田舎に集るであらう。私は地方をして、地方であらしめては断じてならぬとおもうてゐるのである。[15]

『岩手日報』紙上に集う文人たちが〈地方〉的であることを伊藤は強く批判している。そしてその原因を「精神の貧困」にあると断言している。伊藤は厳しい糾弾をなおも続ける。

日本の文学がおほむね都会の文学であつて――いやどこの文学も都会に生れるのであらうが――それを田舎にとりもどしたのがプロ文学における農民文学であつた。しかし、それもプロレタリヤ運動が退くと共に姿を消して了つた。［…］地方の農民文学者達は皆地方を捨てゝ東京にゆき既に都会に負けて都会文学者になりすましてゐるのである。石坂洋次郎の文学にしても決して地方の田舎文学ではない。地方における都会文学である。

さらに伊藤は、「都会文学の亜流」ばかりが目に付く中でも、「私が今までに胸打たれて読んだ唯一の論文は宮澤賢治のたしか『農民文学概論（ママ）』といふ題であつたと記憶する」と述べて、賢治を「田舎をして田舎であらしめない気魄」があるとして認めている。しかし、この「田舎をして田舎であらしめない気魄」とはいったい何であるかということについては触れずじまいに終わってしまっている。少なくとも「プロ文学における農民文学」だけは認めていることから、反近代・反都会を目指す意識であったのではないかと推察はでき、また「文学の偉大さは都会田舎を越えたところにある」と言っていることからもコスモポリタン的な文学の創出を求めているということはわかる。

この伊藤の評論に対しては森と同じく編集者の一人である上野冬雄によって、伊藤自身も「都会の亜流的存在」[16]だと痛烈にやり返されている。この上野冬雄という人物の詳細は掴めていないが、一九三六年七月以降に編集として登場し、その後『岩手日報』学芸欄に自らの文章を寄稿している人物である。上野の〈中央〉と〈地方〉をめぐる認識としては次のようなものがある。

中央文壇なる場所では、批評家の批評は本の売行きに影響するらしく情実のからんだ批評が多い。よく伊藤博君など、中央文壇の例を引き出すが、一体に根本から中央文壇と日報文壇とは意識が違ふのだ「。」幾ら探しても日報文壇で生活してゐる人はゐない。此処は実質生活の副業的ま（ママ）感情の結晶です。此処の為めに自己を存在させてゐる人はゐない。

中央文壇といふ。そんな処でも日報文芸欄で少しく水平線から頭角を出し得る人ならば、確かにそこ迄行き得るのだ。若い時期に文学に染り、東京で半年か一年か、二年か三年かどとにかく自分の芽が出るまで、一日一食主義、無食主義で、恥も外聞も勿論虚栄など振捨てた態度で生きて居れゝば、そうその後には文壇人のレッテルが待つてゐる。

［…］

われわれはそこまで行く必要もあるまいと思ふ。綱越廣人氏の様な人は別として、我々は、我々の日常の幾分かを占めてゐる文藝の滓を掃たてゝ居ればいゝ。そして生活から切り離されたその感情の中で、より一層好ましい作品をつくること、それだけのことではないだらうか。(17)

右の上野の認識は同時代の〈地方〉と文学の関係を端的に表していると考えられる。「中央文壇」と「日報文壇」とでは同じ文学を扱うにしても、それによって「生活」が成り立つか否かという点で「意識が違ふ」とした上野は、「文壇」のために「自己を存在」させるところまで「行く必要もあるまい」と切って捨てる。上野にとっての『岩手日報』学芸欄は森たちとは違い、〈中央〉と〈地方〉の差を文学によって埋めていくための場ではなく、あくまで〈中央〉から切り離された自己充足のための場として意識されていたと考えられるのだ。(18)『岩手日報』学芸欄を統括する編集の立場にある人物同士でも〈中央〉と〈地方〉をめぐる意見の対立があったことは、この場が自由な議論の場であったことのひとつの証明となろう。〈地方〉性をめぐる問題は〈中央〉という視座を抜きにして語ることはできず、参照項として用いながら、議論が進められていた。

以上、確認してきたように〈中央〉の動向を「注視」して自らの〈地方〉性をうまく利用しながらその論調の中に入り込んでいこうとするベクトルと、〈地方〉は〈地方〉の良さがあるので〈中央〉の論調に囚われず自足していこうというベクトルの二種類の方向性が『岩手日報』学芸欄の中で提示されてきた。最後に、この二つの向きの違うベクトルがぶつかっていると見られるやりとりを見ていこう。

先述した八並と同期の盛岡中学校卒業生である佐藤彬という人物は次のように記している。

近代人は一般にこの『生を知る』といふことを『生』が『自分とは別個』にあつてそれを頭で理解することだと思つてはゐはしないだらうか。［…］つまり『生』を知るといふのは『生かされて居る不可知なるものの生かす力のまゝ神の生命のまゝに生きる』といふことであつてここに仏教者が『無我』を喝破する理由があるのだらうと思ふ。さて私は芸術とはこの『生かされて居る神の生かす力』を私等の個性を『噴出口』として紙面に、画面に音階にあるひは文字言語に『あらはす』行為だと思ふのだが、近代論者、作者はテンで見向きもしないやうに見えるのは何うい ふわけなだらう。[19]

佐藤の「『生かされて居る神の生かす力』」をそのまま「『あらはす』」ことが芸術だという考え方からは当時の文学的流行である心理の動きを正確に写実的に表現しようとする意識が看取される。リアリズム小説の帰結ともいえる「意識の流れ」への傾倒はまさに〈中央〉的なものを積極的に摂取し、近づいていこうとするものであろう。こうした〈中央〉の論調に従う形で文学活動を行っていた佐藤の「貧困の人々」という作品及び掲載された『北流』という雑誌の批評をめぐって、伊藤信一と佐々木富美夫という人物が〈地方〉における批評のあり方と〈中央〉の論調に何処まで追随するかについて論争をしている。この論争は佐々木が『北流』に載っている作品のほとんどを「自然発生的、無琢磨的未成作にしかすぎず『小説以前』」だと批判しているのだが、その際に「細部に渋滞しがちなリアリズム」、「平面的リアリズム」、「鈍重なリアリズム」というように繰り返し「リアリズム」という観点から創作を批判したことに端を発する。[20] この批判に対して伊藤は次のように述べる。

この事実は中央に於けるしがない同人雑誌の文壇志望的文学修行者に多く発見すると同時に、中央の出来事を何でもあれ一応口真似をしなければ承知が出来ない地方批評家にことごとく見られる明確なる事実である。

［…］
批評家と云ふものは、批評の対象——即ち作品と作家更に作家を生んだ並に作品を生んだ時代と世代時間と空間の関係を、中央と地方、都会と農村の現実的分析交互関係を絶へず正しく見て生れた作品から作家から歴史的な解釈と生命を与へなければならない。[21]（傍点ママ）

佐々木の批評は作者の置かれた状況を見ずに作品だけを〈中央〉的視点から批判しているだけであって「批評家としての佐々木富美夫が資格失墜した」と糾弾する。さらに伊藤は、だからといって〈地方〉であることに安住することが良いわけではないとも指摘する。

何も中央の役にも立たぬ盆栽式の月評などを真似る必要はない。それにこの国の地方といふところは事情はまるで異る［。］地方には商売人作家などは殆んど居らず皆が文学の修行者なのだからもつと親切に異つた形で月評が成されなければならないのだ。［…］私は今岩手の土地には居ないが地方文学にこの上もなく関心を持ちあらゆる微力ながらも努力を続けてゐる。われわれはお互に地方的批評の立ち遅れを一刻なりとも早く克服し、若い作家を育てて行くことに仕事の全部がかけられねばならぬ。地方的批評で最も謹むべきは己れの知らないことを、知つたやうに塗りつぶすことである。[22]

これは〈中央〉を「役にも立たぬ」ものとして切り捨て、「もつと親切に異つた形で月評」を〈地方〉の批評家は成さねばならないという〈中央〉との距離をとることを求める主張だと理解できる。これに対して佐々木は以下のような反論で答えている。

リアリズムは先づ認識方法として問題になるし次で創作方法（心構へから主題の戴出能度素材の扱ひ方、構成、形象化など）作品の内容形式を不撓にうねり形象化された詞の花々にまで咲いてゐる真実探求の精神として文学の生誕と共に生れ出で各時代を過ぎゆきてその内容を一層豊富にし多面的に果しなく発展転化する古くして新しいリアリズム。[23]

「真実探求の精神」としての「リアリズム」を用いて創作することは〈中央〉〈地方〉を問わず必要なもので、それが出来ているか否かを見極め指摘することが批評家の役割であるとする。そして、この佐々木のいう「リアリズム」の表現を成し得ているものとして、『北流』の中で佐藤彬の「貧困の人々」が「いままで岩手文学界に於て労働者に取材した作品に欠けてゐた心理的側面を追究した佳作」[24]で「超全代的作品」であると評価する。先述したように佐藤の芸術観は「意識の流れ」に類するものを求めたものであったので、それを評価した佐々木はやはり〈中央〉の論調に追随するかたちで〈地方〉の文学を底上げしようとしていたものだと考えられる。

一連の流れを整理すると、ここでの伊藤の考えは一見、〈中央〉と〈地方〉という対立する観念を離れて通用するグローバルなもののように見えるが、「地方には商売人作家などは殆んど居らず皆が文学の修行者」であるという〈地方〉の優位性を認める発言もなされている。つまり〈中央〉に頼らず、独自の「文学の修行」の場として〈地方〉は「立ち遅れ」を挽回しようという〈地方〉への偏りが存在する。そして〈地方〉で活動しながらも〈中央〉の論調と歩調を合わせている佐々木の発言にも「岩手文学界」という枠組みが見られるように、あくまで彼が所属するのは〈地方〉であり、〈中央〉とは混淆し得ないものという認識が見られる。すなわち、彼らの文学観をめぐる論争とは、あくまで〈地方〉にある自分というものを認識した上での、〈地方〉の文学的発展へ向けたそれぞれベクトルの違う活動の有効性を語るものなのだ。
『岩手日報』学芸欄では、その文学論の潮流として、〈中央〉文壇の動向に対して憧憬のまなざしとその裏返しとして自らが〈地方〉的であることへの自己批判のまなざしがあった。そしてそれと同時に、自らが〈地方〉的であることの意味を見つけようとする動き、すなわち〈中央〉に対する〈地方〉の優位性を見いだそうとするまなざしも存在するという非常に複雑な状況に置かれていた。学芸欄に集った文人たちは自らの〈地方〉性と向き合いながら、それを扱うための方法を模索していたのだ。

ここまでの第一部では、〈中央〉文壇の行き詰まりと、それを打破するためのさまざまな状況を参照してきたが、〈地方〉もまたそうした〈中央〉と同様に、自分たちの文学的な立場をめぐって混乱した状況が続いていたことを示した。〈中央〉〈地方〉ともに、大きく変貌する〈世界全体〉を前にして文学に何ができるかと問い続けているなかで、〈宮澤賢治〉は生じたのである。それでは、一九三〇年代に〈宮澤賢治〉が果たした意義について、第二部で検討を進めていくこととしよう。

注

（1）松村友視「『帰省』論―創出されるユートピア―」（『藝文研究』、一九九九・一二）。
（2）実際に文学テクストをつくっていた実作者や文学愛好者など、文学との関わり方はさまざまであるので、ここでは総称して「文人」という表現を用いる。
（3）神居祟「昭和十三年岩手県の詩壇回顧」（『新岩手日報』、一九三九・一・一〇・夕刊）。
（4）森佐一、森惣一、M．Sという名義でも書いているが、本書では最終的な筆名である森荘已池に表記を統一する。また浦田敬三編『森荘已池年譜』（熊谷印刷出版部、一九九五・三（非売品））によると、森は一九二八年六月から一九四〇年六月まで岩手日報社に勤務しており、一九三一年五月に学芸部長に着任したとある。

（5）森荘已池「みちのくの歌と精神年齢」（『岩手日報』、一九三四・二・九・夕刊）。

（6）森荘已池「屋根裏から」（『岩手日報』、一九三四・一二・二五・夕刊）。

（7）母木光「昔の道—近況（故郷の親しき友への短信）」（『岩手日報』、一九三四・五・四・夕刊）。

（8）文芸復興について、宮本百合子が「林房雄などを中心として広い意味でのプロレタリア文学の領域に属する一部の作家たちの間から起った呼び声であった」が、その「声は、その手足をかがめて沈み込んだ状態に耐えられなくなりかけていたブルジョア作家たちの声を合わせて、文芸を復興させよ、特に純文学を復興せしめよと力説させ」るようになり（宮本百合子「一九三四年度におけるブルジョア文学の動向」『宮本百合子全集』第一〇巻、新日本出版社、一九八〇、初出は『文学評論』（ナウカ社、一九三四・一二）、そして「文芸復興を提唱した一群の作家たちにいい作品を生むためには先ず古典を摂取せよという第二の声を起させ」、「このような古典研究から導き出されたものはロマン派のギリシャ文化への憧憬、日本の古代文化への超現実な渇仰」（宮本百合子「昭和の十四年間」『宮本百合子全集』第一二巻、新日本出版社、一九八〇、初出は『日本文学入門』（日本評論社、一九四〇）であったという結論を導き出している。この宮本の指摘が示すように、純文学の再興を謳うことになった文芸復興の流れは、既成文壇の大家たちの復活と、横光ら新興作家によるものであった。

（9）八並誠一「八日会の雑誌発刊に就て」（『岩手日報』、一九三四・九・二三・夕刊）。

（10）古澤元「この頃の消息」（『岩手日報』、一九三四・六・八・夕刊）。

（11）小田がここで示しているものは石川達三「蒼氓」（第一回芥川賞受賞）、頴田島一二郎「待避駅」（第三回中央公論新人賞受賞）、湯浅克衛「焔の記録」（『改造』懸賞小説入選）の三作品である。

（12）小田丁太郎「地方文学の再出現」（『岩手日報』、一九三五・一〇・二九・夕刊）。

（13）古澤元「この頃の消息」（前掲）。

（14）菊本昌弘「日報学芸欄に希望」（『岩手日報』、一九三五・一一・一二・夕刊）。ここで菊本が〈中央〉文壇と学芸欄が「かけ離れてゐる」と認識する一方で、森荘已池をそれでもまだ〈中央〉に目を向けている文人として評価しているのは面白い事実である。先述したとおり、森は学芸欄の担当記者の一人である。つまり、その森が編輯する学芸欄は〈中央〉との同時代性が確保出来ていないとしつつも、森個人は〈中央〉と連結しうる人物とみなされている状況なのである。〈中央〉への「注視」を呼びかけつつも、〈地方〉人であることの特性を生かそうともしていた森の〈中央〉と〈地方〉双方への視線の存在が、奇しくもこの菊本の受け止め方に表われていると考えられる。

(15) 伊藤博「文芸欄批評」(『岩手日報』、一九三六・九・二九・夕刊)。

(16) 上野冬雄「屋根裏から」(『岩手日報』、一九三六・九・二九・夕刊)。

(17) 上野冬雄「屋根裏から」(『岩手日報』、一九三六・一一・三・夕刊)。文中の「綱越廣人氏」は、『岩手日報』たびたび寄稿している細越廣人という人物の誤りと思われるが、この細越という人物の詳細については未詳である。

(18) こうした〈中央〉文壇と〈地方〉文人たちとの関係を考察するうえで、小平麻衣子「『若草』における同人誌の交通―第八巻読者投稿詩について―」(『語文』、二〇一五・六)が文芸雑誌『若草』(一九二五・一〇~一九四四・三、一九四六・三~一九五〇・二)の一九三二年前後の読者投稿欄の分析を通じて「読者投稿から推薦詩へ、そして文壇へ、という垂直方向への発展ではなく」「傾向を同じくする読者を探しあて、つながるための場として、限りなく水平な機能が喜ばれている」と指摘している点は非常に興味深い。『若草』を通してみる当時の全国的な〈地方〉文人たちの平均的な考えが「限りなく水平な機能」の充実にあったとすれば、『岩手日報』における〈中央〉と〈地方〉の桎梏への問題意識は特異なものであったといえる。

(19) 佐藤彬「芸術小論」(『岩手日報』、一九三四・八・一〇・夕刊)。

(20) 佐々木富美夫『『北流』探求」(『岩手日報』、一九三四・七・六・夕刊)。

(21) 伊藤信一「地方的批評の立ち遅れに就て　リアリズムの舌足らずを中心として(上)」(『岩手日報』、一九三四・八・三一・夕刊)。

(22) 伊藤信一「地方的批評の立ち遅れに就て　リアリズムの舌足らずを中心として(下)」(『岩手日報』、一九三四・九・七・夕刊)。

(23) 佐々木富美夫「リアリズム答案　1」(『岩手日報』、一九三四・一〇・一二・夕刊)。

(24) 佐々木富美夫「リアリズム答案　2」(『岩手日報』、一九三四・一〇・一九・夕刊)。

第二部

一九三〇年代に〈宮澤賢治〉はどのように現れ、機能したか

第六章　賢治没後の作品公表史

第一節　没後から文圃堂版全集まで

宮澤賢治の全集が発刊されるまでの経緯については草野心平による「宮澤賢治全集由来[1]」が当時の回想録として詳しい。ここでは草野の論稿を参考しつつ、賢治が没した一九三三年以後の作品公表の事跡を確認していく。

一般に流通した雑誌・新聞に、生前の賢治が発表した作品の詳細については『【新】校本宮澤賢治全集』第一六巻（上）に詳しい。ここに掲げられている雑誌・新聞掲載以外にまとまった単行本として発売されたのは、『春と修羅』（関根書店、一九二四）と『注文の多い料理店』（東京光原社、一九二四）の二冊で、それぞれ一〇〇〇部刷られている。しかし売り上げはどちらも振るわず、『春と修羅』は大半を賢治が自費で買い取り、『注文の多い料理店』は二〇〇部を同じく自費で買い取ったとされている。この賢治が買い取った『注文の多い料理店』の行方の一つとして草野心平が「賢治からもらった手紙[2]」の中で次のように回想している。

黄瀛の九段下の下宿を去ってからだったが、賢治から蜜柑箱が一個送られてきた。林檎箱だったかも知れない。

そのどっちかだったことは確かだが、あけて見ると中味は蜜柑でも林檎でもなく、童話集『注文の多い料理店』がぎっしりつまっていた。多分手紙の方があとにとどいた。知人にでもあげて欲しいという文面だった。それらの本をだれだれにあげたかはいま思い出せない。またその後の自分の放浪無頼の生活から、自分自身『注文の多い料理店』は持っていない。

また生前に発表した童話は「雪渡り」「やまなし」「氷河鼠の毛皮」「シグナルとシグナレス」「オツベルと象」「ざしき童子のはなし」「猫の事務所」「北守将軍と三人兄弟の医者」「グスコーブドリの伝記」「朝に就ての童話的構図」、そして『注文の多い料理店』掲載作品だけであり[3]、作品群のほとんどが詩であったこともまず注目しておきたい。以上のように賢治作品の中で生前に発表されたものはその割合がきわめて少なく、現在、人びとが賢治といえば思い起こす「銀河鉄道の夜」や「風の又三郎」のような著名な作品は没後に発表されたものであった。賢治の没後、書き溜められた原稿は弟の清六によって管理されることになった。この原稿をもとに没後の賢治作品は形作られていくことになり、死後わずか数日のうちに全集刊行へ向けた動きが起こる。

尚宮澤賢治氏全集は氏の遺言により遺稿を保管する御令弟宮澤清六氏の御手許で整理編集されることになつてゐます、読者諸兄に宛てられた書簡或は原稿賢治さんとの会見記、感想録とかを全集公刊の日までお借りいたしたいと存じます[4]。

遺稿の事などいずれ又こちらの友人等からも申出ることがあるかと存じます　略　八年九月二十九日　高村光太郎[5]

没してから二週に亘って組まれた『岩手日報』における賢治追悼特集の記事に掲載されたこの二通の手紙からも明らかである。このようにして起こった「全集」公刊に向けた動きは、草野心平の働きによるものが大きい。草野は生前の賢治と交流を持ち、自らが主宰する同人誌『銅鑼』に賢治の寄稿を求めたり、雑誌『詩神』の中で「現在の日本詩壇に天才がゐるとしたなら、私はその名誉ある「天才」は、宮澤賢治だと言ひたい」[6]と賞賛したりして賢治の作品の普及に最も初期から力を入れていた一人である。この草野が一九三三年一〇月二三日に開催された追悼会に参列したことが契機となって『宮澤賢治追悼』（次郎社、一九三四・一）が発行されることになったのだ。[7]そして『宮澤賢治追悼』をきっかけとして、賢治全集公刊への動きは加速することになる。この『宮澤賢治追悼』という冊子の中で賢治がどのように評価されたか、そしてその評価の持った意義については初期受容において大きな意味を持つものだが、このことについては第七章で考えていきたい。ここではまず「全集」公刊の流れを押さえておく。

このような状況について草野心平は後年になって次のような回想を執筆している。

私が横光さんに直接な交渉をもてたのは、言わば宮澤賢治の媒介によつてだつた。もうとうに賢治は死んでいたがその芸術の仲立てによつて、私は横光さんに会う機会がもてた。

賢治の没後、私は「宮澤賢治追悼」という小冊子を編輯上梓したが、それを横光さんに進呈した。伝聞するところによれば夫人がそれを一読して横光さんに是非読むようにすすめられたという。それが言うならば最初の契機だつた。宮澤賢治全集が思いの外早く世に出た、それがキッカケになつた。小冊子だけの賢治の片鱗ではあつたが、その片鱗をとおしての横光さんの鋭い洞察は、まるで電光石火的に賢治の全貌を断じてしまつたかの感があつた。

横光さんは師弟の交渉のあつた文体社の岡村政司氏に賢治全集の出版をすすめた。話は横光さんから岡村氏、岡村氏から高村（光太郎）さん、高村さんから私へとリレイされてきたが、横光さんは高村さんとも賢治とも個人的交渉はなにもなかつた。そのように没交渉の状態のなかで全集出版をすすめたということは異数（ママ）のことではないだろうか。

内容見本までできたこの全集の出版企画は賢治が無名だつたことや予想以上の厖大量だつたために出版社の危惧から頓挫したが、この企画が「宮澤賢治全集」（文圃堂刊）出版の誘導的動機になつたことはたしかである。かたわら横光さんは「文芸」（改造社）や読売新聞などで賢治を極力推奨したが、それも延いては全集出版への大きな導きになつた。

賢治の全集は何れ実現する性質のものではあつたにしろ、それは案外、いま頃になつて漸く具体化していたかもしれない。それが十数年も前に出版されたことの一つの原因は横光さんの洞察力と公平な勇気によつた点が多い。

私が横光さんを初めて訪ねたのは文体社企画の頃だつた。二度目に訪ねたのは賢治の弟の清六さんと一緒だつた。

その時横光さんは賢治に関する長編小説を書きたいということで題名は「竜」とするという話もされた。ゴツホの弟みたいに兄貴思いの清六さんは上野の宿屋に引きあげると突如、竜！と叫んで私をビックリさせた。

賢治に関する長編が中止されたのは、賢治の生涯に女性との関係が皆無に近いということによるのではなかつたかと私はひそかに思つている。(8)

草野の回想によると、賢治全集刊行には『宮澤賢治追悼』を読んだ横光による「全集出版への大きな導き」があったということである。この動きは、最初は文体社を通じて書物展望社による全集公刊というものであった。この書物展望社とは斎藤昌三によって一九三一年に興された出版社で、ここには引用文中に出てきた岡村政司、また彼と同様に横光利一に師事していた石塚友二が一九三三年から勤めている。この石塚は後に十字屋書店版全集の発行に関わりを持つ人物である。しかしこの引用文中にもあるように、「賢治が無名だったことや予想以上の厖大量だったために出版社の危惧から頓挫した」という顛末に終わったようである。その頓挫した企画を引き継いで、実際に全集を刊行したのが文圃堂である。この文圃堂が引き継ぐ経緯についてもやはり草野の回想がある。[9]

そんななかで或る日、私が独りで銀座を歩いてゐると武田麟太郎と野々上慶一君に会つた。武麟は近くの不二家の二階に案内し、そこで野々上君を私に紹介した。野々上君は当時の「文学界」（戦前の、そして文藝春秋社に買ひとられるまでの）の刊行者で「文圃堂」といふ東大前の古書店の店主でもあつた。武田麟太郎は「文学界」の編輯をしてゐた。

宮澤賢治全集刊行に就いて私は武麟に話したことはなかつたが、彼は噂で知つてゐたらしく、その進行状態を私にきいた。私はありのままを話した。

すると武田麟太郎は、「君のところでやつてみないか」といつた。「やりませう」と年少の野々上君は即座に答えた。

それが文圃堂版の全集刊行の発端だが、私が作品の量を話すと、とても全部は駄目だから三巻位の選集にして全集として出そうといふことに話はおちた。私はそのことに就いてまた宮澤家に報告し、そして発刊の許諾を得た。

全三巻の選集的全集は、当時私の眼にふれた作品の半分にもみたない量なので（その後更に色んな稿が発見されたが）それを全集とすることは名実ともなわない点もありまた全部を収録出来ないことは大変残念ではあつたが、展望社が中途で放棄したあとでもあり、またこの無名詩人の全集を引き受ける奇特な出版社も見当りそうもないので、三巻でもいいから、選集的全集でもいいから、兎も角出してもらつた方がいいのぢやないかと高村さんの同意も得て、愈々文圃堂から発刊されることになつた。[10]

草野の回想によって、文圃堂（ぶんぽどう）店主・野々上慶一と草野を引き合わせ全集刊行への道筋を結び付けたものとして武田麟太郎も関与していたらしいとわかる。武田麟太郎はこの当時、[11]つまり一九三二年六月の「日本三文オペラ」以後、市井に題材をとった作品を創作するようになっており、一九三三年一〇月から川端康成、小林秀雄、林房雄らとともに「プロレタリア文学運動退潮後の文芸復興の気運を背景に」[12]して雑誌『文学界』を創刊し、その編集をしていた。そして文圃堂はこの『文学界』に一九三四年六月から携わっている。[13]また賢治全集が文圃堂から出版されるということを知らせた文章で最も早かったものは、管見の限りでは『岩手日報』に掲載された関登久也（この記事では関徳彌名義）の一九三四年七月二〇日での記事の中においてである。[14]「賢治・心平交渉年譜」[15]によると、武田・野々上と草野が会ったのは一九三四年の「八月」のこととされているが、この関の記事の存在から、この記述の信憑性は不確かなものとなる。よって正しい時期は一九三四年六月から七月二〇日までの間のことであると考えられる。つまり、草野が武田・野々上と会って賢治全集刊行を承諾してもらってからわずか四ヶ月足らずの間に文圃堂版全集の第一次配本第三巻の編集と発行がなされたのだ。

しかし、この草野の回想のほかに、文圃堂の店主であった野々上慶一自身の回想もあるのだが、この回想の内容が草野のものと一致しない点はおさえておく必要がある。野々上は『さまざまな追想』（文藝春秋、一九八五）の中

宮澤賢治一周年記念追悼会（1934年9月21日）。一列目左端が草野心平、その後ろの二列目左端が野々上慶一。また一列目中央で本を抱えているのが尾崎喜八、二列目右端が母木光、その隣が佐伯郁郎である（人首文庫蔵。人物配置の詳細は目次参照）。

で刊行に至る経緯を次のように述べている。

　私がこの出版を引き受けましたのは、高村光太郎、横光利一、草野心平の三氏が編纂者だったこと、直接的には当時新進気鋭の詩人だった草野心平の強い推薦と熱心な依頼があったからでした。

　その草野氏とは、私は友人のフランス語をやっていた石川湧君（後・東京学芸大学教授）の紹介で知り合いました。昭和八年頃のことです。当時銀座の資生堂パーラーの真向いに、「羅甸区」という堂々とした喫茶店がありまして、[…]私は石川湧に誘われてお茶を飲みに行き、氏に引き合わされ、そして私が出版屋ということで賢治の話をきかされ、縁あって、『宮沢賢治全集』を出すことになったのでした。

　この出版が決まった時、このことを祝って賢治の同郷の岩手県出身の、あの有名な

『銭形平次捕物控』の作者野村胡堂さんが、一席設けてくれたことを忘れません。確か新宿裏の料理屋で、参会者は二十名ばかりでしたが、詩人連中が多かったようで、この会はまあたいへんなものでした。五十年近い昔のことですが、いまでも忘れません。[16]

野々上の回想によれば草野と彼を引き合わせたのは、草野の回想にある武田麟太郎ではなく石川湧であるという点、同じ銀座でも「不二家の二階」ではなく「資生堂パーラーの真向い」の「羅甸区」という喫茶店で会ったという点という二点にまず違いが生じている。そして最大の違いはこの二人の出会いを「昭和八年頃のこと」として野々上が記憶しているという点である。先に推察したように、草野と武田、野々上の三者が「不二家の二階」で出会ったという草野の回想は恐らく一九三四年六月から七月二〇日までの間のものであろうと考えられる。そのため野々上の回想が正しいとなってしまうと、草野は「不二家の二階」で会う前に野々上と知りあって「賢治の話」を聞かせていることになってしまう。さらに一九三三年にすでに文圃堂が関わってくるとなると、書物展望社の関わることのできる期間が、賢治の没した九月以降一二月以前というようにきわめて短い期間に限定されてしまう。このような状況からこの野々上の回想にある「昭和八年頃のこと」という記述は恐らく一九三四（昭和九）年の誤りであろうと考えられる。しかしこの時期に誤りがあったとしても、依然として草野と野々上の出会いという全集発行に向けたきわめて重大な出来事を振り返る両者の記憶に齟齬が残ることは否めない。このような野々上の回想と草野の回想とどちらが正しいものであったか今となっては窺い知ることはできない。だが、どちらにしても書物展望社版が頓挫してからの賢治全集発刊への原動力となったのは草野心平の尽力によるものであったということがこれらの回想から知ることができる。

このようにして文圃堂による全集は全三巻（一九三四・一〇〜一九三五・九）で出版されることになった。そして文圃堂版全集では編集者として、高村光太郎、宮澤清六、横光利一、藤原嘉藤治（かとうじ）、草野心平の五人の名前が記されることになるが、先述した回想を見ていく限りにおいては、草野の動きがそれぞれの人物の結節点として機能していたということがわかる。このことからも、〈中央〉における基点としての草野と〈地方〉における基点としての森荘已池がつながりを持っていたことの意味に目を向ける必要性があることは了解できる。

発刊された文圃堂版全集の構成と出版年月は次の通りである。

・第一巻　詩（一九三五・七）

春と修羅　第一集・第二集・第三集（中途）

・第二巻　詩（一九三五・九）

春と修羅　第三集（続）・第四集／東京／三原三部（未定稿）

・第三巻　童話（一九三四・一〇）

銀河鉄道の夜／グスコーブドリの伝記／セロ弾きのゴーシュ／ポラーノの広場／風の又三郎／北守将軍と三人の兄弟医者／ビヂテリアン大祭／オツペルと象／土神と狐（ママ）／蜘蛛となめくぢと狸（洞熊学校の卒業生）／鳥箱先生とフウねずみ／タネリはたしかにいちにち噛んでゐたやうであつた／種山ヶ原の夜／飢餓陣営／ポランの広場／双子の星／気のいい火山弾／ぶどしぎ（よだかの星――論者注）／月夜のけだもの／龍と詩人

文圃堂版全集の売り上げについては野々上慶一が「出版してみると童話の巻は千部をちょっと出てよろこんだが、詩の方は八百部くらい」[17]だったと述懐している。この出版部数の差からも生前には詩人として評価を受けていた賢治が、この文圃堂版全集が出る頃になると童話作家としての側面にも徐々に注目が集まっていると考えられる。ここで発生した賢治童話への評価は、菱山修三が「これは私一個の意見だが、宮澤氏の本領は詩より童話のなかにあるのではないかと思ふ。[18]」というまでに高まっていく。このような童話作家としての側面への注目が起こってきた理由としては、谷川徹三の「ある手紙[19]」と題した評論が果たした役割が大きい。この中で谷川が第三巻所収の童話について触れたことが「売れるきっかけ」につながったという野々上の回想[20]もあり、宮澤賢治の作品を知らなかった〈中央〉がそれをどのように受け止めていったかということを知る手がかりとしてこの評論は重要なものである。この谷川の「ある手紙」については第八章で後述する。

第二節　『宮澤賢治名作選』と松田甚次郎

文圃堂版全集以降、賢治の作品は原稿という状態から一応定まった稿を得たことにより、作品集がつくられるようになってくる。文圃堂版全集以降、戦前に出版された賢治の作品集は管見の限り以下の通りである。

《作品集》

・松田甚次郎編『宮澤賢治名作選』（羽田書店、一九三九・三）
・宮澤清六編『宮澤賢治全集』全六巻・別巻（十字屋書店、一九三九・六〜一九四四・一二）
・坪田譲治編『風の又三郎』（羽田書店、一九三九・一二）
・宮澤賢治友の会編『農民とともに』（日本青年館、一九四〇・一一）
・横井弘三装画『グスコーブドリの伝記』（羽田書店、一九四一・四）
・野間仁根装画『銀河鉄道の夜』（新潮社、一九四一・一二）

・中尾彰装画『どんぐりと山猫』（中央公論社、一九四二・一）
・季春明訳『風大哥』（芸文書房、一九四二・二）
・藤原嘉藤治編『宮澤賢治童話集』（日本青年館、一九四二・九）
・藤原草郎（嘉藤治）編『フランドン農学校の豚』（東京八雲書店、一九四三・九）
・高橋實編『宮澤賢治童話集』（非売品、北海道で編者が頒布、一九四四）

《収録本》
・小川十指秋編『現代日本詩人選集』（動脈社、一九三六・一、「詩への愛憎」「雨ニモマケズ」「溶岩流」の三編が収録）
・萩原朔太郎編『昭和詩鈔』（富山房、一九四〇・三、「この飯の煮えないうちは」「そのまつくらな巨きなものを」「雨ニモマケズ」の三編が収録）
・北京近代科学図書館編『日本詩歌選』（文求堂書店、一九四一・四、「北国農謡」（銭稲孫訳「雨ニモマケズ」）が収録）
・大政翼賛会文化部編『詩歌翼賛』第二輯（目黒書店、一九四二・三、「雨ニモマケズ」が収録）

このなかで、特に注目したいのが松田甚次郎（じんじろう）による『宮澤賢治名作選』（羽田書店、以下『名作選』）と十字屋書店版全集のふたつである。なぜならば、文圃堂版全集がわずか一年余りで出版社の倒産によって入手できなくなっていたこの当時、入手可能であったこのふたつが戦前の宮澤賢治受容の基盤として機能したからである。

まず『名作選』について見ていきたい。この作品集は戦前に出版された賢治の作品集のうちで最も賢治の普及に寄与したと考えられている。これは戦後に小倉豊文がこの書について次のように語っていることからも明らかである。

本書は文圃堂版全集について、それに未収であつた作品を比較的多く収録してある点で当時としては最も珍重されたと共に、全作品の主要なものを適当に選択編集されてゐる点で、永久的価値ありといふべく、作品から賢治世界の全貌を摑むに最適な入門書であり、その聖者的実践生活における唯一の弟子ともいふべき編者の眼のたしかさと、その裏に於ける作者の令弟清六氏の多大なる陰徳の結晶ともいふべき名篇である。[21]

小倉が「未収であつた作品」と述べているが、それについて検証をしておく。

『宮澤賢治名作選』目次[22]

セロ弾きのゴーシュ／やまなし★／ざしき童子のはなし★／よだかの星／朝についての童話的構図★／くらかけ山の雪／春と修羅／岩手山／高原／原体剣舞連／永訣の朝／松の針／無声慟哭／青森挽歌／注文の多い料理店／烏の北斗七星／祭りの晩★／貝の火★／オツペルと象／雁の童子★／五輪峠／早春独白／花鳥図譜　七月／牧歌（譜入）／精神歌（譜入）／イギリス海岸の歌（譜入）／飢餓陣営／種山ヶ原の夜／植物医師★／ポランの広場／春／稲作挿話／野の師父／和風は河谷いつぱいに吹く／風の又三郎／詩八篇／北守将軍と三人兄弟の医者／グスコーブドリの伝記／農民芸術概論綱要★／手帖より★／手紙一★／手紙二★／宮澤賢治略歴／後記

（★は『春と修羅』『注文の多い料理店』、文圃堂版全集に未収録の作品）

目次を見ると確かに「全作品の主要なものを適当に選択編集されてゐる」と小倉がいうような、現在も賢治の代表作として知られる作品が収録されているのがわかる。その中でも注目すべきは「グスコーブドリの伝記」「農民芸術概論綱要」「手帖より」が連続して収録されている点である。「グスコーブドリの伝記」は「ありうべかりし自伝」とも称されるほど作者である宮澤賢治自身と重ね合わせられる童話であるし、「農民芸術概論綱要」は賢治の思想を知る上で非常に重要な位置を占める論考である。そして「手帖より」、すなわち「雨ニモマケズ」は宮澤賢治の精神性を象徴する詩として現在も親しまれている詩である。これら三つの作品が「選択収録され」たことで導き出される「賢治世界」への理解とは、「その聖者的実践生活」への理解（共感）である。このようなベクトルを「賢治世界の全貌」に方向づけて読者に提供する『名作選』を編集したのは「その聖者的実践生活における唯一の弟子ともいふべき」とされた松田甚次郎という人物なのだ。

『名作選』の編者である松田甚次郎は前年に『土に叫ぶ』（羽田書店、一九三八）という小作農としての自伝を書き、これが当時のベストセラーとなっていた。この『土に叫ぶ』を出版した羽田書店は当時の衆議院議員であった羽田武嗣郎が始めた出版社であり、松田は一九三七年に農地調整法案が衆議院に上程されるときに上京していたところ国会議事堂内で羽田と会い、そこで『土に叫ぶ』の執筆を頼まれたという。こうして出版された『土に叫ぶ』は「発売直後から、松田のところには全国各地から連日にわたって、はげましの手紙がとどいた。その数は三千余にも達した」(23)ほどで、僅か三ヶ月後には東京有楽座で八月三日から一ヶ月にわたって新国劇で舞台化もされた。

このように非常に高い知名度を持った『土に叫ぶ』の中で松田は「恩師宮澤賢治先生」と題した章を冒頭に掲げ、賢治から「小作人たれ」「農村劇をやれ」という教えを受けたとしている。こうした紹介と松田のネームバリューも手伝って、『名作選』は広く流通することになった。その『名作選』の中に「グスコーブドリの伝記」「農民芸術概論綱要」「手帖より」という三つの作品が連続して載せられ、さらに後記では「農民芸術概論」を引きつつ「死後に発見された手帖の詩篇や言葉がどれほど、[…] ひとを正しく導く」か、そして「若くして逝かれた恩師宮澤賢治先生の霊が、強く、強く我が芸術を、我が農村を、我が国家を護つてゐることを深く信ずる」ということを松田は語る。これはこの後記の冒頭で述べた「芸術家たり宗教家たり科学的聖農たりし著者」という松田の認識に基づいた賢治への礼賛である。この松田の認識を基礎にした〈宮澤賢治〉が一般に広まっていったということは想像に難くない。この意味で『名作選』が初期受容の中で持つ意味は大きい。

第三節　十字屋書店版全集の刊行

次に十字屋書店版全集であるが、これについても野々上と草野と二人によって回想がなされている。まずは野々上の回想を確認していく。

金に困った大内（この大内とは野々上の遠縁で文圃堂で働いていた大内庄一という人物である。「金に困った」というのは彼が「女遊びなど」を覚え、金詰まりになったためだという。――引用者注）は、店で使用した本の紙型を二つ三つと持ち出して、金の工面に当てはじめた。そしてそのなかに、『宮澤賢治全集』（三冊）の紙型があったのである。金を都合してもらった先は、神田神保町の十字屋書店だった。［…］嘉吉さん（十字屋書店店主・酒井嘉吉のこと――引用者注）が生真面目に改まって、妙な御縁で宮澤賢治を知り、作品を読んでみたところ大いに感激して、実はすっかり賢治ファンになってしまった。ついてはお願いがある。自分は物好きなところがあり、いずれ山の本を中心にして出版をやってみたいと兼々思っていたが、賢治に取り憑かれてしまった、賢治の作品は三冊では収まらず尠くとも五、六冊分はあるのではないか、自分としては是非手がけてみたいが、如何なものでしょう、と率直に気持を述べ、どうか考えてみてほしい、と私は返答を促されたのである。［…］この時は即答を避け、草野心平氏らとも話し合った。そして間もなく、嘉吉さんの申し出を承諾することにしたのだった。

十字屋書店版の『宮澤賢治全集』が出るようになったのは、あらまし以上のような経緯からであった。[24]

野々上はこのように回想をしているのだが、これは文圃堂側から見た十字屋書店とのやりとりであり、十字屋書店店主の酒井嘉吉は純粋に「賢治ファン」として全集を出したいということになっている。さらに新たに出す賢治全集を「三冊では収まらず尠くとも五、六冊分」と最初から増補する意向を見せているが、草野の回想を見ると実はそうではなかったらしいことが伺える。次に見る草野の回想はこうした十字屋書店が持っていたもう一つの思惑を示したものとして興味深いので、これもまた確認しておきたい。

昭和十四年になつて、月は忘れたが或る日のこと、以前書物展望社にゐた石塚友二君の紹介で神田の十字屋書店に引きあはされた。当時の十字屋は山の本を中心にした古書店であつたが傍ら出版もやらうと考えてゐたらしい。そして十字屋主人は古本の市で「宮澤賢治全集」に注意し出した。といふのは古本の市に出る賢治全集が月毎に値上がりしてゐることに注目したのである。その結果、当時はもう店舗を閉めるやうになつてゐた文圃堂から全三巻の紙型を買ひとつた。さうしたはてに石塚君の仲介で店主と私とが会い、それが十字屋版全集発刊のキッカケになつた。

十字屋としては文圃堂より譲りうけた全三巻の紙型をそのまま印刷しての再刊を企図してゐたのだが、初めての出版なのでなんとなく手間どつてる間に、賢治の声名は急速度にひろまつていつたことから、紙型はそのままにして新たに全七巻の全集を出版することになつた。そして昭和十五年一月その第一回配本が出市した。
この十字屋版の実際の編纂には私があたつたが、責任編纂者として高村光太郎、横光利一、谷川徹三、中島健蔵、宮澤清六、藤原嘉藤治の諸氏と私とが名を連ねた。藤原氏はパンフレット「宮澤賢治研究」のときから賢治の作品にある比較的難解な語彙の解説に努力した人である。私は全集刊行進行中に南京に転任したが、その後森惣一氏が新たに編纂者のなかに入った[25]。

まず単純に草野のこの回想だけを見ていくと、十字屋書店が賢治全集を発刊することになるきっかけが「古本の市に出る賢治全集が月毎に値上がり」していたことであるとわかる。そして十字屋書店と草野とが出会ったのが一九三九年の「或る日」とのことであるから、この「値上がり」にも『名作選』が良く売れたことが関係していると考えられる。つまり、文圃堂から出版されるときには「無名だった」賢治の作品が、短い間に出版社を改めて再度全集が刊行されるほどに有名になっていた。その一方で、野々上によると十字屋版全集もまた「なんとか採算が取れるぐらいの売れ行きだったようで」、『名作選』のようによく売れたものではなかったようである[26]。

このようにして発刊された十字屋書店版全集は戦後にも出版がなされていて、筑摩書房による全集が刊行されるまでは入手可能な賢治全集として戦前から戦後に至る初期研究において重要な役割を果たしたのだ[27]。

十字屋書店版全集の構成と出版年月は次の通りである。

・第一巻　詩集　乾巻（一九四〇・一）

※文圃堂版全集第一巻と同じ作品が取り上げられている。

・第二巻　詩集　坤巻（一九四〇・一二）

※文圃堂版全集第二巻と同じ作品が取り上げられている。

・第三巻　童話集　上編（一九三九・六）

※文圃堂版全集第三巻と同じ作品が取り上げられている。が

・第四巻　童話集　中篇（一九三九・七）

なめとこ山の熊／シグナルとシグナレス／畑のへり／カイロ団長／蛙のゴム靴／猫の事務所／二人の役人／虔十公園林／鹿踊りのはじまり／よく利く薬とえらい薬／やまなし／どんぐりと山猫／四又の百合／山男の四月／山男と紫紺染／祭の晩／烏の北斗七星／おきなぐさ／かしは林の夜／マリブロンと少女／とつこべとら子／雪渡り／茨海小学校／黒ぶだう／猿のこしかけ／ひのきとひなげし／貝の火／毒もみの好きな署長さん／ツェねずみ／クねずみ／ありときの子「朝に就ての童話的構図」／月夜のでんしん柱／十力の金剛石／狼の森と笊森盗森／税務署長の冒険／まなづるとダリヤ／林の底／葡萄水／ざしき童子のはなし／注文の多い料理店／いてふの実／雁の童子／水仙月の四日

・第五巻　童話集　後編（一九四〇・一二）

楢ノ木大学士の野宿／イギリス海岸／疑獄元兇／氷河鼠の毛皮／若い木霊／花壇工作「短編梗概」（一）／風の又三郎　異稿／けだもの運動会／インドラの網／車／台川／ひかりの素足／耕転部の時計／黄いろのトマト／マグノリアの木／化物丁場／チュウリップの幻術／或農学生の日誌／初期作品集（家長制度／秋田街道／沼森／柳澤／盛岡停車場／猫／ラヂュウムの雁／女／うろこ雲／花柳菜／あけがた）／鳥をとるやなぎ／革トランク／イーハトーヴォ農学校の春／ペン、ネンネンネンネン、ネネムの伝記／十月の末「村童スケッチ」／ガドルフの百合／達二の夢／植物医師「郷土喜劇」／泉ある家／十六日／二十六夜

・第六巻　雑篇（一九四三・一〇）

歌稿／句稿／文語詩未定稿／拾遺詩篇／文語詩草稿／修羅白日／肺炎詩篇／手帳より／序文／論文その他

・別巻　書簡（一九四四・一二）

作品と感想（森佐一）／書簡／宮澤賢治年譜

第一巻から第三巻までの構成が文圃堂版全集と同じであるのは、先に触れたように「十字屋としては文圃堂より譲りうけた全三巻の紙型をそのまま印刷しての再刊を企図してゐた」ことが理由として挙げられる。ただし第一巻と第二巻には巻末に藤原嘉藤治による語註があらたに付され、第三巻では「ぶどしぎ」となっていたタイトルを「よだかの星」と改めるなど若干の改定、及び誤字の修正が行われている。また杉田英生によって「第五回配本の第五巻までは文圃堂版全集のときに原稿が既に用意されていたのでスムーズに刊行された[28]」ということが指摘されている。

このようにして一九三三年に賢治が没して直ぐに起こった賢治全集刊行の流れは十字屋版全集を以て一応の完結を見ることになる。先述したようにこれらのテクストをもとにして初期受容における〈宮澤賢治〉評価はなされていく。

注

(1) 草野心平「宮澤賢治全集由来」(『宮澤賢治研究 I』、筑摩書房、一九五八)。

(2) 草野心平「賢治からもらった手紙」(『歴程』、一九七〇・三)。引用は『わが賢治』(二玄社、一九七〇)による。

(3) 『注文の多い料理店』の掲載作品は以下の九つである。「どんぐりと山猫」、「狼森と笊森、盗森」、「注文の多い料理店」、「烏の北斗七星」、「水仙月の四日」、「山男の四月」、「かしはばやしの夜」、「月夜のでんしんばしら」、「鹿踊りのはじまり」。

(4) 藤原草郎「「疑獄元兇」(付記)」(『岩手日報』、一九三三・九・二九)。

(5) 高村光太郎「知己の詩人の便り四通」(『岩手日報』、一九三三・一〇・六)。

(6) 草野心平「三人」(『詩神』、一九二六・八)。

（7）この追悼会がきっかけになって『宮澤賢治追悼』が発行されたという指摘は栗原敦「「賢治像」の形成―《宗教》的側面から―」（『修羅はよみがえった』、ブッキング、二〇〇七）によるものである。このことは草野心平の「宮澤賢治全集由来」（『宮澤賢治研究　Ⅰ』、前掲）でもすでに言及されている。

（8）草野心平「横光さんと賢治全集」（『日本現代文学全集　横光利一集』月報、講談社、一九六一・四）。

（9）文体社は書物展望社のメンバーである岩本和三郎が書物展望社在社中に新たに立ち上げた出版社である。一九三三年七月から一九三四年八月まで季刊『文体』を刊行した。

（10）草野心平「宮澤賢治全集由来」、前掲。

（11）『宮澤賢治追悼』が一九三四年一月発行であり、文圃堂版全集の第一次配本（第三巻）が同年一〇月の発行であることからこの間の期間であると考えられる。

（12）久松潜一・木俣修・成瀬正勝・川副国基・長谷川泉『現代日本文学大事典（増補縮刷版）』第三版（明治書院、一九七二）所収「文学界」の項（執筆者、森本修）による。

（13）『文学界』は一九三三年一〇月の第一巻一号から一九三四年二月の第二巻二号までの五号を文化公論社から出していたが、そこで一度休刊になり、一九三四年六月の復活第一巻一号から文圃堂が発行元になっている。

（14）関徳彌「業餘片々録　2」（『岩手日報』、一九三四・七・二〇）の中に「宮澤賢治氏の全集がいよ〳〵文学界を発行してゐる東京の文圃堂書店から出版されることになつた第1巻はこの九月初旬には市にでるであらう。待つた待つた、宮澤氏の全集、今日こそ出るのだ。」とある。

（15）長谷川渉「賢治・心平交渉年譜」（草野心平『わが賢治』、二玄社、一九七〇）。

（16）野村胡堂主宰による会について野々上は次のような回想もしている。「会がはじまって酒がそろそろ廻って、一座がすこしざわつきはじめた頃です。私の前の席に座っていた痩せぎすの男が、いきなり大声を張りあげて、お経を唱えはじめました。あまり突然だったので、私は度肝を抜かれた思いでしたが、傍の人にそっと、「あれは誰ですか」とたずねますと、「高橋新吉」だとのことでした。あれが詩人のダダイスト新吉かと、私は驚いたものでした。それから見ていると草野心平、逸見猶吉といったところが、それはもう凄絶ともいえるような飲みっぷりで、そのうち各所で議論や口論がはじまって、座は乱闘に近い荒れ模様となりました。比較的おとなしい土方定一あたりが間に入ってなだめたり、取りなしたりしていましたが、とうとうわけのわからないうちに散会になりました」。ここに出てくる高橋新吉や逸見猶吉、土方定一、そして草野心平は『宮澤賢治追悼』に寄稿をした人物たちであり、彼らがその後の文圃堂版全集の刊行記念の会にも参加していたということは注目すべき事実である。

(17) 野々上慶一『文圃堂こぼれ話　中原中也のことども』(小沢書店、一九九八)。ただし第三巻の売り上げについては同書内に「『宮沢賢治全集』が童話が千部で、あと二百ぐらい増刷して、よく売れて、なんとか採算がとれた」という記述もある。

(18) 菱山修三「宮澤賢治に就いて」(草野心平編『宮澤賢治研究』、十字屋書店、一九三五)。初出は『詩精神』(一九三四・五)。

(19) 谷川徹三「ある手紙」(『東京朝日新聞』、一九三五・一二・一二〜一四)。

(20) 野々上慶一『文圃堂こぼれ話』の中に次のような回想がある。「ともかく出して、朝日新聞に谷川徹三氏が何か書いてくれたんです。あれが売れるきっかけになったかもしれない。賢治は中央では、全然無名でしたからね。」

(21) 小倉豊文「イーハトーヴォへの道(二)」(『農民芸術』、一九四八・八)。

(22) 『宮澤賢治名作選』は三つの形態で出版されている。一九三九年の一巻本、一九四六年の三巻本、一九四九年の二巻本である。収録作品はそれぞれ同じである。ただし目次において一九三九年版と一九四六年版では「詩八篇」/「手帖より」となっているものが、一九四九年版では「詩八篇」をそれぞれ「岩手公園」/「橋場線七つ森下を過ぐ」/「鳥百態」/「旱害地帯」/「月天上穹」/「早春」/「選挙」/「老農」と分け、「手帖より」を「雨ニモマケズ」と改題している。

(23) 安藤玉治『「賢治精神」の実践―松田甚次郎の共働村塾―』(農村漁村文化協会、一九九二)。

(24) 野々上慶一『文圃堂こぼれ話』、前掲。

(25) 草野心平「宮澤賢治全集由来」、前掲。

(26) 『宮澤賢治全集』全一一巻(一九五六〜一九五七)。別巻として草野心平編『宮澤賢治研究』(一九五八)がある。

(27) 十字屋書店版全集第一巻から第五巻までの出版年月には狂いが多いようである。この点について大山尚「「宮澤賢治受容史年表」からの報告(一)」(『賢治研究』、一九九七・一二)に詳しい調査がなされている。今回参照した全集は第三巻・第五巻が初版、第一巻・第二巻・第四巻が第三版のものである。
(28) 杉田英生「宮澤賢治全集の道程」(『修羅はよみがえった』、ブッキング、二〇〇七)。

第七章　一九三四年以後の賢治受容のメルクマール

――横光利一の文藝春秋講演会での発言――

第一節　文藝春秋講演会への注目

一九三三年九月二一日に宮澤賢治が没してからちょうど一年後の一九三四年九月二一日、文藝春秋社によって盛岡公会堂で講演会が行われた。この講演会での講演者は菊池寛、子母沢寛、小島政二郎、吉川英治、そして横光利一の五人である。彼らの講演内容は要旨をまとめられて『岩手日報』一九三四年九月二八日夕刊の学芸欄に掲載された。それによると、横光は「中央と地方　宮澤賢治氏について」と題した講演を行っており、その中で詩人としての賢治を称揚している。この記事の存在に着目した先行研究としては管見の限りにおいて唯一、米村みゆきが講演要旨と「全集申し込み記事」がセットで掲載されているという紙面構成の問題についてのみ指摘しているが[1]、講演の内容までは言及されていない。そこでこの章では、初期受容の中でも極めて早い段階で行われた講演であるにも関わらず、これまでの賢治の初期受容研究においてその内容に踏み込んで論究されることのなかったこの文藝春秋講演会における横光の賢治に対する認識を確認するとともに、その横光の賢治像がその他の賢治受容においてどのような役割を果したかを明らかにしていきたい。

第二節　文藝春秋講演会における横光利一の発言

まず横光が宮澤賢治と関わりを持つようになったきっかけであるが、草野心平が編集した『宮澤賢治追悼』（次郎社、一九三四・一）がはじまりである。すでに第六章で詳述したところと重なるところはあるが、横光の関わりにスポットを当てて再確認しよう。前章でも触れたように、草野の回想[2]によると、献呈されたこの冊子を横光が読んだことが「最初の契機」となって、横光による「全集出版への大きな導き」があったという。この横光を起点とした全集刊行への動きは、最初は文体社[3]を通じて書物展望社による全集刊行を目指すものであった。この書物展望社とは斎藤昌三によって一九三一年に興された出版社で、当時、横光に師事していた岡村政司や石塚友二がここに一九三三年から勤めている。しかしこの書物展望社による刊行計画は「賢治が無名だったことや予想以上の厖大量だったために出版社の危惧から頓挫」という顛末に終わったようで、その頓挫した企画を引き継ぎ、実際に全集を刊行したのが文圃堂であった。そして横光はこれ以降、賢治全集の編集人として名を連ねるだけでなく、一九三四年四月の『文藝』には紹介文付き[4]で詩「雲とはんのき」を掲載させるなど、賢治作品の紹介も行っていた。

では、このように最初の全集刊行という賢治受容における重要な地点において主要な位置を占めるに至った横光が盛岡で行った講演とはどのようなものであったのか。もともとこの講演会は『文藝春秋』一〇月号（一九三四・一〇）で「文藝春秋社の大講演会　十五大都市愛読者大会」として発表されたもので、その第一回目の都市として盛岡が選ばれた。そして編集後記では「これだけの顔触れで地方を訪づれることは、あまりなかつたこと」として「愛読者諸氏の奮つて来会されるやう切望」していると述べられている。また『文藝春秋三十五年史稿』（文藝春秋社、一九五九・四）によると、「社運はこの年（一九三四年――引用者注）辺りから、さらに躍進を示し、まずその秋から年末に及び、全国十五都市に「文藝講演会」を開催して、読者へのサービスに力を注いだ」とあり、この講演会が「読者へのサービス」として企画されたものであったとわかる。この講演会＝「読者へのサービス」という意識は、先んじて行われた改造社による円本宣伝講演会に参加していた菊池寛がその宣伝スタイルを受容した結果であろう。盛岡での文藝春秋講演会はこのような背景のもと、企画された。

この講演会を地元の有力紙である『岩手日報』はいかに報じていったのか。『岩手日報』は学芸欄を担当する森荘已池[5]によって岩手という〈地方〉における賢治受容の主要な場として機能していた新聞である。そこに、まず九月一三日の朝刊に開催を知らせる次のような記事を載せている。

他の一つ（二三日に婦人公論が講演会を行っている――引用者注）は文藝春秋の文芸講演会で是は二日早く二十一日（金）午後六時盛岡市会堂大ホールで開催に決定した。講師は子母沢寛、横光利一、菊池寛、吉川英治、徳川夢声の五氏で子母沢、吉川両氏は大衆作家の暁将、子母沢寛氏の国定忠治その他、吉川英治の女人曼荼羅その他読書界、映画に人気日の出の勢ひとでも称すべき人々で、又徳川夢声のそのユーモラスな漫談は既に当市ではお馴染みである。又菊池氏はあまりに有名な文壇の大御所なら横光利一氏は近大作紋章を発表し文壇にセンセエシヨンを巻き起した問題の作家とも云ふべく堂々たる顔触れである、演題は未だ決定しない。[6]

この記事を見る限りではまだどのような講演内容になるかは決定していない。また実際に講演会に参加した小島政二郎の名前がなく、代わりに徳川夢声の名前がある。しかしこれは『文藝春秋』一〇月号の中に折り込まれた招待券の裏面に記載されている東北地方の講師が実際に講演をした五人の名前であることから恐らく『岩手日報』側の誤記であろうと思われる。しかし「堂々たる顔触れ」であるという認識は文藝春秋社自身も「これだけの顔触れ」といっていることと呼応しており、講師陣の威容を伝えるものである。そして講演会の前日には主催者である菊池寛自身による記事も載せられている。

今までの講演会は殆ど頼まれて出掛けたものばかりだが、今度は自分から進んで、文藝春秋の愛読者諸君に親しくおめにかゝらうといふのだから意気込みが違ふ。一行十数名の文壇人も、僕と文藝春秋の為に喜んで参加してくれた人ばかりだから従来各地で催された文芸講演会とは自づから内容を異にした、立派なものが出来ると確信してゐる。[7]

記事からは『岩手日報』の読者を講演会に引き付けようとする「意気込み」がうかがわれる。また当日の夕刊には講師陣のコメントつきの紹介記事[8]も載せられている。そのコメントを見ていくと、四人ともそれぞれ東北地方に対する思い入れや講演会が楽しみであるなどと語っているのだが、その中でも横光の東北への認識は押さえておく必要がある。横光は「東北が非常に西から見るとくらい土地といふ聯想を人に持たせてゐる。しかし僕はさう考へない」と述べ、講演会において「一番文学に理解を持」った人びとに「新しい文学」を語ることを楽しみにしている。ここで横光がいっている「新しい文学」については横光の講演内容とあわせて後述するが、文藝春秋講演会での講演に横光が並々ならぬ心構えを持っていたという点は他の三人と一線を画すものであり、留意すべきであろう。

このようにして『岩手日報』でも文藝春秋による講演会の宣伝はたびたび報じられたが、実際にどのように行われ、どれだけの人が集まったのかということもまた確認しておこう。『岩手日報』では「一千余の聴衆殺到した」[9]と紹介されたが、『文藝春秋』一一月号（一九三四・一一）にも「講演会、東北行を終へて」というレポート記事が載せられている。この二つの記事を総合して見ていくと、文藝春秋一行は九月二〇日の夜一〇時に上野駅を出発、翌朝九時一二分に一関駅に到着し、そこで一関町長らの歓迎を受けた。そして九時半から、まず一関町役場楼上で各人五分間ずつ講演を行ったようである。ここで横光は「岩手県には花巻の詩人宮澤賢治君があり近く遺稿を全集として発刊するはずだが一度発表すれば日本の詩壇をかく乱する大衝動を与へるであらう、立派な詩人です」[10]というように、わずか五分の講演の中で賢治のことを称える内容を話した。このときの「聴衆の大部は、女学校上級生と、町のインテリ階級諸氏」[11]であったとされている。「町のインテリ階級諸氏」というものがどの程度の人物たちであったかは判然としないが、ここで賢治は「日本の詩壇をかく乱する大衝動を与へる」「立派な詩人」であるとの発言を横光がして、それが『岩手日報』でも取り上げられ、掲載されているということは『岩手日報』を中心とした岩手の地方文化人たちへの影響を考える上で注目に値する。また横光以外で、文学について語った人物には菊池寛がいるが、菊池は「花と話し月と語る文芸理解者は人生の幸福者である、『五月雨の降り残してや光堂』の一句を知つてゐても未知の平泉中尊寺は□（一字判読不能――引用者注）しくも親しまれる」として「人生における文学の重要性を説」いたとされている。この菊池の発言は、「花と話し月と語る」ことができる、すなわち自然との調和を果たせる「文芸理解者」が「人生」という一般化された場において「幸福者」であるということを示したもので、岩手という〈地方〉にいる「町のインテリ階級諸氏」と呼ばれる人びとの〈中央〉へのルサンチマンを慰撫するものであったと考えられる。宮澤賢治を称揚して〈地方〉にも〈中央〉に通用する人物がいたという発言と〈地方〉的であることが幸福であるという発言が並列された講演が「町のインテリ階級諸氏」の前で行われたという事実をここでは押さえておくべきであろう。

そしてこの講演の後に盛岡に入り、午後六時から盛岡公会堂での講演会を開始する。そのときの聴衆は「専門学校程度の男女学生、町の中枢インテリ層、東北の空気に育ぐまれ（ママ）た文学愛好家」であり、「和やかな、燭光の下千六百人を入れる席といふ席は、人いきれの中に咽せ[12]るほどの大入りであったようである。講演会の式次第は次の通りである。[13]最初に「佐々木茂索氏開会挨拶」、つづいて講演が「本当の批評」（子母沢寛）、「中央と地方」（横光利一）、「或る恋愛論」（小島政二郎）、「大衆文学の嘘と史実」（吉川英治）、「日本英雄論」（菊池寛）の順におこなわれ、最後に「朝日日出夫と日出丸のジャズ漫藝」で終えた。横光のものについては後述するので、横光を除いた四氏の講演内容についてまず見ていく。第一に子母沢寛による「本当の批評」を見よう。このなかで子母沢は「自分の長短を批判されることによつてよい作品の肥料を得るために」批評は歓迎するが、「子母沢の書く忠治（国定忠治のこと――引用者注）はブルジョア階級の文化的麻酔だなどといふ途方もない堅苦しい批評」や「考証学的なことをいつて私たちを困らせる」ような批評は「一向有難くない」という。そして「小説と共に泣き笑ふ人々の感想めいた批評」や「小説を書いてみたりする人よりも素人のたどたどしい批評の方が却つてピンと来るものがある」と歓迎している。これもまた先の菊池寛の一関町役場楼上での講演と同じように〈地方〉にいる「町の中枢インテリ層」や「文学愛好家」の耳に心地よく入っていったであろうことは想像に難くない。この子母沢の講演の次に横光の講演が行われる。その横光の講演に続く小島政二郎の講演は、芸術家には「谷崎潤一郎の様に美しい作品を作り出せばこと足れりとするもの」と「人生のため社会のためになる作品でなければいけないとする」「菊池寛の様」なものとの二種類がある、という出だしで始まるのだが、芸術家についてはこの後語られない。そして急にバーナード・ショーの半生と恋愛観を話し、「希望を捨てないで気長に闘へば軈て自分たちの時代が来る」というバーナード・ショーの発言から「仕事をするためには長寿をしなければならない」という結論を導いて講演を終えている。ショーの「希望を」捨てなければ「自分たちの時代が来る」という発言を引いているあたりは「町の中枢インテリ層」や「文学愛好家」に配慮した発言かと思われるが、総じてまとまりのない講演という印象が要旨からは感じられる。これに続く吉川英治の講演であるが、大衆文芸は震災の前後からの「低迷していた文壇」に「写実主義の文芸が置忘れた空想の美を取戻した新しい面白い文芸が生れて来ないかといふ気配がモリ上りその要求に応へ」て登場したもので、「これこそ求めずして与へられた文芸復興」だと断言する。しかし最近の大衆文芸には「空想に走りすぎてデタラメに堕する偏向」が見られるようになったので「リアルな気持で書くやうに」なってきていて、吉川自身は「本当か嘘かなど丶言ふことに無頓着に奔放な空想に溢れた作品を造つてゆかうと思つてゐる」と結んでいる。そして講演会の最後に行われたのは菊池寛の講演であるが、これは源頼朝・義経にはじまって戦国時代の信長、秀吉、家康などのエピソードを並べ立てただけで特に見るべきものはない。

　これら横光以外の講演を概観すると、子母沢・小島のものは聴衆の文学的立場を意識した内容で、吉川のものは大衆文芸と自分の現状を表明したもの、菊池のものに至っては漫談のようなものであり、総じて当時の中央文壇における文学の現在について語った内容であるとは言い難いものであった。こうした講演会の中で横光だけが「中央と地方　宮澤賢治氏について」という中央と地方との関係性を直截に論じようとした講演を行ったのだが、その内容を見ると、講演会を前にして「一番文学に理解を持ち新しい文学に対して熱意を持つてゐるのは東北方面と信じてゐる」から「それだけに講演は期待をもつてほしい」と言ったのも頷ける内容となっている。その概要は次のようなものである。「東京人は人との折衝のさなかに於て直ぐ相手の眼光を通してその相手の心理を悟」ることで生活を成り立たせるが、「地方人はそんな微妙な気遣ひの必要がなくて呑気にその行動によつて判断して十分生活してゆける」と言い、そのために都会と地方のそれぞれに住む人の生活に差異があるとし、都会人・地方人の双方に判断の偏り、すなわち「悪魔性」があると述べている。さらにこの「悪魔性」を取り除くためには「精神生活を所有していなければならぬ」とする。そしてその「精神生活」について、次のように述べる。

> 文学といふものは、そういふ性格とか何かを決定するのを精神生活に深く胚胎する。従つて非常に複雑になつ

てゐる。［…］

都会と地方との差異を除くには精神生活を所有するといふ事が重要である。精神生活を所有することによつて都会と地方と融通無碍に交流し共通の認識が生れ、そこから総てを的確に処理する判断が生れる。

ここから「精神生活」が文学の母体であるという認識を横光が持っていたことが明らかとなる。また「都会と地方との差異を除く」ために「精神生活を所有する」ことが必要だといっていることから、「精神生活」が「悪魔性」という判断の偏りを是正するものでもあるとわかる。つまり人が生活するために発生する精神のローカライズという問題を取り上げ、そうしたトポスによる制約を受けることのない人間、すなわち個人を取り巻く状況から超越した人間となるために「精神生活」の所有が重要であるという。この〈中央〉の文壇で一流とされている横光の発言が、〈地方〉というトポスに縛られた「町の中枢インテリ層、東北の空気に育ぐまれた文学愛好家」たちにとって非常に大きな意味を持つ発言となったであろうことは想像に難くない。ではこの解決策として提起された「精神生活」を横光は具体的にどのようなものとして考えていたのであろうか。そしてこの「精神生活」への言及と同時に、賢治に関して「詩は質的に言つても日本で稀にみる優れたもので、殊にもその生活実践が実に優れてゐる」と「生活実践」への注目を喚起していることからも、横光にとっての〈宮澤賢治〉受容の一端を窺い知る手がかりとして重要であると考えられる。この点について理解していくためにも、横光がこの文藝春秋講演会が行われた一九三四年前後にどのような思想を持っていたのかを次いで見ていく。

第三節　一九三四年前後の横光の思想

一九三四年前後の横光の思想を見ていく時に、やはり一九三五年に発表された「純粋小説論[14]」を無視することはできない。「純文学にして通俗小説」である「純粋小説」の成立を訴えたこの評論を一つの到達点とするならば、そこへと至る過程としても、昭和九年前後の横光はデビュー以来の大きな転機に差し掛かっていたと考えられている。

まず横光が心理主義に傾倒していく様子を追ってみる。「文学的実態について[15]」という文章の中で横光はマルキシズムをはじめとする科学という「仮設」によって「現実が思想のために縮小」しているとし、文学について次のように定義する。

文学とは常に仮設に従ふことであらうか、マルキシズム文学は仮設に従はざる限り、その存在力を失墜する。これは仮設文学の特長である。しかし、もし常に文学が仮設に従はねばならぬとするとき、その仮設の彼方にある実体は、いかにすればよいのであらう。文学に於けるメカニズムの触手とは、その仮設と実体との距離への触手である。さうして、此の文学的メカニズムの触手のみ、ただ常に仮設を突破する搏撃力を有ち得られるダイナマイトだ。此のダイナマイトこそ、それ故に騒音である。ここでは最早や唯心論もなければ唯物論もない。あるものは常にただ文学的実体あるのみである。

ここで「騒音」と呼ばれているものは「真実」のことであり、「近代文学の特長」でもあると横光は述べる。そしてその近代文学の中に現れる「文学的騒音」は「現実の持つ騒音とは、勿論同一ではな」く、「文字をもつて現実の騒音を整理し、その整理したことによつて発生させる幻想上の騒音」であると横光は定義している。つまり「文学的実体」を捉えることを文学上の命題として認識し、そこに至るためにいくつかの「騒音」を組み合わせて新たな「幻想上の騒音」、即ち作中で新たに生まれる真実性の必要を指摘している。そして、それこそが「ダイナマイト」として現実を束縛する「仮設」を打破しうるものだと主張している。この他にも文学と科学の関係について横光は「他の科学の持ち得ない文学の特質である心理描写、及び、それを使用しなければどうしやうもない人間生活の運命の計算といふことが、何よりも武器[16]」になると発言している。この「心理描写」とそれによる「人間生活の運命の計算」という関係は「現実の騒音」と「幻想上の騒音」との関係と相似である。なぜならば、双方とも「真実」の積み重ねによって作品に新たな真実性を作るという関係であるからだ。さらには、「心理描写」を必要とする「純粋文学」とは「作中展開される運命が適確な認識のもとに」「必然性のままに進行する」「真実性のある文学」だというジイドの定義を横光は援用している。[17]この定義からも「心理描写」という科学的真実の積み重ねによって「人間生活の運命の計算」が成されていると考える横光の文学観が明らかである。そしてこの科学的に文学活動をすべきという横光の主張は、「不安の精神が満ちてゐる」現代において、「文学に於ける新しい道徳観の確立を誰もが求め又誰にも分つてゐない」という現状を打破するためにも、文学志望者は「文学書を読む」「義務」の他に「単に文学書のみでなく、広く科学の書物を読んで欲しい」と望み、さらに「自然科学、精神科学に亙つて、及ぶ限り読むべき」で「これから文学を志す人々には、広範な科学知識は欠くことが出来ない[18]」と改めて文学をやる上での科学の重要性を説いているように、その後も継続され、横光の文学意識の基盤となっている。

　これらの評論からは、横光が科学の重要性を認識し、そこから導き出される真実の文学上の用い方へ注目している様子が見えてくる。そしてその上で作家としてどのような小説を書くかということに横光の問題意識はシフトしていく。右に引用した評論「文学への道」の中で「現代は不安の時代だ」という認識を提示しているが、この「不安の時代」という認識は「新小説論[19]」の中でも「混沌とした時代」として問題提起されている。そしてその問題への「解明のよすが」として、「時代精神をもっとも完全に表現する作家」であり「意識的にそれに反抗する人間」、すなわち「流行的な生活よりも困難」な「真摯な独創的な精神生活」（傍点ママ）を営む人間を希求している。この「時代精神」とは何を示すのか。それについては、自らの論を「時代精神とか、精神の危機とか、不安な思想とか、或いは過渡期とかいふ今日の常識語」を並べただけの「水準の低い、無内容の文字のおびただしい無駄な連続」と自己批判しながらも次のように述べている。

> 然しながら私はこの奇しき論理をもつて是非とも読者諸君に一言次のことを伝へて置きたいのだ。この現代の時代精神とは、過渡期といふ歴史的悲劇な一時期であると云ふ観念を。何故ならこの観念を意識するか否かによつて、われわれの文学の価値も、存在の意味も、独創性も、その性格をはつきり認識することが出来るのだから。しかも猶ほ、今日しばしばわれわれの論議の対象となつてゐる、十九世紀の文学と二十世紀の文学との、その根底的な精神及び方法論の問題も、かかる時代精神のその意義と要求とを適確に把握することによつてのみ、正当な実際的な解決を見出すことが出来るのだと思ふから、——而してわれわれが今日のこの時代精神を如何に体得し、処理し、それを如何に創作理論ないし批評活動に使用するかといふことが、即ち私のこの小説論の主題をつらぬく精神でもあるのだ。

横光のいう「時代精神のその意義と要求とを適確に把握する」ためには、先に引用した「真摯な独創的な精神生活」を営む人間である必要がある。そしてそれを文学活動に活用することは横光の「小説論の主題をつらぬく精神」

とされる。すなわち、「新小説論」における「精神生活」とは、「時代精神」や「十九世紀の文学と二十世紀の文学」というような時間的枠組みに基づく文学上の問題を「解明するよすが」なのだ。

このようにまず一九三三年までに組み上げられた時間（時代）の問題を解決するものとしての「精神生活」という意味づけの上に、一九三四年の文藝春秋講演会では都会と地方というトポスの問題への解決をもたらすものとしての意味づけも「精神生活」というタームに付与された。つまり時間という縦軸と、トポスという横軸の双方から個人が受ける二重の制約に対して、横光は「精神生活」を保持することで解決を図ろうとしていた。そして、この「精神生活」という概念は、「通俗的な人間の面白さ」とは「その面白さのままに近づけて真実に書けば書くほど通俗ではなくな」るので「真の通俗を廃し」て「何より人間活動の通俗を恐れ」ずに「純粋小説」を書くために必要とされる「断固とした実証主義的な作家精神[20]」へと結実していくと考えられる。

第四節　横光の発言が与えた賢治受容への影響

右に見てきたように横光の「精神生活」への注目は、文藝春秋講演会に止まらず、当時の横光の文学思想の中枢を担うものであった。そうした横光の思想を受け止めた「町の中枢インテリ層」や「文学愛好家」たちに向けて横光は賢治を称揚し、その「生活実践」への着目を呼びかけたのであり、彼らが賢治を横光のいう「精神生活」の実践者として理解することは自然であろう。また、こうした横光の詩と詩人の生活へのまなざしは賢治に限ってのものではない。一九三一年に評論「詩と小説[21]」において「詩といふものはそれが詩であるから良いといふのではない。その詩に潜んでゐる長いそれまでの生活の匂ひが良いのである」とすでに発言していることからも明らかなように、予てから横光にとって詩の良さは詩人の「生活の匂ひ」と不可分であったのだ。そしてこの横光の賢治理解に呼応するように講演会以降の『岩手日報』において、賢治の生活と作品を結びつける理解が改めて検証されている。例えば福田鐵雄という人物は発行された文圃堂版全集第三巻を読んで「宮澤氏は科学者であつた。［…］自然現象及び人間生活を科学的方法を以て観察し精密周到に分析整理して其実相を把握し是に氏独特の芸術的表現の手法を応用し何人も及ばぬ無限の想像力を以て全然新らしい世界を展開してゐる[22]」と評価し、「われらの聖者」として賢治を讃える。他にも木村圭一という生前の賢治とも関わりのあった医師は「宮澤さんには確かに、我々の五感では未だ嘗て感ぜれなかつた一つの世界が、あの澄み渡つた精神に感じて居られたのである」と述べ、それが作品に込められた「科学的に正確に記載された不思議な光輝を持つ精神の世界」であるとの解釈を披瀝し、賢治を「岩手の偉大なる生活者」と呼んだ[23]。このように賢治の生活への着目という横光の呼びかけは着実に〈地方〉における賢治受容の定番のベクトルとして機能しつつあることが見えてくる。

　また、横光の賢治に対する発言をそのまま取り入れる動きも見られる。講演会にて横光は賢治のことを「一世紀に一人しかでないやうな詩人」という表現で称揚したが、この表現はその後も『岩手日報』の中で散見することが出来る。例えば、「文藝春秋社文藝講演会で横光利一氏をして、一世紀に一人しか生れない偉大な詩人と云はしめた宮澤賢治氏[24]」という文藝春秋講演会のわずか三日後に開かれた賢治研究会の案内記事において早速援用されたのを皮切りに、「横光利一氏が一世紀に一人しか生れないやうな詩人といつた宮澤賢治氏の業績[25]」という母木光による発言、そして森荘已池が賢治全集の売れ行き低迷への嘆きの中で「日本の詩壇と文壇を驚倒させようとしてゐる、一世紀に一人の詩人であり、童話作家であり宗教家である宮澤賢治氏[26]」といって賢治を推薦するなど、広く用いられている。この他にも講演会の一ヶ月前の記事ではあるが森荘已池が、横光の次の文章を用いている。

> 卅八歳の生涯を一意精進童貞で終始したといふ異常な精神生活の潔癖もむろん驚異であつた。けれども、芸術

と宗教と科学との融合統一から、「完全未来型」を完璧にまで体現したその奇蹟のレアリテにより強く心を衝たれた。

横光が文圃堂版全集の内容見本のために書き下ろした「天才詩人」[27]という推薦文であるが、これを引用して「横光氏の目に触れた宮澤さんは『宗教と科学と芸術』の融合統一から完全未来型——を完璧にまで体現したその奇蹟のレアリテとして賛嘆するところとなった。」[28]と森は記述している。さらに横光は文圃堂全集発刊に合わせて『読売新聞』(一九三四・一〇・二六)に「宮澤賢治集　世紀を抜いた詩人」という文章を掲載したが、これが『岩手日報』の同年一一月二日夕刊に早くも転載されている。その中で横光は、賢治の作品を「科学と宗教との融合点火」であると評価し、「生活と文学との重要な問題」を提起するものとしている。つまり、この二つの文章でも横光は「異常な精神生活」や「生活」という言葉を用いて賢治の作品と「生活」を連関させている。そして、この問題提起もまた森荘已池によって引用され[29]、発売された賢治全集を喧伝のために賢治とはどういう人物であり、どういう作品を書いたのかを簡潔に表現できる言葉として使用されている。

また、菊池暁輝編『イーハトーヴォ』(第一期、一九三九・一一〜一九四一・一)に毎号掲載された「各地ニュース」と「喜捨芳名」の欄を参照すると、岩手のみならず山形や仙台、函館、静岡、高知、神戸、福岡、さらには満洲国新京などさまざまな土地の名前が確認できる。そこでは「雨ニモマケズ」や「農民芸術概論」を用いて勉強会や朗読会が行われたことが報告されている。そうした各地の賢治受容者たちが求めたテクストは文圃堂版全集と松田甚次郎編『宮澤賢治名作選』(羽田書店、一九三九)であり、そのテクストを読むための指針を立てたのは横光の発言に端を発する「生活」との連関に基づくものであった。これらのことからも〈地方〉における初期の賢治受容の中で横光の発言は〈宮澤賢治〉を表象するときに非常に効果的に用いられたことがわかる。

このように横光の発言は『岩手日報』学芸欄上で、繰り返し再生産されていったと考えられるのだが、一連の横光の発言を吸収したのは〈地方〉の『岩手日報』だけではない。そこで注目すべきは草野心平によって文圃堂版全集のための副読本として編集・公刊された宮澤賢治友の会による『宮澤賢治研究』（以後、友の会『研究』と記す）に見られる〈中央〉の動きである。この中で草野は「生活記録や書簡や伝記的素材を」「重視し、出来得る限り蒐集したい[30]」と述べているのだが、このように考えていた草野が、森たちが『岩手日報』紙上において新たに構築されていった生活と文学との連関から論じる賢治論に無頓着であったとは考えられない。こうした状況下で生活者としての賢治像が〈中央〉において語られ始めるが、それは草野が求めたとおりの「生活記録」や「伝記的素材」が〈地方〉から提供されたためだと考えられる。実際、そうした記録の提出が、友の会『研究』全五冊記事三二本（賢治の遺稿除く）の内、約三分の一となる一〇本も掲載されている。これらの賢治の「生活記録」に触れた賢治論として、まず田中令三の「神の花[31]」がある。田中令三は岐阜県出身の詩人であるが、当時佐伯郁郎らが主宰していた『文学表現』の同人であり、賢治については佐伯から聞き知ったのではないかと思われる。また「神の花」の中で「草野氏の手で出来た追悼録」から「多くの知己の思い出が載せられて居て、氏がどんなに徳の高い人であつたかゞよくうかゞはれる」と、『宮澤賢治追悼』を読み、そこから賢治の実生活を窺い知った様子が見て取れる。その上で、羅須地人協会を賢治が主宰していたことに言及して「生活を高貴に保つた人だからこそ、徳のはたらきに依つて四次元に踏み込めたのだ。メンタル・スケッチは斯くの如き宮澤氏の精神を俟つてはじめて見事に奏鳴したのだ」と賢治の生活と芸術をリンクさせていった。続く第二号でも坂本徳松[32]と笹沢美明[33]の二人がここに言及している。まず坂本についてであるが、「宮澤賢治の生き方」のなかで「『宮澤賢治追悼』や「宮澤賢治研究」第一号を読み」といっていることから、彼が『宮澤賢治追悼』と友の会『研究』第一号に寄せられた賢治の「生活記録」と「伝記的素材」を読んでいたことは明らかである。〈地方〉から提供されたこの二つの中の「生活記録」を、これまでの〈中央〉

で構築されてきた賢治像に還元するという方法によって坂本は賢治の「コスモスを持つた生き方」を見いだしていくが、この方法こそ『岩手日報』紙上で森や母木らが行っていた賢治作品の読解方法と同じものだ。また、笹沢は田中が第一号で羅須地人協会と資本論について書いていたことを引用していることから当然、第一号を読んで第二号に寄稿しているものとわかるし、文圃堂版全集の内容見本を持っていたと考えられることから、もともと賢治に興味があったに違いない。そしてやはり「生活態度、創作態度は立派なもの」で、そこから「大宇宙的」な「マクロコスモスの文学の作り得る人」として賢治を表象していく。

こうした『宮澤賢治追悼』からの〈中央〉文脈と〈地方〉から提供された賢治の生活との結合は古谷綱武の「全人宮澤賢治」[34]において、より直接的に表されていく。古谷は論の冒頭から、彼にとっての宮澤賢治が「単なる文学者としてではなしに」「殆ど奇跡的といってもよい清澄高潔な人格の美しさ」を持つようになってきたことを直截に語る。そして自分が「都会生活のなかで、文学のための文学といふ狭い世界のなかで生活してゐるにすぎない人間であるということを痛感」し、「文壇に視野を限られた数年の間に、文学者を考へる態度が気づかぬ間に偏し縮つてしまつたことに気づ」いたと自己言及する。そして、「真に自分の生活を生活したひと」であり、「ゲーテ的な意味で」「真の「詩人」である」と賢治を結論づけていった。

このように友の会『研究』において、発行の目的であった「生活記録」や「伝記的素材」の蒐集によって、〈中央〉の賢治受容者たちは〈生活者としての宮澤賢治〉という新しい宮澤賢治像を見いだしていったが、これは〈地方〉から送られる賢治の「記録」という素材が機能した結果であり、友の会『研究』という表象の場において〈中央〉と〈地方〉は連動していたといえるのではないだろうか。そして〈中央〉の生活への注目と時を同じくして、先述したとおり岩手という〈地方〉でも賢治の生活への注目は高まり、賢治の生活を賢治受容の一ジャンルとして確立しようとしていた。つまり同じ素材を手にした〈中央〉と〈地方〉の双方からよく似た形の賢治像が提出されている。この〈中央〉と〈地方〉との連動は一九三四年を起点として、発売された文圃堂版全集第三巻とともに広がりを見せていき、結果として現在にも残る賢治受容の定型となっている。この流れを把握したとき、賢治の「生活実践」への着目を呼びかけた横光利一の文藝春秋講演会をそうした〈中央〉と〈地方〉の受容形態の結節点としても位置づけることが出来るのではないだろうか。すなわち、横光の発言は森荘已池・草野心平の両者を通して〈中央〉〈地方〉のそれぞれに流通し、一九三四年以後の賢治受容の一つのメルクマールとなったと考えられる。

注

(1) 米村みゆき『宮沢賢治を創った男たち』(青弓社、二〇〇三・一二)。
(2) 草野心平「横光さんと賢治全集」『日本現代文学全集　横光利一集』月報(講談社、一九六一・四)。
(3) 文体社は書物展望社のメンバーである岩本和三郎が書物展望社在社中に新たに立ち上げた出版社である。一九三三年七月から一九三四年八月まで季刊『文体』を刊行した。
(4) 横光利一「宮澤賢治氏について」(『文藝』、一九三四・四)。
(5) 森荘已池は生前の賢治とも関わりを持ち、賢治と同様に草野の詩誌『銅鑼』に投稿をしていたこともある岩手の詩人である。賢治没後は草野とともに賢治の紹介に努めた。森惣一、森佐一、M・Sとも記名することがあるが、本書では森荘已池に統一して表記する。
(6) 「思索めい想の秋　文芸講演会二つ」(『岩手日報』、一九三四・九・一三)。
(7) 菊池寛「講演のこと」(『岩手日報』、一九三四・九・二〇)。
(8) 「愈よ明晩　文藝春秋文藝講演会　六時から県公会堂」(『岩手日報』、一九三四・九・二一)。
(9) 「暴風雨と講演会の『競争ですよ』と冗談　噂よりも愛嬌のいゝ横光氏　やはり東京の雨が心配」(『岩手日報』、一九三四・九・二二)。
(10) 「楽隊で歓迎は文壇生活で最初　一関でビツクリの一行」(『岩手日報』、一九三四・九・二二)。

(11) A記者「講演会、東北行を終へて」(『文藝春秋』、一九三四・一一)。
(12) A記者「講演会、東北行を終へて」、前掲。
(13) 「暴風雨と講演会の『競争ですよ』と冗談　噂よりも愛嬌のい丶横光氏　やはり東京の雨が心配」、前掲。
(14) 横光利一「純粋小説論」(『改造』、一九三五・四)。
(15) 原題は「もう一度文学について」(『読売新聞』、一九二九・九・二七)である。以下、横光利一の文章についてはすべて『定本横光利一全集』(河出書房新社)による。
(16) 横光利一「芸術派の心理主義について」(『読売新聞』、一九三〇・三・一六～一八)。
(17) 横光利一「芸術派の心理主義について」、前掲。
(18) 横光利一「文学への道」(『文藝通信』一九三三・一一)。
(19) 横光利一「新小説論」(文藝春秋社発行『新文芸思想講座』第一巻(一九三三・九)から第八巻(一九三四・五)までに四回掲載)。
(20) 横光利一「純粋小説論」、前掲。
(21) 横光利一「詩と小説」(『新文学研究』第二号、金星堂、一九三一・四)
(22) 福田鐵雄「われらの聖者　宮澤賢治全集第三巻を読む」(『岩手日報』、一九三四・一一・九)。
(23) 木村圭一「宮澤さんの事」(『岩手日報』、一九三四・一一・一六)。
(24) 「宮澤賢治研究会公会堂多賀に今晩の集ひ」(『岩手日報』、一九三四・九・二四)。
(25) 母木光「花花と文学の本」(『岩手日報』、一九三五・一〇・二二)。本資料の存在は米村前掲書の指摘に拠る。
(26) 森荘已池「校友会雑誌を見る　3　高等農林」(『岩手日報』、一九三五・二・一九)。
(27) 横光利一「天才詩人」(『宮澤賢治全集　内容見本』、文圃堂、一九三四・一〇)。
(28) 「三つのチヤンス　宮澤賢治全集刊行にからんで」(『岩手日報』、一九三四・八・三一)と「宮澤賢治全集第一巻第二回配本詩集出づ」(『岩手日報』、一九三五・七・三〇)。
(29) 森荘已池「天才の悲劇『校訂版宮澤賢治全集』再刊さる」(『岩手日報』、一九三九・八・一五)。
(30) 草野心平「覚書」(『宮澤賢治研究』第一号、宮澤賢治友の会、一九三五・四)。

(31) 田中令三「神の花」(『宮澤賢治研究』第一号、宮澤賢治友の会、一九三五・四)。
(32) 坂本徳松「宮澤賢治の生き方」(『宮澤賢治研究』第二号、宮澤賢治友の会、一九三五・六)。
(33) 笹沢美明「マクロコスモスの文学」(『宮澤賢治研究』第二号、宮澤賢治友の会、一九三五・六)。
(34) 古谷綱武「全人宮澤賢治」(『宮澤賢治研究』第四号、宮澤賢治友の会、一九三五・一一)。

第八章　初期受容における評価の変遷

——論者の自画像となる〈宮澤賢治〉——

第一節　『春と修羅』の同時代評

賢治の生前における評価となると、その評価軸となるのは生前に数多く発表された詩に対してということになるが、『春と修羅』（関根書店、一九二四）については尾山篤二郎[1]、辻潤[2]や佐藤惣之助[3]の三人によって同時代評が書かれている。これらの同次代評での評価を通観してみると、まず尾山は「「心象スケッチ」と題し」た「かなり立派な詩」は「読んでゐると変な虫惑(ママ)を感じ、著者の不思議な感覚と感情の交差点の頂点を数歩(ママ)する」ものであり、「この詩はダダだ」と断言する。そして「これは恐く本物であらう」という評価を下している。次に辻は「芸術は独創性の異名で、その他は模倣から成り立つものだが、情緒や、感覚の新鮮さが失はれてゐたのでは話にならない」と言い、賢治を「まつたく特異な個性の持主」という。そして最後に佐藤はこのような評価が下されてきた詩人としての宮澤賢治を「詩壇に流布されてゐる一個の語葉(ママ)も所有してゐない。否、かつて文学書に現はれた一聯の語藻(ママ)をも持つてはゐない。彼は気象学、鉱物学、植物学、地質学で詩を書いた。奇犀、冷徹、その類を見ない」ものであるとして『春と修羅』を「十三年の最大収穫」のひとつであるとしている。この三人の『春と修羅』評に共通するものは詩人としての感覚の「特異」さに対する評価である。では、なぜ賢治受容の最初期段階においてこのような作中使用語彙の「特異」さに注目が集まっていたのであろうか。その理由には当然、『春と修羅』が出版された時期、すなわち大正期におけるモダニズム、その中でも特にダダイズムとの関わりが密接にある。周知のようにダダイズムは第一次大戦中から戦後にかけてヨーロッパを中心に広まっていった、既成の西欧文明に対して虚無的かつ破壊的なアプローチをしていく芸術・文学活動のことである。日本におけるダダイズムの展開の中で最も早くダダイストを名乗ったのは高橋新吉であり、運動としてのダダイズムを主張したのは辻潤である。この当時のダダイズムの思想を端的に表したものとして高橋新吉の「断言はダダイスト[4]」の冒頭を見てみよう。

DADAは一切を否定する。
無我を突き摧く、粉々に引き裂く。
無二無三になつて無の所で、無理な小便をする。
仏陀は其処から蟻ほども退く事が出来なかつた。
DADAは滞るところを知らない。
DADAは一切を抱擁する。
DADAは聳立する。何者もDADAを恋する事は出来ない。
DADAは一切に拘泥する。一切を逃避しないから。
DADAは一切のものを出産し、分裂し、綜合する。
DADAの背後には一切が陣取つてゐる。
何者もDADAの味方たり得ない。

ここで示されている「一切」を「否定」し、「抱擁」し、「出産し、分裂し、綜合する」というダダイズムの姿は、尾山、辻、佐藤の三人が『春と修羅』の中に見いだしていったものと近接するものである。それは、詩作の対象として何度となく読み込まれてきた自然というモチーフに対して「かつて文学書に現はれた」表現を全く使用しないで、すなわち「詩壇に流布されてゐる」言葉を「否定」して、新たに「気象学、鉱物学、植物学、地質学」の言葉を用いて、自らの「心象スケッチ」を切り取っていったという評価である。宮澤賢治によって示された「心象スケッチ」という試みはまさに新たな詩の姿を「出産し、分裂し、綜合する」といったものであったのだ。彼らが賢治の詩に対して感じていたのはそうした「ダダ」的な要素である。

彼らが「不思議」であるとか「特異」という言葉で表そうとしたこの評価は没した翌日に『岩手日報』に掲載された次の追悼文にも引き継がれている。

大正十三年心象スケッチ詩集『春と修羅』童話集『注文の多い料理店』を発表して日本詩壇に嘗てない特異の存在を示し新しい巨星として全日本詩壇注目の内に詩作を発表してゐたもので詩、童話その他数十巻の未完の作品を所蔵され、その非ジャーナリスチックの故に高名であり『春と修羅』の如きは刊行当初発行所の不誠意から夜店で売られたりしたが現在は所持者は卅円でも手離さない古典的な名詩集となつてゐる(5)

このように生前の賢治評は、没後すぐに高まっていく賢治評の下地になっていったものと思われる。

第二節　草野心平による賢治礼賛

生前の賢治批評としてやはり最も重要なものになるのは草野心平によるものである。草野と賢治との最初の頃のやりとりについても草野が回想(6)を残している。それに従ってまずは事実関係を押さえる。

草野が宮澤賢治の作品に出会ったのは、一九二四年の夏に当時日比谷図書館に勤務していた同郷の後輩赤津周雄から嶺南大学在学中の草野のもとに『春と修羅』が届けられたためである。そして翌年七月の帰国後、賢治に『銅鑼』同人勧誘の要望を記した手紙を出したところ、賢治から同人参加の承認と「一円の小為替と詩「負景」二篇とを同封して寄越した」とある。ここから賢治と草野の交流が始まるのだが、草野が『春と修羅』を評したのは、それからさらに一年たった『詩神』(一九二六・八)に掲載された「三人」が最初である。その後、草野は評論の中で詳しく触れたものは「エポック」(『詩神』、一九二九・七)、「宮澤賢治論」(『詩神』、一九三一・七)、推薦する詩人として賢治の名前を挙げたものは「詩壇から葬らるべき人々」(『詩壇消息』、一九二七・一)、「君も僕も退屈しないか」(『詩神』、一九二九・八)、「活躍を期待する新人は誰か?」(『文芸月刊』、一九三〇・二)、「エスカレータ」(『詩神』、一九三一・六)と賢治を評価する旨を七度に亘って表明していく。続いてはそれぞれの文中での賢治への評価を抽出していき、賢治が没するまでに草野が持っていた〈宮澤賢治〉の姿を明らかにしていきたい。

まず「三人」では、「世界の一流詩人に伍しても彼は断然異常な光りを放つてゐる」もので、「文壇の新感覚派の諸君は、諸君の先導を務めてゐる。「春と修羅」一巻に習ふべき多くのものをもつてゐる事を私は告げたい。詩壇で第四次元をいふ人は、そのいい手本として「春と修羅」一巻を備へるべきです。」と『春と修羅』の良さを「世界の一流詩人」と比較して薦めている。ただこの文章からは『春と修羅』という作品を読んで「落ち着きを失つてゐる」

草野の姿は見えるが、『春と修羅』のどのような点を如何に評価するかという視点が見えてこない。賢治についての評論として次に発表された「エポック」においては「永訣の朝」の「みぞれはびじよびじよ沈んでくる」という一節を引用して、「宮沢賢治によつて世界中の霙は降らないことになつた」と言い、「詩人はアポック(ママ)を生きることに生甲斐を感じる。極言すればそのことのみに胴ぶるいする」と指摘する。ここにいたって草野の〈宮澤賢治〉の姿の片鱗が見えてくる。「エポック」を読む限り草野は、詩人とは知覚される世界を言葉によって新奇な表現で言い換えていくことを「生甲斐」とする人間だと考えていることがわかる。そして〈宮澤賢治〉は「吾々の尊敬する詩人」であり、その言葉の使い方の新鮮さを草野もまた評価していたということが見えてくる。この詩人の「生甲斐」を草野はさらに言及していく。「エポック」の翌月に同じく『詩神』に載せられた「君も僕も退屈しないか」において「フォルム」という言葉で具体的に論じていると考えられる。まずこの「フォルム」というものがいったいどのような意味を示すのか、ということであるが、恐らくこの「フォルム」は一九二〇年代から三〇年代にかけて起こったロシアフォルマリズムの観点から論じようとしたものと考えられる。ロシアフォルマリズムは形式主義とも言い、ヤコブソン、シクロフスキー、トゥイニャーノフらによって提唱された芸術論である。日本において形式主義は一九三〇年前後に概念が移入され、横光利一や中河與一、蔵原惟人らによって論争がなされた。ロシア・フォルマリズムの提唱者の一人であるシクロフスキーは「芸術は事物の行動を体験する仕方であって、芸術のなかにつくりだされたものが重要なのではない」（傍点ママ）[7]と主張しているが、これはすなわち文学作品自体が重要なのではなく、作品を文学たらしめている文学性こそ文学研究の対象とすべきだということである[8]。さらに「知ることとしてではなしに見ることとして事物に感覚を与えることが芸術の目的であり、日常的に見慣れた事物を奇異なものとして表現する《非日常化》の方法が芸術の方法」[9]であるというシクロフスキーの主張は、右に示した「詩人はアポック(ママ)を生きることに生甲斐を感じる」という草野の詩人観と非常に類似したものである。このような「フォルム」という観念を掲げた草野は、萩原朔太郎や室生犀星、北原白秋などとともに宮澤賢治と自らの名前も挙げて、彼らの詩集が「その時代々に新鮮なフォルムを展開した」ものであり、彼らは「意識的に或は無意識的に自己のフォルムを作り、又はつくることに努力した。取材の「新へ」（ママ）と同時にフォルムの革命を意図した」と指摘する。このようにして「エポック」「フォルム」という二つのキーワードを用いて詩人としての〈宮澤賢治〉の持つ先進性を評価していくことで、自らの詩人観を表明していった草野であるが、最終的に草野の生前評価の段階での〈宮澤賢治〉は二年後の「宮澤賢治論」に結実する。

> 彼は植物や鉱物や農場や虫や鳥や音楽や動物や人物や海や万象を移動カメラに依つて眼いつぱいに展開させる。光と音への異常な感受性によつて確適（ママ）に自然を一巻にギョウ縮した東北以北の純粋トーキー。彼こそ日本始まつて以来のカメラマンである。

まずこの文章から、草野が賢治の評価ポイントとして「カメラマン」、すなわち「心象スケッチの〈カメラアイ〉を的確に指摘」していることを平澤信一が言及している[10]。この平澤の指摘が首肯できることは、先述してきた草野の詩人観と合致することからも明らかである。そして平澤の指摘から一歩進めるとするならば、「東北以北の純粋トーキー」という表現に着目したい。草野は文中で心象スケッチを次のように表現する。

> 彼は彼の心象に映る風景の中の一点であり、同時に作品の中の彼も客観的一点であるに過ぎない。主観と客観は相共に融合し彼の全作品にまんべんなくにじんでゐる。スケールの大がここからくる。

心象スケッチへの一考と「東北以北の純粋トーキー」という言葉を重ね合わせることで草野にとっての『春と修羅』の姿が明らかになる。「トーキー」の映画はアメリカのワーナーブラザーズによる一九二七年の『ジャズ・シンガー』が世界初のものであり、この「宮澤賢治論」が発表されたときには、「トーキー」というものは人びとにとって非常に新鮮なものであったのだ。この「トーキー」と『春と修羅』を並列させることで、そこに展開された「新鮮なフォルム」が有効であるのを示すと同時に、さらに映像という客観と役者の語りという主観が共存するもの、すなわち「主観と客観」が「相共に融合し」ている姿の比喩としても「トーキー」という言葉は機能している。

これらの草野の詩人観や『春と修羅』評を総合すると、彼にとっての〈宮澤賢治〉とは「光と音への異常な感受性」によって「彼の心象に映る風景」を「主観と客観」と「相共に融合」させて、彼の詩を詩たらしめる「新鮮なフォルム」を展開することができた「尊敬する詩人」であった。この草野の〈宮澤賢治〉が、基本形となって没後の評価へと橋渡しされていく。この橋渡しがどのように成されたかを次節以降で確認していく。

第三節　『宮澤賢治追悼』のもたらしたもの

賢治が没した翌年一月という早い時期に出た冊子として、『宮澤賢治追悼』（次郎社、一九三四）がある。この『宮澤賢治追悼』はおおまかに三部構成で出来あがっている。まず『春と修羅』（第一集）から「岩手山」、「鈴谷平原」（末尾にある「こんどは風が」ではじまる括弧内の部分のみ）と中折帽をかぶって田園に立つ有名な写真が掲載されたあと、賢治の略歴と遺稿「龍と詩人」が掲載される。続いて宮澤清六、関徳彌、母木光、森荘已池ら九人による賢治の追想録が収録され、作品については高村以降二二人が言及、最後に草野によって当時わかっている限りの作品目録がまとめられている。この追悼集は草野心平が編集したもので、草野自身の回想[11]によると「『宮澤賢治追悼』の発刊を計画したのは、私が花巻の宮沢家を訪ねて東京へ帰る汽車のなかでだつた」ようである。そして『歴程』の未刊前身である『次郎』を発行する予定で立ち上げた「次郎社」から『宮澤賢治追悼』を発刊することになるが、その事情について草野は次のように述懐している。

「次郎」は印刷費の目あてがなかなかつかずにぐずぐずしてゐたが「次郎」のかはりに『宮澤賢治追悼』を出し、架空の次郎社はこのまま姿を消させることにした。『宮澤賢治追悼』は前述のやうに「次郎社」が発行所になつてゐるが、実は弥生アパートの逸見の部屋のドアには「次郎社」といふ名刺もはりつけてはなかつた。『宮澤賢治追悼』の定価は五十銭で売れることは辞さなかつたが発行所への注文などはなかつたので「次郎社」の所在など必要でなかつた。出版費の大部分は宮沢家で出し、八十三頁、部数は百部だつたと記憶する。[12]

この『宮澤賢治追悼』の中には草野から賢治を紹介されたという発言が多く存しているのだが、米村みゆき『宮澤賢治を創った男たち』（青弓社、二〇〇九）はこれらを取り上げて「賢治不知言説」と名付け、「こぞって草野に勧められたといった、その発言が含みもつ「ある事情」」を指摘している。その「ある事情」とは二つある。一つはこの草野の回想に「出版費の大部分は宮沢家で出し」とあるように「宮沢家の援助で」（傍点ママ）発行することになったという「経済的な事情」である。そしてもう一つは『次郎』と『歴程』のメンバーの中から「賢治研究に携わる者」が多く輩出されているが、「賢治不知言説」と連関させることで彼らの「賢治像のイメージ形成」に「中心的推進力だった草野の言説」が「色濃く影を落としていた」という事情である。この二つの「ある事情」が「賢治の名がなぜ文壇に広く流通していったのかという疑問」の解消に繋がると米村は指摘するが、これは推論の域を出ないだろう。まず、草野の影響についてであるが、確かに紹介者が草野である以上、「賢治不知言説」の対象に挙げられた人びと[13]は草野が抱いた〈宮澤賢治〉というフィルターを通して賢治の作品を知ったと考えられる。しかし、彼らのほとんどは賢治の作品を読まずに、『宮澤賢治追悼』に寄稿したわけではない。僅かであっても作品を読んだ上で、そこから得られた印象をもとにそれぞれの〈宮澤賢治〉を想像（創造）して、文章を書いていることは明らかである。その上で草野の〈宮澤賢治〉と彼らの〈宮澤賢治〉のなかに類似性が見いだせるのであれば、そこには草野の影響以前に当時の詩人たちが置かれていた文壇の状況と思潮という同時代状況が関わっていると考える方が妥当だと思われる。そしてもう一点の「経済的な事情」についてであるが、草野はこの追悼集の発刊を「東京へ帰る汽車のなか」で思いついたのであり、決して追悼会の席上で宮澤家から頼まれて思い立ったとは書いていない。そこに次郎社の「経済的な事情」と「宮沢家の援助」を結びつけて『宮澤賢治追悼』の発行の契機とすることは恣意的な想像といえよう。

それでは『宮澤賢治追悼』を賢治初期受容のなかで、どのようにして捉え直せばよいだろうか。まず当時の文壇、特にここに執筆をした、米村のいう「「歴程」同人」たちがどのような問題意識を持っていたかを概観することで、『宮澤賢治追悼』の中に現れた〈宮澤賢治〉の姿とその立脚点を明らかにしていく。続けてこの追悼集のなかで賢治の作品について論究している文章を中心に、どのような作品を取り上げて〈宮澤賢治〉を想像（創造）しているかを押さえていく。このようにして『宮澤賢治追悼』の中に現れた〈宮澤賢治〉の姿とその立脚点を明らかにしていきたい。

米村は『宮澤賢治追悼』に寄稿した人びとが後の『歴程』同人であることに「賢治の名がなぜ文壇に広く流通していったのかという疑問」の解答になるというが、彼らが主な活躍の場とすることになった『歴程』とは当時の詩壇においてどのような特色を持った雑誌だったのか。『歴程』は一九三五年五月に草野心平と逸見猶吉、高橋新吉、菱山修三、中原中也、尾形亀之助、土方定一、岡崎清一郎の八人によって創刊された詩雑誌である。戦前は一九四四年三月の第二六号まで発行された。また創刊号には賢治の遺稿の中から「倒れかかつた稲のあひだで」が掲載されている。この雑誌の特徴は主義主張にとらわれずに様々な詩人が同人として参加した点にある。そうした『歴程』の特徴は、「「歴程」の本質は、不定性にあ」り、「不可避としての詩人として生活を生きること、その自覚があり、意識的姿勢があるかぎり、その詩人は同人に参加していようがいまいが、「歴程」同人でありうる」もので、「「歴程」の同人意識は、〈等〉として、常に開かれ」たものであったという勝原晴希の指摘(14)や、『四季』のメロディアスな韻律や、諦観に通じる咏嘆や、静観的観照的な態度に対して、『歴程』にしばしば見られる破調や絶叫や咆哮、時として見られるグロテスクや憤怒や風刺によって証明され」るとして当時の同人の一人藤原定の指摘(15)によって示されている。『歴程』同人で『宮澤賢治追悼』に寄稿した人物は確認出来た限りでは次の通りである。高村光太郎、高橋成直（元吉）、吉田一穂、永瀬清子、尾形亀之助、宍戸儀一、小野十三郎、尾崎喜八、菱山修三、佐藤惣之助、土方定一、高橋新吉、逸見猶吉、そして草野心平の計一四名である。

この『歴程』の流れを確認したとき、浮上してくるのが『銅鑼』である。『銅鑼』は一九二五年四月、当時中国広東省嶺南大学に在学していた草野心平が現地で知り合った黄瀛、劉燧元、梁宗岱らと創刊した同人詩誌である。草野は排日英運動の影響（五・三〇事件）から同年七月に卒業を前にして日本に帰国したが、帰国後も『銅鑼』の発行を続け、一九二八年六月に出た第一六号まで続けた。そしてすでに触れたとおり、『銅鑼』には生前の賢治も第四号以降、詩を投稿している。この『銅鑼』の特徴として挙げられるのは「大正末期から昭和初年の詩壇の変革交代期に当たり、大陸的詩情と風諭的知性(16)」に溢れ、「思想的にマルキシズムやアナーキズムの理念を潜り、自主自律と個我の解放を目ざして独自の詩風をこらした(17)」雑誌であったというものである。この『銅鑼』同人として『宮澤賢治追悼』に寄稿した人物は次の通りである。森荘已池（『銅鑼』には「森左一」で投稿）、高村光太郎、尾形亀之助、黄瀛、萩原恭次郎、小野十三郎、神谷暢、尾崎喜八、土方定一、手塚武、高橋新吉、竹内てるよ、そして草野心平の一三人である。単純に人数を比較しても『歴程』同人となった人びとの人数と変わりないものとなっていることがわかる。

確かに米村が指摘したように、その後の詩壇において重要な位置を占めるようになる『歴程』の同人となった人びとが寄稿していたという事実は押さえておくべきものではある。しかしそれだけでは事後的に『宮澤賢治追悼』を理解しようとする一方的な意味づけでしかない。時代の流れに即して理解しようとするならば、やはり『銅鑼』同人であるということを押さえずには語れない。『宮澤賢治追悼』は「思想的にマルキシズムやアナーキズムの理念を潜り、自主自律と個我の解放を目ざし」た『銅鑼』同人によって構成された〈宮澤賢治〉論集なのだ。

第四節　芸術家としての〈宮澤賢治〉

草野が「東北以北の純粋トーキー」という言葉で『春と修羅』を評したときから、宮澤賢治という作家が岩手という地方にいて、その地方を題材に作品を作っていたというバイアスはすでに存在している。日本という中央集権体制を布いた近代国家は文芸の場においても、東京という〈中央〉以外のものを辺境のものとして扱った。そして非〈中央〉のものは文壇の中枢で主体として振る舞うことはできず、常にまなざしを受ける対象であった。米村はこの〈地方〉にむけるまなざしの主体者が持つ暴力性の表れとして、『宮澤賢治追悼』に収録されている高村光太郎の「コスモスの所持者宮澤賢治」での「地方的の存在」という発言や、同じく『宮澤賢治追悼』に収録されている小野十三郎「田園交響楽」における「暗い岩手青森あたりの田園の自然や風物」という発言などを取り上げている。そして「エドワード・サイード『オリエンタリズム』の示唆を借りれば、ここには、中央文壇によって表象＝支配されていく客体としての賢治像が見られ」ると指摘する。この二人の〈地方〉への「辺縁」であるとか「暗い」

とかいうステレオタイプな視線を『オリエンタリズム』の示唆」を用いて批判的に論じることは容易である。しかしその批判の仕方では、米村（現在）から高村ら（過去）への一方的な視線を向けるという、新たなまなざしの主体者としての暴力性を生むだけではないだろうか。彼らの無意識下には、宮澤賢治を評価するのと同時に、賢治の持つ〈地方〉性を領略していこうとする欲望があったであろう、ということを否定するのではない。ここで強調したいのは、当時の文脈を理解した上で、丁寧にその発言の意味を確認する必要があるということである。そこで改めて米村も取り上げた高村と小野の文中に見える〈宮澤賢治〉の姿を確認していきたい。

まず高村の賢治評を確認する。高村はまずセザンヌが「文化の中心巴里から遠く離れた片田舎エクスにひきこもつて」いたのに、「世界の新しい芸術に一つの重大な指針を与へるほど進んでゐたのは、彼が内に芸術の一宇宙を深く蔵して」いたからだと前置きをし、次のように述べる。

> 内にコスモスを持つ者は世界の何処の辺遠に居ても常に一地方的の存在から脱する。内にコスモスを持たない者はどんな文化の中心に居ても常に一地方的の存在として存在する。岩手県花巻の詩人宮澤賢治は稀に見る此のコスモスの所持者であつた。彼の謂ふ所のイーハトヴは即ち彼の内の一宇宙を通しての此の世界全般のことであつた。

つまり「芸術の一宇宙」という「コスモス」の所持者であるという一点で賢治とセザンヌを結び、その「コスモス」こそが「世界全般」と繋がるための要であると高村は指摘する。この「世界全般」という意識がどこから来たものかを考えるとき、鍵になるのは高村の美術評論「緑色の太陽」[18]である。ここで高村は「芸術界の絶対の自由」を要求し、「地方色というものを無視したい」と断じている。そして「制作時の心理状態は、従って、一個の人間があるのみであ」り、そこには「日本などという考えは」なく、「自分の思うまま見たまま、感じたままを構わずに行るばかりである」と述べている。ここから導かれる高村の芸術家としての理想の態度は、まさに「内にコスモスを持つ者」として示された「世界全般」で通用する芸術家、すなわちコスモポリタンとしての芸術家のあり方を示したと考えられる。そしてこのように考えたとき、「コスモスの所持者」として表象される〈宮澤賢治〉は今もなお通用する評価として認められる。なぜならば、高村の示した〈宮澤賢治〉は作品の中から〈地方〉性をクローズアップすることで得られたものではなく、詩人として、すなわち芸術の制作者としての賢治を評価して出来上がったものだからだ。こうした芸術の制作者としての賢治を評価したのは小野も同様である。

> 第一彼の詩に於ける自我の表出はそれ自身として決して心理的に特異なものでなく、一九二〇年代の東北一帯の農村の現実（リアリテ）をその内部に包蔵し、そいつを苛烈に反映せしめてゐる点に於ては、極めて普通のことですらあり、徒らに歪められたり、現実から游離した所謂特異な幻想なるものはこ、にはないのではないか。[…]僕は彼の詩人としてのすぐれた手腕に感心すると同時に、現実が詩人や作家の心理や意志に及ぼす無限の複雑な作用に驚愕を新にした。いかなる強烈な自我、いかなる奔放な幻想、いかなる沈痛な内省、そしてまたいかなる朦朧たる宗教性の中にあつても、偉大な芸術は現実の厳しい真実を作為的にひんまげ、それを毀損するやうなヘマはやらない。この真実に磨きをかけ、研ぎすます努力が芸術上のリアリズムの仕事である。宮澤の詩は近代日本が持つ一つの田園交響楽（パストラルシンフォニー）であると云へると思ふ。

小野は右のように述べているが、ここで小野が「感心」しているのは「詩人としての優れた手腕」を持っているという点と「芸術上のリアリズムの仕事」である「現実（レアリテ）」をそれとして「研ぎすます努力」をしたという点である。

作品から得られた感想は「暗い岩手青森あたりの田園の自然や風物を髣髴と」させるというような〈中央〉に属する小野の〈地方〉への偏見を反映させた内容であったとしても、小野が評価できるものとして提示した〈宮澤賢治〉は「芸術上のリアリズムの仕事」を高い完成度で成し遂げることができた優れた詩人というものであったと考えられる。このような「コスモス」をもち、「詩人としての優れた手腕」を以て「現実（レアリテ）」を映し出そうとした〈宮澤賢治〉は、近代という枠組みを問い直す存在としても認識されていく。この点について次項で考察を加えていく。

第五節　近代的知性への反抗者

『宮澤賢治追悼』の中から、生前の賢治批評から繫がってくる作中語彙の新鮮さに注目した発言を拾っていくと、そうした評価を与えている人物の一人として佐藤惣之助がいる。佐藤は前節で触れたように生前にも『春と修羅』を「詩壇に流布されてゐる一個の語葉も所有してゐない」ものとして評価していたが、その評価は『宮澤賢治追悼』の中でも変わらない。


　そこには天文、地質、植物、化学の術語とアラベスクのやうな新語体の鎖が、盡くることなく廻転してゐた。例へば「小岩井農場」の如き。

　そこには私達の持たない峻烈な、雪線的気芳があつた。蜒蜒たる龍骨があつた。そして紫外、赤外線的、科学風景が果てしもなく把述されてゐた。

　これは当時の詩壇の驚異であつたが、「春と修羅」は一般に読まれずに終つたらしい。特に私は人に奨めて、その寄贈本さえ（ママ）、今は失つてしまつた。

［…］

「春と修羅」をもう一度改刷するがいゝ。めまぐるしい小詩壇の変化や時代色を絶して、この「春と修羅」は君臨するだらう。

特異な、俊才的な、しかも鬼気さへもつ詩芬ではないか。(19)

やはり「私達の持たない」点が大きくクローズアップされ、それが「特異な、俊才的な、しかも鬼気さへもつ詩芬」をもたらすものだとして評価している。佐藤は『春と修羅』以後の賢治の作品では「高村氏がしきりに褒めてゐた」から「何かの雑誌で、同君の童話を読んだ」らしいが、それについては「清奇な組立てにふしぎなオリヂナリテー」を感じたといっている。この「オリヂナリテー」は「詩壇に流布されてゐる一個の語葉も所有してゐない」「特異」性と同義であると考えられる。この点からも佐藤の評価は一九二四年の『春と修羅』評から一九三三年にいたるまで変わらずに「特異」で「オリヂナリテー」のある表現をする〈宮澤賢治〉というものであったということがわかる。そしてその「オリヂナリテー」を産出するものとしての「天文、地質、植物、化学の術語とアラベスクのやうな新語体」を使った賢治の表現技法への注目を呼びかけている。

この「術語」の使用については佐藤だけの評価ではない。逸見猶吉もやはり「自然現象の全般にわたるテクニカル・タームの自在な駆使」を賢治の特性の最たるものとして挙げている。それは以下のような評価の中においてである。

詩集「春と修羅」を読んだ最初の時以来、溢れてはとめどなく流れる豊富なイマジナッションの喚発と、疲れを知らぬ強大な滲透性とはなんと私を撃つてきたことだらうか。マゼラン星雲の位置と状態とをもつて、つねに鏘々たる内在の鳴動を伝へた秀抜なる存在、宮澤賢治。〔…〕植物や岩石、地質や気象、又は農牧その他生物の、自然現象の全般にわたるテクニカル・タームの自在な駆使は、生硬にならうとする表現力を、氏独自の階調をもつて、思ひもかけぬ特異微妙の波にそふて、赴くところまで赴かせる。権力をふみ躙り、愛や碍子や颪に捉へがたく擾されながら、無機の光芒に乗つてうねりゆく各々の詩句は、極めて放膽、しかも複雑な、異体な、なんといふ力に抑制されてゐることだらうか。するどく断裁された鋼の面のやうにぎらりとしたもの、退転することのない秩序。或る種の人間のみが所有する潔い血のいろ。真の芸術に全流をもつてする契機が、そこに誠実な夢や言葉を投げかけてゐるのだ。[20]

逸見は佐藤同様に賢治の詩における表現技法の特異性を評価のポイントとしている。そしてその独特な詩句が放埒に飛びまわろうとするのを「複雑な、異体な、なんといふ力に抑制」させているところに「真の芸術」としての姿があると指摘している。この特徴を「退転することのない秩序」であるとして逸見は評価する。そしてこの文章から、逸見にとっては対象を自らの知覚によって掌握し、それを理知的な制御のもとに「オリジナリテー」のある言葉（ここでは「テクニカル・ターム」）を使って表現することこそ良い詩となる。つまり、ここでの〈宮澤賢治〉は対象を極めて主知的に把握して表現する詩人、換言すれば近代的知性を用いて自然を自らの認識の俎上に載せて表現しようとした詩人として描かれている。

しかしその一方で賢治の評価を自然への「解放」に見いだしていった人物たちもいる。それは宍戸儀一、神谷暢、菱山修三の三人である。まず宍戸の論は『春と修羅』、『注文の多い料理店』を読んだといって始まり、[21]次のような評価に行き着く。

私の七年ほど前の印象に残つてゐるのは、湧き溢れて爽やかに乱れてゐる自然そのもの、笑ひである。影像は、この笑ひのなかにその個々の造形性を融解して、無数の光る要素（エレマン）となつて騒擾してゐる。さういふ漠然とした感じだけが残つてゐる。(22)

「自然そのもの」としての〈宮澤賢治〉を評価の対象としている。これは、「テクニカル・ターム」で表される科学的知識を背景に自然を認識・表現し、己の知覚の下にその表現を「抑制」していく〈宮澤賢治〉という逸見の見いだしたものと好対照の賢治像である。なぜならば、逸見の〈宮澤賢治〉は自然とは別個に存在する認識者として賢治をとらえたものだが、宍戸は「自然そのもの」、すなわち賢治と自然とが分離せず融合している様子を見いだしているからである。この自然との融合を評価した宍戸ではあるが、そうした賢治像からの印象を「漠然とした感じ」としかいえていないように、「自然そのもの」であるということがどういうことかを指摘しきれずにいる。これに答えていくものとして菱山・神谷の論究を続けて見ていく。

菱山は『春と修羅』を「つい先頃、草野心平氏を介して知つたに過ぎない」と前置きをして次のように述べる。

その遺著に接すると、日常人としての故人は別として、彼は少くとも幸福な詩家として私の目に写る。まことに放恣といふに近い感性の豊饒は、眩いばかりである。そこでは、追求といふよりは解放が先立ち、抑制と試練といふより行動が先立ち、自己に依る自己の操作といふより恒に雅懐が、形而上学が、先立つてゐるやうにみえる。(23)

先ほどの宍戸が「自然そのもの」という言葉で示そうとしたものを、菱山は「追求」よりは「解放」を、「抑制」

よりは「行動」を、そして「自己に依る自己の操作」ではなく「雅懐」と「形而上学」を表していたというように具体的に換言して示している。そして詩を作るということを「極めて理知的な操作」と認識して、そのような操作をする「私共とは対蹠的な故人の態度」を認めていた。そしてこの菱山の言った「自己に依る自己の操作」、または「理知的な操作」からの脱却というものを神谷は評価の対象としていく。

自然の生動は「感じ」のうちにのみ呼吸し、生きることが出来る。それ故、彼は恒に、ハッキリと原質性を知り、把む為めに「感じ」を尊んだ。それが豊富な滋味となつて宮澤賢治の精神に浸み込んでゐる。この点宮澤賢治は、固定化され易い科学の分化に対して、大きな解放を与へてゐる。原素のいろ〳〵の複合が生む調和や流動を、原始的な元素に孤立させ、分析し、凝化することではなくして、それら複合の拡充や、調和を乱すことなく捉えてゐる。それ故、自然の風景を定限の枠に入れることをしない。自然の風景の不定限を、その種々な感動を言葉のうちに混融せしめる。強く刺戟する。僕たちは驚ろく。[24]

賢治の作品が内包している自然の「解放」というものをより具体的に述べることで、神谷は賢治の非理性的な性格を評価する。賢治の詩の評価すべき点を「固定化され易い科学の分化」から「大きな解放」を「自然の生動」に与えたことに見るというこの観点は、まさに逸見が「テクニカル・ターム」を用いて放埒な自然を「秩序」化させていると言った観点と対を成す考えである。そして、これは科学と自然という二項対立から近代と非・近代という観点へと容易に接続していく。

ここに着目したとき、吉田一穂の文章が非常に興味深いものとして浮かび上がってくる。『宮澤賢治追悼』[25]に収録された吉田の文章は『岩手日報』一九三三年一〇月二七日に載せられた「虫韻草譜」を一部改訂し再録したものである。この中で吉田は「季刊『新詩論』創刊の編集会議で、宮澤賢治氏が多くの者の推薦するところとなり」「病床から送られた」「半蔭地選定」と「林学生」の二篇を[26]「精読した」として、次のように述べる。

> 前者は白昼の眩暈で無機化学の白光スペクタクルである。これは正に夜の思想たるランボオのイルミナツシオンに対比され得やう。また後者は酸素発光の蛍光を想はせるものがある。我々は燐をもつて書かれた羊歯や蘭花植物の透明な夢――交錯する硝子細子の光眩の中で、我等の背後に一種の真暗な不安を感ずる。この不安は二者を通じて同じ背後の黒色である。彼の詩を読んで最初に感ずる根元的な特質は第一にこの背後のカオスである。〔…〕これを宮澤賢治の主体に於て観るならば如何か。私の探究の主意はこの混淆にある。彼にとつて形而上の、或は宗教的なるもののドメエンであつたかも知れぬ。これは果して彼の太初であつたらうか。単なる自然人として素朴といはれる発想の根源であつたらうか。彼は我々が普通『素朴なる』といふ形容冠をして呼ぶところの『自然』の自然人の発想に終始したのであらうか。以上のような詩人であつたならば、人に驚異を与えた特異性とその威力は断じて出て来ない。彼の背後のカオスは『作品』といふ前景に押出されて、光暈眩耀の一大オルケストレイションとして白色還元を渦まいてゐる。その空気の流れの筋に光をあてゝ混淆度を高める不可思議さ。この技法すらも何等、彼の意識的な操作によつたものではない。彼は背後のカオスと自己を前面に投出して対立させたのである。何んとなれば彼自体、一個の独自な『自然』であつたからだ。[27]

吉田の文章から押さえておくべき〈宮澤賢治〉は「彼の背後のカオス」を作品のうちに押し出した「一個の独自な『自然』」であるということである。この『自然』とは「我々が普通『素朴なる』といふ形容冠をして呼ぶところの『自然』」ではない。作品の中に「光暈眩耀の一大オルケストレイション」を巻き起こす「カオス」によるものである。ではその「カオス」は何を示すのか。それについては吉田の「作品」観から明らかになる。これもまた文中において言及されたものだが、「混沌と対して或は闇の認識の仕方に於て自我の客観的意識形態を『作品』と呼ぶ」と吉田はいっている。すなわち「カオス」という「混沌」とは「自我」のことであるのだ。この「自我」を賢治は「客観的意識形態」にせず、そのままに「『作品』」のうちに投げ出す。換言すれば、近代的知性によって自己という自然を分析しようとする近代文学の方法を超越した表現方法を賢治が採っていたという指摘である。これによって近代文学史上「一個の独自な『自然』」となった賢治という認識が生まれてくるが、よく似た指摘を永瀬清子もしている。永瀬は『春と修羅』について触れて書いている。続けてそれを見ていく。

彼は客観した自然をうたつたのではなくして、自然とけじめもつかぬほどにとけ合ひ、いはゞ彼の内部に生れた自然をあとからあとからさらけ出したのだ。［…］だから彼が幻想的でさへあると云ふ事は亦、彼があまり自然に対して古代人的な、神話作者的な驚異感の反乱を感じてゐたゝめで、近代人の観念に疲れた幻想とは全く別物である。云はゞ感覚的に極度に新鮮であり振幅が大であつたからだ。彼ははじめて見たやうに自然を見、その自然描写には肉体的喜悦さへみなぎつてゐる。かくて彼は万葉集以後第一流の詩人であると思ふ。［…］私共にとつて宮澤さんが見られたやうな自然はもうない。私共は彼とちがつて歴史以後の人間である。彼が「風景やみんなと一所に」と云ふ意味は、あるがまゝの自然、輝やける雲、青い草木を意味してゐるが、私共にはそのまゝ社会的関連の意識をも含んでゐる。(28)

永瀬のこの指摘もまた吉田の指摘と同様に、「彼の内部に生れた自然をあとからあとからさらけ出した」〈宮澤賢治〉という認識を語ったものである。永瀬は吉田が「客観的意識形態」という言葉で示そうとした文学の近代性を

「客観した自然」と言い、さらに「近代人の観念に疲れた幻想」とまで痛烈に批判している。この永瀬の批判する「近代人」から離れた人物として〈宮澤賢治〉は「万葉集以後第一流の詩人」[29]とまで称揚される。

以上の人物の発言を鑑みていくと、当時、すでに現代に至るまで賢治像の中核を占めていくことになる、近代を超克したものとしての〈宮澤賢治〉が登場してきているのがわかる。またこの反近代の意識は宗教意識と結びつき、これを乗り越えようとする視点も生んでいる。そのような賢治の持つ宗教性への言及を次に取り上げていこう。

第六節　宗教への接続

『宮澤賢治追悼』のなかにはわずかにではあるが、賢治の宗教性に言及する論がはやくも存在している。栗原敦は『宮澤賢治追悼』の中ではまだ「「宗教面」が特に深められている訳ではない」[30]と指摘しているが、決して紹介されなかったということはない。『宮澤賢治追悼』の中で指摘されることはその後の賢治研究の中での宗教というもののポジションとも連関を持つと考えられる。そのような賢治と宗教のつながりを示す論考のひとつは、生前の賢治と一度会い、「宗教の話」をしたという黄瀛のものである。この中で黄瀛は作品としては『春と修羅』を読んでいたと語り、次のように述べる。

私は宮澤君を今は彼が信ずる浄土にて法悦の道にいそしんでるやうに思はなければならない。
地獄に堕つべき運命の私が仰いで彼を見上げる時、彼はとつ〳〵と上から私に話しかけるであらう。
宮澤君の死がどれほどの価値を持つか、それは彼の人間の何分の一、何十分の一に過ぎない。それよりもたつた一ぺんお目にかゝつたのみの私は、この期に際して彼を知る士より、もつと多く彼の話をきゝたいと希望する。[31]

実際に賢治と会ったことのある黄瀛にとって〈宮澤賢治〉は宗教的な意味合いが強いようである。この「法悦の道」に勤しむ〈宮澤賢治〉の姿と呼応するように岡本弥太は『春と修羅』第二集に収められた「春谷暁臥」を引きつつ、科学と宗教の混淆を〈宮澤賢治〉の中に見いだしていく。


宮澤の四次元的冬がきて亦すこしの間、宗教時と数理時について誰もが考へるやうになるのであらう。

さうして宮澤的な詩について考へなほすであらう。

すこうしでもよい。さうした時間もあつてよいときではないか。さうして静かなところから否定し、とるべきはとるのがいゝではないか。もう一切の借物一切の根のない流行、そんなもの、許ないどんづまりになつた。

宮澤の死のある一つの意義をかういふところにも眺めたいと思ふ。

無上道はこゝにもある。雲のなかでない。

＊＊

何らかの意味で、あの言ひ古された個性といふことがこのたびのことで重視されてくるのであらうとも思ふ。

死者はよろこんでその方便になるのであらう。

そうして偉大な個性といふものが偉大な悟性とどのような関係におかれるか。

［…］

過去・現在・未来・宮澤賢治の芸術はどこの一端にも座して悠々とゐた。

永遠時（数理的）のほかの絶対時（宗教時）を自分は解らぬながら考へてみる。

彼の詩はその純粋持続時の律だ。音楽などができたといふのも当然である。

＊＊

［…］

自然科学は所詮、彼の指す極への一つの霊媒にすぎなかつたと思ふ。

科学と信仰との問題など、彼にとつてあまりに物珍しくない当然の縷のことがらであつたであらうと思はれてゐる。

論理を超へたロゴス――それはいつかはまた実証される天地かも知れない――そのようなものを自分には感じさせられる。

宮澤にはあまりに当然すぎる第四次元界の天地であり、それがすべて何の破綻のない彼の肉体の部分であることは、「春と修羅」をみてよくうなづかされた。(32)

文中で岡本が感じている「論理を超へたロゴス」という一見矛盾した感覚は、もはや人智のあずかり知らぬ所でうごめく偉大なる自然の姿を直感的に捉えたものではないだろうか。そしてそれは「もう一切の借物一切の根のない流行、そんなもの〻許ないどんづまり」、すなわち真理の場であり、「過去・現在・未来」の「永遠時（数理的）」という「論理」を超えた「絶対時（宗教時）」という「ロゴス」が支配する「天地」である。その世界こそが「第四次元界の天地」であり、〈宮澤賢治〉の闊歩する世界であったと岡本は捉えている。賢治の生前評から草野が描いた〈宮澤賢治〉をすでに確認したが、そこには賢治の宗教性はまだ付与されていなかった。しかし没後三ヶ月程度で発行された『宮澤賢治追悼』の中にはこのように賢治の宗教性を作品と結びつけようとする観点からの立論が成されている。

以上のように『宮澤賢治追悼』には、初めての賢治論集であるにもかかわらず、コスモポリタン的な芸術家としての姿や近代への対抗概念としての姿というような現在にも通ずる〈宮澤賢治〉の原型となるものが提示されていることがわかる。しかしここで評価されることになったのは賢治の作品とそこから得られる印象についてであって、賢治の生活に視点を当てた考察はなされていない。すなわちテクスト論的な考察がこの段階ではなされていた。当時においては珍しいこのテクスト論的考察がなされた背景には『宮澤賢治追悼』に寄稿した論者たちが賢治の生活実態を知らなかったという事実がある。米村が「賢治不知言説」という指摘をする要因にもなったこの賢治の生活実態を知らないという状況は、作者である宮澤賢治への興味を〈中央〉の人びとに喚起することになる。この流れを新たに引き受けながら、次の賢治論集として宮澤賢治友の会による『宮澤賢治研究』と十字屋書店による『宮澤賢治研究』という二つの『宮澤賢治研究』が発行されることになる。次節ではこの二つの『宮澤賢治研究』で示されることになる〈宮澤賢治〉を追っていきたい。

第七節　戦前における二つの『宮澤賢治研究』

『宮澤賢治研究』は三つ存在している。一つは草野心平が中心となって文圃堂版全集発行に合わせて一九三五年四月から一九三六年一二月まで刊行された宮澤賢治友の会による『宮澤賢治研究』（以下、友の会『研究』と呼称する）全五冊（一号、二号、三号、四号、五・六合併号）である。次に出たのは十字屋書店によって十字屋版全集と合わせて一九三九年九月に出た単行本の草野心平編『宮澤賢治研究』（以下、十字屋『研究』と呼称する）である。そして最後に出たものは一九五八年八月に筑摩書房の第一次全集の別巻的なものとして出た草野心平によって編集されたもの

（以下、筑摩『研究』と呼称する）である。先ほどからたびたび引用している「宮澤賢治全集由来」はこのなかに収められている。本書で対象とする時期は戦前の初期受容であるので、ここで取り上げるのは友の会『研究』と十字屋『研究』の二つである。それぞれ全集の刊行に合わせて出たものであり、全集の副読本の役割を果たしたと考えられ、この二つの『宮澤賢治研究』が持った意義は非常に大きい。そこで、まず本節では友の会『研究』について見ていく。

友の会『研究』を発行した宮澤賢治友の会は、一九三四年二月一六日に上京してきた宮澤清六を迎えて新宿「モナミ」で開かれた『宮澤賢治追悼』出版記念会に端を発する。この出版記念会は後に「第一回宮澤賢治友の会」と呼称されるようになるが、会を開いた目的はあくまで『宮澤賢治追悼』の出版を記念するものであった。この出版記念会については『岩手日報』（一九三四年二月二三日）に紹介されていて、それは次の通りである。

在京詩人有志主催宮澤賢治氏の追悼会は去る十六日午後七時から新宿モナミに開催したが当夜は現代詩壇に重きをなす高村光太郎氏始め菊池武雄［、］折井千一［、］八重樫祈美子［、］梅津善四郎［、］草野心平［、］深澤省三［、］逸見直吉（ママ）［、］瀬川信一［、］岡村政司［、］尾崎喜八［、］吉田孤羊［、］右京喜逸［、］母木光［、］永瀬清子［、］土方定一［、］神谷暢［、］巽聖歌［、］新美南吉［、］鱒沢忠夫の諸氏で生前故人と極めて縁故の深い人々のみの会合であつた［。］先づ主催者側を代表して草野心平氏の挨拶があり同氏の指名で一人々々故人の追憶を物語り当日はるぐ〳〵上京した宮澤氏令弟清六氏が亡兄の作品

岩手軽便鉄道の一月

ピカ〳〵〳〵田圃の雪が光つてくる——

の愛唱［、］詩其他数篇を朗詠し尾崎喜八氏は一日に三度も独詠するという牧歌（種山ヶ原）の朗詠は非常な喝

采だつた［。］この夜現代詩壇の雄北原白秋吉田一穂の両氏も出席の予定だつたが風邪で欠席されたのは頗る遺憾であつた［。］散会は午後十一時［。］（［　］を付した句読点は引用者による。）

この出版記念会で宮澤賢治友の会は初めて世に名を顕したが、この友の会発会の経緯については佐伯研二による論考がある。[33] 佐伯によると宮澤賢治友の会の成立には、「組織構成から判断すると、特に一九三一年以後、小田急線豪徳寺駅付近に出現した「啄木研究会」・「岩手村」の存在が大きく影響している」とのことである。そして、「在京岩手県人の間に築かれたネットワーク」が媒介となって、一九三四年の「八月上旬の銀座「羅甸区」での最終会合で組織化したというのが確かな経緯」だという。また「賢治・心平交渉年譜」[34] によると、この友の会では「岩手県在住の、例えば、村井久太郎、岩田徳弥、木口二郎、森惣一、藤原嘉藤治、小泉一郎、小田中光三、小原忠、簡悟などと、東京在住の八重樫祈美子、菊池武雄、照井栄三らと呼応して、文圃堂の好意的出版に酬いる為にも、全集の宣伝方法や頒布方法などを相談」していたようである。

このようにして発会した友の会は「全集の宣伝方法や頒布方法」の一環として、友の会『研究』を出版することになる。では、この友の会『研究』の中で〈宮澤賢治〉はどのようなものが提出されたのであろうか。

まず、芸術家としての賢治を見いだそうとする文脈を押さえておく。この文脈は『宮澤賢治追悼』の中の高村や小野の提出した〈宮澤賢治〉と繋がるものである。第一号からは土方定一のものが連結してくる。

我々の時代は、もはや、詩人の属するゲマインデとの密接な関係を喪失した不幸な時代にゐる。宮澤賢治氏の作品のうちには殆ど語られなかつた深い苦悩は、ここにあつたのではなからうか？　自らの属するゲマインデを希求し、また建設しようとする烈しい意欲と実践と、このやうなゲマインデの詩人たらうとする芸術に対する本質的な古典的な理解と創作と——宮澤賢治氏の精神的共同体といふことのできるものは、この両者に張る緊張の世界であるといふことができる。[35]

ここで土方が見いだすのは「芸術に対する本質的な古典的な理解と創作」を目指す芸術家としての〈宮澤賢治〉である。この土方の評価に続けて、第二号では高村光太郎と笹沢美明による評価が載る。高村は「宮澤賢治の全貌がだんだんはつきり分つて来てみると、日本の文学家の中で、彼ほど独逸語で謂ふ所の「詩人（デヒテル）」といふ風格を多分に持つた者は少いやうに思はれる」[36]といっている。ドイツ語の dichter は詩人という意味だけでなく作家という意味も兼ねていることから[37]、ここであえて「詩人」に「デヒテル」と振り仮名を付しているのは、言語芸術に関わる人という広義の意味合いを含ませていると考えられる。そこに「彼の詩の独自のスタイル、大和コトバの真の把握、不思議な偏奇と普遍との同存、彼の自然現象的肉体そのものである詩作の雰囲気」を賢治の詩の特徴として示す。この評価は「独自のスタイル」に示される既存の詩を超える「創作」と、「大和コトバの真の把握」という「本質的な古典的な理解」と言い換えることも可能である。つまり、ここでは高村から土方へ、土方から高村へと還元されてくることで芸術家としての〈宮澤賢治〉の姿をより強固なイメージとして固められていく様子が見て取れる。

また、この文章は、末尾に「この一文は全集の内容見本に収録されたものであるが。見本が一般に行き亘つてゐないので、作者の許可を得てここに再録した。（編者誌）」とあるように、文圃堂版全集の内容見本が初出であった。そのため、笹沢はこの文章を読んだことがあったようで、同じ第二号の中で高村のいう「詩人（デヒテル）」というものに言及していく。笹沢は、文中で「文学作品の結局はモラリテイに行き着くのだと思ふんだが、モラリテイに徹しなければ只の抒情詩人として終わるのぢやないだらうか。高村光太郎氏が宮澤賢治を詩人（デヒター）だと言つてゐるのはこの辺のことも意味してゐるのぢやないかと思ふ」と「詩人（デヒテル）」と「モラリテイ」の関係を指摘している。先述したように、この「詩人(デヒテル)」には言語芸術に関わる人という広義の意味を含めたものであろうと思われるが、そこに「モラリテイ」、即ち道徳上の問題が関わってくるというのはどのような意味であろうか。この道徳上の問題と賢治の文学との連関という疑問について、中島健蔵は「善意の文学」[38]において「倫理問題に就いて」論じて欲しいという依頼を受けて「宮澤賢治の善意の燃焼を、一つの示唆とし、奇蹟として、やはり多少伝説化せずには考へられぬやうな気がする」と結論づけているが、笹沢が用意した解答は「マクロコスモスの文学」である。笹沢はゲーテの『ファウスト』を引き合いに出して次のように「マクロコスモスの文学」を定義する。

> 僕の豪いと思ふのは、科学にしても政治にしても到達出来ない一つの層を文学で行つたといふ点だね。科学で研究しても或る処まで行けばどうに打開も出来ない宇宙的な層がある。そこはどうしても文学やポエジイで行かなくちやだめだ。そこを行つた文学が豪いんで、それがマクロコスモスの文学と言ふべきだらう。大宇宙的なんだ。

科学や政治には無理で「文学やポエジイ」でのみ到達出来る「或る処」こそが「モラリテイ」であるという。そして賢治の文学を「全体を通じて作品としては未完成」だとしながらも、その「或る処」に到達する「マクロコスモスの文学」たり得る「素養」があるとする。なぜ賢治には、それが可能であるのかということを考えて笹沢の文章を読み返すと、笹沢は『春と修羅』にある「方言的な、片言的な表現」のような地方色については「そんな処に魅力がある筈がない」と無視しながらも、「科学者としても、社会科学者としても偉かつた」「生活態度は尊敬に値する」というように、見限ったはずの科学や政治を究めようとした賢治の姿を評価する。つまり「マクロコスモスの文学」を実現するには「文学やポエジイ」という芸術を指向する前段階として科学や政治を究めようとする「生活態度」が必要であると笹沢は考えている。芸術家はただ芸術家として芸術の事だけを考えればいいのではなく、現世に即した「生活態度」の追求も求められる。つまり、「モラリティ」という問題と絡んでくるのは芸術家の生活なのだ。そこで続いては賢治の生活に着目した発言を取り上げていく。

生活者としての〈宮澤賢治〉という像は、「雨ニモマケズ」との相乗関係の中で〈宮澤賢治〉の最たる姿として前景化してくるが、友の会『研究』の中ではまだ「雨ニモマケズ」との連関はない。ではどのような文脈で登場するのか。坂本徳松の論「宮澤賢治の生き方」[39]は、それを知る上で非常に示唆的なものである。

> 私はます〳〵この人の、単純でゐて複雑、複雑でゐて単純な生き方に心を打たれたのであつた。この単純と複雑の二重性は、[…]ひとつにはこの人が一生を東京を離れた地方、愛称するイーハトーヴ(岩手県)に生き抜いたといふことのうちにもあると思はれる。然し、この単純と複雑を貫くものは、更に力強く、たくましい生活力でなければならぬ。でなければ、人々は自然の単調さに打ち負かされ、反対にまた現象の複雑さに巻き込まれて、結極流れるまゝに、浮沈してゆく生活を送るに過ぎなくなるからである。

坂本はまず賢治の生き方に驚嘆する。そして高村の「コスモスの所持者宮澤賢治」からの言葉を「脳裏に焼きつけられて消えない」と言い、「このコスモスを所持する、といふことのうちに、私のいふ「生き方」がある」と言い切る。すなわち高村がその論考で示そうとした芸術家としての〈宮澤賢治〉を、坂本はその成立の基盤として、新たに見いだした「生き方」に即して「たくましい生活力」を持った〈宮澤賢治〉へと書き換えていく。この生活者としての〈宮澤賢治〉は、土方から『春と修羅』を薦められ、谷川徹三から文圃堂版全集を薦められた[40]という古谷綱武に至っては、生活者としての姿が宮澤賢治の魅力の大部分を占めるほどになっている。

私が宮澤賢治に感じる魅力は次第に拡大し移行しつゝある。今では単なる文学者としてではなしに、都会を離れた田園の一農夫のなかに実現した、殆ど奇跡的といってもよい清澄高潔な人格の美しさに魅かれてゐる。もはやこのひとが文学者であることだけが私の敬愛の唯一の根拠とはなつてゐないのである。[41]

ここで古谷も注目していることであるが、宮澤賢治の生活に焦点が当てられていくと同時に「都会を離れた田園」という生活の場にも注目が集まっていく。例えば田中令三は「宮澤氏の如き天真流露の稟質は、たぶん地方的特質に幸ひせられてゐるのではあるまいか[42]」と、賢治の芸術の源泉として一足飛びに「地方的特質」を指摘している。さらにこれに先だって「宮澤賢治氏は幸ひな事に、文化に遠い僻地に住んで、なまぢひな文化の恵澤に毒せられなかつた為に、却つてはつきりと問題の所在をつきとめ、ぢかに原質の世界に踏み込む事が出来たのだ」といって、「文化に遠い僻地」という生活の場をはっきりと示している。続いて百田宗治は「宮澤賢治の童話はどれも立派に芸術的」で「なまなかの国際芸術でなく、中腰でなく、しつかりした地面に付いてゐる」というのだが、この「地面」として言及されるのが「郷土的」という特色なのである。そしてそれは「東北の邊土から生れた珍しく潤達な芸術精神」というものであった。この田中や百田の発言については米村も取り上げて、「文明対野蛮の関係として横滑りした結果」であると言及しているが、ここでは〈地方〉を表象するときに現れた彼らの先入観を問題にしたいのではない。宮澤賢治の芸術の源泉にはその生活が深く関わっていて、見るべきはそうした芸術を生んだ土壌としての生活の場だと考えたという点を確認したい。

このように友の会『研究』という場は、『宮澤賢治追悼』から引き継いで芸術家としての〈宮澤賢治〉の姿にディテールアップをはかっていくと同時に、生活者としての〈宮澤賢治〉や地方人としての〈宮澤賢治〉というものを新たに発見していった場であったと考えられる。

友の会『研究』が新たな賢治像を提出してくる創造的な場であったのに対して、十字屋『研究』は独自の〈宮澤賢治〉をつくり出すには至らなかった。十字屋『研究』はこれまで書かれた宮澤賢治に関する「研究」と「追想」をまとめ上げたものだったためである。そのため『宮澤賢治追悼』や友の会『研究』にも収録されたものがほとんどで、「研究」としてまとめられた部立ての中で今回初出が確認出来なかったものは三一本ある評論のうち一一本[43]しかない。ここで最も注目すべきは、この十字屋『研究』が松田甚次郎による『名作選』のあとに出版された論集だということである。そのため新たに書き起こされた「研究」を見ていくと、ベストセラー『土に叫ぶ』の中に示された農の指導者「恩師宮澤賢治先生」の姿がクローズアップされ、さらに『土に叫ぶ』にも引用された「雨ニモマケズ」で示される「デクノボー」と呼ばれるものがこの詩を詠んだ宮澤賢治自身に還元されていって構築された「デクノボー」＝〈宮澤賢治〉が一般的な賢治像として流通するようになってきているのが見て取れる。この松田甚次郎の影響は水野葉舟と石塚友二の次の評価に顕著である。

少し離れた村にゐる友人から、松田甚次郎氏の「土に叫ぶ」を送りとゞけて来た。この松田氏は宮澤氏の学生であつたといふが、松田氏がその先生から、どれほど力と確かな信仰とを与へられたかを読んだ。も一つは全集刊行の後に出た雑誌「宮澤賢治全集」に載せられてゐた氏の学生幾人かの追悼を読んだ記憶とを思ひ合せて見ると、この宮澤氏の友情がはつきりとしてくる。[44]

宮澤賢治氏は、松田甚次郎氏を死後に残した一事を以て永遠に生きる数少ない中の一人である。[…]実に松田甚次郎氏を生んだ揺ぎなき母胎の精神が確然とここ（「雨ニモマケズ」のこと——引用者注）に打ち出されてゐ

るのである。(45)

右のように宮澤賢治を語る際に松田甚次郎を引き合いに出していることからも松田の影響の大きさは明らかである。そのため、すでに土の生活者としての〈宮澤賢治〉という「デクノボー」＝〈宮澤賢治〉化が進んでいて、個々の論の中から見いだせる〈宮澤賢治〉に『宮澤賢治追悼』にあったような多様性がなくなってきてしまっているのだ。例えばアナキズム詩人である伊藤信吉は、賢治に「土の生活」を見いだしたのち、それ以上の評価を持ちえない。

都会の人工的な生活に嫌悪の風刺をそそいだ詩人は、それゆゑどこまでも生活する土の人であつた。極度に頽廃をきらひ、生活に結びついて科学を土に注ぎ入れようとした誠実なこの人が、やがて文学的過程の結論として土そのものの中に眼をそそいだのは当然の帰結である。[…]

もともと宮澤賢治といふ詩人が、農民の土の生活と環境を一つにして生活し、そこに農業経営の化学を注がうと献身したのであつたから、その文字(ママ)の生活性への定着はきはめて自然の順序だつたのである。自然の風物を季節の推移など、さういふものと結んでひらけた心象風景は、やがて東北地方の慈味に乏しい土と自然の過酷さに傷められ、それに絡(ママ)はる人的要素の配置にまで関心を集中していくべき運命だつたのである。(46)

賢治の文学作品を十把一絡げに、「農民の土の生活を一つにして生活し」、「その文字(ママ)の生活性への定着」を求めていったという視座からしか見ようとしない。作品自体の内容よりも作者・宮澤賢治の姿ばかりが評価の対象として焦点化されているのだが、これは菱山修三の、「宮澤氏の詩を考へると、無統制無秩序の美しさが勝ち過ぎてゐると思ふ。[…] 文学以前、詩以前のものが勝ち過ぎてゐると思つた。」という言語芸術を行うもの（詩人）としては未完成であり、「実際、芸術家としての宮澤氏から、日常生活人としての宮澤氏に眼を転じると、一驚を禁じ得ない。[47]」という「生活人としての宮澤氏」への固執を見ることで、より明らかなものになっていると確認できる。このようにして「芸術家としての」〈宮澤賢治〉という見方は一歩後退することを余儀なくされていく。さらに「土」や「農民」といった表象と連結する形で地方的色彩を帯びた作品であるという評価もまた繰り返し反復されるようになっている。このような〈宮澤賢治〉の姿を「生活」という一語を以て映し出そうとするステレオタイプの形式が出来上がっていく様子がこの十字屋『研究』のために「書卸されたもの」からは見て取れる。

第八節　変容する〈宮澤賢治〉

〈宮澤賢治〉の姿を「生活」の一方向から照らし出すものだけにシフトしていくという十字屋『研究』の中に表された様子は、友の会『研究』の出た一九三五年からの僅か四年の間に構築されていったものであった。そこで本節ではこの一九三五年から一九三九年頃までに友の会『研究』や十字屋『研究』以外に掲載された賢治論をいくつか取り上げて見ていく。

『宮澤賢治追悼』や友の会『研究』、十字屋『研究』のような個人研究のための単行本や雑誌以外の公の場で賢治を評価した没後の評論の嚆矢は谷川徹三の「ある手紙[48]」であろう。谷川はこの中で「北守将軍と三人兄弟の医者」の朗読から、「自然の流露」によって無意識的に作られた「七五調に近い一種の調子」を感じ取り、「およそ古い修辞と無縁な独創的な表現者」であると賢治を評価している。そして末尾には高村の「コスモスの所持者宮澤賢治」を引用し、宮澤賢治という詩人がいたことを認めて評価することは「文壇の名誉にはならないかも知れないが文学の名誉に」なるものとして称揚している。この「ある手紙」は文圃堂版全集の広告にも使われるようになるのだが、文圃堂版全集の「売れるきっかけ」ともなったこの文章の中でもまた、高村光太郎による「コスモスの所持者」という〈宮澤賢治〉が反復されているということは押さえておかねばならない。

その「コスモスの所持者」としての〈宮澤賢治〉を提言した当事者である高村は一九三八年三月の『婦人之友』[49]に新たな紹介文を載せている。この紹介文はこれまでと同様に賢治が「異常な才能」で「新らしい詩」をつくり出していった詩人であると評価しているというものだが、「此の詩人の死後、小さな古い手帖の中に書き残された言葉があつた。その為人（ひととなり）を知るに最も好適なので此処に採録して置く」として「雨ニモマケズ」を引用している点は興味深い。「雨ニモマケズ」は前述した一九三四年二月一六日の新宿モナミでの出版記念会で発見・報告された作品[50]で、文圃堂版全集には収録されなかった。にもかかわらず、高村は出版記念会で聞き知った「雨ニモマケズ」こそが「為人」を知る「好適」だという。この高村の「雨ニモマケズ」に対する考えは、二ヶ月後の『土に叫ぶ』と翌年の『名作選』による一九三九年以後の「デクノボー」＝〈宮澤賢治〉の先触れとして見ることが出来るのではないか。そうした高村の影響を受けて書かれたと思われるのは、『四季』に掲載された津村信夫の『春と修羅』評[51]である。津村は、「試みに」「雨ニモマケズ」を用いて、「「デクノバウ（ママ）」のよさ」を語り、その作品が「我等の渇きに対して与へるものは」宮澤賢治の「ひととなり」であると指摘している。そしてそのような読みとりの結果、「宮澤賢治に対する評価は、既に定まれるごとくである」と結論づけている。ここでもまた「雨ニモマケズ」を賢治自身の「為人」を知るための参考資料として取り扱おうとしているのと同時に、「我等」が賢治の作品に求めるものこそ「ひととなり」であると言い、より直接的に「デクノボー」＝〈宮澤賢治〉という概念を第一義として摂取しているのがわかる。このような「評価」が「定まれるごとく」あったのが一九三八年という年であり、その決定打として松田甚次郎の打ち出した「聖農」としての〈宮澤賢治〉（これは「デクノボー」＝〈宮澤賢治〉とほぼ同一のものとして考えてよい）が賢治像の決定稿として人口に膾炙していったのではないだろうか。

また、このようにして「デクノボー」＝〈宮澤賢治〉が当時の一般的な賢治像として「定まれるごとく」あった時期に、新たな賢治像の抽出も行われている。ここで取り上げるのは保田與重郎が記した賢治評[52]である。保田は宮澤賢治の詩には「リズムだけがあつてどんな意味も内容も思想もない」としながらも、「僕はそのリズムそのものが、それら枯淡な文芸談理の対象となるもの以上に立派で永遠であると思ふ」といって「さういふリズムだけの「変革の歌」は日本の伝統のなかにもある」と「王朝末期の念仏もその調べの一つ」として挙げ、賢治の詩と「日本の伝統」との接続を果たそうとする。この「伝統」への接続を志向する動きは、本章第一節などで見てきたように非・伝統の文脈の中で語られてきた〈宮澤賢治〉を新しい方向から照らしだそうとするものである。これまでも谷川が「七五調に近い一種の調子」と指摘したり、永瀬清子が賢治を「腹からの古代人」でその詩には「原始的精神」が充溢している「万葉集以後一流の詩人」だと指摘したり[53]、日本の古典世界と接続されるような発言は存在したが、谷川は「月並みな古めかしいもの」ではなくて賢治はあくまで「およそ古い修辞とは無縁な独創的な表現者」と言い、永瀬は「感覚的に極度に新鮮」であって「私共に於ては又自から異なつた発想をしなくては」ならないような「幻想的」と評せる詩人であるといっている。つまり基本的には非・伝統の文脈に属する詩人として、〈宮澤賢治〉を意識していた。保田のように「日本の伝統」の中に位置づけようとした〈宮澤賢治〉はこの潮流の中で異端である。この伝統との接続を保田がはかったのには、当然、保田が日本浪曼派に属していたという事実が背景にある。高見順が「『コギト』や『日本浪曼派』には、亀井勝一郎の言うように「程度の差こそあれ左翼からの転向が底の方にある」のだが、「あつちで迷い、こつちで迷つている」うちに、古典に縋つた。古典は復古へと導かれ、さらに日本主義へと傾いて行つたのである[54]」と述べているように、保田がこの賢治評を提出した一九三七年という時期における雑誌『コギト』という場は「日本の伝統」への志向がもともと強いものであった。こうした場の要請に応える形で、保田は「日本の伝統のなかにもある」「変革の歌」の歌い手としての〈宮澤賢治〉を抽出したと考えられる[55]。それではなぜそのような場が宮澤賢治への言及を要請したのか。ここに「地方的特質」や「郷土的」といった地方色や近代を批判するものとして捉えられた〈宮澤賢治〉の存在がきっかけとしてあるのではないかと考えられる。「日本の伝統」への回帰を謳った日本浪曼派にとって、近代とは批判すべきものであり、その批判すべき近代的文化から「遠い僻地」にいた宮澤賢治は彼らに近しい人物であると考えてしまう一種の連帯意識が起こったとしてもおかしくはない。この作用によって「日本の伝統」にも属しうる宮澤賢治の側面が発見されることになったと考えられる。この「伝統」的な〈宮澤賢治〉は次章で確認するように、戦前の受容においてひとつの達成となっていくのだ。

以上のように一九三三年から一九三九年に至るまでの〈中央〉と〈地方〉の双方で受容され、お互いの受容形態を相補的に取り扱いながら組み上げられていった〈宮澤賢治〉という表象を考察してきた。そして初期受容段階において賢治論の指南書としての役割を果たしていたと考えられる没後わずか四ヶ月足らずで編まれた『宮澤賢治追悼』という初めての賢治論集は、芸術家としての賢治の創作態度を作品の中から見いだそうということを軸にして評価を下していくという草野心平の生前評の流れを引き継いだ形で構築されていた。この論集の中で、編集者である草野自身がそうであったように、ここに寄稿した論者たちは宮澤賢治を論じる際に自らの芸術観を論文中に色濃く反映させて語ろうとしていた。なぜこのような事態が起こったのかという理由としては、生前に交流がないため個人としての賢治を知らずにその作品だけを読み、宮澤賢治の総体を論じようとする、いわば作者と作品が離別した状態で語らなければならないという状況が引き起こしたためだといえるだろう。明治以降の近代文学において作者と作品は不可分のものであり、作者は作品を知るための、作品は作者を知るためのサブテクストとして読まれることで一つの文学作品となり、私小説がそうであるように読者（一般読者だけではなく、ここには評論家も含まれる）は作品の背後に作者の生活やこれまでの作品から得られた印象という作品外のものを透かして受容するという形式の読書行為が一般化していた。しかし宮澤賢治の場合はこの通常の読書行為が初期段階にあっては不可能であった。テクストはわずかに公表された限られたものしか読むことができず、さらに宮澤賢治の人となりを知る読者はきわめて少なかった。その結果、作者の生活や思想の代わりに自らの思想を反映させるという事態が起こった。すなわち、賢治テクストを評価することで、その論者自身の芸術観が問い直されるという鏡としての役割を担うことになった。このため『宮澤賢治追悼』をはじめとする〈中央〉からの賢治受容の最初期段階は、いわばそれぞれの受容者の〈自画像〉ともいうべき、文学という場における自己の立脚点の問い直しになったのだ。

注

(1)「尾山生」という名義で『自然』(一九二四・六)に「最近の書架から」という書評の中で『春と修羅』を取り上げている。
(2) 辻潤「惰眠洞妄語」(『読売新聞』、全四回、一九二四・七・二二〜二五)。
(3) 佐藤惣之助「十三年度の詩集」(『日本詩人』、一九二四・一二)。
(4) 高橋新吉『ダダイスト新吉の詩』(中央美術社、一九二三)。
(5)「詩人宮澤賢治氏　きのう永眠す」(『岩手日報』、一九三三・九・二三)。
(6) 草野心平「賢治からもらった手紙」(『歴程』、一九七〇・三)。文中引用は『わが賢治』(二玄社、一九七〇・九)所収のものによる。
(7) ヴィクトル・シクロフスキー『散文の理論』(水野忠夫訳、せりか書房、一九六一)。О ТЕОРИИ ПРОЗЫ 1925.
(8) 第三章で見た春山行夫の文学観や言葉についての考えとも類似していて、フォルマリズムが同時代のモダニズムに大きな影響を与えていたことがわかる。
(9) ヴィクトル・シクロフスキー『散文の理論』、前掲。
(10) 平澤信一『宮沢賢治《遷移》の詩学』(蒼丘書林、二〇〇八)。

(11) 草野心平「宮澤賢治全集由来」(『宮澤賢治研究　I』、筑摩書房、一九五八)。
(12) 草野心平「宮澤賢治全集由来」、前掲。
(13) 米村は『宮澤賢治追悼』のほかに後述する『宮澤賢治研究』(友の会)も併せて、そのなかに登場する草野から勧められたという人びとを「参考までに」挙げている。吉田一穂、高橋成直、黄瀛、萩原恭次郎、宍戸儀一、小野十三郎、菱山修三、土方定一、佐藤惣之助、竹内てるよ、高村光太郎、坂本徳松、伊藤信吉、以上の人物である。
(14) 勝原晴希「「歴程」の精神」(日本現代詩研究者国際ネットワーク編『日本の詩雑誌』、有精堂、一九九五)。
(15) 藤原定「草野心平と『歴程』」(『近代文学鑑賞講座20』、角川書店、一九五九)。
(16) 『現代日本文学大事典(増補縮刷版)』第三版(明治書院、一九六八)の「銅鑼」の項(執筆者、阪本越郎)による。
(17) 『現代日本文学大事典(増補縮刷版)』第三版(前掲)の「銅鑼」の項(執筆者、阪本越郎)による。
(18) 高村光太郎「緑色の太陽」(『スバル』、一九一〇・四)。引用は『緑色の太陽』(第三刷、岩波書店、二〇〇二)による。
(19) 佐藤惣之助「心外だ!」(『宮澤賢治追悼』、前掲)。
(20) 逸見猶吉「小稿」(『宮澤賢治追悼』、前掲)。
(21) 文中にある「佐藤一英氏の編輯した季刊『児童文学』に、宮澤氏の童話が載つたのである」という文章から、この他にも「北守将軍と三人兄弟の医者」と「グスコーブドリの伝記」を読んでいたのではないかと推察出来る。「北守将軍と三人兄弟の医者」は『児童文学』第一冊(文教書院、一九三一・七)に、「グスコーブドリの伝記」は『児童文学』第二冊(文教書院、一九三二・三)に掲載されている。
(22) 宍戸儀一「宮澤賢治氏のこと」(『宮澤賢治追悼』、前掲)。
(23) 菱山修三「故人の業」(『宮澤賢治追悼』、前掲)。
(24) 神谷暢「光の書」(『宮澤賢治追悼』、前掲)。
(25) 『岩手日報』に載ったものには追悼文執筆の依頼が母木光からきたとする記述がある。
(26) この二篇のうち「半蔭地選定」の方が『新詩論』第二輯(一九三三・二)に掲載されている。
(27) 吉田一穂「虫韻草譜」(『宮澤賢治追悼』、前掲)。

(28) 永瀬清子「宮澤賢治さんの空気」(『宮澤賢治追悼』、前掲)。

(29) ここで永瀬が「万葉集」という古典を引き出して、「近代人」と対置させているのは非常に興味深い。後に保田與重郎や神保光太郎、山岸外史のような日本浪曼派の人物から賢治についての発言があるが、彼らの古典回帰のベクトルと重なりうる方向性が近代への批判という形で創出されているのである。

(30) 栗原敦「「賢治像」の形成—《宗教》的側面から—」(『修羅はよみがえった』、ブッキング、二〇〇七)。

(31) 黃瀛「南京より」(『宮澤賢治追悼』、前掲)。

(32) 岡本彌太「「宮澤賢治」へのノート」(『宮澤賢治追悼』、前掲)。

(33) 佐伯研二「昭和九年　在京「宮澤賢治友の会」の果たした役割」(『修羅はよみがえった』、前掲)。

(34) 長谷川渉「賢治・心平交渉年譜」(『わが賢治』、前掲)。

(35) 土方定一「宮澤賢治氏についての覚書」(『宮澤賢治研究』、一九三五・四)。

(36) 高村光太郎「宮澤賢治に就いて」(『宮澤賢治研究』、一九三五・六)。初出は文圃堂版全集の内容見本への寄稿である。

(37) 『新アポロン独和辞典』第九版(同学社、二〇〇八)の「der Dichter」の項を見ると、「詩人、作家」となっている。また用例として「heimatdichter : 郷土作家」「ein lyrischer Dichter : 抒情詩人」と、詩人・作家両方の用例が掲載されている。

(38) 中島健蔵「善意の文学」(『現代文学の思潮と国語教育』(国語教育秋季特別号)、一九三五・一一)。

(39) 坂本徳松「宮澤賢治の生き方」(『宮澤賢治研究』、一九三五・六)。

(40) 古谷綱武「とりとめなく」(『宮澤賢治研究』、一九三五・六)。

(41) 古谷綱武「全人宮澤賢治」(『宮澤賢治研究』、一九三五・一一)。

(42) 田中令三「神の花」(『宮澤賢治研究』、一九三五・四)。

(43) 菱山、中島、坂本、草野のものは既に書かれたものをまとめたり、加筆修正したりしたものである。

(44) 水野葉舟「宮澤賢治氏の童話について」(『宮澤賢治研究』、十字屋書店、一九三九・九)。

(45) 石塚友二「「土に叫ぶ」その母胎」(『宮澤賢治研究』、十字屋書店、前掲)。

(46) 伊藤信吉「宮澤賢治論」(『宮澤賢治研究』、十字屋書店、前掲)。
(47) 菱山修三「宮澤賢治に就いて」(『宮澤賢治研究』、十字屋書店、前掲)。
(48) 谷川徹三「ある手紙」(『東京朝日新聞』、一九三五・二・一二〜一四)。
(49) 高村光太郎「宮澤賢治の詩」(『婦人之友』、一九三八・三)。
(50) モナミでの出版記念会に参加していた永瀬清子が『文芸読本 宮澤賢治』(河出書房新社、一九七七)の中の「「雨ニモマケズ」の発見」において、「この手帖(「雨ニモマケズ」が収録されている手帖のこと——引用者注)がこの夜のみんなの眼にはじめてふれた事については疑いがないように私は思う」と回想している。
(51) 津村信夫「「春と修羅」に就て—現代の詩集研究V— [一] 宮澤賢治の詩」(『四季』、一九三八・七)。
(52) 保田與重郎「雑記帖(一)」(『コギト』、一九三七・四)。
(53) 永瀬清子「ノート」(『麺麭』、一九三三・八)。先に引用した「宮澤賢治さんの空気」(『宮澤賢治追悼』所収)は、この「ノート」を追悼文に合うように末尾を変更し短くまとめる修正を施したものである。「ノート」から「宮澤賢治さんの空気」に改題される際にカットされた部位では、『コギト』(一九三三・七)の文芸時評2「今日の詩への感想」で保田與重郎が『麺麭』同人について「新しい詩の領域、つまり感性で触れられた現実のかわりに知性をもつてリリーフ化した現実の詩の開拓を要望」したことに対して、「今日の我々の詩がかつてこの国の文学になかつた種類であることを以て軽々に「理性の詩と名づけられることはどうであらうか」と言い、人を酔わせる詩を作るには「生活の叡智の上にいやが上に新鮮なる感性」が必要であって「純一な知性の葛藤をそれ自身として抒べると云ふこと」は「遊戯風」で「詩以前」または「詩以外」ものでしかないという反論を呈している。
(54) 高見順『昭和文学盛衰史』(下)(福武書店、一九八三)。初版は文藝春秋社より一九五八年に刊行された。
(55) 保田與重郎の賢治受容については次章でも言及する。

第九章　横光利一と保田與重郎による再創造

――ローカルなコスモポリタンとしての〈宮澤賢治〉へ――

第一節　〈日本的なもの〉と宮澤賢治受容

一九三〇年代の文学的な価値創造のムーブメントは、プロレタリア文学やモダニズムなどを経て、〈日本的なもの〉へと収斂されていく。〈日本的なもの〉は第一部第四章でも触れたとおり、作家たちを書けるものへと導き〈改善〉させていく統制の方針転換の結果として生じてきた文学的テーマである。本章では、このような三〇年代の〈日本的なもの〉に関する論議と〈宮澤賢治〉との接続を検証する。その際に注目しなくてはならないのは横光利一と保田與重郎の二人である。この二人の当時の文学観と彼らの〈宮澤賢治〉評価をあわせ見ることで、彼らが如何に〈宮澤賢治〉を再創造したかを抽出することとする。

横光と保田における〈日本的なもの〉認識については河田和子『戦時下の文学と〈日本的なもの〉――横光利一と保田與重郎――』（花書院、二〇〇九）が詳細な検討を行っている。河田は横光の戦時下における古神道への傾倒や保田の古典評価を通して次のような結論を導いている。

横光は、外国から移植したもの（科学やキリスト教、西洋の哲学など）を日本化する所に日本の伝統があると考えていた。だから、「純粋小説論」（「改造」昭和一〇年四月）でも、「わが国の文人は、亜細亜のことよりヨーロッパの事の方をよく知って」おり、「日本文学の伝統とは、フランス文学であり、ロシア文学だ」と述べている。そこに、日本の伝統自体、外来の文化を吸収・同化して〈日本的なもの〉を創出することで形成されてきたという認識があり、そうした伝統観から、日本の近代文学に影響を与えた西洋文学も「日本文学の伝統」の一部と見なされていた。［…］

が、一方の保田は、そうした近代日本の伝統を求める志向に批判的で、近代以前、特に古典文芸の中に貫流しているものを日本の伝統として見出そうとしていた。「現代日本文化の貧困について」（「文芸世紀」昭和一五年六月、『文学の立場』古今書院、昭和一五年一二月）でも、「日本に於ける近代文化の伝統などといふものは愚か」で「日本の近代文化には何の伝統もない」と述べていたし、寧ろ保田において、「日本文学の伝統とは、フランス文学であり、ロシア文学」とした横光の見解は否定すべきものだった。西洋の影響を受けてきた日本の中から新しい伝統を創出する方向に保田が批判的だったのは、日本の西洋化、モダニズムが結局皮相的なものに留まってしまうことを問題にしていたからである。

「昭和一〇年代における近代主義批判の二つの志向」とは「西洋的近代の危機を〈日本的なもの〉によって超克しようとする〈超近代〉＝〈近代の超克〉の志向と、西洋由来の近代的思考そのものを否定する〈脱近代〉＝〈近代の終焉〉の志向」であった。だが、河田のいうように両者は決定的に異なるものなのだろうか。河田の分析によれば、横光と保田は西洋近代をめぐり、対立する志向を持っていることになる。しかし一方で、彼らは同じ〈日本的なもの〉という媒介項を手にして日本の近代化の決算をしようとした目的意識と方法とを共有している。第一部第三章で一九二〇～三〇年代の日本のモダニズム文学の行き着いた先が〈伝統〉であったことをあわせて考えれば、横光も保田もともに「西洋由来の近代的思考そのもの」を徹底的に鍛え上げることによって〈日本的なもの〉を見いだしている。こうした横光と保田の求めた〈日本的なもの〉への志向を考察しなければならない。また、彼らの〈日本的なもの〉にまつわる志向があらわれた時期は、〈宮澤賢治〉をめぐる認識が示されたのと同じ時期である。初期賢治受容のあり方が前章で確認したように評者の〈自画像〉であったことをふまえれば、両者の間に相関関係を認めることは自明であろう。ゆえに、本章では戦時下の文学において中心的な役割を果たした横光・保田・〈日本的なもの〉という三つの視点と〈宮澤賢治〉の連関を問うていきたい。

第二節　横光利一の「原理」

まず横光のものについて見ていこう。横光が『旅愁』第一・二・三篇（戦前版、改造社、一九四〇～一九四三）で求めた〈日本的なもの〉は、現在の諸矛盾を前にしてその混乱を根本から解きほぐす「原理」であった。戦前版には次のような一節がある。

> さまざまの破局の飛び散り砕け、浮き沈み消滅してゆく中で、唯ひとり原始のさまを伝へ煉り上つて来てゐる国家、これはも早国家といふべきものではなく、宇宙の諸調を物言はず光り耀かせた厳とした白光元素の象徴とも見える「神のもの」そのもののやうな優しみの国となつて映じて来るのだつた。
> ［…］それは無機物の形造つた物理学的宇宙といふやうな、有機物のいのちを除いた非情寒冷な論理世界のみを対象として、宇宙の諸調の美を作らうとする自然科学者の頭に映つた世界ではなく、万物をいのちと見、論

理以前の論理体系を国家として、同時にそれを宇宙の根元と観じてゐる希望有情の充実した日本人ではないであらうか。

矢代は世界の学者たちがよつてたかつて失敗しつづけ、探し求めていまだに分らぬこの無機物と有機物の連結体に潜む六次元の世界の秘密も、ただ日本人だけが知つてゐて語らぬだけのやうに思はれた。

主人公の矢代はパリで西洋に心酔する久慈との対話を経て、西洋近代に対抗する概念として〈日本的なもの〉を発見する。「非情寒冷な論理世界のみ」を構築するヨーロッパ、そしてその淵源としてのギリシャに対して「希望有情の充実した日本人」を称揚することによって新たな「原理」を見いだそうとするのが、矢代に託した横光の企てである。

この横光の企てに対して、吉本隆明は「ヨーロッパとかギリシャという原理に対比されるべき原理としては〈日本〉という概念が存在しえないことを識らなかった」ためにそもそも二項対立が存在しないところに存在するが如く考えてしまった点に「横光利一のほんとうの悲劇」がある[1]と否定的な評価をくだしている。この評価は、近年の論考でも田口律男が横光の「日本的原理」構築の作業は「失敗」したと指摘しているように[2]、現在に至るまで引き継がれている。彼らの批判は横光が「原理」を知るものとして「日本人」を特権化する横光の姿勢に向かっている。確かに右の一節にしても「日本」という国家を特別視し、「日本人」であることに満足する矢代の思考は、当時の日本のエスノセントリズムを考慮しても自己陶酔的なものとして読むことができるだろう。しかし、注意しなくてはならないのは、横光が矢代の発言によって示そうとした「原理」それ自体が過去・現在・未来の時間を超越した「六次元の世界」[3]と通じるものであり、日本的なローカルカラーを持ったものではないということだ。むしろ徹底的に人間の心性の根源へと遡った「原理」であり、それを知るものは〈世界全体〉の認識を更新していけるものとして設定されている。この「原理」は人類全体の根本的思想ともいうべきものである。つまり、「論理以前の論理」や「宇宙の根源」といった日本も西洋もないほどに融け合った世界の「原理」を横光は求めようとしたといえよう。横光は〈日本的なもの〉というローカルな思考を突き詰めていくことによって〈世界全体〉とつながる微かな光明を見いだしているのだ。この点において横光の企てを「悲劇」であったり、「失敗」であったりとして捨て去ることはできない。

すでに第一部で検証してきたように、一九三〇年代の文学的思想の中心的なテーマの一つとして〈世界全体〉と個人が如何にして接続するかという問題が存在していた。さらに、こうした企てを横光が紡ぎ上げたのと時をほぼ同じくして〈宮澤賢治〉を受容していたこともまた忘れてはならない。それらの問題を辿るために、横光が見いだした光明の先に求められたのが「六次元の世界の秘密」であるということも興味深い事実として浮かびあがる。「六次元の世界」という観念を横光がどこから持ち出したのか断定的なことはいえない。管見の限りにおいても、この点について論じた先行研究は見当たらなかった。しかし同時期に横光が受容していた〈宮澤賢治〉を関連させることで見えてくるものがある。周知のとおり、賢治は四次元という概念を自らのテクストに登場させ、自らの文学理念の中心に据えていた。賢治のいう四次元とは、アインシュタインの特殊相対性理論に基づいてユークリッド空間（三次元空間）に時間を組み合わせたミンコフスキー空間（四次元空間）から着想を得て、そこからさらに発展的に創造された時空間の概念である。[4] ユークリッド空間にいるわれわれにとって、異なる軸である時間は存在を認知することはできても操作することができない不可侵な領域としてただ見つめることしかできないものであった。しかし賢治は文学テクストのなかにおいて「幻想第四次」という仮定されたミンコフスキー空間、すなわち時間の不可侵性を超越した世界を創造し、それによって過去・現在・未来を自由に接続させていった。「銀河鉄道の夜」におけるブルカニロ博士の思考実験は時間と空間を超越して「しづかな場所で遠くから私の考を人に伝へる実験」

であり、そしてその実験のさなか、ジョバンニがいたのは「幻想第四次」の空間であったのだ。[5]

横光が編集者として参加した文圃堂版全集は一九三四年一〇月に第三巻（童話）が発売されている。そこに収録されていた「銀河鉄道の夜」を横光が読むことは自然なことだろう。また、横光が読んだと明言している『宮澤賢治追悼』（次郎社、一九三四）の中には賢治をめぐって岡本彌太が「過去・現在・未来・宮澤賢治の芸術はどこの一端にも座して悠々とゐた。」[6]と述べ、尾崎喜八が「農民芸術概論綱要」から「第四次元の芸術」という言葉を引用してその「生活の理想的完全未来型」と述べていた。[7]これらのことをふまえれば、賢治のいう四次元空間を『旅愁』執筆当時の横光は認識していたと考えられる。

横光のいう「六次元の世界」も賢治の「幻想第四次」の世界も、どちらも操作可能な時間という新しい領域を人間の認識体系にどのように取り込むかという考察の結果として語られたものであった。そして〈宮澤賢治〉と横光利一の関わりについては、第七章で文藝春秋講演会を通じた初期受容における横光の役割を確認したが、横光は「芸術と宗教と科学との融合統一」から、「完全未来型」を完璧にまで体現したその奇蹟のレアリテ[8]を〈宮澤賢治〉に見いだしていた。ここに横光が『旅愁』に到る過程で「科学と宗教の争ひ(ママ)縺れた「その接点の歴史」を探ろうとする」試みを創出したとする河田和子の指摘を加えてみるとき、『旅愁』に現れる横光の「原理」とそれを求める論理の原型が横光の〈宮澤賢治〉に現れていることが析出される。[9]西洋近代という大きなシステムと対峙する上で、横光が整備した対抗概念に〈宮澤賢治〉は取り込まれながら、機能していったといえよう。

如上のように欧州旅行を経験し、西洋近代と対置される〈日本的なもの〉を意識した横光利一は、その〈日本的なもの〉の固有性を突き詰めた結果としてプリミティヴな「原理」を〝発見〟した。そして同時期に〝発見〟されていた〈宮澤賢治〉もまた第七章で確認したような「精神生活」を保証することで〈地方〉というローカル性の枠組みを飛び越えていけるようになるものとして意識されていたのであった。横光にとっての〈日本的なもの〉は京都学派の「伝統」と同じ機能を有している。京都学派は「伝統」を近代の知を用いて再解釈することによって「革新」的なものへと変容させ、「超越的な伝統」による「世界新秩序」の更新を試みたのだが、[10]彼らと同様にモダニズムの言語観と知を用いた横光が同じ道を歩んだのは必然であり、[11]そうした横光の認識と相関的な関係を〈宮澤賢治〉は取り結んだのだと考えられる。

第三節　保田與重郎の「ルネツサンス」

さて、それではもう一方の保田與重郎はどのような〈日本的なもの〉と〈宮澤賢治〉を見いだしていたか。保田は〈日本的なもの〉という言葉の来歴について次のように語る。

からいふ言葉や東洋的といふことばは概してヨーロッパ的な考へ方から出てくるものと思はれる。むしろこの反対に我国でヨーロッパ的といはれてゐるものに、僕らは日本的な言葉を見出すのである。一時は日本的といふことが、世界の意思に対する一つの反対として、一つの旧時代として、ひ弱く浅はかなものの代名とされてゐた。[12]

保田もまた横光と同様、西洋近代から反措定されるかたちで〈日本的なもの〉を導き出している。この点に関しては、戦後に保田自身が「昭和初年はなほ、第一次世界大戦の戦後時代だった。「コギト」にしても、フッサール風と思つて理解した限りでは、戦後の頽廃に耐えるための意志、日本の反省へゆくやうなものが底にあつた。」[13]と述べていることからも、彼の〈日本的なもの〉はいわゆる〈ヨーロッパの没落〉とセットになっていたと考えられる。第一次世界大戦は旧来のヨーロッパの王制を宿り木にした帝国主義的な秩序を崩壊させるインパクトを伴っていた。その結果としてそれまでの〈世界〉を作っていたヨーロッパが弱体化し、非・ヨーロッパが注目を集めるようになったのだ。これによって拡大した〈世界全体〉において新しい価値観となるために、〈日本的なもの〉が西洋近代によって書き換えられてしまう「ひ弱く浅はかなもの」から「戦後の頽廃に耐えるための意志、日本の反省」へと再解釈されていった。

実際、〈日本的なもの〉とほぼ同じ意味内容で用いた「国民的なもの」について、保田はひとつの「ルネッサンス」であると認識している。

日本は近代に於て、国民的ルネッサンスをもたなかった。ルネッサンスのさまざまの現れはいはゞ「国民的なもの」として変貌したことは明白の事実である。

こゝで伝統は新しく我々の前に現れる。伝統への関心を以て、古物の複製と思ふ精神が未だ現在に於ても、日本の文語界には存在するのである。かゝる未開の日本のために、ルネッサンスが必要である。[14]

そして「ルネッサンス」によって再生されるのは「万葉精神」と呼ばれる伝統であった。

恐らく伝統とは、歴史の中に生きてゐる、民族の血である、世界をもった精神である。一等すぐれたエスプリである。自ら世界をもったエスプリである。我々はかゝる伝統の変貌をよみとる。それは芸術の世界に於て、つひに歴史といふ言葉ではみちたりぬものである。生きた人間のあらはれ、表現の変貌をみるとき、歴史といふ概念ではまだ不満のものを、こゝにこのことばを以て描くのである。[15]

保田が問題として取りあげるのは、ヨーロッパからもたらされた近代というシステムが機能不全を起こしている現状を前にして、「歴史といふ概念」に基づいた「ルネッサンス」では効果を発揮しないということである。ある行き詰まりに直面したとき、幸福だった（とされる）時代を懐古し、もう一度昔に帰りたいと望む傾向は現在に到っても頻繁に現れる一般的なものである。保田はこうした安易な議論を良しとしない。つまり、「万葉精神」という〈日本的なもの〉を持ち出したとしても、保田は〈反近代としての前近代〉への安易な歴史的回帰を求めているのではない。行き詰まりの先にあるアポリアを越える手段を、保田は「万葉精神」という「ことばを以て描くのである」。[16]

近代に浸かりきった日本が向かうべき場所に過去の姿を用意してそれを懐古的に賞翫するのではなく、あくまで「万葉精神」は現在を生き抜くための「エスプリ」としてのみ意識されるべきだとする。そしてその「エスプリ」を養うのは〈日本的なもの〉の美であり、それを包含する文芸なのである。[17] 再解釈的に「万葉精神」を現代に通用するものとして召喚し、それによって世界史的な日本の立場を表明するという大きな見取り図は、棟方志功を論じた評論のなかの次の文章からも明らかである。

だが今日浪曼的な日本は、一切の旧体制を崩壊し、未知のまた未聞のものゝ建設を展望する。しかしながらその未知の未だ存在しなかつたものも、過去に於て記憶さるものゝつながりに於て、未来に期待されるものであらう。日本の美に、世界的規模を与へるといふ日本の民族の原始よりの祈念であり、又誓ひでもあつた心が、今は具体的にその実現を求められてゐるのである。[18]

〈日本的なもの〉とともに「世界的規模」において「未知のまた未聞のものゝ建設」を図っていくことを望んだ保田の認識は、同時代の言説空間においてつくり出された「アジア・モンロー主義[19]」ともいえる西洋と東洋を対抗させる二項対立的な図式に基づくものであった。しかし保田の特色は、近代を乗り越えるために政治的イデオロギーを用いるのではなく、文学を中心とした芸術をもって行おうとした点にある。「風景観について」と題された小文のなかで、保田は「むかしの旅びとは、すべて読書人だつたのである。彼らは天下の名勝景勝を歴史や文芸として知つてゐたのであるが、今日の登山家旅行家は風景を地質学で説明し、それを科学的と考へてゐるのである。これは雅趣のないことおびたゞしいものである。[20]」と述べ、西洋近代に由来する科学的知見による物ごとの整理を拒否する。そしてその代わりに「雅趣」のある「歴史や文芸」を用いようとしたのだ。

このような〈日本的なもの〉と「万葉精神」による世界観の更新を企図していた保田與重郎の賢治に対する評価は次のようなものであった。

> 宮澤賢治の詩は、からつと晴れた季節の日に一時に百千の花がさいたやうな姿をしてゐる。こゝには日本の古い文芸の伝統がない。雪どけのあとになべての花が一ぺんに乱れ咲くやうな、そんな風土の感じである。――そんな意味のことをずつとまへにかくつもりでゐた、たま／＼宮澤賢治をかくことをたのまれたからである。しかもそののちに「伝統がない」といふことを考へてゐて、さうではないと思った。その詩にはリズムだけがあつてどんな意味も内容も思想もないと云ふことから、僕はそのリズムそのものが、それら枯淡な文芸談理の対象となるもの以上に立派で永遠であると思ふのである。さうしてさういふリズムだけの「変革の歌」は日本の伝統の中にもある。しかもさういふものが偶然東北の山地から出てきたことは、明治大正といふ時代のゆゑであらうか。呪文の形式がもつリズム、さういふものを歴史的時期に於て「変革の歌の調」と僕は呼んで

みた。王朝末期の念仏もその調べの一つである。後鳥羽院が神祇釋教歌の独立一巻を主張された御心のうちにも、さういふものを愛惜される精神があったと思はれる。公共のさういふ形式とリズムを見つけることは難しい。僕は文章にも何かさういふ縁語や掛詞、枕詞の新しい形式の調べあるものを思ひ、現代のそれを見つけることに専心してゐた。新しい文芸はさういふ形をもってゐると思ってゐる。社会学のことばのあるなしで文芸の社会性を語つた、素朴な談理は、国語の歴史の短い国の産物である。

宮澤賢治の発見紹介者である草野心平にこの間数日のうちに二度あつて、草野心平の顔をみてゐるうちに旧約を果さなかつたことを思ひ出し、それから彼のかく詩を思つてこれをたしかめた。草野心平や萩原恭次郎の所謂「学校派」の詩が今日の新風としてあるひは昭和詩史の中枢になる日がくるかもしれない、といふやうな意見がある。田中克己がむかしその草野氏の詩を推賞し、僕も亦さういふ一部の漠然とした意見を正しいかもしれないと思ふ。草野心平らの共通してもつてゐるものも、非常に我々の時代が不安としてゐるリズムだけである。やゝえたいの知れない、やゝ神秘なそのリズムを世の中の声とできないだらうか。[21]

ここで保田は賢治の文学テクストを「リズムだけの「変革の歌」」であるとして「日本の伝統」のなかに位置づけようとする。そしてそれはある種の呪文の韻律であり、草野心平や萩原恭次郎にも共通するものであると述べている。保田のいう「変革の歌」は、「社会学のことばのあるなしで文芸の社会性を語」るような近代的な知の枠組みのなかに終始する明治以後に接ぎ木された日本近代文学ではない。[22]「リズム」という根源的な好悪の感触に委ねられた、知を解体するような非知の領域からやってくる文芸の心髄である。そしてそうした文芸は「歴史的時期に於て」「変革」をもたらす「世の中の声」であるのだ。すなわち、保田は彼の意識する〈日本的なもの〉の中枢に位置する概念と連関する〈宮澤賢治〉を創造したのだ。

保田は先に引用した棟方志功に関する評論のなかで棟方の作品に対して、「詩人の宮澤賢治の如き世界と、どこかで共通したもの」を感じとっている。保田はこの評論で棟方を通じ、「浪曼的な日本」が「一切の旧体制を崩壊し、未知のまた未聞のもの丶建設を展望」しながら「日本の美に、世界的規模を与へる」ことを論じていた。つまり保田にとっての〈宮澤賢治〉もまた「世界的規模」へと拡張していくような可能性を感じさせる文芸であったと考えられる。このとき、〈日本的なもの〉というローカル性と〈世界全体〉は文芸によって接続可能なものとして保田に認識されているといえるである。

第四節　再創造される〈宮澤賢治〉

横光利一と保田與重郎のそれぞれにとっての〈日本的なもの〉の意味と〈宮澤賢治〉の連関について考察を加えてきたが、両者はともに〈世界全体〉へと雄飛する〈日本的なもの〉という認識を携えていて、その過程でそれぞれ〈宮澤賢治〉を自らの文学観を表するための道具として用いていた。横光にとっての〈日本的なもの〉と〈宮澤賢治〉の遭遇は古神道を経由することによって醸成され、保田のものは「万葉精神」という「エスプリ」によって達成されるものと考えられていたのであった。このような状況を通観したとき、河田が指摘した差異は横光と保田の間に見ることはできない。横光のみならず保田もまたヨーロッパ文明の排斥を「近代の終焉」という言葉に託していたわけではなく[23]、ともに〈世界全体〉に通用する〈日本的なもの〉を見いだそうとしていたのであった。

さて、没後、〈宮澤賢治〉は受容者の個人的姿勢の評価や発表されたテクストの解釈をめぐって千差万別のものが登場していた。しかし、そうした〈宮澤賢治〉たちは大別して二つの傾向へと収斂されていった。一つは松田甚次郎らに代表される、農民の庇護者としての美しい〈宮澤賢治〉である。この賢治像は同時代の農本主義の高まりによる農業を聖化するまなざしとともに流通していった。そしてもう一つは〈世界全体〉に通ずることのできるローカルなコスモポリタンとしての〈宮澤賢治〉である。宮澤賢治のテクストを理解し語ることを通して、人びとは「精神生活」を手にし、〈世界全体〉に通用するインターナショナルな思想を手にする。〈宮澤賢治〉はそのための通路として用いられた。この二系統の〈宮澤賢治〉は、〈地方〉の農村というローカルなまなざしと〈世界全体〉というグローバルなまなざし、すなわち二律背反するまなざしをかかえ込んだものとして成立していったのだ。

この二律背反するまなざしをつなぐ〈根〉として〈日本的なもの〉が用いられたのだと考えられる。柳田國男の民俗学研究をはじめ、〈地方〉のローカル性は近代化以前の日本の淵源をたどるための素材として用いられてきた。そしてその淵源において発見されたものがプリミティヴィズム[24]と連動するかたちで、日本人という固有性を離れて人類全体にまで適応されていく。省みれば、最初に〈宮澤賢治〉を発見した辻潤は賢治に対し「恐ろしい東北の訛」と「原始林の香ひ」を見いだし、「華胥の国」と「四次元」をつなげて理解してみせた[25]。そして何より究極的な個人としての超人を求めるニーチェの『ツァラトゥストラ』よりも、人間の根源的な感性に迫る『春と修羅』の素晴らしさを讃えた。ここで辻が見いだした「東北」と「原始」性というローカル性と普遍性が〈宮澤賢治〉のなかで接続する問題系は、横光と保田の賢治受容に到って〈日本的なもの〉という解を与えられ、完成したのである。そして、保田や横光の分析は結果として皮相なプロパガンダと接続し、それを補完する論理として用いられてしまった。一九四三年に小学館から刊行された森荘已池『宮澤賢治』には、次のような〈宮澤賢治〉が披瀝されている。

「つよく、ただしく生活せよ。苦難を避けず直進せよ。」
です。何百年としいたげられて来た、大東亜共栄圏の中の、よはい、たくさんの民族を、病気の子どもや、つかれた母と見ることは、少しもさしつかへないのであります。まことに、

「世界がぜんたい幸福にならないうちは個人の幸福はあり得ない。」のであります。米英が、アジアから去らないうちは、アジアの幸福はあり得ないともいはれませう。これは、こじつけといふものではありません。えらい人のことばは、いろいろに考へ読むべきものであります。

すなわち大東亜共栄圏建設を望む当時の戦時プロパガンダとの結合であった。「世界がぜんたい幸福にならないうちは個人の幸福はあり得ない。」という言葉を糸口に「いろいろに考へ」られて、〈日本的なもの〉が行き着いた大東亜共栄圏の思想のなかに回収されていく。

〈地方〉的な農村問題に端を発し、〈世界全体〉という拡張された「レアリテ」をもたらす〈宮澤賢治〉は、未定稿であったテクストが編纂されるのと同時に文学の場において召喚され、さらには大東亜共栄圏へと到る社会性を獲得していった。未定稿という可能態としてのテクストを読むと同時に全集に収録される定稿へと書き直していく作業を通して、横光や高村光太郎[26]に代表されるように、〈宮澤賢治〉に託されるそれぞれの文学観と同時代に流通した賢治テクストは共犯関係を結んでいく。彼ら編者の意図する〈宮澤賢治〉に合致する形でテクストが編集され、そしてそれが流通することによって彼らの読みは正しい〈宮澤賢治〉を示すものとして強固なものとなる。日本が〈世界全体〉との関係を再構築することを求めた一九三〇年代にあって、〈宮澤賢治〉は同時代のアポリアと同期するかたちで文学的な問いの構造へと再創造されていったのだ。

注

（1）吉本隆明『悲劇の誕生』（ちくま学芸文庫、一九九七）。初刊は筑摩書房から一九七九年に刊行された。
（2）田口律男「横光利一と太平洋戦争」（『国文学　解釈と鑑賞』、至文堂、二〇〇〇・六）。

(3)『旅愁』には矢代が「言霊ではイは過去の大神で、ウは現神でエは未来の神のことです。ですからこの三つを早く縮めて一口に、エッと声に出してお祈りする」という古神道の祈りを披露する場面が戦前版にも戦後版にも残されてある。過去・現在・未来を「一口」にまとめるということは、つまり時間の流れの不可逆性を超越した観点に立つという認識が矢代のいう「原理」にあるものだと考えられる。

(4)また、このような新しい時空間の概念が登場したとき、一九三一年にロシアの思想家であるP・D・ウスペンスキーが「六次元体」の世界を提唱している。ウスペンスキーは『新しい宇宙像』(*A New Model of the Universe*, London: Routledge, 1931. 引用は高橋弘泰訳(コスモスライブラリー、二〇〇二)による。)において「すべての六次元体は我々にとっては「時間の中に存在する」三次元体である」と述べて、存在の実相が空間の三次元と時間の三次元とを接続させることによって成立していると述べている。このウスペンスキーを横光が知っていたかは未詳であるが、高橋弘泰によれば劇作家のプリーストリーや作家のハクスレーに影響を与え、当時の「一部の知識人層にかなりのインパクトを与えた」と推察されている。

(5)この「幻想第四次」を用いた「第四次元の芸術」という問題については最終章でも触れる。

(6)岡本彌太「「宮澤賢治」へのノート」(『宮澤賢治追悼』、次郎社、一九三四)。

(7)尾崎喜八「雲の中で刈つた草」(『宮澤賢治追悼』、次郎社、一九三四)。

(8)横光利一「天才詩人」(『宮澤賢治全集　内容見本』、文圃堂、一九三四・一〇)。なおここで横光がカギ括弧をつけて書いている「完全未来型」は右の尾崎喜八の「生活の理想的完全未来型」を受けたものだと考えられる。

(9)また、横光が賢治の最初の全集・文圃堂版全集の編集者として名を連ねていたことと文圃堂版全集の「宣伝方法や頒布方法」の一環であった友の会『研究』第三号(一九三五・八)に「農民芸術概論」が採録されていたことを合わせて考えれば、「農民芸術概論」の「宗教は疲れて近代科学に置換され然も科学は冷く暗い」という記述との連動を見てとることも可能だろう。

(10)第四章参照。

(11)栗坪良樹(「横光利一―賢治〈わたくしといふ現象〉に関連して」(『国文学　解釈と教材の研究』、一九九二・九))は「生涯、〈人間心理〉の〈探索〉とそれを拡大構図化した関係論と、さらにそれを拡大図式化した政治的思想的構図と、さらにまたそれを拡大対立化させた東洋と西洋あるいは左翼と右翼などという対立構図に捉われ続けた横光利一からすれば、宮沢賢治はまさしく自分の対極にある〈大人物〉としか表現しようのない文学者であった」と指摘している。しかし横光と彼の〈宮澤賢治〉は「対極にある」のではなく、ここまでで検討したように、西洋近代のシステムから逸脱していく方向を共有した同じ問題系のなかに位置づけることが可能だといえる。それは横光が見つけた〈宮澤賢治〉が彼の関心のなかから生起したものであり、あくまで賢治テクストという鏡を媒介にした〈自画像〉にほかならないからだ。

(12) 保田與重郎「開花の思想」(『帝国大学新聞』六四〇号、一九三六・九・二八)。

(13) 保田與重郎『日本浪曼派の時代』(至文堂、一九六九・二)。

(14) 保田與重郎「万葉精神の再吟味」(『京都帝国大学新聞』二六四号、一九三七・六・二〇)。

(15) 保田與重郎「万葉精神の再吟味」、前掲。ここで語られている「民族の血である」「伝統」という考え方が、第一部第三章で触れた萩原朔太郎の『日本への回帰』の論理とほぼ同一のものだということは一読して看取できるだろう。朔太郎にせよ、保田にせよ、彼らは近代的知性を最大限活用した結果として〈日本的なもの〉=〈伝統〉を発見しているのである。

(16) 保田とは反対に、この〈反近代としての前近代〉に安易に接続したのが室伏高信であった。この問題に関しては「農民芸術」をめぐる賢治と室伏の思想的交差に関わるので、次章で詳述する。

(17) 保田はこのような「エスプリ」を鍛え上げる方法として折口信夫の民俗学的な手法を意識していたと考えられる。「研究方法について偶感」(『文学』、一九三七・二)には「たゞ詩人折口信夫博士の方法はその果敢さのゆゑに現代の我々には評価方法も解り難いばかりに美事なものかもしれない。しかし古い口承をしらべ、薪能を蒐集して、現代に残された未開を遡つて古の都心の文芸の実相を極めることは、恐らく現代の学問の中で一等冒険と賭とをもち、たゞ詩人のみの独創しうる方法であらう。」とあり、古典研究を通じた「変革の激しさ」を讃えている。保田が「変革」を評価する態度は後述する〈宮澤賢治〉にも関わる問題である。

(18) 保田與重郎「棟方志功氏のこと」(『工藝』、日本民芸協会、一九三九・一〇)。

(19) 米谷匡史『アジア/日本』(岩波書店、二〇〇六)。

(20) 保田與重郎「風景観について」(初出表題「新しき風景観」、『報道写真』、一九四一・七)。

(21) 保田與重郎「雑記帖(一)」(『コギト』、一九三七・四)。

(22) 第一部第一章で秋田雨雀「緑の野」とエスペラント受容に関する分析を通じて、言及した。

(23) 保田は「少年小説の新開拓」(『少国民文化』、一九四二・六)において「近代の終焉といふことは、我国に於ては、ヨーロッパの思想家のやうに、ヨーロッパ文化の運命を云ふことでなく、その終焉は日本の自覚を云ふことと解さなければならない。」と述べている。

(24) 権田浩美『空の歌　中原中也と富永太郎の現代性』(翰林書房、二〇一一)は中原中也と富永太郎が宮澤賢治を受容する際に〈プリミティブ〉という概念が機能したと指摘している。権田がここでいう〈プリミティブ〉とは「文明に侵かされていない楽園を求めて[…]彷徨し続けたゴーギャン」の「作品に一貫する[…]新たな創造の為の始原回帰」であるとされている。こうした〈プリミティブ〉は、「前〈近代〉、あるいは反〈近代〉」の概念として「〈近代〉の行き詰まりに対応するために求められたと権田はいう。

(25) 辻潤「惰眠洞妄語」(『読売新聞』、全四回、一九二四・七・二二～二五)。

(26) 高村光太郎について書いた藤原定「高村光太郎論」(『現代日本詩人論』、西東書林、一九三七)には「少くとも自然や宇宙といふやうなスケールの巨きなものを、まるでちつぽけな私のスケールのなかにすつぽりと箝め込む術を心得」ていて「いつでも自然の無辺際の生命美と、そこ迄ゆく人間の歩み方が生活であり、詩である。」という評価が高村に対してなされている。これは賢治を高村が評す際に用いた「コスモス」と「地方的」の対比(「コスモスの所持者宮澤賢治」、『宮澤賢治追悼』、次郎社、一九三四)と対応する。さらに藤原は高村に「知的な、明るい美よりも、暗い、北方的な力感」を感じている。藤原の高村評価を見ることによって、高村光太郎が自ら発見した〈宮澤賢治〉への言葉によって〈高村光太郎〉として再創造されている様子がうかがえる。ゆえに横光同様の相関関係を〈宮澤賢治〉との間に形成していると考えられる。

第一〇章　〈宮澤賢治〉がもたらしたユートピア

――昭和期農民文学運動とアナキズム――

第一節　宮澤賢治と農民文学

宮澤賢治は農業実践を追求するために羅須地人協会を結成した。そして体調を崩し、死が迫るなかでも東北砕石工場で肥料設計に心血を注ぎながら、詩や童話を書き続けた作家である。今日、流通している〈宮澤賢治〉は東北というローカル性とともに農業と切っても切れない関係を結びながら、人物像を形成している。

賢治を農業と結びつける傾向は、早くも没後受容のなかでわき上がっていた。第六章でも触れた松田甚次郎は賢治の農業実践に薫陶を受け、自らも郷里の山形で農業と芸術を連関させたコミューンを建設した。そしてその活動をまとめた『土に叫ぶ』（羽田書店、一九三八）を刊行したのだが、ベストセラーになった同著のなかで農村活動の師として賢治が紹介されたことも手伝って、全国的に宮澤賢治は農業の実践者だという認識が広まっていった。

松田の理解とその広がりを土台にして形成された賢治評価の言葉は、同時代の農本主義的な傾向と相まって強固なものとなっていった。たとえば伊藤信吉は「土と自然」と宮澤賢治を結びつける。

もともと宮澤賢治といふ詩人が、農民の土の生活と環境を一つにして生活し、そこに農業経営の化学を注がうと献身したのであつたから、その文字の生活性への定着はきはめて自然の順序だつたのである。自然の風物を季節の推移など、さういふものと結んでひらけた心象風景は、やがて東北地方の慈味に乏しい土と自然の過酷さに傷められ、それに絡はる人的要素の配置にまで関心を集中していくべき運命だつたのである。(1)

「慈味に乏しい土と自然の過酷さ」に彩られた東北の風土を文学によって〈開墾〉していく賢治への期待はなにも都会の側からだけ析出されるわけではない。賢治の地元・岩手からもそうした声は起こっていた。第五章でも取りあげた伊藤博という人物は「物質の貧困以上」の「精神の貧困」が見いだされ、〈地方〉的であることに安住する人びとを厳しく糾弾する。(2) そして「都会文学の亜流」ばかりが目に付くなかで、「私が今までに胸打たれて読んだ唯一の論文は宮澤賢治のたしか『農民文学概論』といふ題であつたと記憶する」と述べ、賢治を「田舎をして田舎であらしめない気魄」があるとして認める。「田舎をして田舎であらしめない」、しかし東北の〈地方〉的な「生活性」へのきわめて深い定着が発見されるといった二律背反をかかえ込んだ存在として〈宮澤賢治〉は農業と関わりながら成立していった。

こうした〈宮澤賢治〉発見の流れを見たとき、問題となるのはなぜそのような〈宮澤賢治〉が求められたのかという点である。松田甚次郎のように「聖者的実践生活」を送ったとする賢治を評価することが可能となった同時代的コンテクストを明らかにしなければ、農業と〈宮澤賢治〉が結びついたことの意義を評すことはできないだろう。そして同時にそのコンテクストに合致しうる賢治のテクストの性質がいかに形成されたのかも問わねばならない。つまり、一九二〇年代に思考されたテクストが三〇年代に受容されたということの意味を問わねばならないということだ。そのためにも農民意識と文学の綜合を目指した賢治と比較検討する材料として、昭和期農民文学運動を俎上に載せ、本章では考察を加えていく。

第二節　昭和期農民文学運動の出発

昭和初期、一九二五年を前後して日本において農民文学をめぐる議論が活発化する。その背景には第一次世界大戦後の不況に伴う小作争議の大幅な増加がある。大正デモクラシーによって民権意識を高めた都市生活者は民衆となり社会的存在感が増していたが、地方農村に暮らす農民たちも例外ではなかった。第一次世界大戦において始めて顕現した総力戦という新しい戦争を戦い抜くためには、都市のみでなく日本全体が発展しなくてはならないとする内務省主導の農村改良運動[3]を追い風に農民たちの社会参加意識は高められていった。そしてそれはエベネザー・ハワードの『*To-morrow; A Peaceful Path to Real Reform*』（一八九八）及び『*Garden City of To-morrow*』（一九〇二）に示されたような農村と工業の密接な連帯、田園都市建設による生活の改善と生産力の向上は日本においても実践すべき課題として官民問わず広がりを持ち、検討されることになった。

斯くの如く認識されていた農村問題を階級的社会問題として捉え直し、そこに強くコミットする文学の場を形成しようとしたのは一九二二年一〇月に小牧近江・吉江喬松らによって神田明治会館で行われた「フィリップ十三周忌記念講演会」（以後、フィリップ講演会と称する）に端を発する。フランスの作家であり、社会芸術運動に携わり一九〇九年に没したシャルル・ルイ・フィリップを記念したこの講演会で吉江喬松は「大地の声」と題した講演を行っている。『仏蘭西文芸印象記』（新潮社、一九二三）には講演の要旨とみられる「大地の声——シャルル・ルイ・フィリップ」が収録されている。昭和期農民文学の先駆けであるこの講演会で示されたフィリップにまつわる認識がどのようなものであったか、まずは確認してみよう。吉江はフィリップが「貧しい木靴工」の息子であり「終生貧しきものの友であり」自覚的に民衆の中へ行こうとしなくとも「自身が芸術家でありさへすればよかつた」という。そして次のように述べる。

新しき生命、その必須の表現をもつて、当然の帰結を求めよ、根本的、本質的、全的の勝利を得よ。これが真の文芸の使命であり、シャルル・ルイ・フィリップの短い生涯の作物が我々に示す、本質的にして、光ある、精進不断、互救互譲の世界である。

吉江は階級的闘争も視野に入れた農民文学観をここで示し、フィリップ講演会を契機に農民文芸研究会（農民文芸会）を立ち上げていった。犬田卯編『農民文芸十六講』（春陽堂、一九二六）はその成果として結実したものであった。

彼ら農民文芸会の他にも同時期に荒廃した農村の再建を強く希求する農民自治会を形成した渋谷定輔、中西伊之助、下中弥三郎、竹内愛圀、『文芸戦線』においてプロレタリア文学路線から農民文芸会を糾弾した山田清三郎[4]といったように諸氏乱立して農村問題と文学との連関を説きまわった。

このような農民文学のあり方に対して、中村武羅夫が「文芸時評」（『文章往来』、一九二六・六）において疑念を表明している。

一体、農民芸術といふのは、農民生活の惨苦から生れた、そして、その惨苦を愬へようとする芸術なのか？　それとも、農民を対象（ママ）として、農民に鑑賞させるために制作された——即ち農民を慰め、農民を楽しませるための芸術なのか？　或ひは、さういふことには限らない、たゞ、農民生活を主題にして書いた作品といふほどの謂ひなのか?

農民芸術というものの主体や主題に対する中村の疑念は「新しい」「本質的」といった文句を用いながらも具体的にどのような内容のものを書けばよいかを示しきれなかった吉江らの提言に対する、当然といえば当然の疑念であった。それは、犬田卯が後に回想するように、「あまりに発表機関に恵まれていな」かったために「とかく一般的に、かかる文明没落観——例のシュペングラア的な学説や「土にかへれ」とか「原始生活への復帰」とかいったような当時、室伏高信や加藤一夫らの説くところのものと混同され、そして、農民文学とさえいえば、原始生活思慕の文学、機械否定、近代工業の排撃といったもののかのように、飛んでもない方向へ曲解され、早合点され」[5]た結果であった。こうした事態を打開するべく、農民文芸会と農民自治会は関係を深め、自分たちの運動の機関誌となる『農民』(第一次~第五次)の刊行へと進んでいく。次節ではこの『農民』を中心に展開された当時の農民文学運動の方向性を検討していく。

第三節　昭和期農民文学運動のアナキズム的色彩

昭和期農民文学運動を中心的に支えることになった『農民』についての書誌は以下の通りである。

第一次…農民文芸会、一九二七・一〇~一九二八・六、全九号。
第二次…農民自治会、一九二八・八~一九二八・九、全二号。
第三次…全国農民芸術連盟、一九二九・三~一九三二・一、全三二号。

第四次…農民自治協会全国連合、一九三一・一〇及び一九三二・一、全二号。
第五次…農民作家同盟、一九三二・一一～一九三三・九、全一五号。

相次ぐ脱会や分裂によって四度に亘って再編された『農民』であるが、第一次創刊号（一九二七・一〇）の「創刊の辞」に「「農民」は私達同志の機関ではあるが、厳密の意味の同志でない人々でも、私達と同じ傾向にあつて、私達の志を諒とする人々ならば、その人々の為めに、喜んで門戸を開放」すること、「私達の集りが、そもそも大同団結であつて、各自の個性や思想やに存する小異を問はない一種の自由聯合」であることが表明されているところに、こうした分裂騒動が予期できるものであったろう。このような農民文学運動の分裂騒動について、当事者であった犬田卯の述懐[6]によれば、同時期のマルクス主義陣営（主にナップ）との理論的闘争の結果であったという。犬田の述懐を裏付けるように当時の言説と分裂の様子を平島敏幸が〈研究ノート〉としてまとめ上げているが[7]、この論考の中で最も注目すべきは第三次から第四次が分派した背景の一つにアナキズム運動の状況を見いだした点である。第四次創刊号（一九三一・一〇）に掲載された「綱領に依つて何が規定されたか」を検討することで共同生産・組合の組織・農民と労働者の相互扶助といった観点を抽出し、アナルコ・サンディカリスム派の影響を平島は導き出した。この指摘は昭和期農民文学運動の性格を考察する上で、きわめて重要であると同時に首肯できるものであるが、第四次を立ち上げた鑓田研一と対立した犬田卯の思想にクロポトキンの影響が見られるという「推測」が船戸修一によってなされているように[8]、犬田にもアナキズムの影響を見て取ることができる。平島が指摘するように「犬田の説明によれば、犬田は第三次『農民』創刊以来、「農民自治主義は在来のアナーキズムなるものを克服せるもの」と主張してきた。しかし、連盟の東京連合の一部のものは、「農民自治主義即アナキズムではないか」と強調して、犬田を「除名」した、という」。だが、この指摘をもって、犬田がアナキズムを主張する人びとと対立したゆえに、犬田が非・アナキズム的であったとするのは早計だろう。犬田が「除名」される直前、農民自治文化聯盟の一九三一年一二月の研究会の席上に提出したという「農民イデオロギー覚え書」[9]を見ると、決してそうではないからである。犬田自身も「攻撃的態度が過ぎたかもしれ」ないが「アナキズム克服はもはや躊躇を許さないと考えつつあった」意識の発露であると後年になって回想しているのだが、内容を精読すれば、その主張がきわめてクロポトキン的なアナキズムの主張を踏襲していることは明白だ。少々長くなるが、以下にその内容を引用する。

一、農民イデオロギーはプロレタリヤ・イデオロギー（マルクス主義イデオロギー）と相対立するものであり、且つそれを克服するところの理論的根拠をもつものである。

一、農民イデオロギーは近代資本主義的イデオロギーに毒せられ、且つかの封建時代の諸観念によつて歪められた因襲的な農民の因襲的な観念形態をそのまゝ指示するものではない。

一、従つて、一般的に誤認されるやうな個人主義的、孤立的感情、利己的、排他的な、普通に農民が把持してゐると考へられてゐる観念形態――それは断じて「農民イデオロギー」などではないのだ。

一、農民イデオロギーは農業なるもの、生産姿態――即ち大自然から人間が日常必須の生活原料を獲て来るその勤労――そのものから湧出する思想感情の階級的集団的に組織せられたものであり、延いては全社会的生産行程――農業、工業、その補助手段を合めて――に携る人間の社会的正義観の階級的、集団的に組織せられたものである。

一、農業なるものは人間の協力、共働によつてしか発達しない業務であり、またその性質として人間と自然との微妙な交渉、相互扶助にはじまり、苗の育成より収穫、運搬に至るまですべて偉大なる協業である。加工業もまたそれに洩れない。農業と工業とは合理的に連結せられて、はじめて社会的生産行程を全うすることが出来るのである。

一、かゝる大自然との相互交渉、人間と人間との協力、共働といふ物質的条件は、必然的に、それに携る人間をして、大自然に対しては謙虚に、人間に対しては協同的な獄念を呼び起す。

一、その対自然の感情、対人間の観念――それが即りも直さず、我々のいふ農民イデオロギーなのである。

一、然らば何故に我々の現在見るが如く農民は一般に利己的であり、個人主義的であり、孤立的、独善的観念の持主であるか？

一、我々はそこに何等の本質的根拠を見出すことが出来ない。恐らくそれは政治的に彼等が最初に「征服」せられ、「支配」せられ「孤立化」せられ、「小企業家」せられた故であらう。

一、即ちそれは「環境」の然らしめたところであつて、「本質」の然らしめたところではないのである。環境を、即ち社会制度をして農業、加工業の本質に添はしめれば、農民もまた協働、相互扶助の本来にかへるものなのである。

一、以上の如き農民イデオロギー、それは語をかへて云へば、生産者の正義観、それの階級的に組織せられたものであり、即ち、人類の社会的正義といふことが出来よう。更にそれは「革命階級」――我々が規定した革命的農民及び労働者の当然持つべきイデオロギーに照応するものである。

一、約言する。

農民イデオロギーは我々の必要品の生産業態に物質的根拠を持つ、協働相互扶助の組織化された意識であり集団的生活の道徳的、倫理的統制原理即ち社会正義たるものである。

一、従つてそれは自治協働社会の心理的統制原理であり、決して政治的利害闘争社会のそれではあり得ない。

一、更に約言すれば農民イデオロギーは社会的自治意識である。

次に

一、以上の如き農民イデオロギーはもはや、所謂「アナキズム・イデオロギー」ではない、それよりも一歩も二歩も現実的に時代的に前進、発展したものである。アナキズム・イデオロギーは云ふまでもなく、個人の自由（やがてそれが社会の自由といふことに転化する）平等、相互扶助等々であり、何処に階級的基礎を、経済的基礎を、現実的な実践運動の人的基礎を求めてゐるか甚だ漠然としてゐる。が、農民イデオロギーは前述の如く、そこがはつきりしてゐる。

一、次に組織を否定し、制度を否定する一派のアナキズムは社会統制の原理としても各集団的の自由協定といふやうなものしか持たないが、我々は自治といふ確然とした経済的基礎を持つてゐる。

一、故に我々は――、否、僕自身は、農民自治に立脚する社会運動、農民イデオロギーに立脚する文化運動に携る限り、断乎として「アナキズム」なる名称を揚棄し「農民自治主義」を取らなければならぬ。農民自治主義（他に適当な言葉があれば無論それにかへる）はアナキズムの一個の現実的な、時代的な発展形態であることは前に明言したとほりである。

一、では逆に、アナキズムは農民自治主義にまで進展したのだと云つたら……と云ふものがあるかも知れないがこれは徒らに混乱を来すのみである。対世間的に云つても――それは理論的には無論問題外だが――アナキズムといふことは放縦、無秩序、自惰落と解され、甚だ不利と云はなくてはならない。これは些末なことだが、思想の大衆化普遍化については相当考へなければならない問題と思ふ。

一、既にそれだけの現実的、時代的の進展があり、発展が遂げられてゐるとすれば、自ら別名を要求してもいゝわけである。たとへばアナルコサンディカリズムが何等実践基礎を階級的に持たないアナキズムから出でゝ労働者組合に基礎を置いて運動し、それが一般にはアナキズムと区別されて意識されてゐるやうに。

一、かくて我々は古き皮殻をかなぐり棄てることによつて、腐つたドブへ足を突込んで抜けないやうなアナキズムなるものと訣別し、そしてこゝに新しい文化的、実際的の運動理論を建設するといふ意気込みをもつて、更に我々の主義主張を完成すべきではないかと。——即ち我々は可成り速かにマルクス派の方法論、及び商工資本の経済学を克服する農民経済学を打ち建てなければならない。——それがもっとも重大なること、考へる。社会は激流の勢ひをもつて滔々とファシズムへ逆回転してゐる。ファシズムはいふまでもなく、自治といふことゝ真正面に対立する。我々の運動は彌が上にも果敢でなければならないと考へる。

更に——

一、なほ、アナキズムからは農民文学を特に主張する根拠がない。アナキズムから農民文学を主張するときはマルクス主義から主張すると同様、単なる題材の問題に堕する。それは理論的にすでに破綻してゐる。

一、農民文学は農民自治主義から主張してこそ、正当性を持つこと、しば〳〵我々の（私の）言明したとほりである。

一、我々の運動は、芸術的に云つても、社会正義としての農民イデオロギーを全社会に押し及ぼさうとする運動であるのだ。

追補

一般にこの宇宙はアナルシーとして、即ち無支配相互依存として我々にまで理解せられてゐる。ところでそれは宇宙の組織から必然的に結果し分泌するのであつて、最初から、頭から、アナルシーなる観念があり、それの実現化のために引力や、太陽系の巡行や、その他あらゆる宇宙現象が按配せられたものではない。正にその逆である。社会現象についてもこれと同様のことが言へる、最初から、頭から、アナルシーなる概念があつて、それの実現化のために、単に政府やその他の支配機関——非アナルシー——を破棄して見たところで、そ

> れらの支配機関を必然ならしめてゐる根本原因――社会組織をどうすることも出来はしない。
> アナルシーは組織が結果するところのもので、我々の頭に湧いた思想や観念のつくるところのものではないのである。
> この理を転倒してゐるものだから我々は間違ふのである。アナルシズムなるものを最初から頭の中へ入れてしまつて、それを宣伝することをもつてアナルシズムの運動だと心得てゐるものが多いのだが、それは正に太陽系の巡行や、宇宙引力をアナルシーの観念によつて製造しやうとするの愚を演ずる結果になる。
> 我々は逆に、アナルシーを結果する組織を根本としなければならないのだ。従つて我々は頭からアナルシーなどである必要はなく、それを結果する組織をつくる一人間であることが第一なのである。組織を作らずに、頭から思想を吹込むことは、やはり強権を存在せしむる結果にならう。

クロポトキンのアナキズムは、個人の自由を尊重した自由社会において国際的分業の流れによって分断され押し歪められてきた労働者と農民が必要に応じて連合していくことを求める社会経済システム構築の志向であった。それゆえに資本主義は否定されても経済活動自体は否定されることがない。一部の資本家のためだけに歪曲した経済と社会構造の是正が目的であった。他方、犬田の主張もまた「農民経済学」というものを認め「我々の必要品の生産業態に物質的根拠を持つ、協働相互扶助の組織化された意識」をもつ社会構造を求めるものであった。人間の基本的生存を保証するための農業とその発展のための工業という点において、両者の間に齟齬はない。さらに犬田自身、その主張のなかで「アナキズムからは農民文学を特に主張する根拠がない」と述べ「農民イデオロギー」の独自性を唱えてはいるが、返す刀で「アナルシーを結果する組織を根本としなければならない」といい、あまつさえ「自ら別名を要求してもいゝ」といってしまっている点から、自分の主張する「農民イデオロギー」とそれに基づく社会運動がアナキズムの主張とほとんど変わらないと認識していることもまた明らかである。この点を踏まえれば鑓田らと犬田が袂を分かつことになった理由について理論的な対立軸は見えず、ただ「アナキズム」の名称を使うか否かという点に焦点化されたものであったとわかる。つまり、昭和期農民文学運動とは担い手それぞれに微妙なグラデーションがあるとしても、その基調には一貫してアナキズム的認識があったと考えられる。

昭和期農民文学運動の社会運動化が強まったとされる第二次の創刊号（一九二八・八）の「巻頭言」には「都市社会主義に過ぎないマルクス主義を唯一の理論的根拠として立つプロレタリア文芸には、依然として農村搾取から脱出することの出来ない都市プロレタリアの、都市的苦悶と都市的闘争とがあるだけだ」として都市プロレタリアートと農民との間の懸隔が述べられている。

> 農民には農民としての特殊事情がある、と云ふことは、農民無産階級の、他階級に対する「特殊待遇」の要求ではない。農民を囲繞した特殊事情は、それ以上の重要性を持つてゐるのだ。第一に、農民は自然と闘争してゐる。農民無産階級の、自然との闘争に依る生産が、全社会経済において占めてゐる地位は、全無産階級に取つての、最も新しき、最も徹底した階級理論の母胎と化し得るものだ。第二に、自然は農民に取つて単に生産対象として存在してゐるばかりでなく、農民が主体となつて創造確立すべき独自な階級文化の基調となり得るものだ。戦闘的農民は、今や以上の事実を認識し、此の認識から出発して、地主を、資本家を、都市を、政治的強権を克服すると共に、都市プロレタリヤを、農民それ自身の階級理論にまで獲得しようとしてゐるのだ。

また、加藤一夫「農民文芸運動の根拠」（第二次二号、一九二八・九）も「都会は農村を食ふことによつて存在する」といい、これと同様の議論がなされているので合わせて一瞥しておきたい。

さて、以上は主として、農村に於ける実際事情を説明したものであるが、これはやがて、農民の心理に特殊な色彩を植えつけねばならない。従つて、農民の感情は都市プロレタリアのそれと異り、農民が表現せんとする文芸はそれ自身独自のものでなければならぬことを諒解するであらう。我々は勿論、農民、殊に農村小作人と都市プロレタリアとの間に共通の利害関係や感情が存しないと云ふのではない。それ故にこれらの二つの階級は互に敵対すべきものであると云ふのでもない。[…]しかしながら、農村に於ける商品購買者は都会の労働者と全く同じ経済関係にあるとする共産党のテーゼは全く正当であるとは云はれない。何となれば、都会に於ける購買者が貪られる利潤の大部分は都会に残るが、農村に於ける購買者の利潤は大部分農村には残らずして都会に吸ひ取られるからである。

この二つの文章で論じられているような都市と農村の対立は昭和期農民文学運動の特徴の一つとして捉えられてきた。時期は多少下るが、ハリコフ会議[10]を経て農民文学研究会を組織したナップ陣営から黒島伝治が「雑誌「農民」による農民主義者等は、日本の農村に於ける現実の農民の生活を見てゐなかつた」とし、「ただ農村と都市の対立ばかりを強調」する「地主文学であり、富農文学である」[11]と批判したように、都市と農村という対立軸による議論は農民文学側のある種のパターンとして見られていたのだ。しかし都市と農村の対立（工業労働者と農業労働者の対立）という表層にとらわれていては、昭和期農民文学運動の最も中心的な批判を読み取ることはできない。右に引用した「巻頭言」や加藤の議論で注目すべきは都市プロレタリアートや共産党を「強権」として批判するまなざしである。彼らの都市プロレタリアートへの批判は、ナップ陣営が農民文学を「あくまでもプロレタリアートのヘゲモニーの下に置かれなければならぬ」[12]と考えたことにいみじくも現れているような、権力を否定するはずの集団

（共産党）にすら生じた「強権」を痛罵するものであったのだ。

アナキズムが集団の権力を忌避し、あくまで独立した個人の自由を求める主義であることは言を俟たない。アナキズムの祖であるプルードンの哲学について斉藤悦則は「人間は労働をとおして自己を実現し、人間として成長する。まさに労働の現場で人は知性を育み、自由になり、他者と連帯し、文化を生み出す。プルードンのこうした「労働主義」が後の革命的サンディカリスムにつながったのはよく知られるところである[13]」と述べる。各人は目的に応じて連合することが認められるが、彼らの個性に由来するアンチノミーは解消されず残され、動的状態を維持することで社会の発展性を保証する。まずなによりも個人とその生活があり、その独立自由の生活の中からそれに応じた文化が発展してくるという、アナキズムの理論は、「新興農民文芸論は、あくまでも無産農民階級の体験から、意識から、出発しなければ成立し得ない性質のものである。［…］正しい農民文学は、無産（生産）農民階級のイデオロギーから発生したものでなければならぬ。[14]」とした農民文学の理論と何ら変わるところはない。さらに「自治主義と相互連帯との合意社会の欲求を阻害し、都会主義と独裁の信仰を煽情しつゝあるマルキシズム文学の進展[15]」を危険視するといった認識はもはや第三次『農民』という発表媒体が分明でなければ、アナキズムによるマルクス主義批判と置換可能なものであろう。

日本のアナキズムの中心的人物であった大杉栄は「労働問題は労働者にとっての人生問題だ」とし、次のように続ける。


観念や理想は、それ自身が既に、一つの大きな力である、光りである。しかし其の力や光りも、自分で築きあげて来た現実の地上から離れれば離れる程、それだけ弱まつて行く。即ち其の力や光りは、其の本当の強さを保つ為めには、自分で一字一字、一行一行づゝ書いて来た文字其者から放たれるものでなければならない。[16]

大杉が重視するのはいかに「現実の地上」に足をつけた「観念や理想」を持つかということであり、さらにそれは自分の経験から来るものでなくてはならないというプラグマティックな認識である。大杉にとって個人の「生と云ふ事、生の拡充と云ふ事は、云ふまでもなく近代思想の基調であ」[17]り、共同体（社会）のそれとはその延長線上になければならないものであったのだ。「正しい農民文学」を生み出す「農民階級のイデオロギー」の正確な把握は個人的な農民としての体験から出発するものでなくてはならないという犬田らの主張は、こうしたアナキズム的認識と軌を一にするものであると考えられる。

大杉自身も労働者と農民の、特に農民による主体的な社会改良に同調的であった。このことはクロポトキンの影響を受けたことからも明らかだが、のみならず、ボルシェヴィキ政府と戦ったウクライナの無政府主義者ネストル・マフノによる革命的農民を中心とした「マフノヰチナ（マフノ運動）」に大きな関心を寄せていたこともまた重要な事実である。[18]ボルシェヴィキ陣営によるマフノビチナへの攻撃から「社会主義的権力と民衆的革命とがとうてい一致することも調和することもできない」ことを看破した大杉は、すでに「彼等（ボルシェヴィキ政府——引用者注）はまるで資本家の次ぎはこんどは無政府主義者だと云ふやうな具合ぢやないか」、「保留して置きたいのは僕の批評の自由である」「僕の行動の自由である」[19]と述べ、指導に従わないものを叩き潰そうとする「共産党の新権力」を批判していた。農民主体の運動であるマフノビチナに関心を寄せ、擁護していた大杉の批判の論理と昭和期農民文学運動は響き合うかたちで、マルクス主義的プロレタリア文学との対立を深めていったのである。

第四節　宮澤賢治における農民意識と文学

さて、如上のような昭和期農民文学運動とアナキズムとの連関を踏まえ、宮澤賢治の農民文学観を確認してみよう。賢治の農業と文学の綜合の問題について、中村稔は次のようにまとめている。

> 宮沢賢治が考えた農村の発展は、農民が独自の芸術、宗教をもって独立した社会を形成することからはじまるのであり、都市の機能をもった農村が期待されていたのである。この場合、農村工業の占める地位は、いわゆる副業という程度をはるかに超えている。副業は当然に消費者を予想するけれども、ここでは生産物は農民によってしか消費されないし、農民が必要とするものしか生産されない。まさしく自給自足経済の構想である。[20]

賢治にとって文学は農民を喜ばせるものであると同時に彼らに新しい農村を形成させるための重要な要素として認識されていた。また鶴見俊輔は「芸術と生活との境界線にあたる作品を「限界芸術」（Marginal Art）と呼ぶことに[21]」したうえで宮澤賢治をその一例に挙げてみせる。

> 自分の今いる状況を理想化するという方向は、宮沢の作品の世界では、「イーハトーヴォ」というシンボリズムに結晶する。［…］それは理想郷であるかぎり、時間も空間もこえ、あらゆる物、動物、人種がそこに来て住むことのできるような普遍性を獲得している。これが、宮沢賢治の郷土主義的にして懐古主義的な、現実描写をいとぐちとする理想主義的文学の理念であり、この理念に支えられる場、修学旅行（「〔修学旅行復命書〕」――引用者注）もまた一つの限界芸術となったのだ。[22]

賢治のいう「農民芸術」の理念と自らの「限界芸術」という術語の理念を連関させながら、鶴見は右のように賢治の文学を「普遍性」を勝ちえた「理想主義的文学」として評価する。宮澤賢治が職業芸術家ではなく実際に岩手という地域で農業を営もうとした生活者であるという認識が、鶴見に「限界芸術」を示す好例として賢治を語らせたのだと考えられる。

中村や鶴見に代表される、賢治の農民的実践と文学との連関を見いだそうとするまなざしは、近年では大島丈志の「「ふつうの文学者とはちがった」点とされることの多い農業の実践を中心に据えて」論じようとしているもの[23]に引き継がれている。農民としての〈宮澤賢治〉と文学者としての〈宮澤賢治〉を接続させようと試みるとき、賢治の農民芸術観を知るためのテクストとして選ばれる最たるものが「農民芸術概論綱要」である。これは一九二六年一月に開設された岩手国民高等学校で行われた講義の要諦である。岩手国民高等学校について、入校し実際に賢治の講義「農民芸術」を聴いていた伊藤清一は次のように語っている。

岩手国民高等学校は、大正十五年一月十日より同年三月二十七日まで、岩手県立花巻農学校で開設せられました。

生徒の資格等は、特に限定されませんでしたが高等小学校以上の能力を有し、年齢満十八歳以上で、将来地方自治に努力すべき抱負ある者とありました。

そして生徒は凡て寄宿舎に入舎して、自治的共同生活を営ませられました。

経費は寄宿舎費、食費、日用品、学用品等皆自弁でした。

この学校は、デンマークの国民高等学校に見習って、農村青年の訓練計画を立案、社会教育の一環として試みられたとのことで、従って時局柄、県はたいした肝の入れようで、講師先生方もその道の権威者達でありました。

この時参加した生徒は、三十五名で県下の九郡、三町、二十二村から推薦を受けた、優秀な者ばかりでした。(24)

加えて伊藤は岩手国民高等学校の中で講じられた授業一覧も併記しているので、それも概観しておこう。

担当科目		
農村経営法	社会課長	福士進
農業経営法	県農会技師	大森賢弥
産業組合法	県主事補	佐藤公一
公民科	県学務課長	関壮二
世界之大勢	県視学	新井正一郎
近世文明史	花巻高等女学校教諭	八木英三
古代史	女子師範学校教諭	久保川平三郎
国史の精神	範学校教諭	鈴木勝二郎
最近科学の進歩	同右	鼻節重治
生理衛生	花巻農学校教諭	阿部繁
文学概論	花巻高等女学校長	高日義海
農民芸術	花巻農学校教諭	宮沢賢治
農民美術	花巻高等女学校教諭	中井弥五郎
音楽概論	同右	藤原嘉藤治

課外講演

調和の必要	盛岡高等農林学校長	鏡保之助
緯度観測	水沢緯度観測所長理学博士	木村栄
花寿	花巻農学校長	中野新左久
植物病理	花巻農学校教諭	堀籠文之進
理想論	花巻農学校教諭	白藤慈秀
自治制	法学士	伊藤正良
行政法	法学士	菅野一郎

日　課

起床（午前六、〇〇）

点呼、洗面、掃除

国民体操

まず、ヨイサヨイサの駈足で町を一回りした上、西公園天満宮において威勢よく国民体操を行いました。この体操は、枢密院副議長、法博平沼騏一郎を団長とする修養団で、松本稲穂が指導したものに準拠して実施し、その時の生徒だった伊藤清一が当りました。

やまとばたらき

専任の高野主事が筧克彦編の「神あそび、やまとばたらき」により指導しました。

心の力

一通りの運動が終った後、教室に入って正座し、小林一郎記述の「心の力」を、精神修養の目的で、一章ずつを誦しました。

朝食（午前七、〇〇）

（炊事当番二名ずつ服務）

講義（午前九、〇〇―一二、〇〇）

昼食

講義と研究、見学等（午後一、〇〇―四、〇〇）

夕食（午後六、〇〇）

課外講演意見発表、音楽会、夜の集いなど（夕食後随時行われました）

消燈（午後九、〇〇）

このカリキュラム[25]を通して「地方自治」を推進するために青年たちの教育をするという方針は「時局柄」だったと語られているが、それはつまり、先に触れたハワードの田園都市論に触発された田園都市構想[26]と第一次大戦以後の総力戦を戦うための国力増進を図る農村改良とを求める国策に沿ったものであったのだろう。こうした背景を持った岩手国民高等学校で講じられた授業であるということも加味して、以下「農民芸術概論綱要」について検討をしていきたい。

まず賢治の意識する「農民芸術」とは一体どのようなものであったか。講義「農民芸術」は伊藤清一によって「講演筆記帖」という受講ノートが残されている。そのノートには賢治の「農民芸術概論綱要」にはない、「原論」として「農民と云はず地人と称し／芸術と云はず創造と云ひ度いのである」と記されている[27]。農民芸術を論じる上での術語概念の提示は押さえておかなくてはならない。これを踏まえ、「農民芸術概論綱要」の「農民芸術の本質」と題されたパートにおいて、その内実が語られている。

> 農民芸術とは宇宙感情の　地　〔〕人　個性と通ずる具体的なる表現である
> そは直観と情緒との内経験を素材としたる無意識或は有意の想像である
> そは常に実生活を肯定しこれを一層深化し高くせんとする
> そは人生と自然とを不断の芸術写真とし尽くることなき詩歌とし
> 巨大な演劇舞踏として観照享受することを教へる
> そは人々の精神を交通せしめ　その感情を社会化し遂に一切を究竟地にまで導かんとする
> かくてわれらの芸術は新興文化の基礎である

「新興文化の基礎」となる「農民芸術」は農民個人の「実生活」のみならず彼らを「社会化し」連合させていくものであるという。農民にとっての「実生活」、すなわち農業というものを賢治が重視していた[28]のは言を俟たないが、芸術と農業を綜合していくことによって新たな社会が導かれるという社会改良論の一種として「農民芸術」は意識されていたとわかる。

この「農民芸術」に関する認識の根底に室伏高信『文明の没落』（批評社、一九二三）の影響を看取できることは上田哲によってすでに指摘されたところである[29]。しかし、室伏が主張するものが徹底的な反近代主義であり、その延長線上に農村回帰という目的があったことは『文明の没落』の続編『文明の没落　第二巻　土に還る』（批評社、一九二四）でより鮮明にうちだされる。

都会の時代は葬られた。都会精神は土とともに葬られた。唯物的精神は世界の中央から葬り去られて、公金でさへも盗金であるとされるようになつた。都会から田舎へと舞台は移つたのだ。人間は土に還つた。文明が没落して、人びとは、土に還つたのだ。

［…］

近代文明は今やその職分を使ひつくして都会から田舎へと再び歴史の回転すべきの時がきたのだ。中世紀農村時代が羅馬の滅亡につゞいたように、欧羅巴の没落からやがて新らしい農村時代がきたるであらう。人々は、シペングラァに聴かねばならぬ。

シラクス、アテネ、アレキサンドリアの後に、羅馬がつゞいた。マドリッド、巴里、倫敦の後に、伯林と紐育がつゞいた。田舎となることが、凡ての国の運命なのだ。……

室伏はここに示されるように「農村時代」への「回転」を望む。それは「羅馬の滅亡につゞいた」「中世紀農村時代」のようなものであり、「田舎」で農業をせよという主張である。室伏の目指すものとは、「農民の犠牲」を要求したすべての機械的近代文明を捨て去って過去へと戻ろうとする復古的な農本主義である。賢治はこうした室伏の著作を読み、受容している。だが、同時にそこから離反もしていることに注意しなければならない。

賢治が「農民芸術の産者」として想定しているのは「地〔　〕人」と称される農民たち自身であり、室伏と同様に農民を文化的主体に据えようとしている。そして「職業芸術家は一度亡びねばならぬ／誰人もみな芸術家たる感受をなせ／個性の優れる方面に於て各々止むなき表現をなせ／然もめいめいそのときどきの芸術家である」という賢治の認識は、農民一人一人が農業を営みつつ潜在的な芸術家とならなくてはならないとするものであった。この考えは羅須地人協会について語った新聞記事のなかにも見ることができる。

現代の農村はたしかに経済的にも種々行きつまってゐるやうに考へられます、そこで少し東京と仙台の大学あたりで自分の不足であった『農村経済』について少し研究したいと思ってゐます。そして半年ぐらゐはこの花巻で耕作にも従事し生活即ち芸術の生がいを送りたいものです、そこで幻灯会の如きはまい週のやうに開さいするし、レコードコンサートも月一回位もよほしたいとおもってゐます幸同志の方が二十名ばかりありますので自分がひたいにあせした努力でつくりあげた農作ぶつの物々交換をおこないしづかな生活をつづけて行く考えです(30)

農民生活と芸術とを直結させ、まずは生活のなかに幻灯会やコンサートを織り込むことによって、「芸術をもてあの灰色の労働を燃」やそうとしたのである。「農民芸術概論綱要」の講義用メモである「農民芸術の興隆」に賢治自身も引用しているモリスの「Art is man's expression of his joy in labour.」ということばに示される目的は、今の労働と芸術を連繋させるところを出発点にして、そこから達成されるべきものとして認識されていたのだとわかる。このような賢治の認識をみれば、確かに上田の指摘するようにデフォー、ワイルド、モリス、トルストイ、シュペングラー、エマーソン、ロマン・ロランといった名前とその特徴を記し、加えて室伏自身へも言及していることも含めて、賢治における室伏の影響を見てとることは妥当だと考えられる。実際に、賢治が「農民芸術」のための実践として組織した羅須地人協会は、まさに室伏の主張するとおりの農民の復権のための運動であるという評価をくだされている。

羅須地人協会を組織しあらたなる農村文化の創造に努力することになった地人協会の趣旨は現代の悪弊と見る

べき都会文化に対抗し農民の一大復興運動を起こすのは主眼で、同志をして田園生活の愉快を一層味はしめ原始人の自然生活にたち返らうといふのである[31]

だが、ここで理解されたような「原始人の自然生活」が賢治の目的なのではない。「曾ってわれらの師父たち」が「乏しいながら可成楽しく生きてゐた」のをもう一度取り戻そうという復古主義を唱えたのではない。すでに指摘しているように、賢治が目指した「農民芸術」という「われらの芸術」は原始から近代に到るまで発展してきた人類の文明の延長線上のものとしての「新興文化」であった。「都人」に「われらに交れ」と呼びかけ、「われらのすべての田園とわれらのすべての生活を一つの巨きな第四次元の芸術に創りあげようではないか」と呼びかける賢治の意識は、「都人」を排斥し否定する反近代文明を目指すものではなく、近代文明をも取り込んだその先にある新たな段階への移行へと向けられていたのだ。すなわち、「農民芸術概論綱要」は室伏の議論を参考にしている一方で、そこからの決定的なずれも含んでいるのだ。

伊藤清一の「講演筆記帖」に残された「農民芸術」の三月五日の内容を瞥見すると「室伏高信氏く(ママ)」として次のように書かれている。

化学の為め農業は今日の如くなったが、
之れをにくまず之を利用応用すれば
いゝのである、
総べからく半農半商で行くより外あるまい、

半農半工で行き組合、物々交換で行く
より仕方がない、
故に出稼をして都会の工業を盗み来っ
て自要品を製造するのである、

ここで重要なのは「半農半商」「半農半工」を意識している点である。室伏の意見として引かれているものではあるが、これは室伏が『文明の没落』及び『文明の没落　第二巻　土に還る』で主張した農主工従の農本主義的観念とは一線を画する。先述の室伏の認識をみれば、室伏の求めたものは完全な「農村時代」への回帰、すなわち中世への帰還であった。彼は一切の機械文明を認めようとはしなかった。

機械生産の存続する限り労働の分割は廃止することができない。そは分つべからざる二つであるのだ。
労働の分割はたゞなる労働の分割ではない。工場分業は人格の分割である。〔…〕
分割された人格は人格ではない。人格性はその全一なるところに存する。人格は不可分なのだ。最高、独立、
唯一不可分なる統一である。(32)

室伏は人格と労働を不可分なものとしてとらえ、「機械生産」の完全撤廃と、「真実なる生産である」農業とそれに付随する各種の手工業の世界を称揚する。あくまで近代的な機械を用いる労働は一切認めない。しかし、賢治はこれと違った。農業と工業を両輪とした新しい経済共同体を構築することを求めたのだ。大島丈志はこのノートの内容と「ポラーノの広場」でファゼーロたちがつくる組合が物品販売をして経済的な充足を図ることが「自給自足

を否定するものではない」ことを連関させ、「自給自足で生活経費を抑えながら商品販売するというハイブリッドな構想の商品販売の面をうつしだした表現[33]」だと評価している。賢治がこのような「ハイブリッドな構想」を抱くことができたのはなぜか。その理由として二点考えられる。

まず一つ目の点は、賢治が近代的世界観のもたらした文明の利器に信頼を置いているということである。賢治テクストには鉄道や電灯などといったさまざまな機械的道具が登場し、テクストのなかで重要な役割を果たしている。そのなかでも特に科学への信頼を基盤にしているテクストとして「グスコーブドリの伝記」が挙げられる。ブドリはクーボー大博士やペンネン老技師とともに火山局で働きながら学び、火山に計測機器を設置して噴火による被害をおさえたり、飛行船から「窒素肥料」を散布して農業を助ける。そして最終的には冷害の危機からイーハトーブ市を救うことになるのだが、そのときに利用されるのは、二酸化炭素による温暖効果である。

「先生、気層のなかに炭酸瓦斯が増えて来れば暖くなるのですか。」
「それはなるだらう。地球ができてからいままでの気温は、大抵空気中の炭酸瓦斯の量できまつてゐたと云はれる位だからね。」
「カルボナード火山島が、いま爆発したら、この気候を変へる位の炭酸瓦斯を噴くでせうか。」
「それは僕も計算した。あれがいま爆発すれば、瓦斯はすぐ大循環の上層の風にまじつて地球ぜんたいを包むだらう。そして下層の空気や地表からの熱の放散を防ぎ、地球全体を平均で五度位暖くするだらうと思ふ。」

本来なら冷害も引き起こしかねない災害である火山噴火を、科学的知識と科学技術を正しく使用することで、人びとを助けるための方法へと転換する。つまり、このテクストにおいて科学技術は否定されるべきものではなく、人びとの暮らしを守ることのできる有用な道具として描かれているのだ。賢治自身が東北砕石工場で石灰を利用した肥料設計を行っていたこともあわせて考えれば、こうした科学技術の利用は賢治にとっての科学（機械）観が色濃く反映されたものだといえる。最新の科学技術を生み出す近代文明と農村生活とは敵対するものではなく、共存共栄できるものであったのだ。

また、二つ目の点として賢治のアナキズム的傾向からも指摘できる。賢治の蔵書目録のなかにもある『世界大思想全集34　クロポトキン』（春秋社、一九二八）に収められ、室伏が訳した「田園工場及仕事場」（*Fields, Factories and Workshops* 1898.）では世界的な分業化の流れによって労働者や農民を単純作業に押しこめ、あらゆる富がごく一部の消費者階級に集約されていったことが批判されている。そしてその解決策としてクロポトキンが提示するのは工業と農業とが手を結び、労働者兼農民となった人びとが「それ自身の農業的及び工業的の主なるものを生産し、そしてそれ自身消費するところの社会」であった。工業は農業を手助けするものであり、決して科学的発展を排斥することなく合理的判断に基づいてより良い社会を志向していく、クロポトキンのフェデラリズムは近代の歪みを是正した延長線上に見いだされるユートピアであったのだ。このようなクロポトキンが理想とする農工業を「合成」したコミューンの設立は、まさに賢治の理想とする「新興文化」の社会を創出することにほかならない。両者はきわめて酷似したユートピアを構想している。クロポトキン的な分業への批判を共有するも、その批判を通して反近代主義の主張に辿りついた室伏と違い、クロポトキンは近代科学の有用性を認めていた。同じく『世界大思想全集34　クロポトキン』に収録されている八太舟三訳「近代科学と無政府主義」（*Modern Science and Anarchism* 1912.）をみると、そのなかでクロポトキンは「自然科学に於いて用いた帰納演繹法は非常に効果」があり「十九世紀は百年間に科学を進歩せしめ得た」と指摘している。そして「科学的探求は、それが一つの定まつた目的を持つとの条件に於てのみ有効なのである」といい、「『どの社会的形態が、斯く斯くの社会に於て、又、人類全体に於て、幸福の最大量、従って又生活力の最大量を最も良く保証するか？』『どの社会の形態が、此の幸福の総計を質的にも量的にも増進し発展せしむるにふさはしいか――即ち、此の幸福をもっと完全にもっと多様なるものとなし得るであらうか。』」という「目的」への「進化」を遂げるために必要な方法として認めている。つまり、賢治は室伏が農本主義的に読み替えた農工業の「合成」をより原的なかたちで認識し、提示しようとしていたと考えられる。科学はアナキズム的な社会改良論において重要なファクターのひとつとして機能し、賢治もまた同様の認識をかちえていたのだ。

賢治は一九二六年一二月一日に労農党稗和支部が結成されると「内々にシンパとして協力を惜しまず、その設立に関しては本家（宮沢右八）の長屋を事務所に借りる世話をし、机や椅子を提供し、さらにその後も羅須地人協会の童話会等に参加していた八重樫賢師を通じて毎月運営費のようにして経済的な支援や激励を送り、一九二八（昭和三）年二月の第一回普通選挙の前には謄写版一式と借金をして二〇円をカンパするなどしていた」[34]。賢治にとって当時のアナキズム的思想は自らの理想と遠いものではなかったのだ。すでに指摘したクロポトキンの影響といった運動理念のほかに、存在論的な認識でも共通点を見いだせる。それは大杉栄の自我認識を見ることでより明らかとなろう。

吾々が自分の自我――自分の思想、感情、若しくは本能――だと思つてゐる大部分は、実に飛んでもない他人の自我である。他人が無意識的に若しくは意識的に、吾々の上に強制した他人の自我である。

［…］

吾々も亦、吾々の自我の皮を、棄脱して行かなくてはならぬ。遂に吾々の自我其者の何んにも無くなるまで、其の皮を一枚一枚棄脱して行かなくてはならぬ。此のゼロに達した時に、そして其処から更に新しく出発した時に、初めて吾々の自我は、皮でない実ばかりの本当の生長を遂げて行く。[35]

個人の自我というものを、分解可能な他者との綜合の結果であると認識する大杉の思想は、『春と修羅』「序」で示された賢治の「有機交流電燈」としての「わたくしといふ現象」という認識に近いものがある。賢治にとって「わたくし」という存在は唯一無二の絶対的なものではなく、あくまで他者との交流のなかで生じる自我であった。

すべてのものは悪にあらず。善にもあらず。われはなし。われはなし。われはなし。われはなし。すべてはわれにして、われと云はるゝものにしてわれにはあらず総ておのおのなり。われはあきらかなる手足を有てるごとし。いな。たしかにわれは手足をもてり、さまざまの速なる現象去来す。この舞台をわれと名づくるものは名づけよ。名づけられたるが故にはじめの様は異らず。手足を明に有するが故にわれありや。われ退いて、われを見るにわが手、動けるわが手、重ねられし二つの足をみる。これがわれなりとは誰が証し得るや。触るれば感ず。感ずるものが我なり。感ずるものはいづれぞ。いづちにもなし。いかなるものにもあらず。いかなるいかなるものにも断じてあらず。（書簡154）

保阪嘉内に宛てられた一九一九年八月二〇日前後の書簡に残された、この「われ」をめぐる思索にも「われ」のなかに「総ておのおの」として独立した存在が認められる。これからの人びとが「新興文化」を築くためには誰かの考えに依存するのではなく、それぞれが独力で新しい「第四次元の芸術」をつくらなければならないと賢治は考えていた。「盲目な衝動から動く世界を／素晴しく美しい構成に変へ」ていくためには「新たな時代のマルクス」（「生徒諸君に寄せる」）が求められた。これはマルクス〝主義者〟のように誰かがつくった既成の考えに追随するもの、すなわち大杉の言う「他人が無意識的にもしくは意識的に、われわれの上に強制した他人の自我」に操られるのではなく、「皮でない実ばかりの本当の生長」を遂げた真の人物としての「新たな時代のマルクス」自身が求められたのだと換言できよう。こうした点からも『改造』や『中央公論』を愛読していた賢治は彼らの思想を十分に摂取していたと考えられる。[36]

また、賢治はアナキスト・石川三四郎の影響も受けていたと考えられる。石川は堺利彦や幸徳秋水、大杉栄らと交わり日本の初期社会主義において重要な人物の一人であった。そして石川はエドワード・カーペンターやエリゼ・ルクリュの思想に影響を受け、彼らの著書や主張を日本に紹介している。そのなかの一冊が『非進化論と人生』（白揚社、一九二五）である。この本も賢治は蔵していた。この事実に基づいて石川の「土民」と賢治の「地人」という語が連関を持っていることを坂井健[37]が指摘しているが、賢治にとって石川三四郎というアナキストの思想は重要な位置を占めていたといえる。実際、エリゼ・ルクリュの『地人論』に影響を受けた石川の認識と賢治の「幸福」観は通底するものであった。両者を並べてみよう。

吾々の解釈する幸福とは、単に個人的な快愉では無い。勿論、『各人自ら其幸福の固有の製造者だ』といふ意味から云へば、それは個人的である。けれども、それが全人類に拡充されなければ、真実で、深遠で、完全だとは云へない。亦、悲しみや、災難や、病気や、死其ものやを裂けることが出来ると云ふ様なことが幸福なのでは無くて、自分達が了解する事業に対し、又其結果が知れてゐる方法を採つて、互に結合した人間が人類全体を確かに善良なる方向に赴かしめることが出来る、といふことが幸福なのである。（『非進化論と人生』）

世界がぜんたい幸福にならないうちは個人の幸福はあり得ない／自我の意識は個人から集団社会宇宙と次第に進化する／この方向は古い聖者の踏みまた教へた道ではないか／新たな時代は世界が一の意識になり生物とな

る方向にある／正しく強く生きるとは銀河系を自らの中に意識してこれに応じて行くことである／われらは世界のまことの幸福を索ねよう　求道すでに道である（「農民芸術概論綱要　序論」）

両者を読み比べると、賢治と石川の〈個人―大衆〉の関係と幸福への認識はほぼ同一の構造を成していることがわかる。彼らにとって個人の幸福と全体の幸福は不可分なものであり、両者は世界という一つの車の両輪であるのだ。

石川はこうした個人と人類全体の幸福の関係をルクリュやクロポトキンのほか、サン・シモンやフーリエ、ロバート・オーエン、カーペンターらに言及しつつ提示している。とくにカーペンターからの影響は強く、石川は『歴史哲学序論』（暁書院、一九三三・五）でも「単純な自然意識、自己意識、宇宙意識の三時代」が人類の進歩の道筋であり「宇宙的意識に於て、再び人類は自然と一致し、社会と個人と一致し、愛と慾とは一味をなすに至ることを説いた」ことを紹介している。[38]「宇宙的意識が確立せられて始めて自由共産の社会生活が個人の発展と衝突することなく円満に実現される」というこのカーペンターの説の紹介もまた同時代の〈詩的アナキズム〉の想像力の一例となる。そして同種の想像力は賢治の言葉にも現れている。右の「農民芸術概論綱要」の他に「宇宙には実に多くの意識の段階がありその最終のものはあらゆる迷誤をはなれてあらゆる生物を究竟の幸福にいたらしめやうとしてゐる」と賢治は記している。これは小笠原（高瀬）露に宛てた書簡の[39]下書に記されたものであるが、賢治の世界認識は石川の紹介したカーペンターの世界認識と重なるものだ。「農民芸術概論綱要」の基本的なマニフェストである「求道すでに道である」「世界がぜんたい幸福にならないうちは個人の幸福はあり得ない」という、社会に対して主体的に関わろうとする賢治の実践的認識の骨子は、こうしたアナキズム的な認識の同時代的広がりのなかで生成され、テクストに記述されていたものといえよう。

さらに石川が「非進化論」として提出した進化論への疑義と賢治の四次元認識にも時間の絶対性を揺らがせるという共通項が見いだせる。まず石川は『非進化論と人生』において進化論が定義する「高等、下等、完全、不完全といふ様な区別は」「人間の自惚心に駆られて付けた符号」でしかないとし、生物の進化論とそれに付随する社会進化論を「人間の自惚と虚栄心とを煽つて栄え」たものだと否定していく。そして人間が持っている「個人或は社会の『完全な』生活を理想とするの能力と之を実現するために努力するの自由」とは「進化の標的では無くて我々の要求」だと宣言する。この進化論への疑義は、すなわち時間の絶対性への疑義となる。なぜなら進化論を保証するものこそ時間であったからだ。近代において時間という概念は不可逆のベクトルを持つ流れである。近代の鍵概念の一つである「進歩」を支える進化論は過去から未来へと流れる時間とともに生物が変化を遂げ、環境に適応した優性な存在が劣性のものを駆逐していくことを定義づけた理論だ。つまり進化論において、時間は存在の優劣を保証する機能を有していた。これに対し石川の「非進化論」は、「目的に向つて進むのでは無くて、唯だ進むことを目的とする」「進歩」を否定し、ルクリュのいう「相対的意味」においての現在を常に考えつづける重要性を説く。そのとき時間は絶対的な尺度ではなく、あくまで自らの場所を知るための物差しの一つでしかなくなる。こうした進化論への疑義は賢治の四次元認識と深く関わっていくことになる。この点については最終章で考察を深めることとする。

このように、賢治のなかにおいて、もともと共感を寄せていた法華経に基づく永久平和を求める宗教的ユートピア観[40]に加えて、アナキズム的ユートピア観が綜合され、「農民芸術」というかたちをとって賢治の言葉に収斂されていったのだと考えられる。一九二六年前後の宮澤賢治の思考のなかには、アナキズムに関連する思想が参照項として確実にあったのだ。「近代科学の実証と求道者たちの実験とわれらの直観の一致に於て論じたい」と述べられた「農民芸術概論綱要」はその綜合の場として機能していた。

第五節　ユートピアの原型

賢治が一九二七年頃に書いたと推察できる詩で「一〇五六〔サキノハカといふ黒い花といっしょに〕[41]」というものがある。

サキノハカといふ黒い花といっしょに
革命がやがてやってくる
ブ〔ル〕ジョアジーでもプロレタリアートでも
おほよそ卑怯な下等なやつらは
みんなひとりで日向へ出た蕈のやうに
潰れて流れるその日が来る
やってしまへやってしまへ
酒を呑みたいために尤らしい波瀾を起すやつも
じぶんだけで面白いことをしつくして
人生が砂っ原だなんていふにせ教師も
いつでもきょろきょろひとと自分とくらべるやつらも
そいつらみんなをびしゃびしゃに叩きつけて
その中から卑怯な鬼どもを追ひ払へ

それらをみんな魚や豚につかせてしまへ
はがねを鍛へるやうに新らしい時代は新らしい人間を鍛へる
紺いろした山地の稜をも砕け
銀河をつかって発電所もつくれ

賢治はやがてくる「革命」で「ブ〔ル〕ジョアジーでもプロレタリアートでも／おほよそ卑怯な下等なやつらは／みんなひとりで」にいなくなることを望んでいる。「なめとこ山の熊」で小十郎をいじめる町の旦那に対し語り手が「こんないやなずるいやつらは世界がだんだん進歩するとひとりで消えてなくなっていく」とこらえきれずに吐露するように、賢治にとっての「革命」は「ひとりで」に世界を変えていくものであり、当時のマルクス主義イデオロギーが唱えたような暴力的革命とは異なるものであった。「農民芸術概論綱要」の「序論」に「自我の意識は個人から集団社会宇宙と次第に進化する」と述べていたように、「進化」の先に見える必然的なものとして賢治は自らのユートピアを見いだしていた。先述した伊藤清一の「講演筆記帖」にはこれに連関する次のような記述も残されている。

欧州戦後——改造を叫ぶ様になった、
戦争前は個人的であったものが戦后社会意
識の発見之れ感んずる様になったのである、
即ちおれが……われわれがと変った、
露国革命家トロッキー——が無我の友情を

感んずるのである、――世界感情
個人意識は社会意識の犠牲となるか
人格の変換――分裂
心の力――唯心論――唯物論現代の科学は
此之れである
唯物論では最後は真空である
電子――原子――分子

「欧州戦後」すなわち第一次世界大戦後の社会感覚の変化をここで論じているが、賢治はまさに「おれが……われわれがと変った」瞬間をまざまざと感じている。「古い聖者の踏みまた教へた道」を考え「世界がぜんたい幸福になることを求めた賢治にとって、この変化は人類が様々な偶然の積み重ねの果てに手にした認識の「進歩」であったと感じられたのであろう。賢治の「世界」への信頼は、その「進歩」を目にしたことに拠る人類への信頼があったからだと考えられないだろうか。このように賢治は、〈宮澤賢治〉を受容した人びとが各々心に抱くことになるユートピアの原型を、自らのテクストのなかに散種していた。

一七世紀に起こった科学とユートピア願望の幸せな〈婚礼〉を経て、人びとの間に流通するユートピアの思想は変質した。科学という進歩発展する〈力〉を手にした人びとは自らの行動によって願いを叶えることが出来るようになった。そのとき、神の名の下にすべての願いが叶えられる永遠の安住の地として見いだされていたユートピアは、〈今〉〈ここ〉から進歩発展することによって叶えられる、現実と地続きの〈未来〉に見いだされるようになった。グレゴリー・クレイズはアナキズムのユートピア的傾向を次のように説明する。

無政府主義は、しばしばユートピア的伝統の一部だと見なされている。近代の無政府主義の嚆矢は、オーエンの相談役でもあったウィリアム・ゴドウィン［…］に求められるが、社会主義同様、無政府主義的な観念は、多様な立場と相当な内部異見の登場を促した。大半の無政府主義者は、指導者の不在か、あるいはその権限の最小限の抑制のどちらかを目指し、消費する分と連動した、利益の追求ではない生産が行われ、社会が脱中心化されて複数の小さな自給自足共同体が編成されているような、非強制的な「国家なき社会」の誕生を希求してきた。[42]

賢治の〈イーハトーブ〉は現実と断絶した夢想的なユートピアであると論じる向き[43]もあるが、これまで確認してきたように「農民芸術概論綱要」を中心にした一九二六年前後の賢治の認識を追い、そして没するまでの農業実践を見る限り、そうではない。賢治の〈イーハトーブ〉は明らかに現在の日常の延長線上に到来するであろう相対的なユートピアとでもいうべきものを志向していたとわかる。そしてこの相対的ユートピアを志向する認識は賢治のみならず、昭和期農民文学運動およびアナキズムが目指していたユートピアもまた同じものを見ていた。昭和期農民文学運動が結果として有力な文学作品をほとんど残せず、文学運動として停滞していったのに対し、賢治は没後現在に到るまで農業と文学を綜合させながら読まれるといった文学的達成を手にしてきた。それは、むしろ辻潤や草野心平のようなアナキスティックかつモダンな詩人たちに評価され、没後受容も彼らによって形成されていったように、宮澤賢治という作家がひとつところにとらわれることなく縦横無尽に思想と文学と実践とを駆け巡ったところに由来するのではあるまいか。エスペラントやアナキズム、モダニズムに農業実践、この他にも賢治が関心を示した分野は枚挙に暇がない。こうした賢治の姿は、ひとつのものに満足せず、自らの知的欲求を満たすべくありとあらゆるものを貪欲に吸収しながら駆けずり回る教養主義的な全人を目指しての行動だと見ることができよう。「永久の未完成これ完成である」と叫び、「新興文化の基礎」となるべき「四次芸術」の構築を目指して数多くの未定稿を残した賢治のユートピアが「農民芸術概論綱要」に示されていると考えられる。そしてそのユートピアは、原型として受容者のなかでさまざまな形に変容しながら受け入れられていった。その過程で一九三〇年代の問題機制と通路が結ばれ、第九章で見たような戦時下の賢治受容を生むことになった。最後に、再びクレイズの言を引用しよう。

自由主義は個人の自主性、自律性、独立性が最大限に拡大されるという形で生活の向上を約束しており、それらを実現する手段としての欲望、あるいは利己性の追求を喧伝してきた。この文脈上の自由主義は、繰り返し「社会」、あるいは想定された個別の財物の総体とは異なる共通善、または公共善という存在を貶めるだけでなく、共同体と集団を結びつける絆、そしてそれ以上に利他的な形を取る人々の行動を蔑んできたとされる。だが、先に述べた諸要素は、個人の幸福を構成する一部である一方、社会性を築きあげる煉瓦と呼ぶべきものでもあるのだ。人は高層住宅の一角に住民として棲まうだけでなく、進んで近所付き合いにも参加する。それはつまり、公共的なものと距離を置きながらも、その一部でもあるということだ。社会がその最悪の結果から守ってくれるのだから、病気や老いなどと同様に隣人を恐れることなく暮らせる——だとしたら、より幸せになれるのは当然である。これは、ユートピアから得られるきわめて重大な教訓のひとつである。[44]

より良き未来を求めた人びとの相対的ユートピアへの試みは、個人と共同体の関係をめぐる問いに絡め取られて〈ビッグ・ブラザー〉によって統一された幸せな未来へも容易につながってしまう。〈宮澤賢治〉がもたらすユートピアは今もなお問われなくてはならない問題としてアクチュアリティーを持つのだ。

注

(1) 伊藤信吉「宮澤賢治論」(草野心平編『宮澤賢治研究』、十字屋書店、一九三九)。
(2) 伊藤博「文芸欄批評」(『岩手日報』、一九三六・九・二九)。
(3) 大島美津子「第一次大戦期の地方総合政策―雑誌『斯民』の主張を中心に―」(『専修史学』、一九九八・三)。
(4) ただし山田清三郎は『種蒔く人』の編集同人にもなり、初期のアナキズム的な社会主義運動と決して交わらなかったわけではない。山田の回想録である『プロレタリア文学風土記』(青木書店、一九五四)には「前田河広一郎の家は、梁山泊といったおもむきがあった。[…]梁山泊には毎日そのころのアナやボルの若い〝豪傑〟たちが、たむろするように集まった。[…]そのころ、前田河がすんでいた雑司ガ谷には、平林初之輔、本間久雄、藤森成吉、小川未明、秋田雨雀らが、ちょうど適当なかんかくをおいてすんでいた。[…]雑司ガ谷めぐりがたのしみであり、とくに前田河の家へいくのが、たのしみだった。」という記述もある。
(5) 犬田卯『日本農民文学史』(農村漁村文化協会、一九五八)。
(6) 犬田卯『日本農民文学史』、前掲。
(7) 平島敏幸「雑誌『農民』と農民自治主義(一)」(『流通経済大学論集』、二〇〇六・一)、「雑誌『農民』と農民自治主義(二)」(『流通経済大学論集』、二〇〇七・一〇)、「雑誌『農民』と農民自治主義(三)」(『流通経済大学論集』、二〇〇八・三)。
(8) 舩戸修一「農民文学とその社会構想―農民文学者・犬田卯の農本思想―」(『村落社会研究』、二〇〇四)。
(9) 犬田卯『日本農民文学史』、前掲。
(10) 一九三〇年一一月、ウクライナ共和国のハリコフにおいて行われた第二回国際革命作家会議のこと。この会議で決議された日本への勧告案が「日本に於けるプロレタリア文学運動についての同志松山の報告に対する決議」(『ナップ』、一九三一・二)である。その内容は「国内に大きな農民層を持つ日本にあつては、農民文学に対するプロレタリアートの影響を深化する運動が一層注意される必要がある。日本プロレタリア作家同盟の内部に、農民文学研究会が特設されなければならぬ。しかし言ふまでもなく、それがあくまでもプロレタリアートのヘゲモニーの下に置かれなければならぬことは、勿論である。」というものであった。

(11) 黒島伝治「農民文学の発展」(『若草』、一九三一・九)。

(12) 「日本に於けるプロレタリア文学運動についての同志松山の報告に対する決議」、前掲。

(13) 斉藤悦則「矛盾と生きる―プルードンの社会主義―」(『思想と現代』、一九九一・一〇)。

(14) 犬田卯「農民文芸理論の精算より確立へ」(『農民』(第三次)、一九二九・八)。

(15) 松原一夫「農民文芸運動に於ける現下の諸問題」(『農民』(第三次)、一九二九・四)。

(16) 大杉栄「社会的理想論」(『労働運動』第一次、一九二〇・六)。以後、大杉の文章の引用はすべて『大杉栄全集』全一二巻・別巻(ぱる出版、二〇一四〜二〇一六)による。

(17) 大杉栄「生の拡充」(『近代思想』第一次、一九一三・七)。

(18) 大杉栄「無政府主義将軍　ネストル・マフノ」(『改造』、一九二三・九)。

(19) 大杉栄「何故進行中の革命を擁護しないのか」(『労働運動』第三次、一九二二・九)。

(20) 中村稔『宮沢賢治』(筑摩書房、一九八一)。

(21) 鶴見俊輔『限界芸術論』(筑摩書房、一九九一)

(22) 鶴見俊輔『限界芸術論』、前掲。

(23) 大島丈志『宮澤賢治の農業と文学　過酷な大地イーハトーブの中で』(蒼丘書林、二〇一三)。

(24) 伊藤清一「岩手国民高等学校と宮沢賢治」(『校本宮沢賢治全集』第一二巻(上)・月報、一九七五・一二)。

(25) 伊藤によれば、賢治は授業をするだけではなく国民体操なども「率先して、私達生徒とともに、実行」したほかに、「私達共々罪のない話をして笑い合」ったり「おとまりの夜、よく独特の音階で、オルガンやセロをひかれ、又竹針の蓄音機でレコオドをかけられ解説して」くれたりしたという。

(26) 内務省地方局有志編『田園都市』(博文館、一九〇八)。

(27) 農民や芸術といった既存の枠組みを示す語を避け、新たな認識を構築しようとする試みは同時代のモダニズム詩人たちが詩と小説、韻文と散文といったジャンル意識の再編を試みたこととも類似している。こうした点にも同時代の文学状況と宮澤賢治の創作意識との関係を看取できるだろう。

(28) 稗貫農学校（のち花巻農学校、一九二一年一一月から一九二六年三月まで）での教育に始まり、羅須地人協会（一九二六年八月から一九二七年三月まで）を組織しての農業指導、さらに晩年に病状が悪化するまで東北砕石工場（一九三一年二月から一九三三年八月まで）で石灰肥料の設計と販売に携わった。

(29) 上田哲『宮沢賢治―その理想世界への道程』改訂版（明治書院、一九八八）。

(30) 「新しい農村の／建設に努力する／花巻農学校を／辞した宮沢先生」（『岩手日報』、一九二六・四・一）。

(31) 「農村文化の創造に努む／花巻の青年有志が地人協会を組織し自然生活に立返る」（『岩手日報』、一九二七・一・三一）。

(32) 室伏高信『文明の没落　第二巻　土に還る』、前掲。

(33) 大島丈志『宮澤賢治の農業と文学　過酷な大地イーハトーブの中で』、前掲。

(34) 原子朗『新宮澤賢治語彙辞典』（東京書籍、一九九九）。

(35) 大杉栄「自我の棄脱」（『新潮』、一九一五・五）。

(36) 原子朗『新宮澤賢治語彙辞典』（前掲）には「賢治が中学時代から読んでいた「中央公論」、長じてからの愛読誌「改造」の恩恵は特筆されてよいだろう」との指摘がある。賢治がエスペラントに興味を持ったのも『改造』一九二二年八月号のエスペラント特集がきっかけであったことはよく知られているが、ザメンホフによって造られた世界共通語としてのエスペラントというものもまた国家を解体しようとするアナキズムと深い関係を持っていることは注意しておくべきであろう。

(37) 坂井健「石川三四郎と宮沢賢治―『非進化論と人生』と『農民芸術概論』―」（『宮沢賢治研究Annual』、二〇〇四・三）。

(38) 引用は『近代日本思想体系16　石川三四郎集』（鶴見俊輔編、筑摩書房、一九七六・一一）による。

(39) 宮澤賢治「252C〔日付不明　小笠原露あて〕　下書（四）」（一九二九年一二月のものと見られる）。

(40) 賢治が信仰した国柱会の思想には永久平和の祈願が含まれている。宮下隆二（『イーハトーブと満州国』、PHP研究所、二〇〇七）は「八紘一宇」という言葉が「日本民族の優越性をある程度の前提として使われたのは間違いない」として戦時下のスローガンとなっていったことを批判的に見ながらも、大正期に提唱した田中智学が「永久平和」を唱え「八紘一宇」も「そのもともとの意味を辿れば、「世界は一家、人類は皆兄弟」というのに近く、必ずしも侵略を肯定する類いのものではな」かったとしている。仏教的輪廻思想を持っていた賢治が「我々のまはりの生物はみな永い間の親子兄弟」（「ビヂテリアン大祭」）と述べていることも合わせて考えたい。

（41）「詩ノート」は「春と修羅」第三集（一九二六・四～一九二八・七）の初期形が多く収録されている。

（42） グレゴリー・クレイズ『ユートピアの歴史』（巽孝之監訳・小畑拓也訳、東洋書林、二〇一三）。*Serching for Utopia* 2011.

（43） 戦後、佐藤勝治『宮澤賢治批判』（十字屋書店、一九五三）がいち早く賢治のマルクス主義的実践性の弱さを批判する言説が登場した。中村稔『宮沢賢治』（前掲書）もまた賢治の思想としての貧弱さを批判している。

（44） グレゴリー・クレイズ『ユートピアの歴史』、前掲。

最終章　宮澤賢治による文学的再創造
――「おまへはあのプレシオスの鎖を解かなければならない」――

第一節　賢治テクストの示すもの

これらのわたくしのおはなしは、みんな林や野はらや鉄道線路やらで、虹や月あかりからもらつてきたのです。
ほんたうに、かしはばやしの青い夕方を、ひとりで通りかかつたり、十一月の山の風のなかに、ふるへながら立つたりしますと、もうどうしてもこんな気がしてしかたないのです。ほんたうにもう、どうしてもこんなことがあるやうでしかたないといふことを、わたくしはそのとほり書いたまでです。

『注文の多い料理店』「序」（東京光原社、一九二四）に書かれたこの言葉は宮澤賢治にとっての童話観を示すものとして広く人口に膾炙してきた。身の回りの自然や風物からインスピレーションを得た賢治がそれを「わたくしのおはなし」にしてきたという認識は、〈宮澤賢治〉が野の人であるという評価と相まって、その独特の感性を称揚する言葉とともに語られてきた。

〈宮澤賢治〉は人びとに流通し、一九三三年以後わずか数年のうちに日本を代表する詩人・童話作家へと高められていった。しかも文学的な枠組みのなかにとどまらず、人びとの生活や思想のあるべき姿を形成するためのモデルケースとして受容され、その姿は一人の聖者として尊ばれるに到った。小野十三郎による、戦後すぐになされた当時の賢治受容の様相を表わした言葉を借りれば、「いゝ意味での地方人的なナィーヴな礼讃から（松田甚二郎など（ママ）その例だが）底の見えたような便乗組に到るまで、反響は反響を生んで、今日では、宮沢賢治はもはや詩人というよりも、一人の見者、或は宗祖の位置にあると云え（1）」るまでに、崇拝対象としての〈宮澤賢治〉は高進していった。〈宮澤賢治〉は同時代の文学的アポリアを引き受けて、ないしは誘発しながら生起してきた。それは本書でこれまでに検証してきたとおりである。ならば、そのような同時代コンテクストにおいて権能を振るった宮澤賢治の残したテクストにはどのような〈魅力〉があったのだろうか。本書の最後に、賢治テクストそのものを分析してみたい。これによって、人びとの〈宮澤賢治〉と賢治テクストが接続する姿を明らかにすることを目的とする。

第二節　〈世界全体〉を再創造するために

すでに本書第一部において論じてきたことではあるが、一九三〇年代の思想的特徴として世界同時性に由来する〈世界全体〉への志向が当時の日本にも存在した。〈世界全体〉を如何に考えるかは二〇世紀の課題として、社会・政治・言語といったさまざまな分野で論じられてきたが、文学もまたその例に漏れない。〈世界全体〉とは同時代の文学的トピックスでもあったのだ。

その文学的トピックスに対して〈宮澤賢治〉はうまく適合する好例として用いられた。このとき用いられたのが、賢治が未完成のままに残した心象風景としての詩や童話、「論料（データ）」として残されたものであった。

けだしわれわれがわれわれの感官や
風景や人物をかんずるやうに
そしてたゞ共通に感ずるだけであるやうに
記録や歴史、あるひは地史といふものも
それのいろいろの論料（データ）といっしょに
（因果の時空的制約のもとに）
われわれがかんじてゐるのに過ぎません

『春と修羅』（関根書店、一九二四）の「序」に記されたこの一節は我々の目の前に生起するさまざまな物ごとが、それがそうであるように「かんじてゐるのに過ぎ」ない不確かなものであるという表明である。つまり賢治にとって重要なのは「論料」としてのさまざまな物ごとよりも、それを「かんじてゐる」主体の認識なのである。中地文は賢治の童話観を通して「唯物論的世界観から仏教的唯心論的世界観へという根本的な世界観の変換」[2]を指摘しているが、賢治にとって〈世界全体〉とは唯心論的に制作可能なものとしてあった。その制作を執り行う際にデータは用いられる。データは存在するだけでは何の意味も持たない。そのデータを利用した〈物語〉が紡がれねば、そのデータは無価値な記録として存在するのみである。すなわち、人間が〈世界全体〉に主体的に関わるときの方法として、客観かつ合理的な科学的思考によるデータの記録とそれを意味づける価値創造としての〈物語〉の創作が発見されたのだ。

このような賢治の詩的認識と世界制作の方法は同時代の詩人にも興味を引くものとして受容されていた。中原中也の「誘蛾燈詠歌[3]」が『春と修羅』の詩句から多大な影響を受けていることはすでに生野幸吉「誘蛾燈詠歌（未刊行詩篇）」（『国文学　解釈と教材の研究』、一九七七・一〇）によって指摘されているが、そうした中也が賢治を評した一文に次のようなものがある。

> 彼は想起される印象を、刻々新しい概念に、翻訳しつつあつたのです。彼にとつて印象といふものは、或ひは現識といふものは、勘考さるべきものでも翫味さるべきものでもない、そんなことをしてはみられない程、現識は現識のまゝで、惚れ惚れとさせるものであつたのです。それで彼は、その現識を、出来るだけ直接に表白出来さへすればよかつたのです。[4]

ここで中也が用いている「現識」とは現在聞き慣れない言葉であるが、「表象」のことだと考えられる。大岡昇平「神と表象としての世界」（『図書』、一九八一・四）が中也の「芸術論覚え書」（遺稿）に現れた「現識」をショーペンハウエル『意志と現識としての世界』（姉崎正治訳、全三冊、博文館、一九一〇〜一九一二）と関連させて論じ、「名辞以前」としての「認識」以前の無意識層を指すこの言葉が中也の詩法の根源に関わると指摘しているからだ。大岡の指摘をふまえれば、ショーペンハウエルの書物が示した世界を「私」の意志の結果であると見る唯心論的な認識と賢治の唯心論的認識が重なり[5]、しかもそれを同時代の中原中也が慧敏にも見いだしていたということになるのはきわめて興味深い事実である。これは賢治のテクストの性質が〈世界全体〉への認識を刷新することを求めるものだと人びとが認識していたことを示す例として見なすことができる。

唯心論的と言われる賢治の世界認識の根底には、ショーペンハウエルのみならず、当時の現象学的な間主観の認識論もまた響きあうものだと考えられる。賢治が当時愛読していたという『改造[6]』には一九二三年三月、一九二四年二月、同年四月と三回に亘ってフッサールの論文が掲載されていた。そのなかでフッサールは次のように述べ、複数的な存在としての「社会」を導き出している。

社会は所謂多頭的であるが、併し結合された一個の人格的主体である。それの個々人は人と人とを精神的に結び付ける多形的の「社会的動作」(自他関係の動作、即ち命令、合意、愛情的動作等)によりて、機能的に相互に織り成されたそれの「肢体」である。[7]

フッサールの思想が、一九三〇年代の日本の思想界を牽引した西田幾多郎とその門弟たちの思想とよく似た構造を持っていることは森村修[8]によって指摘されている。西洋近代の没落を前にしたフッサールの危機意識と、その事態を目前にして異なる価値観として〈日本的なもの〉や〈東洋〉を召喚して乗り越えようとした西田や三木清、さらには京都学派と呼ばれた面々が大東亜共栄圏へと到るアジア主義の思想を提唱した意識とは同工異曲のものであった。彼らはともに第一次世界大戦によって危機的状況に追い込まれた旧秩序を解体・再構築するべく、〈世界全体〉を刷新する〈革新〉的な認識を求めたのであった。

こうしたフッサールや現象学について賢治が直接的な言及をしている文章は残念ながら残されていない。ただし『宮澤賢治イーハトーヴ学事典』(弘文堂、二〇一〇)には「現象学」の項目が立てられ、「現象学の基本理念が「意識によって生きられた具体的経験への回帰」であり、その基本的態度は「意識に立ち現われるすべてのものを、それが意識に立ち現われるままに、何ものかの意識における純粋な顕現として記述すること」であり、現象とは「事物の多元的で多様性をもった動的な在り方のこと」と定義されうるなら、その理念は『春と修羅』における心象スケッチのそれでもあり、その態度は心象スケッチによって実践されている態度でもあり、その現象の定義は心象スケッチによって捉えられた諸現象にも適用されうる定義だと言うことができる。」（項目執筆者・黒田昭信）と指摘されている。つまり賢治テクストのなかに同時代の現象学と共鳴する認識が含まれていたと考えることができる。また、第一〇章でも言及したが、賢治自身が一九二六年二月二七日に岩手国民高等学校で「農民芸術」を講義した際に「欧州戦後――改造を叫ぶ様になった、／戦争前は個人的であったものが戦后社会意／識の発見之れ感んずる様になったのである。」[9]と述べていたこととあわせて考えれば、賢治の認識が〈世界全体〉の「改造」に意識的であったことがわかる。つまり、賢治の認識のなかに一九三〇年代の日本の〈革新〉と共振する要素が含まれていたといえる。

すると、こうした世界認識の方法が、さまざまに変奏されながら賢治の認識の基盤をなすものとして提示されているのが見えてくる。たとえば、先ほど確認した『春と修羅』においては「序」のみならず、〈世界全体〉を転変するものとして捉える次のような表現がある。

あいつはこんなさびしい停車場を
たつたひとりで通つていつたらうか
どこへ行くともわからないその方向を
どの種類の世界へはひるともしれないそのみちを
たつたひとりでさびしくあるいて行つたらうか
［…］
あのきれいな眼が
なにかを索めるやうに空しくうごいてゐた

それはもうわたくしたちの空間を二度と見なかつた
それからあとであいつはなにを感じたらう
それはまだおれたちの世界の幻視をみ
おれたちのせかいの幻聴をきいたらう

（「青森挽歌」）

なにもかもみんなたよりなく
なにもかもみんなあてにならない
これらげんしやうのせかいのなかで
そのたよりない性質が
こんなきれいな露になつたり
いぢけたちひさなまゆみの木を
紅からやさしい月光いろまで
豪奢な織物に染めたりする

（「過去情炎」）

（風と嘆息との中にあらゆる世界の因子がある）

（「風の偏倚」）

これらの詩句に示される「世界」または「せかい」は「種類」があり、「おれたちの」という限定からは逆算的に「おれたち」以外のものが見いだされ、「あらゆる」と形容できる可算の複数的なものとして意識されている。しかもその「世界」は「幻視」され「幻聴」される「げんしやう」としての「世界」である。自らの心中に明滅する瞬間ごとの「世界」を、その「たよりない性質」に目がくらむような思いをしながらも、「論料」として賢治は記述したと考えられる。

また、賢治の唯心論的認識による〈世界全体〉の転換は童話にも現れている。賢治の童話テクストのなかでも有名な「銀河鉄道の夜」と「グスコーブドリの伝記」からそれを見てみよう。

みんながめいめいじぶんの神さまがほんたうの神さまだといふだらう、けれどもお互ほかの神さまを信ずる人たちのしたことでも涙がこぼれるだらう。それからぼくたちの心がいゝとかわるいとか議論するだらう。そして勝負がつかないだらう。けれどももしおまへがほんたうに勉強して実験でちゃんとほんたうの考とうその考とを分けてしまへばその実験の方法さへきまればもう信仰も化学と同じやうになる。けれども、ね、ちょっとこの本をごらん、いゝかい、これは地理と歴史の辞典だよ。この本のこの頁はね、紀元前二千二百年の地理と歴史が書いてある。よくごらん紀元前二千二百年のことでないよ。紀元前二千二百年のころにみんなが考へてゐた地理と歴史といふものが書いてある。だからこの頁一つが一冊の地歴の本にあたるんだ。いゝかい、そしてこの中に書いてあることは紀元前二千二百年ころにはたいてい本統だ。さがすと証拠もぞくぞく出てゐる。けれどもそれが少しどうかなと斯う考へだしてごらん、そら。それは次の頁だよ。紀元前一千年　だいぶ、地理も歴史も変ってるだらう。このときには斯うなのだ。変な顔をしてはいけない。ぼくたちはぼくたちのからだだって考だって天の川だって汽車だって歴史だってたゞさう感じてゐるのなんだから、

現在、「銀河鉄道の夜」初期形第三次稿[10]に残されているこのブルカニロ博士の発言は、その時その瞬間によって移ろいゆく世界の姿が提示されている。そしてそれは、「実験でちゃんとほんたうの考とうその考」を分けられる

という考えに続けて「けれども」という逆接を伴って記述されている。つまり、ここに示された考えも含めてすべてのものに「ほんたう」と「うそ」という区別は無化され、「たゞさう感じてゐる」だけの世界の姿が浮かびあがる。この世界認識を確かめるように、ブルカニロの言葉に続けて次のような描写がなされる。

そのひとは指を一本あげてしづかにそれをおろしました。するといきなりジョバンニは自分といふものがじぶんの考といふものが、汽車やその学者や天の川やみんないっしょにぽかっと光ってしいんとなくなってぽかっとと〔も〕ってまたなくなってそしてその一つがぽかっとともるとあらゆる広い世界ががらんとひらけあらゆる歴史がそなはりすっと消えるともうがらんとしたたゞもうそれっきりになってしまふのを見ました。だんだんそれが早くなってまもなくすっかりもとのとほりになりました。

明滅する「じぶんの考」とそれに伴う「あらゆる広い世界」と「あらゆる歴史」は、ある瞬間には機能しても次の瞬間には消えてしまうという繰り返しをジョバンニに実感させる。これを通して〈世界全体〉があくまで個人の認識によって成立するきわめて不安定なものだということが示される。そして〈世界全体〉が相対的な認識の揺ぎによって不安定な状態になるものだからこそ、ブルカニロ博士とジョバンニは「ほんたうの幸福」を求めてやまないのだと考えられる。しかしその「ほんたうの幸福」についても、これこそが「ほんたうの幸福」だという具体的な確証を得ることはできない。常に求められるものではあるが、それは概念としてあるのみであり、決して万人に共通するたったひとつの答えには結びつかない。「ハルレヤハルレヤ。」と合唱され「みんな」が降りていったサウザンクロスでもジョバンニとカムパネルラは一緒について行くことができなかった。さらに、その直後にカムパネルラとすらジョバンニは違う風景を見たことが示されて別れていく。「みんな」の「天上」とカムパネルラの「ほんたうの天上」、ジョバンニが探すことになる「ほんたうの幸福」。それらはみな異なる姿をしているが、それぞれの人びとにとって重要な道標であることに変わりはない。それゆえにブルカニロ博士が言うように「みんながカムパネルラだ。おまへがあふどんなひとでもみんな何べんもおまへといっしょに苹果をたべたり汽車に乗ったりしたのだ。だからやっぱりおまへはさっき考へたやうにあらゆるひとのいちばんの幸福をさがしみんなと一しょに早くそこに行くがいゝ、そこでばかりおまへはほんたうにカムパネルラといつまでもいっしょに行けるのだ。」という〈共にあること〉の重要性が示されるのだと考えられる。[11]〈世界全体〉の相対性と可塑性が「銀河鉄道の夜」には示されているといえる。

〈世界全体〉は「私」という主体と距離を取った他者として存在しているのではなく、手に取って関わることのできる「私」の延長線上に位置している。さらに「グスコーブドリの伝記」には「歴史の歴史」という概念が登場する。

> 中にはさまざまの服装をした学生がぎつしりです。向こふは大きな黒い壁になつてゐて、そこにたくさんの白い線が引いてあり、さつきのせいの高い目がねをかけた人が、大きな櫓の形の模型を、あちこち指しながら、さつきのまゝの高い声で、みんなに説明しております。
>
> ブドリはそれを一目見ると、あゝこれは先生の本に書いてあつた歴史の歴史といふことの模型だなと思ひました。先生は笑ひながら、一つのとつてを回しました。模型はがちつと鳴つて奇体な船のやうな形になりました。またがちつととつてを回すと、模型はこんどは大きなむかでのやうな形に変りました。
>
> みんなはしきりに首をかたむけて、どうもわからんといふ風にしてゐましたが、ブドリにはたゞ面白かつたのです。

クーボー大博士の講義を聴いたブドリは、この「歴史の歴史といふことの模型」を見て納得している。この箇所は「グスコーブドリの伝記」の初期形のひとつである「グスコンブドリの伝記」にはより詳しく書かれているので、そちらを参照することとしよう。

中にはさまざまの形をした学生がぎっしりです。向ふは大きな崖くらゐある黒い壁になってゐてそこにたくさんの白い線が引いてありさっきのせいの高い眼がねをかけた人が大きな声で講義をやって居りました。

「すなはちこゝのところから昔の方を見ると昔といふものがいかにもかういふ風のものであると〔 〕見える。決してもうこの外でないと見える。ところがこゝのところから見れば昔といふものがかういふ風のものであると大ぶ変って見える。そしてもうその外のものでないと見えるから、前のこの見方はうそだと云ふ。ところがもっとこの辺に来て見るとかういふ風に見えてくる。そしてどれがほんたうであると何人も云ふことができぬ。」

みんなはしきりに首をかたむけてどうもわからんといふ風にしてゐましたがブドリにはみんななるほどと思はれました。

この「歴史の歴史」が「どれがほんたうであると何人も云ふことができぬ」ような不確かさを持っているということは、言い換えればどれも本当で同時にどれも嘘であるということになる。つまり〈見る〉場所によっていかようにも「歴史」は変わるということなのだ。

ブルカニロ博士にせよクーボー大博士（「グスコンブドリの伝記」ではフウフィーボー大博士）にせよ、賢治が自らのテクストのなかに、このような現象学的ともいえる世界観を提示していることは忘れてはならない。そして賢治にとって重要なのはそうした変化する「歴史」や〈世界全体〉を前にして、瞬間瞬間に自分の心のなかで生起していることを記述するということであった。それは、「歴史の歴史」はその「論料」を用いて構築された相対的な〈物語〉である。この〈物語〉を紡ぐことこそが、われわれが〈世界全体〉と関わりを持つための唯一の方法なのだ。

しかし、「論料」として記述し、「歴史の歴史」を紡ぎ上げることをなぜ賢治はここまで希求したのであろうか。その手がかりとなるのは『春と修羅』に収録されている次の詩の一節であろう。

駒ヶ岳駒ヶ岳
暗い金属の雲をかぶつて立つてゐる
そのまつくらな雲のなかに
とし子がかくされてゐるかもしれない
ああ何べん理智が教へても
私のさびしさはなほらない
わたくしの感じないちがつた空間に
いままでここにあつた現象がうつる
それはあんまりさびしいことだ
（そのさびしいものを死といふのだ）
たとへそのちがつたきらびやかな空間で
とし子がしづかにわらはうと

わたくしのかなしみにいぢけた感情は
どうしてもどこかにかくされたとし子をおもふ　（「噴火湾（ノクターン）」）

『春と修羅』で「オホーツク挽歌」と題された詩群のなかに配されたこの詩には、妹トシ（とし子）への追慕の念が書き込まれている。しかし、問題としたいのはトシを賢治が如何に大事に思っていたかという内容ではなく、その方法である。ここに見いだされるのは、〈世界全体〉の認識更新の背景として失われたものの存在を回復する目的があるということである。傍線部に示されるように、死は存在の消滅ではなく「わたくしの感じないちがつた空間に」「現象がうつる」ことだと理解される。合理的な近代科学に整序された世界観において死は存在の終極であった。死後の世界を説いた「宗教は疲れて」人びとへの言葉を失い、「近代科学に置換され」たのである。

賢治はこうした近代的世界観のなかで死んでいったトシの〈復活〉を宗教に頼るのではなく、最新の科学哲学によって提示された多世界観[12]を持ち込み、〈うつる〉ことを見いだした。つまり、〈世界全体〉を客観かつ合理的な確定されたものではなく、人びとの主観的認識によって左右される現象的なものへ変化させることによって死を死でなくすることに賢治の目的はあったのだ。思い返せば、「銀河鉄道の夜」でのブルカニロ博士の言葉はカムパネルラを失って嘆くジョバンニに向けられたのであり、クーボー大博士の理論を知ったブドリは「このお話のはじまりのやうになる筈の、たくさんのブドリのお父さんやお母さん」と「たくさんのブドリやネリ」を救い、「グスコーブドリ」の「お話」を異なる「現象」へと変化させていった。彼らは喪失の体験を異化するために新しい〈世界全体〉の認識の仕方を手にしていったのだ。このように考えると、西洋において唯心論的世界観を導き出したのが〈生の哲学〉という此岸の思考であったのに対し、賢治の唯心論的世界観は死を思う彼岸の思考によって見いだされたものだといえまいか。そして生の一回性を超越した輪廻の思想に拠って「我々のまはりの生物はみな永い間の親子兄弟」（「ビヂテリアン大祭」）だと考えた賢治にとって、ひとつの存在には過去と未来に亘る複数の生があった。それらは互いに認知することはできないが因果によって結ばれて、確かに存在するものとして意識されていた。〈一〉と〈多〉を結びつけながら、新たに〈世界全体〉を構築する。賢治の提示した新たな〈世界〉像は、一九三〇年代というコンテクストのなかで〈世界全体〉を目指す同時代的企てのひとつとして消費されてしまったが、実はその出発点からして異なる、同時代のそれとは似て非なる認識体系をつくりあげていたのだ。

明滅する心象を記述し続け、膨大な「論料」を手にすることによって、〈世界全体〉を新たな〈物語〉として再創造する。それは、行き詰まり混乱した近代的〈世界全体〉を一度解体し、言語による認識の転位によって統合された新たな〈世界全体〉を紡ぎ出すということである。シモーヌ・ヴェイユは「造られたものを、造られずにいるものの中へと移して行くこと」を「脱創造」と呼んだ[13]。神の手のなかにある世界から一部を切り取ること、すなわち創造することによって存在は自らの自立性を得る。「脱創造」とは、この存在が獲得した自らの意味という〈本質〉を放棄して、もう一度根源的な無分節の世界――ヴェイユにとってはこれが神の御許ということになる――へと回帰することを示すものだと考えられる。このような考えを参考にしてみると、賢治が行う〈世界全体〉の「論料」化とは、創造される以前の無分節の世界を示そうとする行為にほかならない。本章の冒頭にも引用したように賢治は自らのテクストを「みんな林や野はらや鉄道線路やらで、虹や月あかりからもらつてきた」と述べていた。それは人間によって分節化されたのではない、世界自体の語りによって得られたものだ。つまり、賢治の「論料」としてのテクストが示すのは、存在の意味という〈本質〉によって分節化された人間中心の世界ではなく、人間の〈本質〉化を寄せつけない語りによって再び無分節の世界を提供することであるのだ。そしてその分節される以前の世界を示した「論料」を、人びとがそれぞれの関心に沿って新たにつなぎ合わせ構成していく〈世界全体〉の再創造が賢治テクストを読むことによって達成される。人びとは新たな〈世界全体〉の〈本質〉を語る〈物語〉をそれぞれの欲するかたちで手にするのだ。

「第四次元の芸術」とは〈世界全体〉の脱創造と再創造の往還によって達成される運動を示すものであった。すなわち、賢治テクストを読むということは、「近代科学」のもとで科学的・客観的に認識されることによって主体的に振る舞うことのできない「灰色の労働」をするだけの〈本質〉を与えられた人びとに「不断の潔く楽しい創造」、すなわち〈世界全体〉の再創造による自らの存在の意味を取り戻させることであったのだ。これこそが賢治のテクストの導く文学的営為であったと考えられる。

第三節　テクストのなかの四次元

「論料」として残された賢治のテクスト群が人びとに〈物語〉を語らせることで〈世界全体〉を再創造する試みであったと考えたとき、そのテクスト群のなかには「論料」となるイマージュがどのように展開されていたのか。その問題をいくつかのテクストを手がかりに考察してみよう。

賢治は自らのテクストを「第四次元の芸術」の一環として意識していた。四次元については第一〇章でも触れたが、特殊相対性理論に関連する時空間認識であり、ユークリッド空間である三次元に時間という軸を加えたミンコフスキー空間のことをいう。つまり四次元または第四次という言葉の胆となるのは時間という概念の取り込みであった。賢治の四次元が時間と関わるということは「巨きな人生劇場は時間の軸を移動して不滅の四次の芸術をなす」(「農民芸術概論綱要」)や「すべてこれらの命題は／心象や時間それ自身の性質として／第四次延長のなかで主張されます」(『春と修羅』「序」)という言葉から明らかである。このとき、「銀河鉄道の夜」に登場する「幻想第四次」という言葉に注目したい。ジョバンニが車掌に切符を求められた際に出した「いちめん黒い唐草のやうな模様の中に、おかしな十ばかりの字を印刷したもの」を見た鳥捕りが「おや、こいつは大したもんですぜ。こいつはもう、ほんたうの天上へさへ行ける切符だ。天上どこぢゃない、どこでも勝手にあるける通行券です。こいつをお持ちになれぁ、なるほど、こんな不完全な幻想第四次の銀河鉄道なんか、どこまででも行ける筈でさあ。あなた方大したもんですね。」と述べたときに用いられる言葉である。ジョバンニたちの乗った銀河鉄道が「不完全な幻想第四次」であるということがどういうことなのかは興味深い。この「幻想第四次」という言葉に時間という概念を代入すると、ひとつの認識が見えてくる。

人間にとって時間という概念は不可逆のベクトルを持つ流れである。この流れにわれわれは逆らって進むことはできない。どんなに抗おうとしてもわれわれの意志とは関わりのないところで時間は進み、人は老い、死を迎える。それは唯心論的な〈世界全体〉へと再構築したとしても変わることのない絶対的な理としてある世界の律である。この時間と密接な関係を結んだのがダーウィンの進化論である。進化論は過去から未来へと流れる時間とともに生物が変化を遂げ、環境に適応した優性な存在が劣性のものを駆逐していくことを定義づけた理論である。二〇世紀初頭にメンデルの法則が再発見され、進化論は遺伝という実験科学的な裏付けを伴ったものとしてその立場をより強固にしていった。そうした進化論において、時間は存在の優劣を保証する機能を有していた。

その一方で、新たに見いだされたミンコフスキー空間はこの時間の流れを可塑的なものへと変更しようとする、〈世界全体〉を改変する論理であった。このとき、ジョバンニの乗る銀河鉄道は不完全ながらも「幻想第四次」として取り扱われる。すなわち、この「幻想第四次」は時間の一方向への不可逆ベクトルを無効化するためのものであったのだ。これによって時間の不可逆性と手を結んでいた進化論は効力を失する。時間が一方向へのものでないとすれば、進化論の見いだす優劣の保証はたちどころに崩壊してしまう。「幻想第四次」の世界の住人には時間の流れによる変化は進化ではない。そこではAからBへ、BからCへといった順列の流れは断ち切られる。AはCでもあり、CからBへと進むといったいくつもの組み合わせとベクトルが可能となる。つまり「幻想第四次」を用いた「第四次元の芸術」においては、すべての存在を認識するものの心持ちでどのようにも変化させることのできる可能世界のひとつとして、〈世界全体〉は生じることになる。

保阪嘉内への手紙（一九一八年六月二七日付）のなかに次のような文章がある。

> 私は前の手紙に階書で南無妙法蓮華経と書き列ねてあなたに御送り致しました。あの南の字を書くとき無の字を書くとき私の前には数知らぬ世界が現じ又滅しました。あの字の一一の中には私の三千大千世界が過去現在未来に亘って生きてゐるのです。（書簡76）

賢治は保阪に法華経を勧める手紙をいくつも書き残しているが、これもまたそのうちのひとつである。この手紙の面白さは賢治が「南無妙法蓮華経」という文字の一字一字に「過去現在未来」が凝縮されていると感じている点にある。すでに第三章で述べたとおり、モダニズムの達成のひとつに言葉の「伝統」の発見があった。ひとつひとつの言葉はそれまで使用されてきた綿々たる歴史性を持ち、詩人は「歴史的意識（ヒストリカルセンス）」によってそれを自覚し、言葉を異化していくことが文学的営為として求められた。こうしたモダニズムの詩人たちの発見と同様に賢治もまた言葉のなかに過去・現在・未来という時間の流れが胚胎されていることに気付いていた。なればこそ、言葉を用いた芸術とは時間を縦横無尽に駆け回ることのできる「第四次元の芸術」にほかならない。テクストのなかでは時間は超越され、「そこでは、あらゆる事が可能」となる。「人は一瞬にして氷雲の上に飛躍し大循環の風を従へて北に旅する事もあれば、赤い花杯の下を行く蟻と語ることもできる」（「『注文の多い料理店』広告文」）のである。「第四次元の芸術」とはこうした時空間を新たな概念へと刷新した〈世界全体〉と接続するものであったのだ。

「第四次元の芸術」としてのテクストのふるまいは「銀河鉄道の夜」以外のものからも発見することができる。たとえば、存在の優劣が無化された〈世界全体〉が登場するテクストを見ていこう。「〔フランドン農学校の豚〕」には主人公である〈豚〉と、彼を管理する農学校の人びとのほかに、「ウルトラ大学生諸君」を聞き手として講義をする人がほんのわずかにではあるが登場する。そして〈豚〉の置かれた悲惨な状況を「いやな」ことだと聞く存在とそれを授業の一風景と見る農学校の先生や生徒たちといった対比によって見いだされるのは、ひとつの出来事をめぐる複数の価値観の存在とそれをあわせて提示するテクストの時空である。このメタ時空において当時科学的とされた学校教育という制度下の認識は無効化され、本来は考える対象にもならなかった劣った存在である[14]〈豚〉の「心もち」を想像し〈物語〉として再創造する余地がつくり出される。その〈物語〉の射程は生き物を食べて生きるわれわれ全体へと届く。〈豚〉は死を越えて、われわれの問題となって〈生きる〉のである。

また、「なめとこ山の熊」においては小十郎が町の旦那にやり込められた際に「けれどもこんなずるいやつらは世界がだんだん進歩するとひとりで消えてなくなって行く。僕はしばらくの間でもあんな立派な小十郎が二度とつらも見たくないやうないやなやつにうまくやられることを書いたのが実にしゃくにさわってたまらない。」と怒り出す語り手が強く前景化してくるこの場面の解釈が変わってくる。天沢退二郎は「第二義的な、あえていえば脱線でしかない[15]」と指摘し、西田良子は「筆の逸れ」でしかなく、さらに推敲過程による場面の順番の移動によって「テーマのズレは決定的」となった[16]と批判的に捉えていた。しかし、この語り手の怒りの表出は「世界がだんだん進歩」していった先の地点に置かれた認識からの怒りであり、怒った語り手は熊と小十郎の関係において現在の小十郎に救いを与える。そして小十郎の死の場面において「それからあとの小十郎の心持はもう私にはわからない」と前置きしながらも語り手は次のように語ってしまう。

とにかくそれから三日目の晩だった。まるで氷の玉のやうな月がそらにかかってゐた。雪は青白く明るく水は燐光をあげた。すばるや参の星が緑や橙にちらちらして呼吸をするやうに見えた。

その栗の木と白い雪の峯々にかこまれた山の上の平らに黒い大きなものがたくさん環になって集って各々黒い影を置き回々教徒の祈るときのやうにぢっと雪にひれふしたまゝいつまでもいつまでも動かなかった。そしてその雪と月のあかりで見るといちばん高いとこに小十郎の死骸が半分座ったやうになって置かれてゐた。思ひなしかその死んで凍えてしまった小十郎の顔はまるで生きてるときのやうに冴え冴えして何か笑ってゐるやうにさへ見えたのだ。ほんたうにそれらの大きな黒〔い〕ものは参の星が天のまん中に来てももっと西へ傾いてもぢっと化石したやうにうごかなかった。


小十郎の死に顔に「冴え冴えして何か笑ってゐるやう」な表情を語り手は読み取る。小十郎の生は死によって途絶えたのではなく、そこにまなざしを向ける語り手によってテクストの時空で〈生きる〉のである。〈豚〉も小十郎も〈物語〉として語られたことによって新たな「現象」へと転移することが可能となった。こうした〈物語〉による「現象」の転移は「よだかの星」でよだかが最後に「燐の火のやうな青い美しい光になって、しづかに燃え」る星に変わったことや、「銀河鉄道の夜」のなかの挿話である「蝎の火」で「いゝ虫ぢゃない」と言われた蝎が「よるのやみを照ら」す星へと変化したことなどに見てとることができる。そしてそれらの〈物語〉は、多くの場合、物ごとの起源譚となり人びとの心に新たな心象を明滅させる。その連鎖こそが「風景やみんなといっしよに／せはしくせはしく明滅しながら／いかにもたしかにともりつづける／因果交流電燈」となっていくのだ。

宮澤賢治のテクストは〈物語〉によって〈世界全体〉を捉え直してく企てを持っていた。そしてその企てを支える論理として四次元という時空間を導入することによって、時間と空間を超越したイーハトーブの世界を構築していったと考えられる。そのとき、テクストに描かれた想像はひとつの現象となり、それを受け取る読者の心のなかに形象／継承されていくものになったといえる。

第四節　〈世界全体〉と文学的営為

すでに閲してきたように宮澤賢治の人物像とテクストは没後、さまざまな人びとによってそれぞれの文学観に適合するかたちで読み取られ、評価に値する〈宮澤賢治〉がつくり出されてきた。ある物ごとの価値とは、提示された状況の中でその物ごとの持つ意味を再解釈し、他の物ごととは異なるのだという位置取りをした結果である。[17]すなわち価値創造とは、評価される物ごとと評価する〈私〉を掛け合わせていくことによって新たな意味をつくり出す行為にほかならない。

このようにして価値を見いだされてきた〈宮澤賢治〉たちは、それぞれが独立ないしは連繋しながら、また新たな〈宮澤賢治〉を生み出していた。このような賢治受容は賢治のテクストの「現象」としての性質が媒介してつくり出したものである。賢治自身が提出した「論料」を前にして、人びとは〈物語〉を紡がずにはいられなかった。冒頭にも引用した「もうどうしてもこんな気がしてしかたな」くなって書かれた「わたしのおはなし」という意識は賢治の心をバイアスにして、草や木や風に伝わる原テクストをそれぞれのテクストへと具体化していく。ふたたび「なめとこ山の熊」を例に取れば、阿仁マタギたちが熊を撃ったときに唱える呪文の「コレヨリノチノ世ニ生マレテ良イ音ヲキケ」という言葉と小十郎が熊に対して「熊。[18]おれはてまへを憎くて殺したのでねえんだぞ。おれも商売ならてめへも射たなけぁならねえ。ほかの罪のねえ仕事していんだが畑はなし木はお上のものにきまったし里へ出ても誰も相手にしねえ。仕方なしに猟師なんぞしるんだ。てめえも熊に生れたが因果ならおれもこんな商売が因果だ。やい。この次は熊なんぞに生れなよ。」と語りかける言葉の共鳴がまさにそれである。しかし、こうしたテクスト化を経たはずの賢治の「論料」は、テクストが定まらない「永久の未完成」として未定の原稿の姿が強調されたがゆえに〈終わり〉に向かう意志を拒絶し、常に〈開かれ〉た状態にあることを希求する。すなわち、原テクストとしての役割もまた担うことになった。ウンベルト・エーコは芸術作品を「開かれた作品」であるとして、その解釈可能性を享受者に一任した。[19] 作品が作者によって定められたひとつの意味を持つという「閉じた」構造を持たないことで解釈の更新が可能であることを約束し、作品が常にアクチュアリティーを持つことが許されたのだ。

賢治テクストの特性として、「論料」を手にした人が〈物語〉を語ることを常に要求しつづけるという求心的な構造が見えてきた。誰もが〈宮澤賢治〉を語りながら自分を語り、〈世界全体〉に望む姿を新たに明滅させる。「銀河鉄道の夜」でブルカニロ博士は最後にジョバンニに向かってこう諭した。

だからおまへの実験はこのきれぎれの考のはじめから終りすべてにわたるやうでなければいけない。それがむづかしいことなのだ。けれどももちろんそのときだけのでもいゝのだ。あゝごらん、あすこにプレシオスが見える。おまへはあのプレシオスの鎖を解かなければならない。

ここでいう「プレシオスの鎖」とは『旧約聖書』のヨブ記第三八章三一節に登場する「プレアデスの鎖」の誤記であるという。[20]「プレアデスの鎖」は解きがたい謎の比喩であると解釈されているが、ここでも「むづかしいこと」の比喩としてブルカニロ博士に用いられている。そしてジョバンニは「みんなのためにほんたうのほんたうの幸福を探すぞ」と立ちあがることから、「プレシオスの鎖」を解くこととは「ほんたうの幸福」を探すことであるといえるだろう。

今、私は賢治テクストと賢治自身という「論料」からさまざまな〈宮澤賢治〉の姿を発見し、そしてその〈宮澤賢治〉が語られた場として一九三〇年代の文学という場を〈物語〉として構築してきた。両者の間に相関関係があるという目論見に基づいたこの論全体を通して新たな〈宮澤賢治〉をつくろうとしたのではあるが、そもそも〈物語〉として〈世界全体〉を再構築するという考えは賢治が持っていたのではなく、私が持っていた考えが〈自画像〉として描き出されたのかもしれない。もはや「賢治が考えていた本当のこと」を知る手立ては残されていない。しかし、だからといって〈宮澤賢治〉は解釈不能なものとなるわけではない。これまでも八〇年かけて解釈され続けてきたし、おそらくこれからも解釈は続けられていくだろう。そのよせてはかえす解釈の波間で浮き上がり、そしてたくさんの「論料」から導き出される「きれぎれの考」をかけあわせ、ひとりひとりが〈物語〉を紡がねばならない。賢治がその文学的営為を通して常に志向し続けた「ほんたうのさいはひ」はその果てで探すものである。そうすることでしか「プレシオスの鎖」は解けないのだ。

注

（1）小野十三郎「宮沢賢治」（『近代詩人研究』、真善美社、一九四九）。

（2）中地文「宮澤賢治の童話観をめぐって（下）――「心象スケッチ」としての童話――」（『日本文学』、東京女子大学、一九八九・九）。

（3）未発表詩篇で、末尾に「（一九三四・一二・一六）」とある。その第一連を以下に引用する。「ほのかにほのかに、ともつてゐるのは／これは一つの誘蛾燈、稲田の中に／秋の夜長のこの夜さ一と夜、ともつてゐるのは／誘蛾燈、ひときは明るみひときはくらく／銀河も流るるこの夜さ一と夜、稲田の此処に／ともつてゐるのは誘蛾燈、だあれも来ない／稲田の中に、ともつてゐるのは誘蛾燈／たまたま此処に来合せた者が、見れば明るく／ひときは明るく、これより明るいものとてもない／夕べ誰(た)が手がこれをば此処に、置きに来たのか知る由もない／銀河も流るる此の夜さ一と夜、此処にともるは誘蛾燈」（引用は『中原中也全詩集』（角川書店、二〇〇七）による）。

（4）中原中也「宮澤賢治の詩」（『レツェンゾ』、一九三五・六）。

（5）「農民芸術概論綱要」の書かれた用紙上欄には「Plato／Winkelman／Kant／Schiller／Schopenhauer／Fechner／Hartmann／Folkelt／Lipps／Cohean／Croze」の名が書き込まれている。この点から、賢治自身もショーペンハウエルの哲学は多少なりとも理解していたと考えられる。

（6）原子朗『新宮澤賢治語彙辞典』（東京書籍、一九九九）の「農民芸術」の項には賢治がエスペラントに興味を持ったのは『改造』（一九二二年八月）でエスペラント特輯が組まれたからだと言われている。

（7）エドムンド・フッサール「個人倫理問題の再新」（『改造』、一九二四・二）。

（8）森村修「フッサールと西田幾多郎の「大正・昭和時代（一九一二～一九四五）」—『改造』論文と『日本文化の問題』における「文化」の問題—」（法政大学教養部『紀要』、一九九八・二）

（9）伊藤清一「講演筆記帖」（『新校本宮澤賢治全集』第一六巻（上）、筑摩書房、一九九九）。

（10）校本全集（一九七三～一九七七）による原稿の精査が行われて以後、このブルカニロ博士の登場する場面は「初期形」として区別されたが、文圃堂版全集や十字屋書店版全集では現在でいう「初期形」と「最終形」が一体化されて収録されていた。

（11）賢治の主体認識が〈共に〉という関係性を重視していたことについては、拙論「〈関係〉を紡ぐテクスト—宮澤賢治「土神ときつね」論—」（『三田國文』、二〇一三・一二）において論じた。

（12）この多世界認識には当然、ウィリアム・ジェイムズの「多元的宇宙」の概念も含まれていると考えられる。ジェイムズと賢治の関係については栗原敦『宮沢賢治　透明な軌道の上から』（新宿書房、一九九二）や秋枝美保「心象スケッチの方法とウィリアム・ジェイムズの「内省観察法」」（『論攷宮澤賢治』、二〇一〇・一二）がある。

（13）シモーヌ・ヴェイユ『重力と恩寵』（田辺保訳、筑摩書房、一九九五）。*La Pesanteur et la Grâce* 1947.

（14）「［フランドン農学校の豚］」には「家畜撲殺同意調印法」という奇妙な法律が登場する。一見〈豚〉たち家畜の権利を守るかに見えるこの法律は、運用者／被運用物という人間と家畜の境界を厳密に定め、〈豚〉を家畜以外の何ものでもない存在へと追いやる。何も知らない豚を教育し、人間社会の中に位置づけ、効率的に活用しようとする社会構造はこの法律によってより強固なものになった。これによって〈豚〉は人間よりも劣った家畜としての生を定められたのである。(拙論「〈豚〉をめぐるディスクール―宮澤賢治「[フランドン農学校の豚]」論―」(『近代文学合同研究会論集』、二〇一三・一二)参照。)

(15) 天沢退二郎『《宮沢賢治》論』(筑摩書房、一九七六)。

(16) 西田良子『宮沢賢治童話の世界』(すばる書房、一九七六)。

(17) 価値創造のシステムを批評ではなく芸術的創作において行えば、シュルレアリスムが芸術的手法として用いたコラージュによるデペイズマン(解放)やロシア・フォルマリズムにおける詩的言語による言葉の異化と重なるであろう。

(18) 田口洋美『マタギ―森と狩人の記録』(慶友社、一九九四)に、秋田県北秋田郡阿仁町のマタギ・松橋茂治さんの証言として記載されている。賢治が「なめとこ山の熊」を書くにあたって実際のマタギの狩猟に着想を得た可能性について中路正恒「淵沢小十郎のモデル松橋和三郎をめぐる高橋健二氏からの聞書き」(『宮澤賢治研究Annual』、二〇〇七・三)が論じている。

(19) ウンベルト・エーコ『開かれた作品』(篠原資明・和田忠彦訳、青土社、二〇〇二)。

(20) 草下英明「宮沢賢治と星(四) 三日星とプレシオスの鎖」(『四次元』、一九五二・八)。

おわりに

「宮澤賢治を読む」という表現はちょっと独特だ。賢治以外の作家の場合、こうした表現は基本的に換喩（メトニミー）として扱われ、たとえば「夏目漱石を読む」＝「夏目漱石の作品を読む」という風に認知されることが一般的だ。しかし、賢治の場合はそれが違う。「宮澤賢治を読む」が文字どおり、「宮澤賢治」という人間の人生を理解し、それに共感することにまで指示内容を拡大して意味することができる。テクストだけではなく、作家自身が物語化され、読者に読まれることを待っているのだ。実際、『【新】校本宮澤賢治全集』をひもとくと、そこには賢治の書いたテクストだけではなく、宮澤賢治という人間の輪郭を示すための資料が多数収録されている。書簡はもとより学校の成績表、家系図まで含めた細かな年譜、生前批評や同時代の文学者たちが賢治について書いた日記や書簡、そして主要な追悼文に至るまで、そこには収められている。こうした資料が全集に入っていること自体がきわめて珍しいし、また同時にきわめて賢治らしいといえるのではないか。全集という、その作家の総体を表わすためのモノ自体が、読者に向かって〈宮澤賢治〉を読むように求めているのだ。このパラダイムはどこまでも強固に維持されている。

かくいう私自身、「宮澤賢治を読む」ことが好きだ。一九九六年の生誕百年の頃に、筑摩書房の文庫全集を両親から買い与えられ、小学校の卒業文集には「賢治の文章を読んで」と題して作文を書いた（そう考えると、それから二〇年後に博論を書いているあたり因縁（?）を感じる）。その後も折に触れて「銀河鉄道の夜」や「グスコーブドリの伝記」などのテクストを読み返してきたし、そして「ほんたうのさいはひ」を追い求める登場人物たちの姿の後ろに宮澤賢治の姿を透かし見てきた。非常に忠実な〈宮澤賢治〉の読者だったのだ。そうした〈宮澤賢治〉を読むこと自体を問うきっかけになったのは、修士課程のときのゼミで一九五〇年代の賢治受容を発表する機会を得たことだった。今思い返すと拙い発表だったが、そこでは佐藤勝治『宮澤賢治入門』（十字屋書店、一九四八）と『宮澤賢治批判』（十字屋書店、一九五二）を中心的に取り上げ、同じ人物が全く正反対の賢治批評を物した背景として受容論に足を踏み入れたのだ。これがその後の大学院生活を通じた格闘の始まりになった。その間も〈宮澤賢治〉は変わらず、人びとの間で読まれている。本書の序でも触れたように、東日本大震災を経て、〈宮澤賢治〉の強度ははるかに増したのだろう。書籍・雑誌やインターネットなどで展開されている言説空間をのぞいてみると、そこには変わらない〈宮澤賢治〉が「イツモシヅカニワラッテキル」。詩人で童話作家、農業実践をはじめ、人びとのために尽くした人物――。〈宮澤賢治〉は変わらないのだ。

本書の問題意識は、こうした〈宮澤賢治〉に依存している限り、宮澤賢治に関する研究や批評は同じことの再生産ばかりになるのではないかという危機感に根ざしている。知らず知らずのうちに、誰かの〈宮澤賢治〉を追体験して、私たちは理解した気になって満足していないか。この疑念を解くために、一〇年近く調査と研究を続けてきた。ブルカニロ博士がジョバンニに向かって「おまへはおまへの切符をしっかりもっておいで」と言ったように、私たちは私たちそれぞれが自由に賢治テクストを読まなければならないのだ。そのためにも誰が・どのように読んできたかを検討することは、私たち自身が賢治テクストに真摯に向き合うことを助けることだと私は信じる。本書の検討を通じて、「たった一つのほんたうのその切符」を手にするきっかけが得られることを願ってやまない。

＊　＊　＊

本書は、二〇一六年一月に慶應義塾大学大学院文学研究科に提出した博士学位論文「〈世界全体〉の再創造――一九三〇年代、宮澤賢治受容とその背景――」（二〇一七年一月学位取得）をもとに、加筆・修正を施したものである。

本書を書き上げるにあたって多くの方々から、ご指導、ご支援をいただいた。まず何よりも、慶應義塾大学大学院文学研究科で指導教員だった松村友視先生には心からの御礼と感謝を申し上げたい。学部時代から、変わらぬご指導ご鞭撻をいただいてきた。松村先生のもとで大学院時代を過ごせたことは何よりも幸福だったと思う。博士論文を執筆している際に、受容の検討を通じて〈宮澤賢治〉を解体していく作業をしていると、しばしば自分のやっていることが宮澤賢治や彼のテクストの魅力にケチをつけることになるのではないか、という後ろ向きな考えにとらわれる瞬間があった。そのたびに、受容を検討することは賢治テクストの魅力を引き出すためなのだと思い直して書き続けてきた。そうしていけた背景には、先生が学部四年の卒論ゼミの初回に仰っていた「最後は対象への愛が重要だ」という言葉があったと思う。ただ無感動に対象に向き合うのではなく、対象への熱量を維持することで、ともすればニヒリスティックに陥りそうな意識を引き戻すことができた。私はやはり「宮澤賢治を読む」ことが好きなのだ。そうした思いを研究に対して維持することの大切さを松村先生から学ぶことができたのは、何よりもありがたかったとあらためて思う。

博士論文審査を担当してくださった屋名池誠先生と島村輝先生には、一年に亘る審査期間、拙論を丹念に読んでいただいた。そのご恩に対しては感謝の言葉をいくら並べても足りないほどだ。屋名池先生には修士論文の副査をご担当いただいて以来お世話になっているが、お目にかかる度にその博覧強記ぶりには驚かされ、研究に関するご指摘を数多く賜った。島村先生には今もまたプロレタリア詩に関する研究会でお世話になっている。一九三〇年代の文学場を研究する楽しさを教えてくださったのは、間違いなく島村先生であった。

また、高橋修先生や小平麻衣子先生をはじめ、大学院時代にご指導くださった先生方にも御礼を申し上げたい。とくに、受容論をやるきっかけをくださった吉田司雄先生には授業後の宴席も含めて、たくさんのご助言やご指摘をいただいた。吉田先生の授業で先述の佐藤勝治の著作を取り上げなければ、没後受容を検討することの新鮮さに気づくことはなかったかもしれない。

出版にあたっては、花鳥社の相川晋氏にたいへんお世話になった。相川氏には、はじめての単著ということで勝手がわからず、いろいろな点でご迷惑をおかけしたが、粘り強くご対応いただいた。あらためて御礼を申し上げる。

そして、最後になったが、これまでの私を根気強く支えてくれた家族へ心からの感謝を捧げて稿を終えたい。

二〇一八年一〇月

村山　龍

主要参考文献一覧

宮澤賢治初期受容関連文献

次郎社編『宮澤賢治追悼』(次郎社、一九三四)。

宮澤賢治友の会編『宮澤賢治研究』全五冊(宮澤賢治友の会、一九三五・四〜一九三六・一二)。

草野心平編『宮澤賢治研究』(十字屋書店、一九三九)。

全集

『宮澤賢治全集』全三冊(文圃堂、一九三四〜一九三五)。

『宮澤賢治全集』全七冊(十字屋書店、一九三九〜一九四四)。

【新】校本宮澤賢治全集』全一九冊(筑摩書房、一九九五〜二〇〇九)。

『漱石全集』全二九冊(岩波書店、一九九三〜一九九九)。

『西田幾多郎全集』全二四冊(岩波書店、二〇〇二〜二〇〇九)。

『萩原朔太郎全集』全一六冊(筑摩書房、一九八六〜一九八九)。

『三木清全集』全二〇冊(岩波書店、一九六六〜一九六八(一九巻まで)、一九八六(再刊行と二〇巻))。

『鷗外全集』全三八冊(岩波書店、一九八六〜一九九〇)。

『保田與重郎全集』全四五冊(講談社、一九八五〜一九八九)。

『定本横光利一全集』全一七冊(河出書房新社、一九八一〜一九九九)。

書籍

秋田雨雀『太陽と花園』（精華書院、一九二一）。

浅岡靖央『児童文化とは何であったか』（つなん出版、二〇〇四）。

天沢退二郎『《宮沢賢治》論』（筑摩書房、一九七六）。

安藤玉治『「賢治精神」の実践――松田甚次郎の共働村塾――』（農村漁村文化協会、一九九二）。

伊藤隆・広瀬順晧編『近代日本資料選書11　松本学日記』（山川出版社、一九九五）。

犬田卯『日本農民文学史』（農村漁村文化協会、一九五八）。

上田哲『宮沢賢治――その理想世界への道程』（改訂版、明治書院、一九八八）。

ウスペンスキー『新しい宇宙像』（高橋弘泰訳、コスモスライブラリー、二〇〇二）。*A New Model of the Universe* 1931.

シモーヌ・ヴェイユ『重力と恩寵』（田辺保訳、筑摩書房、一九九五）。*La Pesanteur et la Grâce*, 1947.

ウンベルト・エーコ『開かれた作品』（篠原資明・和田忠彦訳、青土社、二〇〇二）。*Opera aperta* 1962 (rev. 1976 – English translation: *The Open Work* 1989).

大島丈志『宮澤賢治の農業と文学　過酷な大地イーハトーブの中で』（蒼丘書林、二〇一三）。

大島義夫・宮本正男『反体制エスペラント運動史』（三省堂、一九七四）。

ルイ=ジャン・カルヴェ『言語学と植民地主義』（砂野幸稔訳、三元社、二〇〇六）。*Linguistique et colonialisme* 1998.

河田和子『戦時下の文学と〈日本的なもの〉』（花書院、二〇〇九）。

草野心平『わが賢治』（二玄社、一九七〇）。

ジュリア・クリステヴァ『セメイオチケ1』（原田邦夫訳、せりか書房、一九八三）。*Séméiôtiké* 1969.

栗原敦『宮沢賢治　透明な軌道の上から』（新宿書房、一九九二）。

黒田俊太郎『〈作家〉という近代――北村透谷・浪漫主義』（博士学位論文、慶應義塾大学（文学）、平成二三年度甲第三五七九号、二〇一二・一二・一四）。

グレゴリー・クレイズ『ユートピアの歴史』（巽孝之監訳・小畑拓也訳、東洋書林、二〇一三）。*Serching for Utopia* 2011.

クロポトキン『麺麭の略取』（幸徳秋水訳、平民社、一九〇八）。*La Conquête du Pain* 1892
クロポトキン『相互扶助論』（大杉栄訳、春陽堂、一九一七）。*Mutual Aid: A Factor of Evolution* 1902.

小島輝正『春山行夫ノート』（蜘蛛出版社、一九八〇）。

小林司『ザメンホフ　世界共通語を創ったユダヤ人医師の物語』（原書房、二〇〇五）。

子安宣邦『「近代の超克」とは何か』（青土社、二〇〇八）。

権田浩美『空の歌　中原中也と富永太郎の現代性』（翰林書房、二〇一一）。

佐伯研二編『佐伯郁郎資料展　第二回――交流作家を中心として――』（江刺市立図書館、一九九八・二）。

佐藤勝治『宮澤賢治批判』（十字屋書店、一九五三）。

L・L・ザメンホフ著・述、水野義明編・訳『国際共通語の思想　エスペラントの創始者ザメンホフ論説集』（新泉社、一九九七）。

シオラン『告白と呪詛』（出口裕弘訳、紀伊國屋書店、二〇〇〇）。*Aveux et anathèmes* 1987.

ヴィクトル・シクロフスキー『散文の理論』（水野忠夫訳、せりか書房、一九七一）。**О ТЕОРИИ ПРОЗЫ** 1925.

島村輝『臨界の近代日本文学』（世織書房、一九九九）。

島村輝・飯田祐子・高橋修・中山昭彦・吉田司雄編『文学年報2　ポストコロニアルの地平』（世織書房、二〇〇五・八）。

ルネ・ジラール『欲望の現象学』新装版（古田幸男訳、法政大学出版局、二〇一〇・一一）。*Mensonge romantique et vérité romanesque* 1961.

新日本出版社編『日本プロレタリア文学集35　プロレタリア戯曲集（一）』（新日本出版社、一九八八）。

菅忠道『日本の児童文学』（大月書店、一九六六）。

鈴木成高『歴史的国家の理念』（弘文堂書房、一九四一）。

外岡秀俊『震災と原発　国家の過ち　文学で読み解く「3・11」』（朝日新書、二〇一二）。

高橋新吉『ダダイスト新吉の詩』（中央美術社、一九二三）。

高見順『昭和文学盛衰史』（文藝春秋社、一九五八）。

高柳俊一・佐藤亨・野谷啓二・山口均編『モダンにしてアンチモダン　T・S・エリオットの肖像』（研究社、二〇一〇）。

田口洋美『マタギ――森と狩人の記録』（慶友社、一九九四）。

田辺元『哲学と科学との間』（岩波書店、一九三七）。

谷川徹三『宮澤賢治』（要書房、一九五一）。

テンニエス『ゲマインシャフトとゲゼルシャフト』（上・下）（杉之原寿一訳、岩波書店、一九五七）。*Gemeinschaft und Gesellschaft* 1887.

内務省警保局編『エスペラント運動の概況（上・下）』（『外事警察資料』第一七・一八輯、一九三七）。

内務省地方局有志編『田園都市』（博文館、一九〇八）。

中良子編『災害の物語学』世界思想社、二〇一四）。

中井晨『荒野へ　鮎川信夫と『新領土』（I）』（春風社、二〇〇七）。

中川成美『モダニティの想像力　文学と視覚性』（新曜社、二〇〇九）。

中田幸子『前田河廣一郎における「アメリカ」』（国書刊行会、二〇〇〇）。

中原中也『中原中也全詩集』（角川書店、二〇〇七）。

中村稔『宮沢賢治』（筑摩書房、一九八一）。

滑川道夫『体験的児童文化史』（国土社、一九九三・八）。

滑川道夫『日本児童文学の軌跡』（理論社、一九八八）。

西田良子『宮沢賢治童話の世界』（すばる書房、一九七六）。

日本現代詩研究者国際ネットワーク編『日本の詩雑誌』（有精堂、一九九五）。

野々上慶一『文圃堂こぼれ話　中原中也のことども』（小沢書店、一九九八）。

ピーター・B・ハーイ『帝国の銀幕――十五年戦争と日本映画』（名古屋大学出版会、一九九五）。

萩原朔太郎『詩人の使命』（第一書房、一九三七）。

萩原朔太郎『日本への回帰』（白水社、一九三八）。

初芝武美『日本エスペラント運動史』(日本エスペラント学会、一九九八)。

原子朗『新宮澤賢治語彙辞典』(東京書籍、一九九九)。

春山行夫『詩の研究』第一版(厚生閣書店、一九三一)。

春山行夫『詩の研究』第二版(第一書房、一九三六)。

春山行夫『詩の研究』第三版(第一書房、一九三九)。

平澤信一『宮沢賢治《遷移》の詩学』(蒼丘書林、二〇〇八)。

平野謙・小田切秀雄・山本健吉編『現代日本文学論争史』中巻(未来社、新版、二〇〇六)。

平林敏彦『戦中戦後詩的時代の証言　1935-1955』(思潮社、二〇〇九)。

『文藝懇話会』〔復刻版〕(不二出版、一九九七・六)。

斑目栄二『伝記小説　雨ニモマケズ・宮沢賢治の生涯』(富文館、一九四三)。

宮澤和樹『宮澤賢治　魂の言葉』(ロングセラーズ、二〇一一)。

宮沢賢治記念会『修羅はよみがえった』(ブッキング、二〇〇七)。

宮下隆二『イーハトーブと満州国』(ＰＨＰ研究所、二〇〇七)。

モダニズム研究会編『モダニズム研究』(思潮社、一九九四)。

森荘已池『宮澤賢治』(小学館、一九四三)。

安田敏朗『「国語」の近代史　帝国日本と国語学者たち』(中公新書、二〇〇六)。

山田清三郎『プロレタリア文学風土記』(青木書店、一九五四)。

山室信一・岡田暁生・小関隆・藤原辰史編『現代の起点　第一次世界大戦　第一巻　世界戦争』(岩波書店、二〇一四)。

ユクスキュル・クリサート『生物から見た世界』(日高敏隆・羽田節子訳、岩波書店、一九九五)。*Streifzüge durch die Umwelten von Tieren und Menschen: Ein Bilderbuch unsichtbarer Welten* 1934.

吉本隆明『悲劇の誕生』(筑摩書房、一九九七)。

米谷匡史『アジア／日本』(岩波書店、二〇〇六)。

米村みゆき『宮沢賢治を創った男たち』（青弓社、二〇〇三）。

和合亮一『詩ノ黙礼』（新潮社、二〇一一）。

和田利夫『昭和文芸院瑣末記』（筑摩書房、一九九四）。

ジョン・ワトソン『行動主義の心理学』（安田一郎訳、河出書房新社、一九八〇）。*Behaviorism* 1930.

論文・記事

青野季吉「日本文芸院の問題」（『文藝懇話会』、一九三六・七）。

秋枝美保「心象スケッチの方法とウィリアム・ジェイムズの「内省観察法」」（『論攷宮澤賢治』、二〇一〇・一二）。

秋枝美保「東日本大震災後の「雨ニモマケズ」受容と宮沢賢治にとっての「雨ニモマケズ」」（『論攷宮澤賢治』、二〇一二・一）。

浅岡靖央「〈児童読物改善ニ関スル内務省指示要綱〉の成立」（『児童文学研究』、一九九四・一一）。

阿部保「ティ・エス・エリオットと伝統の理念」（『美学』、一九五七・九）。

阿部知二「「主知主義」時代のこと」（『近代文学』、一九五〇・八）。

天沢退二郎「「大震災」と宮沢賢治　ネネムからブドリへ」（『ユリイカ』、青土社、二〇一一・七）。

池内紀「賢治災異志」（『ユリイカ』、青土社、二〇一一・七）。

石塚友二「農村の明り」（『農民芸術』、一九四六・一二）。

石浜知行「機械と芸術」（『プロレタリア芸術教程』第三輯、一九三〇・四）。

板垣鷹穂「「機械のリアリズム」への道」（東京朝日新聞、一九二九・九・一〇）。

伊藤清一「岩手国民高等学校と宮沢賢治」（『校本宮沢賢治全集』第一二巻（上）・月報、一九七五・一二）。

伊東一夫「「修羅の渚」を読みて」（『四次元』、一九五〇・四）。

伊藤整「新興芸術派と新心理主義文学」（『近代文学』、一九五〇・八）。

犬田卯「農民文芸理論の精算より確立へ」（『農民』（第三次）、一九二九・八）。

臼井裕之「「おまえはワニか」――krokodiliにみるエスペラントの言語イデオロギー」（『現代思想』、一九九八・八）。

臼井裕之「ナショナリストが〈国際〉を求めるとき――北一輝によるエスペラント採用論の事例から――」（『社会言語学』、二〇〇七・一〇）。

海野福寿「一九三〇年代の文芸統制」（『駿台史学』、一九八一・三）。

榎本隆司「文藝懇話会Ⅲ」（『早稲田大学教育学部　学術研究（国語・国文学編）』、一九九三・二）。

大岡信「新文学の成立と展開」（村野四郎等編『講座・日本現代詩史』第三巻、右文書院、一九七三・一一）。

大木志門「十五年戦争下の〈文学館運動〉「文芸懇話会」と「遊就館」、そして島崎藤村」（『日本近代文学』、二〇一五・五）。

大澤真幸「啄木を通した9・11以降――「時代閉塞」とは何か」（『国文学　解釈と教材の研究』、二〇〇四・一二）。

大島美津子「第一次大戦期の地方総合政策――雑誌『斯民』の主張を中心に――」（『専修史学』、一九九八・三）。

大杉栄「生の拡充」（『近代思想』（第一次）、一九一三・七）。

大杉栄「自我の棄脱」（『新潮』、一九一五・五）。

大杉栄「社会的理想論」（『労働運動』（第一次）、一九二〇・六）。

大杉栄「なぜ進行中の革命を擁護しないのか」（『労働運動』、一九二二・九）。

大杉栄「無政府主義将軍　ネストル・マフノ」（『改造』、一九二三・九）。

大森義太郎「いはゆる行動主義の迷妄」（『文藝』、一九三五・二）。

大宅壮一「ヂヤーナリズムのフアッショ的統制」（『週刊時局新聞』、一九三四・二・一）。

小倉豊文「イーハトーヴォへの道（二）」（『農民芸術』、一九四八・八）。

小野十三郎「宮沢賢治」（『近代詩人研究』、真善美社、一九四九）。

恩田逸夫「賢治文学の展開――人間の線に沿って――」（『四次元』、一九五〇・二）。

葛西賢太「オックスフォードグループ運動における〈心なおし〉の実践とその意義」（『宗教研究』、二〇〇九・九）。

勝原晴希「「歴程」の精神」（日本現代詩研究者国際ネットワーク編『日本の詩雑誌』、有精堂、一九九五）。

金子龍司「「民意」による検閲――『あゝそれなのに』から見る流行歌統制の実態――」（『日本歴史』、吉川弘文館、二〇一四・七）。

構大樹「徴用された〈宮沢賢治〉　総動員体制下の「雨ニモマケズ」と文学的価値の所在」（『日本近代文学』九二集、二〇一五・五）。

菊池寛「講演のこと」（『岩手日報』、一九三四・九・二〇）。

北川透「『詩と詩論』評価の争点」（『講座日本文学の争点（現代編）』明治書院、一九六九・五）。

儀府成一（母木光）「宮澤賢治の人間像」（『農民芸術』、一九四六・一二）。

木村圭一「宮澤さんの事」（『岩手日報』、一九三四・一一・一六）。

草下英明「宮沢賢治と星（四）　三日星とプレシオスの鎖」（『四次元』、一九五二・八）。

草野心平「三人」（『詩神』、一九二六・八）。

草野心平「横光さんと賢治全集」（『日本現代文学全集　横光利一集』月報、講談社、一九六一・四）。

工藤正廣「啄木ローマ字、雨雀エスペラントの交響――東北文学の精神から」（『国文学　解釈と教材の研究』、二〇〇四・一二）。

栗坪良樹「横光利一――賢治〈わたくしといふ現象〉に関連して」（『国文学　解釈と教材の研究』、一九九二・九）。

栗原敦「詩の前衛と伝統」（『岩波講座　日本文学史』第一三巻、岩波書店、一九九六・六）。

黒島伝治「農民文学の発展」（『若草』、一九三一・九）。

黒田俊太郎「彷徨える〈青年〉的身体とロゴス――三木清〈ヒューマニズム論〉における伝統と近代――」（『三田國文』、二〇一〇・一二）。

神代峻通「MRAに就て　道徳復興運動要録」（『密教文化』、一九五〇・一二）。

枯川生記（堺利彦）「エスペラント語の話」（『直言』、一九〇五・三）。

小林秀雄「不安定な文壇人の知識　方法論偏重の破れ」（『読売新聞』、一九三七・一二・三一）。

小林秀雄「作家の正直さ／『新日本文化の会』に寄す」（『朝日新聞』、一九三八・一一・九）。

斉藤悦則「矛盾と生きる――プルードンの社会主義――」（『思想と現代』、一九九一・一〇）。

阪本越郎「文芸時評」（『新文芸時代』、一九三四・八）。

佐藤惣之助「十三年度の詩集」（『日本詩人』、一九二四・一二）。

佐藤春夫「近事夕語」（『報知新聞』、一九三七・八・三〜六）。

鄭惠珍「エスペラントと「言語」認識――二葉亭四迷の『世界語』を通して――」（『大学院研究年報』、二〇一二・二）。

杉山平助「心にとまつた小説」（『時事新報』、一九三二・七・一）。

生野幸吉「誘蛾燈詠歌（未刊行詩篇）」（『国文学　解釈と教材の研究』、一九七七・一〇）。

関徳彌「業餘片々録　2」（『岩手日報』、一九三四・七・二〇）。

関徳彌「宮澤賢治覚書（一）」（『真世界』、一九五〇・二）。

世田三郎「松本学」（『日本学芸新聞』、一九三六・三・五）。

高橋新太郎「馴化と統制――装置としての「文藝懇話会」」（『文藝懇話会』〔復刻版〕、不二出版、一九九七・六）。

高村光太郎「知己の詩人の便り四通」（『岩手日報』、一九三三・一〇・六）。

高村光太郎「宮澤賢治の詩」（『婦人之友』、一九三八・三）。

田口律男「横光利一と太平洋戦争」（『国文学　解釈と鑑賞』、至文堂、二〇〇〇・六）。

田口律男「Ⅱ　モダニズム研究の領域――象徴主義からモダニズムへ――」（『横光利一研究』一〇号、二〇一二・三）。

田中惣五郎「右翼文化団体に踊る人々」（『中央公論』、一九三六・一二）。

谷川徹三「ある手紙」（『東京朝日新聞』、一九三五・二・二二〜一四）。

辻潤「惰眠洞妄語」（『読売新聞』、全四回、一九二四・七・二三〜二五）。

津村信夫「「春と修羅」に就て――現代の詩集研究Ⅴ――〔二〕宮澤賢治の詩」（『四季』、一九三八・七）。

徳田秋声「如何なる文芸院ぞ」（『改造』一六巻四号、一九三四・三）。

直木三十五「文学と政治との接触　松本警保局長との会見【一】」（『読売新聞』、一九三四・一・二七）。

中井晨「西田幾多郎「伝統に就て」を読む――戦前のT・S・エリオット理解を背景として――」（『同志社大学英語英文学研究』、一九九七・三）。

中井晨「西田幾多郎「伝統に就て」を読む――T・S・エリオットの歴史の感覚をめぐって――」(『同志社大学英語英文学研究』、一九九八・一)。

中井晨「西田幾多郎「伝統に就て」を読む――同時代のT・S・エリオット理解に関連して――」(『同志社大学英語英文学研究』、一九九八・三)。

中河與一「『新日本文化の会』の仕事」(『ホームライフ』、一九三七・九)。

中島健蔵「善意の文学」(『現代文学の思潮と国語教育』(国語教育秋季特別号)、一九三五・一一)。

永瀬清子「ノート」(『麺麭』、一九三三・八)。

中地文「宮澤賢治の童話観をめぐって(下)――「心象スケッチ」としての童話――」(『日本文学』、東京女子大学、一九八九・九)。

中原中也「宮澤賢治の詩」(『レツェンゾ』、一九三五・六)。

中村稔「宮澤賢治論」(『詩学』、一九五一・一〇)。

中山義秀「文士の死と文芸院【下】」(『時事新報』、一九三四・三・一二)。

新居格「機械と文学の関渉」(『朝日新聞』、一九二九・五・一二～一四)。

新居格「日本文芸院論」(『文藝懇話会』、一九三六・七)。

西脇順三郎「ティ・エス・エリオット」(『ヨーロッパ文学』、第一書房、一九三三)。

母木光(儀府成一)「花花と文学の本」(『岩手日報』、一九三五・一〇・二二)。

春山行夫「新散文詩運動の精算　並に「新現実派の批判」「形式主義の決定」」(『詩と詩論』第一〇冊、一九三一・一)。

春山行夫「感性論覚書」(『詩と詩論』第一二冊、一九三一・六)。

春山行夫「印象批評の一典型――小林秀雄氏の《文芸評論》――」(『三田文学』、一九三一・一〇)。

春山行夫「後記」(『新領土』一号、一九三七・五)。

春山行夫「後記」(『新領土』八号、一九三七・一二)。

春山行夫「詩論(6)」(『新領土』一二号、一九三八・四)。

春山行夫「後記」(『新領土』三五号、一九四〇・三)。

春山行夫「『詩と詩論』の仕事」(『日本現代詩大系』第一〇巻付属月報(第八号)、一九五一・九)。

平島敏幸「雑誌『農民』と農民自治主義(一)」(『流通経済大学論集』、二〇〇六・一)。

平島敏幸「雑誌『農民』と農民自治主義(二)」(『流通経済大学論集』、二〇〇七・一〇)。

平島敏幸「雑誌『農民』と農民自治主義(三)」(『流通経済大学論集』、二〇〇八・三)。

広津和郎「佐藤君に答ふ(下)=文藝懇話会について=」(『東京日日新聞』、一九三五・九・一二)。

福田鐵雄「われらの聖者　宮澤賢治全集第三巻を読む」(『岩手日報』、一九三四・一一・九)。

藤本寿彦「新散文詩運動」(和田博文編『コレクション・都市モダニズム詩誌』第五巻、ゆまに書房、二〇一一・四)。

藤原草郎「「疑獄元兇」(付記)」(『岩手日報』、一九三三・九・二九)。

藤原定「高村光太郎論」(『現代日本詩人論』、西東書林、一九三七)。

藤原定「草野心平と『歴程』」(『近代文学鑑賞講座20』、角川書店、一九五九)。

二葉亭四迷「エスペラントの話」(『女学世界』、一九〇六・九)。

エドムンド・フッサール「個人倫理問題の再新」(『改造』、一九二四・二)。

船戸修一「農民文学とその社会構想——農民文学者・犬田卯の農本思想——」(『村落社会研究』、二〇〇四)。

前田河廣一郎「ストライキの研究」(『文芸戦線』、一九三〇・二)。

正宗白鳥「文芸院について」(『東京朝日新聞』、一九三四・二・二〜三)。

ますむらひろし「ぐるぐる・チカチカ・ぱあっくり」(『ユリイカ』、青土社、二〇一一・七)。

松井雷多「善郎と廣一郎」(『中外商業新報』、一九三二・七・五)。

松原一夫「農民文芸運動に於ける現下の諸問題」(『農民』(第三次)、一九二九・四)。

三浦國泰「伝統の受容と文学的解釈学——脱構築作業を基軸として——」(『独語独文学科研究年報』、北海道大学文学部独語独文科、一九八八・一)。

村山龍「〈関係〉が紡ぐテクスト——宮澤賢治「土神ときつね」論——」(『三田國文』、二〇一三・一二)。

村山龍「〈豚〉をめぐるディスクール——宮澤賢治「〔フランドン農学校の豚〕」論——」（『近代文学合同研究会論集』、二〇一三・一二）。

百田宗治「詩壇の現状と新動向」（『新潮』、一九三六・五）。

森荘已池「校友会雑誌を見る　3　高等農林」（『岩手日報』、一九三五・二・一九）。

森荘已池「天才の悲劇　『校訂版宮澤賢治全集』再刊さる」（『岩手日報』、一九三九・八・一五）。

森荘已池「選民と賤民」（『農民芸術』、一九四六・五）。

森村修「フッサールと西田幾多郎の「大正・昭和時代（一九一二〜一九四五）」——『改造』論文と『日本文化の問題』における「文化」の問題——」（法政大学教養部『紀要』、一九九八・二）。

保田與重郎「開花の思想」（『帝国大学新聞』六四〇号、一九三六・九・二八）。

保田與重郎「研究方法について偶感」（『文学』、一九三七・二）。

保田與重郎「雑記帖（一）」（『コギト』、一九三七・四）。

保田與重郎「万葉精神の再吟味」（『京都帝国大学新聞』二六四号、一九三七・六・二〇）。

保田與重郎「棟方志功氏のこと」（『工藝』、日本民芸協会、一九三九・一〇）。

保田與重郎「風景観について」（初出表題「新しき風景観」、『報道写真』、一九四一・七）。

保田與重郎「少年小説の新開拓」（『少国民文化』、一九四二・六）。

保田與重郎『日本浪曼派の時代』（至文堂、一九六九・二）。

山田光義「友に「宮澤賢治」を勧める」（『四次元』、一九五三・四）。

横光利一「芸術派の心理主義について」（『読売新聞』、一九三〇・三・一六〜一八）。

横光利一「詩と小説」（『新文学研究』第二号、金星堂、一九三一・四）。

横光利一「文学への道」（『文藝通信』一九三三・一一）。

横光利一「新小説論」（文藝春秋社発行『新文芸思想講座』第一巻（一九三三・九）から第八巻（一九三四・五）までに四回掲載）。

横光利一「宮澤賢治氏について」（『文藝』、一九三四・四）。

横光利一「天才詩人」（『宮澤賢治全集　内容見本』、文圃堂、一九三四・一〇）。

横光利一「純粋小説論」（『改造』、一九三五・四）。

与謝野晶子「文士は勲章を好むか」（『東京朝日新聞』、一九三四・一・二九）。

和田旦「エリオットの《伝統論》を読む」（『学校法人佐藤栄学園埼玉短期大学研究紀要』、一九九七・三）。

A記者「講演会、東北行を終へて」（『文藝春秋』、一九三四・一一）。

Mark Fettes, Moderno kaj postmoderno en nia kulturo, *Esperanto* 1097(11), 1997. (http://donh.best.vwh.net/Esperanto/Kampanjo2000/nov1997.html)

無署名「新しい農村の／建設に努力する／花巻農学校を／辞した宮沢先生」（『岩手日報』、一九二六・四・一）。

無署名「農村文化の創造に努む／花巻の青年有志が地人協会を組織し自然生活に立返る」（『岩手日報』、一九二七・一・三一）。

無署名「日本に於けるプロレタリア文学運動についての同志松山の報告に対する決議」（『ナップ』、一九三一・二）。

無署名「詩人宮澤賢治氏　きのう永眠す」（『岩手日報』、一九三三・九・二三）。

無署名「「帝国文芸院」の問題」（『文藝』、一九三四・三）。

無署名「三つのチヤンス　宮澤賢治全集刊行にからんで」（『岩手日報』、一九三四・八・三一）。

無署名「思索めい想の秋　文芸講演会二つ」（『岩手日報』、一九三四・九・一三）。

無署名「愈よ明晩　文藝春秋文藝講演会　六時から県公会堂」（『岩手日報』、一九三四・九・二一）。

無署名「暴風雨と講演会の『競争ですよ』と冗談　噂よりも愛嬌のいゝ横光氏　やはり東京の雨が心配」（『岩手日報』、一九三四・九・二二）。

無署名「楽隊で歓迎は文壇生活で最初　一関でビックリの一行」（『岩手日報』、一九三四・九・二二）。

無署名「宮澤賢治研究会公会堂多賀に今晩の集ひ」（『岩手日報』、一九三四・九・二四）。

無署名「宮澤賢治全集第一巻　第二回配本詩集出づ」（『岩手日報』、一九三五・七・三〇）。

無署名「座談会⑤時代と文芸思想の行くべき道／直言主義で行け／単純でない現状」（『読売新聞』、一九三七・一・七）。

無署名「会員一覧」（『新日本』、一九三八・二）。

無署名「会員一覧」（『新日本』、一九三九・八）。

無署名「宮沢賢治　銀河の旅びと」（ＮＨＫ、一九九六、http://www.nhk-ondemand.jp/program/ P201100079900000/）

無署名「（世界から被災地へ　東日本大震災）日本のための祈り　ワシントン大聖堂」（『朝日新聞』、二〇一一・四・一三・朝刊）。

無署名「ガンバレトウホク、２千人祈る　東日本大震災の追悼式　英ウェストミンスター寺院」（『朝日新聞』、二〇一一・六・六・夕刊）。

無署名「被災地に響く宮沢賢治の言葉」（「ＮＨＫニュース　おはよう日本」二〇一二・五・八、http://www.nhk.or.jp/ ohayou/marugoto/　2012/05/0508.html）。

無署名「ケネディ大使「雨ニモマケズ」」（『読売新聞』、二〇一三・一一・二六・夕刊）。

宮澤賢治受容関連年表（一九四五年九月二十一日まで）

西暦年	年齢	賢治関連：賢治の人生と作品発表経緯	賢治関連：受容	文学関連	歴史的事項
一八八七				ザメンホフ、『第一書』によってエスペラントを公表。	
一八九六	0	8月27日　賢治生まれる			
一九〇四	8				2月8日　日露戦争、開戦。
一九〇五	9			8月　第一回世界エスペラント大会で「ブーローニュ宣言」が承認される。	9月5日　日露戦争、終戦。
一九〇六	10			7月21日　二葉亭四迷、『世界語』（彩雲閣）を出版。日本にエスペラントを紹介する。	
一九〇八	12			幸徳秋水、クロポトキン『麺麭の略取』（平民社）を訳出。	
一九〇九	13	4月5日　盛岡中学校入学。			10月26日　伊藤博文、暗殺。
一九一〇	14			3月　森鷗外、「青年」を『スバル』に連載（1911年8月まで）。	5月25日　大逆事件、検挙始まる。
一九一一	15	8月　4日から10日まで開催の夏季講習会（大沢温泉）で島地大等の講話を聞く。（5日以降に聞いたと推定。）			1月18日　大逆事件、判決。24日に幸徳ら死刑執行。

西暦年	年齢	賢治関連 賢治の人生と作品発表経緯	賢治関連 受容	文学関連	歴史的事項
一九一四	18	3月24日　盛岡中学校卒業。 4月中旬　盛岡市岩手病院に入院。肥厚性鼻炎の手術を行う。 9月　島地大等編『漢和対照　妙法蓮華経』（明治書院、1914・8）を読んで異常な感動を受ける。		11月25日　夏目漱石、「私の個人主義」を講演。	7月28日　オーストリア、セルビアに宣戦布告。第一次世界大戦勃発。 8月23日　日本、第一次世界大戦に参戦。
一九一五	19	4月6日　盛岡高等農林学校農学科第二部に首席入学。		7月1日　秋田雨雀、「緑の野」（『中央公論』臨時増刊号）を発表。	
一九一七	21	1月4日　叔父宮澤恒治とともに上京。7日に帰花。 7月1日　同人雑誌『アザリア』創刊。	10月17日　〇〇生（河本義行か）「あざりやに表れたセンチメンタリズム」（『アザリア』）。	10月　大杉栄、クロポトキン『相互扶助論』（春陽堂）を訳出。	4月　日本、海軍第二特務艦隊を地中海に派兵。司令官となった佐藤皐蔵は花巻出身。 11月　ロシア、十月革命起こる。
一九一八	22	3月15日　盛岡高等農林学校卒業。 4月1日　研究生として盛岡高等農林学校に入学。 8月　この頃、童話制作開始。 12月25日　妹トシの看病のため上京。		7月　雑誌『赤い鳥』、創刊（1936年8月廃刊）。	8月　日本、シベリア出兵。
一九一九	23	3月末　帰花。			
一九二〇	24	5月20日　盛岡高等農林学校研究生修了。 11月　国柱会に入会。			
一九二一	25	1月23日　「頭の上の棚から御書が二冊共ばったり背中に落ち」たことで思い立ち、上京（書簡185）。 1月25日　本郷菊坂町75に間借りすることを決める。 4月初旬　父政次郎上京。父とともに6日間の関西旅行に出かける。 8月中旬から9月初旬の間にトランク		7月　秋田雨雀、『太陽と花園』（精華書院）を出版。	

		一杯の原稿を持って帰花。 12月3日　稗貫郡立稗貫農学校教諭となる。			
一九二二	26	1月6日　「屈折率」「くらかけの雪」の日付。『春と修羅』起稿か。 2月　「精神歌」作詞。 3月24日　稗貫農学校第一回卒業式で「精神歌」が歌われる。 11月27日　トシ逝去。		10月　小牧近江・吉江喬松「フィリップ十三周忌記念講演会」（於・神田明治会館）を開く。	
一九二三	27	4月8日　『岩手毎日新聞』に「心象スケッチ外輪山」と童話「やまなし」を発表。 4月15日　『岩手毎日新聞』に童話「氷河鼠の毛皮」を発表。 5月11日　『岩手毎日新聞』に童話「シグナルとシグナレス」（一）を発表。以後、12～15、17～18、20～23日にかけて全11回連載。 7月29日　『天業民報』に「角礫行進歌」を発表。 7月31日　青森・北海道経由樺太旅行へ出発。 8月12日　盛岡より徒歩で帰花。 8月16日　『天業民報』に「青い槍の葉（挿秧歌）」を発表。		5月　北一輝、『日本改造法案大綱』（改造社）を出版。 7月　カレル・チャペック『R・U・R』、宇賀伊津緒訳『人造人間』（春秋社）として出版。	
一九二四	28	4月20日　『春と修羅』（関根書店）刊行。 12月1日　『注文の多い料理店』（東京光原社）刊行。	4月4日　北光路幻（森荘已池）「『反情』愚見」（『岩手日報』）。 5月1日　無署名「〔新刊紹介〕」（『東京日日新聞』）。 6月　尾山生（篤二郎）「最近の書架から」（『自然』）。 7月22日　辻潤「惰眠洞妄語」（『読売新聞』7月22日～25日、賢治については23・24日掲載文に書かれている）。 9月18日　無署名「詩集『春の（ママ）	5月　カレル・チャペック『R・U・R』、鈴木善太郎訳『ロボット』（金星堂）として出版。	

西暦年	年齢	賢治の人生と作品発表経緯　賢治関連	受容	文学関連	歴史的事項
			修羅』―を見て義理にも一言―」（『岩手日報』）。 12月1日　佐藤惣之助「十三年度の詩集」（『日本詩人』）。 12月13日　中野秀人「詩壇の蜂起、瓦解―回顧の一年―」（『東京朝日新聞』）。		
一九二五	29	7月18日　森佐一（荘已池）発行の同人雑誌『貌』に「鳥」と「過労呪禁」を発表。 8月10日　『貌』に「過去情炎」（『春と修羅』）を再録。 9月8日　『銅鑼』に「心象スケッチ　負景二篇」として「―命令―」と「未来圏からの影」を発表。 9月15日　『貌』に「痘瘡（幻聴）」と「ワルツ第CZ号列車」（「一八四　春」逐次形（1））を発表。 10月27日　『銅鑼』に「心象スケッチ　農事　三（ママ）篇」として「休息」と「丘陵地」を発表。 12月1日　『虚無思想研究』に「冬（幻聴）」を発表。	9月29日　森佐一（荘已池）「貌」のことども（上）」（『岩手日報』）。 10月18日　及川涙果「県下同人雑誌一瞥」（『岩手日報』）。 12月1日　高木斐瑳雄「十四年度作品批評」（『日本詩人』）。		
一九二六	30	1月1日　尾形亀之助発行の『月曜』に童話「オツベルと象」を発表。 『銅鑼』に「昇幕銀盤」と「秋と負債」を発表。 1月15日　岩手国民高等学校開校式が行われる。 1月30日　岩手国民高等学校での講義「農民芸術」（全11回）が開始（3月23日まで）。 2月1日　『月曜』に「ざしき童子のはなし」を発表。	1月29日　加藤四郎「近代人の散歩馬車―雑誌「月曜」の創刊―」（『中央新聞』）。 2月1日　中西悟堂「本年詩壇への一票言」（『日本詩人』）。 8月1日　草野心平「三人」（『詩神』）。 9月　白鳥省吾「生活の現実に立て」（『詩神』）。 11月　秋葉淑「雑観一束」（『詩神』）。	9月　青野季吉、「自然生長と目的意識」（『文芸戦線』）を発表。 10月　犬田卯編『農民文芸十六講』（春陽堂）、刊行。 12月　佐伯郁郎、内務省警保局図書課に就職。	

『虚無思想研究』に「心象スケッチ朝餐」を発表。
2月9日　「農民芸術」第2回講義。
2月18日　「農民芸術」第3回講義。
2月19日　「農民芸術」第4回講義。
2月24日　「農民芸術」第5回講義。
2月27日　「農民芸術」第6回講義。
この回より「農民（地人）芸術概論」始まる。
3月1日　「農民芸術」第7回講義。
『月曜』に「寓話　猫の事務所」を発表。
3月5日　「農民芸術」第8回講義。
3月20日　「農民芸術」第9回講義。
3月22日　「農民芸術」第10回講義。
3月23日　「農民芸術」第11回講義。
3月31日　花巻農学校を依願退職。
4月1日　下根子桜の別宅で農業実践生活に入る。
6月　「農民芸術概論綱要」をこのころ書く。
7月1日　『貌』に「春」を発表。
7月25日　盛岡啄木会での講演に白鳥省吾と犬田卯が来盛。賢治を訪ねる計画もあったが、賢治が断りの手紙を入れる。
8月1日　『銅鑼』に「心象スケッチ二篇」として「風と反感」と「ジャズ」を発表。
10月1日　『銅鑼』に「ワルツ第CZ号列車」（「一八四　春」逐次形（2））を発表。
12月1日　『銅鑼』に「永訣の朝」（『春と修羅』）を再録。
12月2日　上京。
12月12日　神田のYMCAタイピスト

西暦年	年齢	賢治関連：賢治の人生と作品発表経緯	賢治関連：受容	文学関連	歴史的事項
		学校で知り合ったシーナというインド人の紹介で東京国際倶楽部で行われたフィンランド公使ラムステットの講演を聴く。 **12月29日** 夜、花巻に向けて出京。			
一九二七	31	**2月21日**『銅鑼』に「冬と銀河ステーション」(『春と修羅』)を再録。 **3月20日** 羅須地人協会にて講義。講義内容は「エスペラント」か、あるいは「地人芸術概論」。 **8月8日** 松田甚次郎来訪。 **9月1日**『銅鑼』に「イーハトブの氷霧」(『春と修羅』)を再録。 **12月21日** 盛岡中学校「校友会雑誌」に「銀河鉄道の一月」と「奏鳴四一九」を発表。	**1月** 草野心平「詩壇から葬らるべき人々」(『詩壇消息』)。 **1月** 神谷暢二「ガリレオのことその他」(『詩壇消息』)。 **2月27日** 白雪居士「岩手文壇の情勢…現在作家動静録…」(『岩手日報』)。 **3月** 佐藤惣之助「詩戯と懐旧—大正詩壇回顧—」(『詩神』)。 **3月** 中西悟堂「大正詩壇の回顧」(『詩神』)。 **6月23日** 高涯幻二(梅野健造)「愚かしき厭世随論」(『岩手日報』)。 **8月** 石川善助「最近読まれた詩詩集及び作者に対する小印象」(『詩神』、アンケートへの回答)。	**1月** 青野季吉、「自然生長と目的意識再論」(『文芸戦線』)を発表。	
一九二八	32	**2月1日**『銅鑼』に「氷質のジョウ談」を発表。 **2月初旬**「謄写版一式と紙に包んだ二十円」を労農党稗貫支部の事務所に渡す。 **6月7日** 水産物調査、浮世絵展鑑賞、伊豆大島行きの目的で上京。 **6月24日** 帰花。 **12月** 急性肺炎を患う。以後、病状一進一退を繰り返す。	**3月** 佐藤惣之助「決算、独断その他」(『詩之家』)。 **5月21日** 三十七年竜吉「近ごろ雑筆」(『岩手日報』)。 **8月10日** 石川善助「二三雑録」(『煙筒』)。 **10月** 佐藤清・佐藤惣之助・福田正夫・白鳥省吾・藤田健次・宮崎丈二「詩神第一回座談会」(『詩神』、佐藤惣之助と白鳥省吾が言及)。	**9月** 季刊『詩と詩論』、創刊(1931年12月終刊)。 **12月** 春山行夫「ポエジイとは何であるか—高速度詩論 その一—」(『詩と詩論』)を発表。	**3月15日** 三・一五事件。 **7月** 特別高等警察、全府県に設置。
一九二九	33	**春** 陸軍士官学校卒業旅行中の黄瀛の訪問を受ける。	**5月** 石川善助「私の好きな 花・土地・人」(『詩神』、アンケートへの回答)。	**6月** 徳永直、「太陽のない街」(『戦旗』)を連載	**4月3日** フリッツ・ラング『メトロポリス』、

年	年齢	賢治の事項	受容関連	文学	社会
		9月　病状、やや回復し、このころから文語詩の創作が始まったと考えられる。 10月24日　東北砕石工場主鈴木東蔵の訪問を受ける。 11月3日　高涯幻二（梅野健造）発行の『新興芸術』に「稲作挿話（未定稿）」を発表。	7月　草野心平「エポック」（『詩神』、総題「ささやかな断片」の一部）。 8月　草野心平「君も僕も退屈しないか」（『詩神』）。	（11月まで）。単行本は12月出版。	日本公開。
一九三〇	34	8月　「文語詩篇」ノートに「八月病気全快」の記述がある。 11月1日　『文藝プランニング』に「空名と傷痍」「遠足許可」「住居」「森」の四篇を発表。	2月　草野心平「活躍を期待する新人は誰か?」（『文芸月刊』、アンケートへの回答）。	1月　中河與一、『形式主義文学論』（新潮社）を刊行。 6月　北川冬彦・神原泰、『詩・現実』を創刊（1931年6月廃刊）。 6月　エリオット（北村常夫訳）「伝統と個人的才能」（『詩と詩論』）、掲載。 9月　横光利一「機械」（『改造』）を発表。	
一九三一	35	2月17日　鈴木東蔵から「嘱托状」が送られる。 7月20日　季刊『児童文学』に「北守将軍と三人兄弟の医者」を発表。 9月19日　肥料売り込みのため、上京。この日は仙台に寄る。 9月20日　上野着。この晩、発熱。 9月27日　花巻の父へ連絡。 9月28日　朝、花巻駅着。 11月3日　「［雨ニモマケズ］」を手帳に書きつける。	5月　渋谷栄一「詩壇人国記（2）（東北の巻）岩手県」（『愛誦』）。 6月　草野心平「エスカレータ」（『詩神』、アンケートへの回答）。 7月　草野心平「宮沢賢治論　★一読者のノート」（『詩神』）。 7月　石川善助「この人この本」（『詩神』、アンケートへの回答）。 7月　小森盛「この人この本」（『詩神』、アンケートへの回答）。		
一九三二	36	3月10日　季刊『児童文学』に「グスコーブドリの伝記」を発表。 4月13日　佐々木喜善の訪問を受ける。エスペラント・民話・宗教について語り合ったという。なお喜善によるエスペラント講習会が12日から18日ま	4月　母木光「岩手詩壇ノート」（『詩人時代』）。 5月　母木光「宮沢賢治序論」（『詩人時代』）。 9月　黄瀛「岡・崎・清・一・郎　―昔のはなし―」（『詩人時代』）。	7月　前田河廣一郎、「川」（『改造』）を発表。 7月　西田幾多郎、「私と汝」（『岩波講座哲学』第8巻）を発表。	3月1日　満洲国、建国。 5月15日　五・一五事件。

西暦年	年齢	賢治関連 賢治の人生と作品発表経緯	賢治関連 受容	文学関連	歴史的事項
		で関徳彌宅で行われている。 4月15日『岩手詩集』（北岩手出版）に「早春独白」を発表。 4月16日 佐々木喜善来訪、夕方まで話す。 4月18日 佐々木喜善来訪。 5月22日 午前、佐々木喜善来訪。 5月25日 午後、佐々木喜善来訪。 5月27日 佐々木喜善来訪、夕方まで「六時間ばかり」話す。 8月15日 多田保子編集発行『女性岩手』に「民間薬」「選挙」を発表。 11月1日『詩人時代』に「客を停める」を発表。 11月15日『女性岩手』に「祭日」「母」「保線工手」を発表。	9月15日 花巻町 I子「創刊号を読む」（『女性岩手』）。		
一九三三	37	2月15日『新詩論』に「半蔭地選定」を発表。 3月1日『詩人時代』に「詩への愛憎」を発表。 3月20日『現代童話名作集』（文教書院）上巻に「北守将軍と三人兄弟の医者」、下巻に「グスコーブドリの伝記」が再録される。 4月1日『日本詩壇』に「移化する雲」を発表。 4月『現代日本詩集（一九三三年版）』（詩人時代社）に「郊外」「県道」を発表。 7月1日『詩人時代』に「葱嶺先生の散歩」（「一五四 亜細亜学者の散策」の発展形）を発表。 7月20日『女性岩手』に「花鳥図	3月31日 森惣一（荘已池）「「天才人」第六輯 その詩歌を一読」（『岩手日報』）。 4月1日 水野葉舟「「童話」雑記―断片六つ―」（『教育論叢』）。 6月 角田竹夫「『現代日本詩集』全評」（『詩人時代』）。 6月 槻田竹思「岩手詩壇に就いて」（『詩人時代』）。 7月1日 及川儀三「岩手詩脈の光芒とその出発」（『詩人時代』）。 7月 吉野信夫「編輯後記」（『詩人時代』）。 8月1日 永瀬清子「ノート」（『麺麭』）。 9月29日 森荘已池の編集による「宮澤賢治追悼号」が『岩手日報』学芸欄に掲載される。 10月 佐伯郁郎「宮澤さんの死」（『文学	2月20日 小林多喜二、拷問によって死去。 5月 詩誌『四季』、創刊。 10月『文学界』、創刊（1944年4月休刊）。	3月27日 国際連盟、脱退。

年	没後	賢治の生涯・作品	受容	文壇・社会	
		譜・七月・」を発表。 8月15日 「文語詩稿 五十篇」の推敲を終える。「現在は現在の推敲を以て定稿とす」と記す。 8月22日 「文語詩稿 一百篇」の推敲を終える。「推敲の現状を以てその時々の定稿となす」と記す。 9月21日 『国訳妙法蓮華経』1000部をつくって欲しいという遺言を残し、午後1時30分逝去。 9月23日 宮澤家菩提寺安浄寺で葬儀。 10月 宮澤清六編『鏡をつるし』（非売品）、刊行。 11月23日 花巻町役場にて追悼会。草野心平、吉田一穂、尾形亀之助が出席。 12月 『日本詩壇』に「山火」を掲載。	表現』）。		
一九三四	没後1年	1月 このころ、『宮澤賢治追悼』を読んだ横光利一の推薦で文体社から全集刊行の計画が進められるも、頓挫。 4月 『文体』に「ぶどしぎ」（よだかの星）、掲載。 5月 『文体』に「くねずみ」、掲載。 10月 文圃堂版全集第3巻、刊行。 11月 『四季』に「業の花びら」、掲載。	1月 草野心平編『宮沢賢治追悼』（次郎社）。 2月16日 宮澤清六を迎え、新宿「モナミ」にて『宮澤賢治追悼』出版記念会（第1回宮澤賢治友の会）が開かれる。「雨ニモマケズ」発見。 4月 横光利一「宮沢賢治氏について」（『文藝』）、「雲とはんのき」とセットで掲載。 4月 母木光「宮澤賢治雑談」（『詩人時代』）。 5月 逸見猶吉「修羅の人」（『三田文学』）。 5月 郡山弘史「宮澤賢治全集の発刊によせて」（『詩精神』）。 6月 草野心平「詩壇を斬る」（『文芸』）。 7月 岡崎清一郎「大才宮澤賢治」（『日本詩壇』）。	1月29日 内務省警保局長松本学と直木三十五の間で会合がもたれる。文藝懇話会、発足。 4月20日 佐伯郁郎、文藝懇話会に参加。 9月15日 物故文芸家慰霊祭（於・日比谷公会堂）、開催。	

西暦年	年齢	賢治関連 賢治の人生と作品発表経緯	賢治関連 受容	文学関連	歴史的事項
一九三五	没後2年	4月 『児童』に「雪渡り」、掲載。 7月 文圃堂版全集第1巻、刊行。 7月 『真理』に「ツェネズミ」、掲載。	7月 渡邊修三「春・農場・宮澤賢治氏のことなど」(『日本詩壇』)。 8月上旬 銀座「羅甸区」にて宮澤賢治友の会が結成される。 8月 佐伯郁郎「宮澤賢治友の会のことども―森君への手紙―」(『岩手日報』)。これによると日本青年館で賢治の慰霊祭を行う計画を立てていたようである。 8月21日 新宿「江島屋支店」にて第2回宮澤賢治友の会が開かれる。 8月31日 森荘已池「三つのチャンス 宮澤賢治全集刊行にからんで」(『岩手日報』)。 9月21日 文藝春秋講演会(於・盛岡公会堂)にて、横光利一「中央と地方 宮澤賢治氏について」を講演。新宿にて宮澤賢治一周忌追悼会が開かれる。 9月24日 無署名「宮澤賢治研究会公会堂多賀に今晩の集ひ」(『岩手日報』)。 10月 横光利一「天才詩人」(『宮澤賢治全集 内容見本』(文圃堂))。 10月26日 横光利一「宮澤賢治集 世紀を抜いた詩人」(『読売新聞』)。 11月2日 横光利一「宮座賢治集 世紀を抜いた詩人」、『岩手日報』に転載。 11月9日 福田鐵雄「われらの聖者 宮澤賢治全集第三巻を読む」(『岩手日報』)。 11月16日 木村圭一「宮澤さんのこと」(『岩手日報』)。 1月 吉野信夫「全集三巻を推奨す」(『詩人時代』)。 1月 中原中也「宮澤賢治全集」(『作	4月 横光利一、「純粋小説論」(『改造』)を発表。 5月 西田幾多郎、「伝統	

	一九三六
	没後3年
7月『ローマ字世界』に「ぶどしぎ」、掲載。 9月 文圃堂版全集第2巻、刊行。 9月『真理』に「蛙のゴム靴」、掲載。 10月『真理』に「雁の童子」、掲載。 10月『NIPPON』に「SUSL, EAU」(「やまなし」翻訳)、掲載。 11月『真理』に「林の底」、掲載。	1月 小川十指秋編『現代日本詩人選集』(動脈社)に「詩への愛憎」「雨ニモマケズ」「溶岩流」の3編が収録。 1月『真理』に「貝の火」、掲載。
品』)。 1月 第3回宮澤賢治友の会、開かれる。 1月5日 三浦参玄洞「第四次元世界への憧憬」(『中外日報』、8日まで)。 2月12日 谷川徹三「ある手紙」(『東京朝日新聞』、14日まで)。 2月19日 森荘已池「校友会雑誌を見る 3 高等農林」(『岩手日報』)。 3月 草野心平「宮澤賢治覚書」(『文学界』)。 4月『宮澤賢治研究』(宮澤賢治友の会)刊行開始(1936年12月まで)。 4月 草野心平「宮澤賢治・人と芸術」(『真理』)。 4月26日 新宿「モナミ」にて第4回宮澤賢治友の会、開かれる。 6月『宮澤賢治研究』第2号、刊行。 7月 谷川徹三「賢者の文学」(『思想』)。 7月 新宿「日本青年会館」にて宮澤賢治三周年追悼会(第5回宮澤賢治友の会)が開かれる。 7月30日 森荘已池「宮澤賢治全集第一巻 第二回配本詩集出づ」(『岩手日報』)。 8月『宮澤賢治研究』第3号、刊行。 10月 草野心平「宮澤賢治覚書(二)」(『文学界』)。 10月22日 母木光「花花と文学の本」(『岩手日報』)。 11月 中島健蔵「善意の文学」(『現代文学の思潮と国語教育』(国語教育秋季特別号))。 11月『宮澤賢治研究』第4号、刊行。	1月 寺田弘「北方の故人」(『北方詩人』)。 10月 森惣一(荘已池)「覚書」(『雑記帳』)。
主義に就て」(『英文学研究』)を発表。 8月10日 第1回芥川賞・直木賞、発表。	
	2月26日 二・二六事件。

西暦年	年齢	賢治関連 賢治の人生と作品発表経緯	賢治関連 受容	文学関連	歴史的事項
		3月　『真理』に「耕転部の時計」、掲載。 5月　飛田三郎編集の『歌と随筆』に「図書館幻想ダルゲ」、掲載。 5月　『真理』に「四又の百合」、掲載。 7月　『真理』に「祭りの晩」、掲載。 7月　山本有三編日本少国民文庫『日本名作選』に「オツペルと象」、『人類の進歩に盡した人々』に「雨ニモマケズ」が掲載。 9月6日　「宮澤賢治詩碑建設」のための第1回発起人会を開催。 10月　松本俊介編集の『雑記帳』に「朝に就いての童話的構図」、掲載。 11月23日　羅須地人協会跡に高村光太郎書による詩碑建立（除幕式には500余名参加）。	10月　「イーハトーヴォ童話集について」（『歴程』）。 12月　『宮澤賢治研究』第5・6号、刊行。		
一九三七	没後4年	3月　『雑記帳』に「毒もみの好きな署長さん」、掲載。 8月　『雑記帳』に「ざしき童子のはなし」、掲載。 9月21日　詩碑前で追悼会、開催（約50名参加）。	3月　森惣一（荘已池）「覚書　宮澤さんと食物」（『雑記帳』）。 4月　保田與重郎「雑記帖（一）」（『コギト』）。 5月　中島健蔵「宮澤賢治論」（『現代日本詩人論』）。 8月　森惣一（荘已池）「鬼神と宮澤賢治」（『雑記帳』）。	4月　横光利一、「旅愁」の連載（東京日日新聞・大阪毎日新聞、8月まで）開始。 5月　詩誌『新領土』、創刊（1941年5月廃刊）。 6月　新日本文化の会、発足。 10月　春山行夫、「詩論」（『新領土』、1940年6月まで）の連載開始。 10月22日　中原中也、死去。	7月7日　盧溝橋事件。日中戦争、開戦。
一九三八	没後5年	9月21日　詩碑前で第六回忌追悼会、開催（約50名参加）。	3月　高村光太郎「宮澤賢治の詩」（『婦人之友』）。 3月　盛岡市高松の池畔にて第2回ビヂテリアン大祭、開催。	3月　萩原朔太郎、『日本への回帰』(白水社)を出版。 3月　石川達三「生きてゐる兵隊」（『中央公論』）発表。	

年	没後	事項	受容	社会
			3月　松田甚次郎『土に叫ぶ』（羽田書店）。 7月　津村信夫「『春と修羅』に就て―現代の詩集研究Ⅴ―　〔一〕宮澤賢治の詩」（『四季』）。 7月　真壁仁「気圏詩人」（『四季』）。	8月　火野葦平「麦と兵隊」（『改造』）発表。 10月25日　内務省警保局図書課から「児童読物改善ニ関スル指示要綱」が通達される。
一九三九	没後6年	2月2日　東京童話芸術協会　宮津博演出「風の又三郎」・「ポランの広場」、上演（於・築地小劇場、7日まで）。 3月　松田甚次郎編『宮澤賢治名作選』（羽田書店）、刊行。 3月　『真理』に「二十六夜」、連載（5・7月まで）。 4月　『青年』に「虔十公園林」、掲載。 4月　『歴程』に「月天子」、掲載。 6月　十字屋版全集第3巻、刊行。 6月　『歴程』に「この夜半のおどろきさめ」、掲載。 7月　※十字屋版全集第4巻、刊行。 9月　『歴程』に「算術の普及しない街」「或るラヴレターの記録」「仇討奇譚」、掲載。 9月21日　詩碑前で第七回忌追悼会（約30名参加）、郡農会楼上で「宮澤賢治追悼音楽会」（200余名参加）が開催。 10月27日　劇団東童第40回記念講演　宮津博演出「風の又三郎」、上演（於・有楽座、29日まで）。 11月　『真理』に「谷」、掲載。 12月　坪田譲治編『風の又三郎』（羽田書店）、刊行。	1月　松田甚次郎「宮澤先生の墓に詣で」（『真理』）。 3月　中島健蔵「宮澤賢治の芸術観」（『知性』）。 3月31日　花巻賢治の会、発足。 4月8日　三浦参玄洞「ぜんたいの幸福」（『中外日報』）。 4月30日　山形県庄内賢治の会、発足。 6月　松田甚次郎編『宮澤賢治名作選』、文部省推薦図書となる。 6月　松田甚次郎「戯曲　永遠の師父」（『真理』）。 6月13日　國分直一「労働と芸術」（『台湾日報』、16日まで）。 7月　草野心平「宮澤賢治の一面」（『蝋人形』）。 8月　「風の又三郎の戯曲化」（『テアトル』）。 8月15日　森荘已池「天才の悲劇　『校訂版宮澤賢治全集』再刊さる」（『新岩手日報』）。 9月　草野心平編『宮澤賢治研究』（十字屋書店）。 10月21日　角畑疆三郎「宮澤賢治研究」（『満州日々新聞』）。 10月24日　佐藤隆房「宮澤賢治の生活諸相」（『新岩手日報』）。 11月　菊池暁輝の編集による『イーハトーヴォ』刊行開始（第一期、1941年1月まで）。	

西暦年	年齢	賢治関連		文学関連	歴史的事項
		賢治の人生と作品発表経緯	受容		
			11月7日　柏原港一「宮澤賢治全集」（『河北新報』）。 12月　平野仁啓「宮澤賢治の童話について」（『批評』）。 12月　石塚友二「随筆宮澤賢治」（『科学ペン』）。 12月15日　小穴隆一「又三郎の学校」（『都新聞』、17日まで）。		10月12日　大政翼賛会、結成。 12月6日　情報局、設置。
一九四〇	没後7年	1月　十字屋版全集第1巻、刊行。 1月　草野心平編『現代詩集』（河出書房）。 3月　萩原朔太郎編『昭和詩鈔』（冨山房）に「この飯の煮えないうちは」「そのまつくらな巨きなものを」「雨ニモマケズ」の3編が収録。 ※十字屋版全集第4巻、刊行。 4月　『日本短歌』に短歌百首、掲載。森荘已池による解説付き。 『歴程』に「作品一〇一一番」、掲載。 4月23日　遠藤秀雄朗読「風の又三郎」第1回（盛岡放送局）、放送。 5月10日　伊勢あき朗読「風の又三郎」第2回（盛岡放送局）、放送。 5月12日　芸術小劇場「セロ弾きのゴーシュ」（東京放送局）、放送。 6月14日　柳田あさ朗読「風の又三郎」第3回（盛岡放送局）、放送。 6月20日　劇団東童　宮津博演出「グスコーブドリの伝記」、上演（於・築地小劇場、29日まで）。 6月21日　劇団東童「風の又三郎」（大阪中央放送局）、放送。 7月　『歴程』に「作品一〇〇二番」、	1月1日　野村胡堂「岩手文人の進出」（『新岩手日報』）。 2月7日　宮崎稔「愛の人宮澤賢治」（『日刊いばらき』）。 2月22日　森木三郎「宮澤賢治の作品」（『十勝毎日新聞』）。 3月　坪田譲治編『風の又三郎』、文部省推薦図書となる。 3月　石橋哲郎「宮澤賢治小論」（平塚傑の編集による『なぎさ』）。 3月29日　深澤省三「ターキーの空」（『新岩手日報』）。 4月9日　丸山薫「槍騎兵　決死の業」（『東京朝日新聞』）。 4月15日　及川亀治「花巻を理想境に」（『日本青年新聞』）。 5月　石塚友二「イーハトーヴォ旅行記」（『天香』）。 5月　田中令三「名もなき民斯く生きんとす」（『営養』）。 5月23日　東京宮澤賢治友の会第7回集会、開催（於・明治神宮外苑日本青年館大和亭）。 6月　伊藤信吉「宮沢賢治論」（『現代詩人論』、河出書房）。		

掲載。
7月7日　加藤みつ朗読「風の又三郎」第4回（盛岡放送局）、放送。
8月15日　鈴木武雄「風の又三郎」第5回（盛岡放送局）、放送。
9月　※十字屋版全集第2巻、刊行。
9月4日　劇団東童　松原茂脚色「天の川列車」（東京中央放送局）、放送。（「銀河鉄道の夜」か？）
9月21日　映画「風の又三郎」のロケーション後、詩碑前で第八回忌追悼会、開催（約380名参加）。
10月　『日本映画』に永見隆二脚色「風の又三郎」、発表。
10月　『家の光』に「蟻ときのこ」、掲載。
10月1日　劇団東童、ポリドールレコードに「風の又三郎」を吹き込み。
10月10日　映画『風の又三郎』（監督・島耕二）が文部省推薦を受けて公開。同作は文部大臣賞を受賞する。
10月　菅原都々子、テイチクレコードに「風の又三郎」「風の四季」を吹き込み。
11月　『歴程』に「作品一〇二五番」「歌壇の複写図」、掲載。
12月　※十字屋版全集第2巻、刊行。
12月　十字屋版全集第5巻、刊行。
12月　高橋忠弥の編集による『三藝』に「銀河鉄道の夜」、掲載。

7月　森荘已池「宮澤賢治」（秋山徹の編集による『六甲』）。
7月　中野庄二郎「宮澤賢治の童話劇を見る」（『新岩手人』）。
7月17日　三浦参玄洞「宮澤精神」（『中外日報』）。
8月　中島健蔵「宮澤賢治の夢」（『知性』）。
8月　森荘已池「宮澤賢治の短歌」（歌誌『しゃぐみ』）。
9月　森荘已池「宮澤賢治の歌」（『六甲』）。
9月　菊岡久利「宮澤賢治断想」（『科学ペン』）。
9月15日「映画物語　風の又三郎」（『サンデー毎日』）。
9月21日　東京宮澤賢治友の会第8回集会、開催（於・明治神宮外苑日本青年館大和亭）。
9月29日　三浦参玄洞「機」（『中外日報』）。
10月　石橋哲郎「宮澤賢治小論」（『なぎさ』）。
10月24日　三浦参玄洞「因果交流電灯」（『中外日報』）。
11月　宮澤賢治友の会編『農民とともに』（日本青年館）。
11月　清水千代太「風の又三郎について思ったこと」（『キネマ旬報』）。
11月8日　後藤清郎「風の又三郎に感謝」（『新岩手日報』）。
11月18日　鈴木公平「美はしき生活者」（『立教学院学報』）。
12月　石橋哲郎「宮澤賢治小論」（『なぎさ』）。
12月　井上水果『東洋の憂愁』（大和書

西暦年	年齢	賢治関連 賢治の人生と作品発表経緯	賢治関連 受容	文学関連	歴史的事項
			房）。 12月10日　火野葦平「美しき地図」（『東京朝日新聞』）。		
一九四一	没後8年	1月16日　菊岡久利脚色ラヂオ小説「風の又三郎」（東京中央放送局）、放送。 2月　『歴程詩集』（歴程社）に作品5編、掲載。 4月　横井弘三装画『グスコーブドリの伝記』（羽田書店）、刊行。 4月　北京近代科学図書館編『日本詩歌選』（文求堂書店）に「北国農謡」（銭稲孫訳「雨ニモマケズ」）が収録。 4月　『歴程』に「無題」、掲載。 5月9日　「蜘蛛となめくじと狸」（大阪中央放送局）、放送。 6月4日　中西武夫脚色「セロひきのゴーシュ」（大阪中央放送局）、放送。 9月21日　詩碑前で第九回忌追悼会、開催（30余名参加）。 10月7日　熊山綾子「水底の幻灯画」（大阪中方放送局）、放送。 11月7日　盛岡賢治の会会員、菊池暁輝演出「植物医師」（盛岡放送局）、放送。 11月11日　劇団東童「僕等の広場」（東京中央放送局）、放送。 12月　野間仁根装画『銀河鉄道の夜』（新潮社）、刊行。	1月　森荘已池「宮澤賢治と一人の女の人」（『六甲』）。 1月21日　三浦参玄洞「重大危局下切に宮澤賢治を憶ふ」（『中外日報』、24日まで）。 3月　宮澤清六「兄のトランク」（『創元』）。 4月27日　儀府成一「亡びざる古典」（『陸軍畫報』）。 5月15日　満洲建国大学白系ロシア人セリヨデキンが語学大会において「雨ニモマケズ」を朗読。 5月　小林巣居「やまなし」（新興美術院第4回展覧会）、出品。 5月　高橋忠弥「羅須地人協会壁画部分画」（18回白日会展覧会）、出品。 6月4日　三浦参玄洞「やまなし」（小林巣居氏院展出品批評）（『中外日報』）。 6月24日　三浦参玄洞「修羅」（『中外日報』）。 6月29日　三浦参玄洞「永久の秩序」（『中外日報』）。 7月　森荘已池「宮澤賢治断片、食べ物について」（『六甲』）。 7月　関徳彌『北国小話』（十字屋書店）。 7月26日　森嘉兵衛「賢治童話の郷土的性格」（於・盛岡市公会堂多賀）、講演。 8月　森荘已池「宮澤賢治の詩「鳥の遷移」について」（『六甲』）。 8月　藤原嘉藤治「宮澤賢治と女性」		12月8日　太平洋戦争、開戦。

(『新女苑』)。
9月　森荘已池「宮澤賢治の詩「命令」と「孤独と風童」について」(『六甲』)。
9月4日　清水悟郎「みぢかいキペン」(仙台中央放送局)、放送。
10月　森荘已池「宮澤賢治の詩「早春独白」と「善鬼呪禁」に就て」(『六甲』)。
10月　泉啓一「宮澤賢治についてのノート」(『大阪文学』)。
10月　望月満「宮澤賢治」(『現代』)。
10月23日　三浦参玄洞「善意の探究」(『中外日報』、24日まで)。
11月　森荘已池「宮澤賢治研究（八）「その夜の鹿踊り」」(『六甲』)。
11月　石橋哲郎「宮澤賢治小論」(『なぎさ』)。
11月21日　佐藤隆房「宮澤賢治とその作品を語る」(盛岡放送局)、放送。
12月　森荘已池「宮澤賢治研究（九）―「海と島をどう描いたか」」(『六甲』)。

一九四二

没後9年

1月　中尾彰装画『どんぐりと山猫』(中央公論社)、刊行。
1月　照井瓔三『国民詩と朗読法』(第一公論社)に詩二篇が引用。
1月13日　紀元二千六百一年祭（東京日比谷公会堂）で名倉晰作曲「雨ニモマケズ」が東京交声楽団によって発表。
2月　季春明訳『風大哥』(芸文書房)、刊行。
2月　熊谷辰治郎朗誦八木傳作曲「雨ニモマケズ」と波平恵弘・金子博子及日本愛国合唱団「日輪讃歌」(精神歌)がポリドールレコードより、発売。
3月　大政翼賛会文化部編『詩歌翼賛』第二輯（目黒書店）に「雨ニモマ

1月　古谷綱武「必要な人物」(『修養雑誌』)。
2月　森荘已池「宮澤賢治研究（十）―短歌について序詞」(『六甲』)。
3月　森荘已池「宮澤賢治研究（十一）―少年時代の挿話二三」(『六甲』)。
3月　森嘉兵衛「宮澤賢治の童話の郷土的性格について」(『岩手教育』)。
3月　古谷綱武「かけがえのない人物」(『日本の子供』)。
4月　森荘已池「宮澤賢治研究（十二）―初期岩手山の歌について」(『六甲』)。
4月　古谷綱武「美しき日本―東北の子供達」(『婦人日本』)。
4月1日　住田篤「作家研究―宮澤賢治―稀有なる人」(『立教大学新聞』)。

5月26日　日本文学報国会、設立。詩部会会長に高村光太郎が就任。
6月　佐伯郁郎『少国民文化をめぐつて』(日本出版社)、刊行。
11月3日　第1回大東亜文学者大会（於・帝国劇場）、開催。9日まで。

西暦年	年齢	賢治関連：賢治の人生と作品発表経緯	賢治関連：受容	文学関連	歴史的事項
		ケズ」が収録。 3月　堀尾勉脚色宇田川種治絵画「キツネノゲントウ」（「雪渡り」）が紙芝居として日本教育紙芝居協会から発売。 4月　大政翼賛会選定詩朗読レコードとして中村伸郎「雨ニモマケズ」（ビクター）、発売。 5月　丸山薫編『日本海洋詩集』（海洋文化社）に「海鳴り」「鳥祠」、掲載。 6月　福田清人「牧草」（『婦人倶楽部』）に詩その他、引用。 7月16日　城南童話劇団「グスコーブドリの伝記」（盛岡放送局）、放送。 9月　藤原嘉藤治編『宮澤賢治童話集』（日本青年館）、刊行。 9月　佐藤隆房『宮澤賢治』（冨山房）、刊行。 9月21日　詩碑前で第十回忌追悼会、開催（人数不明）。 9月21日　花巻町中央座において「宮澤賢治追悼会」、開催。	5月　森荘已池「宮澤賢治研究（十三）―初期短歌と文語詩の関係」（『六甲』）。 5月　三浦参玄洞「修羅宮澤賢治」（『大阪文学』）。 5月　泉啓一「私信」（『大阪文学』）。 5月　森荘已池「宮澤賢治童話論（序章）」（巽聖歌編『新児童文化』第四冊）。 5月21日　白藤慈秀「宮澤賢治と大乗精神」（『新岩手日報』、23日まで）。 6月　森荘已池「宮澤賢治研究（十四）―中学時代後期の数首について」（『六甲』）。 7月　森荘已池「宮澤賢治研究（十五）―不思議な一首について」（『六甲』）。 7月　古谷綱武「宮澤賢治について」（『三田文学』）。 7月8日　高橋剛「啄木と賢治の偉さ」（『新岩手日報』）。 8月　森荘已池「宮澤賢治研究（十六）―作品に記録されなかつたこと」（『六甲』）。 9月　森荘已池「宮澤賢治研究（十七）―発疹チブス疑似症の歌」（『六甲』）。 9月　佐藤隆房『宮澤賢治』（冨山房）。 10月　森荘已池「宮澤賢治研究（十八）―青年の日の危機序」（『六甲』）。 10月　森荘已池「宮澤賢治研究（十九）―青年の日の危機上」（『六甲』）。 10月　柳河回「宮澤賢治精神」（『東洋之光』）。 12月　森荘已池「宮澤賢治研究（二〇）―青年の日の危機下」（『六甲』）。 12月　森荘已池「宮澤賢治の童話十月の末の民間伝承考察」（『昭和文学』）。		

一九四三

没後10年

2月 鈴木景山脚本宇田川種治絵画「どんぐりと山猫」が紙芝居として日本教育紙芝居協会から発売。
4月17日 「狐の幻燈会」（仙台放送局）、放送。
7月10日 松田甚次郎「地方と伝統―二十六夜」（『日本読書新聞』）。
7月14日 清水悟郎「虔十公園林」（仙台放送局）、放送。
9月 藤原草郎（嘉藤治）編『フランドン農学校の豚』（東京八雲書店）、刊行。
9月21日 詩碑前で第十一回忌追悼会、開催（約40名参加）。
10月 十字屋版全集第6巻、刊行。

1月 森荘已池『宮澤賢治』（小学館）。
1月 森荘已池「宮澤賢治研究（二一）―「春日呪詛」に到った道」（『六甲』）。
2月 森荘已池「宮澤賢治研究（二二）―受験準備で作歌中絶」（『六甲』）。
2月 森荘已池「宮澤賢治の方言短歌」（『昭和文学』）。
2月 今柳秀繁「宮澤賢治の自然」（『国民詩歌』（京城府発行））。
3月 森荘已池「宮澤賢治研究（二三）―その頃の盛岡中学校」（『六甲』）。
3月 森荘已池「地方文化私見」（『昭和文学』）。
4月 森荘已池「宮澤賢治研究（二四）―盛岡高等農林学校首席入学」（『六甲』）。
4月18日 佐藤勝治「大人の世界・小供の世界」（『新岩手日報』）。
5月 森荘已池「宮澤賢治研究（二五）―盛岡高農入学第一首」（『六甲』）。
5月16日 東光敬「悲願の人」（『中外日報』、20日まで）。
6月 森荘已池「宮澤賢治研究（二六）―「おきなぐさ」について」（『六甲』）。
7月 打木村治「もののふの詩」（『農村文化』）。
7月11日 東光敬「いのちとみのり」（『中外日報』、22日まで）。
8月 森荘已池「宮澤賢治研究（二七）―岩手山麓の大景観・数首」（『六甲』）。
8月4日 松田甚次郎、逝去。花巻町櫻、賢治詩碑に分骨埋葬される。
9月 森荘已池「宮澤賢治研究（二八）―りんご園の一首に就て」（『六甲』）。
10月 森荘已池「宮澤賢治研究（二九）―尾崎文英と報恩寺」（『六甲』）。
11月1日 中島健蔵「文学の密林―宮澤

8月25日 第2回大東亜文学者大会（於・帝国劇場）、開催。28日まで。

西暦年	年齢	賢治関連 賢治の人生と作品発表経緯	賢治関連 受容	文学関連	歴史的事項
一九四四	没後11年	高橋實編『宮澤賢治童話集』（非売品）、刊行。 9月21日　詩碑前で第十二回忌追悼会、開催（8名参加）。 12月　十字屋版全集別巻、刊行。	賢治のこと」（『帝国大学新聞』）。	2月　森荘已池「山畠」（『文芸読物』1943・12）「蛾と笹舟」（『オール読物』1943・7）、第18回直木賞受賞。	
一九四五	没後12年	8月10日　花巻空襲によって、宮澤家被災。遺品などが焼失。 9月21日　詩碑前で第十三回忌追悼会、開催（10名参加）。			8月15日　終戦。

※年表作成にあたって、新校本全集一六巻（上）・（下）、十字屋書店版全集別巻を参照し、適宜必要事項を補った。

索　引

・本書で言及・参照した主要な人物名と事項について立項した。
・雑誌名・単行本名は『　』を用い、作品名は「　」を用いた。また、論のなかで特別に強調した語句には〈　〉を用いている。
・立項した語句について、同一の対象に対して異なる表記が用いられている場合は同じ語句としてまとめている。（例：アナキズムとアナーキズム）

人　名

事　項

【あ行】

【か行】

【さ行】

【た行】

【な行】

【は行】

【ま行】

【や行】

【ら行】

【著者略歴】
村山 龍（むらやま りゅう）
1984年生、東京都出身。
慶應義塾大学大学院文学研究科国文学専攻後期博士課程単位取得退学。
博士（文学、慶應義塾大学）。
現在、法政大学文学部日本文学科助教。

主要論文：
「〈検閲官・佐伯郁郎〉を通して見る文化統制」（『Intelligence』19号、2019年3月）
「〈詩的アナキズム〉との共鳴―一九二六年前後の宮澤賢治への一考―」（『近代文学合同研究会論集』14号、2017年12月）
「〈関係〉が紡ぐテクスト―宮澤賢治「土神ときつね」論―」（『三田國文』58号、2013年12月）

著書：
小平麻衣子編『文芸雑誌『若草』―私たちは文芸を愛好している―』（共著（「作家たちの「ポーズ」と読者をめぐる力学」、pp.72-96）、翰林書房、2018年1月）

〈宮澤賢治〉という現象
戦時へ向かう一九三〇年代の文学運動

二〇一九年五月三十日　初版第一刷発行

著者……村山 龍
装幀……芦澤泰偉
発行者……橋本 孝
発行所……株式会社花鳥社
https://kachosha.com/
〒一五三-〇〇六四 東京都目黒区下目黒四-十一-十八-四一〇
電話〇三-六三〇三-二五〇五
ファクス〇三-三七九二-二三二三
ISBN978-4-909832-04-7
組版……ステラ
印刷・製本……太平印刷社